ジョゼフ・チェイキンへ

もくじ

ラディカルな意志のスタイルズ［完全版］

装幀＝佐々木暁

I

沈黙の美学

1

どの時代も「スピリチュアリティ」がめざすところをみずから再発明しなくてはならない。（スピリチュアリティ＝人間の生に内在する苦しい構造的矛盾を解決し、人間意識の完成、つまりは超越をめざすための計画、用語、観念。）

近現代では、スピリチュアルな企図をあらわすもっとも有効なメタファーのひとつとして「アート」がある。画家、音楽家、詩人、ダンサーらの活動が、アートという名で一括りにされたとき（これは比較的最近の話）、意識を相手どる、形式化されたドラマを上演するのに、とりわけふさわしい場であることがわかってきた。そこでは個々のアート作品は、さまざまな矛盾を調整したり和解させたりするための、まずまず有効な枠組だということになる。もちろんこの場所は、絶えず更新されなくてはならない。アートの目標がどのように設定されようとも、それはやがては、意識にとってありうるきわめて広い目標に比べると、窮屈なものになってしまう。アートとはそれ自体、神秘化の一形式であり、神秘剥奪の危機が連続しても、耐え延びることができる。それ以前のアートの目標は攻撃され、これみよがしに置き換えられる。意識の古びた地図は、描き直される。だがこれらの危機にエネルギー——いわば共有されたエネルギー——を与えるのは、数々の、それぞれ非常に異なった活動をひとつの類にまとめあげること、それ自体なのだ。「アート」が存在しはじめたそのとき、芸術の近現代がはじまった。以来、そこに含まれたすべての活動は深く問題的な活動となり、そのすべての手段、ついにはその存在権さえ、疑問に付されうるものとなった。

諸芸術が「アート」になったことで、アートをめぐる最大の神話が生まれる。アーティストの活動の絶対性という神話だ。その最初の、まだ素朴なヴァージョンにおいては、この神話はアートを人間の意識、みずからを知りたいと願う意識の表現であるとみなしていた。（このヴァージョンの神話が生む評価基準は、割合たやすく達成できる。ある種の表現が他に比べて、より完全で、より高貴で、より教育的で、よりゆたかであるとされるのだ。）その後のヴァージョンでは、アートの意識に対する関係は、より複雑で悲劇的なものとなる。アートが単なる表現であることを否定する後期の神話では、アートはむしろ人間精神の自身に対する異化の必要性ないしは能力に関わるものとされる。アートはもはや意識の自己表現、したがって暗黙のうちには意識の自己肯定として理解されることをやめる。アートは意識そのものではなく、意識の内部から出てきたその解毒剤になる。（このヴァージョンの神話が生む評価基準は、達成するのがはるかにむずかしかった。）

こんな新しい神話は、心理学以後の意識概念に由来するものだが、アートという活動に、偉大な宗教的神秘家たちが述べてきたある絶対的段階に到達するために必要な、数々のパラドクスをもちこむ。神秘家の活動はヴィア・ネガティヴァ（否定の道）、つまり神の不在の神学、知識を越えた非知の雲と言葉を越えた沈黙への渇望にゆきつく。するとアートは反アートに、「主体」（ないしは「オブジェクト」や「イメージ」）の消去に、意図を偶然に置き換えることに、そして沈黙の追求に、むかうしかなくなる。

　アートと意識の関係をめぐる初期の、線的なヴァージョンでは、創造的衝動の「スピリチュアル」な性格と日常生活の散文的な「物質性」のあいだに葛藤があるとされていた。日常生活のおかげで、真摯な芸術的昇華の道に、あまりにも多くの障害が生じるというわけだ。だがアートのことを意識との弁証法的やりとりの一部と考える新しいほうのヴァージョンでは、より深く、より厄介な葛藤が生まれる。アートにおいて受肉することを求める「精神《スピリット》」が、アートそのものの「物質的」性格と衝突するのだ。仮面を剝がれたアートは無償のものとされ、アーティストの道具の（そしてとりわけ言語の場合はその歴史性の）具体性そのものが、罠だと映るようになる。二番煎じの知覚で飾られ、それも特定的には言葉の裏切りにつきまとわれる世界でおこなわれるとき、アーティストの活動は媒介性によって呪われている。アートはアーティストの敵となるのだ、なぜならアート自体が、アーティストが実現したいと望んでいること——超越——を否定するから。

　したがってアートは、転覆されるべき何かだと考えられるようになる。ある新しい要素が個々のアート作品に入りこみ、その構成要素となる。すなわち、作品の自己廃棄への、そしてついにはアートそのものの廃棄への呼びかけ（暗黙のものであれ明言的なものであれ）がそれだ。

2

　からっぽの部屋に場面転換しよう。

　ランボーは奴隷取引で一儲けするためにアビシニアに行った。ヴィトゲンシュタインは、村の小学校教師をしばらく務めたのち、病院の雑役夫としての仕事を選んだ。デュシャンはチェスにむかった。これら模範的な天職の否認にともなって、かれらはそれぞれ詩、哲学、美術においてそれまでに自分がやったことなどつまらない、価値のないものだとみなしていることを、宣言した。

だがずっと沈黙をつづけるという選択は、かれらの作品を否定しない。反対に、そのことが時間を溯るようにして、かれらが決別したものに力と権威をつけ加えることになる——作品に対する否認が作品の意義の新たな源泉となり、疑う余地のない真剣さの保証となるのだ。その真剣さとは、アート(あるいはヴィトゲンシュタインならアート形式として実践された哲学)のことを、その真剣さが永続する何か、それ自体ひとつの「目的」、精神的野望の恒久的伝達手段と見ることにあるのではない。真に真剣な態度は、アートのことを、アートを廃棄することによってのみ達成できるかもしれない何かへの「手段」とみなすものだ。手っ取り早くいうなら、アートとは偽りの道、あるいはばからしさ(ダダのアーティスト、ジャック・ヴァシェの言葉)なのだ。

もはや告白ではない、けれどもアートはかつてより以上にひとつの解放、苦行の実践となっている。それを通じてアーティストは浄化される——自分自身から、そしてやがては、自分のアートから。アーティストは(アートそれ自身ではないにせよ)、あいかわらず「善」にむかう歩みにとりくんでいる。けれども以前には、アーティストの善とは自分のアートにおける熟達と達成だったのが、いまではアーティストにとって最高の善とは、そんなすぐれた技芸という目標が感情的にも倫理的にも彼自身にとっては無意味になるような地点に到達することで、そこではアーティストはアートのうちに声を見出すよりも、ただ沈黙していることによって、より大きな満足を得られる。この意味では、終着点としての沈黙は、自覚的アーティストが伝統的に沈黙を真剣に扱った(ヴァレリーやリルケによって美しく描写されている）ときのような、瞑想と精神的成熟への準備のゾーンとしての、語る権利を獲得するための試練としての沈黙のムードとは対極的な、有無をいわせぬムードを提示してくる。

真剣であるかぎり、アーティストはオーディエンスとの対話を断ち切るという誘惑を、絶えず感じている。沈黙とは、このコミュニケーションへのためらい、オーディエンスとの接触に対する両義的感情が、もっとも拡張されたものだ。ところでそんなためらいや両義的感情とは、飽きることなく「新しいもの」そして／あるいは「エゾテリック（秘儀伝達的）なもの」に価値をおいてきたモダン・アートにとって、大きな主題だった。沈黙とは、アーティストの究極の異界的身振りだ。沈黙によりアーティストは、自分の作品にとってのパトロン、顧客、消費者、主役、審判、そして歪曲者としてふるまうこの世界に対する、隷属的な絆を断ち切るのだ。

それでも、「社会」に対するこの否認のうちには、ひとつのきわめて社会的な身振りを感じずにはいられない。アーティストが自分の仕事を実践する必要からやがては解放されるためのきっかけは、他のアーティスト仲間たちを観察し、自分をかれらと比較することからもたらされる。アーティストが自分の天才を証明し、その天才を立派に行使したことが証明されてはじめて、この種の決定が下されうる。自分でも納得のいく規準により、仲間たちを凌駕したならば、アーティストのプライドにとって残された場所はひとつだ。沈黙への渇望の犠牲者となるということは、つきつめれば、他の誰よりも上に立つということなのだ。それがしめすのは、アーティストが他の人々よりも多くの問を問うだけの機知をもち、また他の人よりも強い神経とより高い評価基準をもっているということを意味する。（アーティストが自分のアートについて、アーティスト自身ないしは作品が汲みつくされてしまうまでの訊問に耐えられるということは、ほとんど証明の必要もない。ルネ・シャールが書いたように「問の藪の中で歌をうたう気力のある鳥はいない。」）

3

模範的なモダン・アーティストによる沈黙の選択も、文字どおりの沈黙にいたる、こんな最終的単純化の地点にまで進められることは、ほとんどない。より典型的には、アーティストは語りつづけるのだが、ただ彼のオーディエンスには聞こえないかたちで語っている。私たちの時代の重要なアートは、オーディエンスによって、沈黙（あるいはわからなさ、あるいは見えなさ、あるいは聞こえなさ）への移行として体験されてきた。アーティストの能力や、仕事に対する責任感の、解体として──したがって、それらに対する攻撃として。

オーディエンスを不快にさせ、挑発し、不満に陥れるというモダン・アートの慢性的習慣は、現代美学において「真剣さ」という重要な規準にもちあげられた沈黙という理想に対する、限定的・代理的参加であると見ることができるだろう。

だがそれはまた、沈黙という理想への、矛盾したかたちでの参加にもなる。矛盾しているというのは、ただアーティストが作品を作りつづけているということだけではなく、作品のオーディエンスからの分離は、けっして長続きしないからだ。時が経過し、より新しくもっと難解な作品が介入してくると、アーティストによる侵犯行為は受け入れられ、やがてはあたりまえのものになってしまう。ゲーテはクライストを、「見えない劇場」のために戯曲を書いていると批判した。だが見えない劇場も、やがては「見える」ものになる。醜いもの、不協和なもの、意味のないものが、「美しく」なる。アートの歴史とは、成功した一連の侵犯行為なのだ。

オーディエンスにとって受け入れられないものになること、というモダン・アートに特徴的な目標は、逆にアーティストにとっては、その場にオーディエンスがいることの受け入れがたさをも意味する——モダンな意味でのオーディエンス、すなわち覗き趣味的観客の集合体のことだ。少なくともニーチェが『悲劇の誕生』で、われわれが知っている意味での観客、すなわちその場にいるのに俳優たちが無視するオーディエンスはギリシャ人には知られていなかったと述べて以来、現代アートのかなりの部分は、アートからオーディエンスを追放するという欲望に動かされているように見える。そしてこの企てはしばしば、「アート」そのものをすっかり追放する試みだと見えることがある。(それに代わる「人生」のために?)

アートの力は否定する力にあるという考え方に立つとき、オーディエンスに対するアーティストの矛盾をはらむ戦いの究極の武器は、沈黙にむかって近く、より近く、接近してゆくことだ。アーティストとそのオーディエンスのあいだの感覚的・概念的ギャップ、失われあるいは中断された対話の空間もまた、禁欲的肯定のための地盤となりうる。ベケットは「私の夢見るアートはみずから打ち克つことのできない貧しさをうらみに思うことなく、また与えたり受け取ったりの滑稽劇など意にも介さない」と語る。けれども、かといって最小限の取引、贈り物の最小限の交換までもが廃されることはない——どれほど才気にあふれた厳密な禁欲主義であろうと、その意図にはかかわらず、よろこびを得る能力に関しては、利益を(損益ではなく)上げないことがありえないように。

そしてモダン・アーティストたちが意図的にせよ不注意にせよ犯した攻撃で、オーディエンスを廃棄したり、あるいはそれを何か別の物、共通の活動にたずさわる共同体へと転換したりするのに、成功したものはない。それは、できないのだ。アートが「絶対的」な活動として理解され価値づけられるかぎり、それは独立した、エリート主義的な活動でありつづける。エリートの存在は、大衆を前提とする。最高のアートがみずからを本質的に「司祭的」な目的によって定義しようとするかぎり、それは相対的に受け身であって、けっして完全に話がわかっているわけではない、覗き趣味的な世俗集団の存在を、前提とし、また承認してもいる。この集団が、定期的に召喚されては、観客となり、聴衆となり、読み手となり、聞き手となって——終われば追い出されるのだ。

アーティストにできる最大のことは、オーディエンスと自分自身のこんな状況において、異なった関係性をもたらすことだ。アートにおける沈黙という観念を論ずることは、この本質的に変えようがない状況のもとで、さまざまな選択肢を論ずることにすぎない。

4

沈黙はアートにおいて、どれほど文字どおりの姿で現われるのだろう。

沈黙は決意として存在する——アーティストの模範的自殺として。（クライスト、ロートレアモン。）アーティストはこれにより自分が「あまりに遠くへ」行きすぎたことを証言する。そしてまたすでに述べた、アーティストによるみずからの仕事の模範的な否認において。

沈黙はまた、罰としても存在する——自己処罰だ。それは意識の通常の境界を踏み越えてゆくことの代価として正気そのものが奪われることを証明する、アーティストの模範的狂気（ヘルダーリン、アルトー）の中にある。あるいはもちろん、アーティストの精神的不服従ないしは集団の感受性の転覆に対して「社会」が与える罰（検閲、アート作品の物理的破壊から、アーティストに対する罰金、追放、牢獄まで）の中にもある。

沈黙は、けれども、オーディエンスの経験としては、文字どおりの意味で存在するわけではない。それでは、観客がなんの刺激も受けなかったとか、どんな反応もできなかったということになってしまう。しかしそんなことはありえない。ありえないのみならず、誘発することさえできない。感覚刺激に気がつかなかったり、反応できなかったりといったことは、ただ観客の側が上の空だったり、自分の反応をめぐって誤解したりしている結果でしかない。(どんな反応が「ふさわしい」ものであるかについての偏狭な考え方によって過ちを犯すのだ。)オーディエンスというものが、定義上、ある「状況」に置かれた、感覚をもつ存在の集合体である以上、かれらがまったく反応をしめさないということはありえない。

あるいはまた沈黙が、その文字どおりの意味において、あるアート作品の特性として存在するということもありえない——デュシャンのレディメイドやケイジの「4分33秒」のように、アーティストがこれみよがしに、ギャラリーにオブジェを設置するかコンサート舞台でパフォーマンスをおこなう以上には、既存のアートの規準を満足させることは何もおこなわなかった場合でも。ニュートラルな表面、ニュートラルな言説、ニュートラルな主題、ニュートラルな形式は、存在しないのだ。何かがニュートラルであるのは、ただ他の何かとの関係においてのことだ——意図とか、期待とか。芸術作品の特性としては、沈黙はただ、料理されたというか文字どおりではない意味においてのみ、存在する。(言い換えてみよう。作品が存在する以上は、作品の沈黙とは単にその一要素にすぎない。)生の、あるいは達成された沈黙の代わりに、どんどん後ずさりする沈黙の地平にむかうさまざまな動きを、私たちは見出す——そしてそれらの動きは、定義上、完全に達成されることはない。ひとつの結果としては、多くの人々がばかげている、憂鬱だ、黙従している、冷たいなどといって貶めるようなタイプのアートに行き着く。だがこうした個人的形容にしても、アーティストの客観的意図というコンテクストの中に置かれていて、意図はつねに認識可能だ。伝統的に生命のない主題（ポップ・アートの多くでそうであるように）が思わせるような比喩的沈黙を培養し、あるいは感情的な反響を生まないと見える「ミニマル」な形式を作り出すことは、それ自体として厳密な、しばしば強い、選択だ。

そして最後に、芸術作品に対して客観的意図を負わせなくとも、知覚をめぐる逃れようのない真実は残る。知覚の全瞬間における、まぎれもない経験だ。ケイジが強調したように「沈黙などというものはない。音を立てる何ごとかがつねに起きている」（ケイジは、無響室でさえふたつの物音が聞こえると述べていた。自分自身の鼓動、そして頭の中をかけめぐる血流の音。）おなじように、からっぽの空間というものも存在しない。人間の目が見ているかぎり、何か見えているものが必ずある。何か「からっぽ」なものを見るということもやはり見ることには変わりなく、何かが見えているわけだ——たとえ自分自身の期待が生む幽霊だけであっても。十全さを知覚するには、人はそれを帳消しにする空無の感覚を維持しなくてはならない。逆に、空無を知覚するためには、世界の他のゾーンがみたされていることを見抜かなくてはならない。（『鏡の国のアリス』で、アリスが出会うのは「あらゆる奇妙なものでいっぱいのお店でした——でもことのほか不可思議なのは、その棚のどれでも、いったいそこに何があるのかを知ろうとして彼女が真剣に見るとき、その棚だけはいつもまったくからっぽで、それなのにまわりの他の棚は可能なかぎりいろんなものでいっぱいだったのです。」）「沈黙」は、その反対のものを必ず喚起し、その存在に依存している。「下」がなければ「上」がないように、「右」がなければ「左」がないように、沈黙を認識するためには、周囲に音や言語がなくてはならない。沈黙は、言葉その他の音にみちた世界で存在するのみならず、どんな沈黙もその同一性は、音により断ち切られた、一定の時間の持続にある。(こうして、ハーポ・マルクスの無言のおもしろみの大部分は、とりつかれたようにおしゃべりな連中に取り囲まれていることに負っている。)

完全なからっぽ、純粋な沈黙は、達成できない——事実としても、想像においても。芸術作品が、他の多くのものであふれた世界に存在するという理由だけによっても、沈黙あるいは空無を制作するアーティストは、何か弁証法的なものを作り出す必要がある。充溢する空虚とか、ゆたかな空無とか、反響する、あるいは雄弁な沈黙とか。沈黙は不可避的に言葉の一形式となり(多くの場合、不平とか告発とか)、対話の一要素となる。

5

アートにおける手段と結果のラディカルな還元計画は——アートそのものの否認という究極の要求を含めて——非弁証法的に、額面どおりに受けとるわけにはいかない。沈黙とそれに関連する観念(空無、還元、「ゼロ度」など)は、非常に複雑な用法をもつ境界的概念であり、特定の精神的・文化的レトリックをみちびいてゆく用語だ。沈黙のことを修辞学用語だとみなすのは、もちろん、そんなレトリックを詐欺扱いしたり、それに不信感を抱いたりしているからではない。私の考えでは、沈黙とからっぽさの神話は、「不健康な《アンホールサム》」時代においては、この上なく滋養のある、見込みのあるものだ——この時代というのは、芸術におけるほとんどのよい作品において、必然的に「不健康な」精神状態がエネルギーをもたらしているような、そんな時代をさしている。それでもこうした神話がもつパトス(情念)を否定することはできない。

このパトスは、沈黙という観念が、本質的にふたつだけの意味ある展開を許すという点に現われる。

それは完全な自己否定（アートとしての）にまで進められるか、あるいは英雄的・独創的なまでに一貫性のないかたちで実践されるかの、いずれかなのだ。

6

私たちの時代の芸術は、やかましいくらいに沈黙を求めている。

コケティッシュな、快活ですらあるニヒリズム。沈黙という命令を知りつつ、ともかくしゃべりつづける。何もいうことがないということがわかっているのに、そのことをどういえばいいかを探している。

ベケットはこんな希望をもっていた。アートが「実行可能な平面上で」これ以上物のじゃまをするのをやめること、アートが引き下がることだ。「とるにたらない功績に飽きて、可能である、能力があるというふりをすること、相も変わらぬことを少しだけうまくやる、陰気な道をさらに遠くまでてくてく歩くということに嫌気がさして」それに代わるのは「表現するものなど何もない、そこから表現すべきものなど何もない、表現する力などない、表現したいという欲望もない、けれども表現の義務だけはある、といった表現」からなるアートだ。この義務は、どこから来るのか。死を願う美学は、その願いそのものを、手に負えないほどいきいきとしたものにしてしまうように見える。

アポリネールはこういう、「私は孤独な者たちのあいだで白い（意味のとれない）身振りをした」と。だが彼はともかく身振りをしているのだ。

アーティストが沈黙を文字どおりに実行しながらアーティストでいつづけることはできないので、沈黙のレトリックがしめすのは、自分の活動を以前よりも曲がりくねったかたちで進めるという決意だ。ブルトンがいう「みたされた余白」は、そのひとつの道だろう。アーティストは作業の中心部分を空白に残したまま、アート空間の周縁部をみたしてゆくのに専心することを課せられる。アートは欠性で貧血気味のものとなる——デュシャンが手がけた唯一の映画である一九二四—二六年の作品、「貧血《アネミツク》シネマ」のタイトルが示唆するように。ベケットは「貧しい絵画」つまり「見事なまでに不毛な、どのようなイメージをも提示できない」絵画という構想を打ち出す。ポーランドのイェージー・グロトフスキの実験劇場のマニフェストは、「貧しい劇場のために」と題されていた。芸術の貧困化をめざすこれらの動きは、オーディエンスに対する単なるテロリスト的忠告ではなく、オーディエンスの経験をよりゆたかにするための戦略として理解されなくてはならない。沈黙、空無、簡素化《リダクシヨン》といった概念が描き出すのは、見ること、聴くことをめぐる新たな処方箋なのだ——芸術のより直接的で感覚に訴える経験を促進するか、あるいは、芸術作品に対してより意識的で概念的な対決を挑むかだ。

7

沈黙という地平に立つ芸術における手段と結果の簡素化の命令と、注意をむけるという能力との、関係を考えてみよう。その一側面において、芸術とは注意の焦点を合わせる技法、注意の技を教えるための技法だ。（もちろん人間の環境全体についてそういってもいいのだが——教育装置だと——このような言い方はとりわけ芸術作品にあてはまる。）諸芸術の歴史とは、ふんだんに注意を集中すべき一群の対象物を発見し、創出することに等しい。芸術の目がいかに私たちの環境を眺めやり、「名づけ」、限定されたいくつかのものを選び出し、ついで人々がそれらを意味のある、快い、複雑な事物として意識するようになるか、そのプロセスをはっきりと順を追ってたどることができるのだ。

（オスカー・ワイルドは指摘していた、十九世紀の詩人や画家のある者たちが教えるまでは、人々には霧が見えていなかった、と。そしてたしかに、映画の時代になるまでは、人の顔のこれほどの多様性と微妙な表情を見ていた者は誰もいなかった。）

かつてはアーティストの任務とは、ただ注意をむけるべき新しい領域と対象物をしめすことだと見えていた。そんな任務はいまも歓迎されるが、問題をはらむものともなった。注意という能力そのものが問の対象となり、より厳密な規準に照らされるようになったからだ。ジャスパー・ジョーンズがいうように「何かをちゃんと見るというだけでも大したことなんだよ、だってわれわれは何ひとつちゃんと見てはいないんだから。」

おそらく、人が何かにむける注意の質は、さしだされる対象が少ないほど良い（より少なく汚染され、気が逸れることも少ない）と思われる。貧困化した芸術を与えられ、沈黙によって追放されて、そのとき人は経験の避けることのできない歪みをともなう、注意がもつ苛立たしい選択性を乗り越えはじめることができるのではないか。理想的には、人はすべてに注意をむけることができるべきなのだ。

この傾向は、より少ないをめざす方向へと、いっそう傾いてゆく。しかし「より少なく」がこれほどまでにこれみよがしに「より多く」よりも自己主張するようになったことは、かつてなかった。

芸術が全面的な注意を求める「全的経験」となることをめざすという、現代の神話に照らしてみると、貧困化・簡素化の戦略こそ、芸術にとってもっとも大きな野心を意味するものになる。現実の衰弱とまではいわなくても、堂々と追求されるつつましさの見かけの下に認められるのは、エネルギーにみちた、世俗の、瀆神への意志だ。すなわち、「神」についての、束縛なく、選択的でない、全面的意識を獲得しようという願い。

8

芸術の制作と作品の、媒介された性格をあらわすには、言語が比喩としてもっともすぐれているのではないだろうか。一方で、言葉は非物質的媒体であり（たとえばイメージと比べた場合）、超越という企図、すなわち特異で偶然（すべての単語は抽象であり個別具体物にはごく大ざっぱに基礎を置いている、ないしは言及するにすぎない）の何かを超えてゆく意図に、本質的に関わる行為だ。他方で、言語とは芸術を作る素材としては、もっとも不純で、もっとも汚染され、もっとも使い古されたものだ。

言語のこの二重の性格——抽象性と、歴史的な「堕落」——が、今日の芸術全般の不幸な性格のミクロコスモスとして役立つ。これまでのところ芸術は超越をめざす迷宮のような道に沿ってきたため、きわめてドラスティックできびしい罰を与える「文化革命」でもないかぎりは、それが引き返すことは思いもよらない。しかし同時に芸術は、かつてはヨーロッパ思想の達成の頂点とも見えた世俗的歴史意識の、衰退の中に水没してもいる。二世紀ちょっとのあいだに、歴史意識は、解放、開け放たれた扉、祝福された啓蒙から、ほとんど耐えがたい自意識の重荷へと姿を変えた。アーティストにとって、すでになしとげられた何かを思い出させられることのない一語を記すこと（あるいはひとつのイメージ、ひとつの身振りを作ること）は、ほとんど不可能になってしまった。

ニーチェがいうように、「われわれの優越。われわれは比較の時代に生きている、かつてこれほど立証されたことがなかったというくらい立証することができる。」したがって「われわれは別のかたちで楽しみ、別のかたちで苦しむ。われわれの本能的行動は、聞いたこともないような数の物事を比較することにある。」

ある程度まで、アーティストの共同体とその手段の歴史性は、間主体性という事実そのものに暗黙のうちに含意されている。個々人が、世界内存在なのだから。しかし今日、とりわけ言語を使う芸術においては、このあたりまえの事態が、特別で、人を消耗させる問題だと考えられるようになった。

言語は共有物であるというだけではなく、何か堕落したもの、歴史的蓄積の重みにおしつぶされそうなものとして経験されるようになった。それで、個々の意識的アーティストにとって、作品の制作は、意味をめぐるふたつの相反する可能性のある領域と、そしてそれら相互の関係とも、とりくむということを意味することになった。一方に、アーティスト自身の意味。(ないしは意味の不在。)他方に、アーティスト自身の言語を拡張するとともにそれを妨害し、妥協させ、質を低下させることにもなる二次的な意味の組。アーティストはふたつの、結局はそれ自体限定的な選択肢のいずれかを選び、従属的でも独断的でもない立場をとることを余儀なくされる。オーディエンスにへつらい、かれらがすでに知っていることを与えてその欲求をみたしてやるのか、オーディエンスにかれらが欲しがらないものを与えて攻撃を加えるのか。

モダン・アートはこうして、歴史的意識が生んだ疎外を、惜しみなく伝達する。アーティストのやることが何であれ、それはアーティストの置かれた状況を、つまりは先行者や同時代のアーティストに対する彼のスタンスを絶えずチェックしつづけるという衝迫を生み出しつつ、すでになされた何かとおなじ線上に(通常は意識的に)あるのだ。歴史へのこの恥ずべき隷属化を補償するように、アーティストは完全に非歴史的な、したがって疎外されていないアートという夢を見ては、得意になっているだけだ。

9

「沈黙する」芸術は、このような非歴史的ヴィジョンへの、ひとつの取り組み方だ。見る《ルッキング》ことと凝視《ステアリング》することとの違いを考えてみよう。見ることは意志による。それはまた動き、興味の焦点にむかったり興味が尽きたりするにしたがって、強度が高まったり低下したりする。凝視のほうは、強制的性格をもっている。それは安定し、変わることなく、「固定」している。

伝統的芸術は、見ることをうながした。沈黙の芸術は、凝視をひきおこす。沈黙の芸術は──少なくとも原理上──注意から人を解放してくれることがない。なぜなら、これも原理上、そもそも注意を求めたことが一度もないのだから。凝視は、おそらく現代芸術が達成しうるかぎりで、もっとも歴史から遠く、もっとも永遠に接近している。

10

沈黙とは、きれいに洗われ干渉することのないヴィジョンのメタファーで、見られるより以前にそもそも反応がなく、人間がどれほど細かく見ようともその本質がいささかも動揺しないような芸術作品にふさわしい。観客は、まるで風景に対するように、芸術に接近することになる。風景はそれを見る者に「理解」も、その意義に対する批評も、不安や同情も求めない。求めるのは、観客の不在であり、観客がそれに対して何ひとつ付け加えないということだ。じっと見つめることは、厳密にいって、観客の側の自己忘却を意味する。見つめるに値する対象とは、じつは知覚する主体を無化するものなのだ。

　自然に対する美学的関係に似た、オーディエンスとしては何も付け加えることのできない理想的な充溢ぶりを、現代芸術の多くがめざしている――退屈さ、簡素化、非個人化、非論理といった、さまざまな戦略によって。原則として、オーディエンスの側は自分の考えを付け加えることも許されない。あらゆる作品が、ちゃんと知覚されるかぎり、すでに充満しているのだ。音を出す何ごとかがつねに起きている以上、沈黙などというものは存在しないと説明したケイジが以下のように語るとき、意味していたのはそれだろう。「本当に聴きはじめたなら、そのときから、考えることなどもう誰にもできないんだ。」

　充満――空間のすみずみまでがみたされていてどんな観念もつけいる余地がないという経験――が意味するのは、そこには入りようがないということだ。沈黙する人は、他人にとっては不透明な人になる。誰かの沈黙は、その沈黙を解釈し、それに言葉を与えるための、一連の可能性を開く。

　この不透明性が精神的な眩惑をひきおこすというのが、ベルイマンの『ペルソナ』の主題だった。女優がわざとする沈黙には、ふたつの側面がある。彼女自身に関すると思われる決定としては、話すことの拒絶は、倫理的純粋への希求に対して彼女が与えたかたちだ。だがそれはまた、行動としては、権力行使の手段で、一種のサディズム、犯しえない力の位置ともなり、その位置から彼女は、話をするという重荷を背負わされている、看護師＝伴侶をあやつり、また混乱させる。

　だが沈黙の不透明さを、もっと肯定的なもの、不安とは無縁なものとして考えることもできる。キーツにとって、ギリシャ壺の沈黙は、精神的な糧を与えてくれるものだった。「聞こえない」メロディはいつまでも残り、一方で「官能的な耳」にむかって奏でられるメロディは朽ちてゆく。沈黙は人を捕える時間（「ゆるやかな時間」）だとされる。人はギリシャの壺をいつまでも見つめることができる。キーツの詩が論じるところでは、永遠こそが思考にとって唯一のおもしろい刺激であり、それはまた終わりのない、答えられない問（「沈黙のかたちよ、おまえは私たちを思考の外に誘い出す／永遠がそうするのとおなじように」）が精神活動の終わりを告げる唯一の機会でもある。それを通じてわれわれは、完全にうつろでもあればすっかり充満してもいる、観念の最終的等号（「美は真、真は美」）に到達するのだ。キーツの詩は、もし読者が彼の議論をきちんと追っていなかったならば、からっぽな英知、ありふれた考えとしか見えないような言葉へと、きわめて論理的に行き着いて終わる。時間、あるいは歴史が、決定的・確定的な思考の媒体であるのとおなじく、永遠の沈黙は思考を超えた思考を準備し、それは伝統的な考えや精神の通常の使い方から見るならば、まるで思想とも思えないものとなっている――あるいは新しくて「むずかしい」思考の見本のように思われる。

11

沈黙の魅力の背後にあるのは、知覚的・文化的な白紙状態を望む気持ちだ。そしてそのもっとも望ましく野心的なヴァージョンにおいては、沈黙の擁護は完全なる解放という神話的企図をあらわすものとなる。ここでめざされているのはまさに、アーティストの自分自身からの解放、個別の芸術作品からの芸術の解放、歴史からの芸術の解放、物質からの魂の解放、知覚的・知的限定からの精神の解放にほかならない。

それに気づいている人もいるとおり、私たちがまだ知らずにいる思考、考え方が存在する。たとえまだ生まれていないとしても、そのような知以上に重要で貴重なものはない。それが生む危急の感覚、精神的な落ち着かなさは、なだめることができず、二十世紀のラディカルな芸術に燃料を与えつづけている。沈黙と簡素化の擁護を通じて、芸術はみずからに対して暴力をふるい、芸術を一種の自己操縦、呪術へと変えている——これらの新しい思考を誕生させようと努力しながら。

沈黙とは芸術のトランスヴァリュエーションのための戦略であり、芸術それ自体が人間的諸価値の来るべきラディカルなトランスヴァリュエーションを告げるものなのだ。しかしこの戦略が成功するとき、それはやがてはそれ自身が廃棄されること、あるいは少なくとも相当な変更が加えられることを意味するにちがいない。

沈黙とはひとつの予言であり、そこではアーティストの行為は予言を成就しようとしているとも、逆行させようとしているとも見える。

言語が沈黙においてみずからの超越をめざしているように、沈黙も沈黙自身の超越をめざしている——つまり沈黙を超えた言葉を。

しかしこの企ての全体は、アーティストもまたこのことを自覚しているとしたら、一種の背信行為にもなりうるのではないか。

12

有名な引用をひとつ。「およそ考えられることのすべては、明確に考えることができる。およそいわれうることのすべては、明確にいうことができる。けれども考えられるすべてが、いわれうるわけではない。」

心理学的問題を周到に避けたヴィトゲンシュタインは、「およそ考えられることのすべて」をいったい誰が、なぜ、いつ、どんな状況下で、言葉にしたいと思うのか（そうできたとして）、「およそいわれうることのすべて」を口にしたいと思うのか（明確であろうとなかろうと）を問わない。

13

いわれるすべてについて、人は問うことができる。「なぜ？」（そこには「なぜ私はそんなことをいうのか？」そして「なぜ私は、何であれそもそも、いわなくてはならないのか？」が含まれる。）

それに厳密にいって、いわれてしまったことは何ひとつ真ではないのだ。（ある人自身が真実でありうるとしても、それをいうことはけっしてできない。）

それでも、いわれうることが役に立つこともある——人々がいわれた何かを真であるとみなすとき、意味しているのはそういうことだ。言葉は教え、安心させ、混乱させ、高揚させ、影響し、反目させ、感謝させ、悲嘆させ、驚かせ、活気づけることができる。言語が行動を起こさせるために使われるのは普通のことだが、ある種の言語表現は、文字でも口頭でも、それ自体としてある行為をおこなっている。（約束、罵り、遺贈のように。）行為を起こさせること以上に一般的な言葉の使用としては、さらに言葉をひきだすということがある。しかし言葉はまた、黙らせることもできるのだ。これもまったくあたりまえのことかもしれない。一方の極に沈黙があるのでなければ、言語というシステムの全体が崩壊してしまう。言葉の、弁証法的対極としての機能を超えて、沈黙には——言葉とおなじく——より特定的で、特に避けがたいわけでもない使用法もある。

沈黙の使用法のひとつ。それは思考の不在もしくは拒絶を意味するというものだ。沈黙はしばしば、抑圧的な社会関係における魔術的もしくは模倣的（演劇的）手法として用いられる。イエズス会士が目上の人と話す場合の規則とか、子供をしつける場合のように。(これをたとえばトラピスト会における ような修道会の修行と混同してはいけない。こちらでは沈黙は禁欲的行為であり、完全に「みたされて」あることの証言ともなる。)

沈黙のもうひとつの、見たところ対極的な使用法。思考が完結したことの証言、がそれだ。カール・ヤスパースの言葉によれば「最終的回答をもつ者は、みずからが信じることのために真のコミュニケーションを断ち切るので、もう他人にむかって話すことができない。」

沈黙の、さらにひとつの用法。思考の持続もしくは探求のために、時間を与えてくれること。言葉が思考を閉め出してしまうことは、よくあるだろう。(一例をあげるなら、批評という営みにおいて、批評家はアーティストの誰それに関して、あの人はこれだ、あの人はあれだ、などなどということを避けられるとは思えない。)しかし、ある問題は、決着がついていないと決心するなら、ついていないのだ。おそらくこれが、たとえばバックミンスター・フラーのような現代における精神的スポーツ選手がおこなってきた意志的な沈黙の実験の背後にある理由であり、あるいは正統フロイト派精神分析家たちの概して権威主義的で偽善的な沈黙にひそむ知恵の要素なのだろう。沈黙は、物事を「開いておいて」くれる。

沈黙の、さらにもうひとつの用法。言葉がその最大の完全性および真剣さに達することができるように、それを飾る、もしくは助けること。長い沈黙をはさむとき、単語がいかに重みを増し、ほとんど手触りが感じられるほどになるかは、誰でも経験したことがあるだろう。あるいはまた、口数を減らすほど、与えられた空間内での自分の物理的存在を、よりしっかりと感じはじめるかを。沈黙は「悪い言葉」の土台を崩す。悪い言葉と私がいうのは、切り離された言葉のことだ——体から(したがって感情からも）切り離され、話し手の官能的存在や具体的個別性によって、あるいは言語使用の個々の機会によって、有機的にかたち作られていない言葉。肉体との絆を失えば、言葉は堕落する。それは偽の、ばかげた、卑劣な、重みのないものになってしまう。沈黙はこの傾向に住みつき、あるいは逆らい、一種のバラストとなって、言語が中身のないものにならぬようにそれを見張り、あるいは修正すらしてくれる。

言語の信頼性を脅かすこうした要素（信頼性とは個別ないしは一群の言語表現にではなく、話し手と発話と状況のむすびつきに依存する）を考えると、ヴィトゲンシュタインの発言にあった「いわれうることのすべて」を明確にいうという想像上の企図は、恐ろしいほど複雑に見えてくる。（いったいどれだけの時間があるというのだろう？　急いで話さなくてはいけない？）明確な言葉をめぐる哲学者の仮定的宇宙（そこではただ「話すことができないこと」のみが沈黙に属するとされる）は、モラリストの、あるいは精神分析家の、悪夢であるように見える――少なくとも、そこは誰も軽い気持ちで入っていっていい場所ではない。「およそいわれうることのすべて」をいいたい人間など、いるのだろうか。心理学的にいって妥当だと思われる答えは、ノーだろう。しかしイエスという答えもまたありうるのかもしれない――近現代文化の、より高まってきた理想としては。それこそが今日、多くの人々がたしかに求めていることではないか――いえるかぎりのすべてをいうということを？　けれどもこの目標を、内的葛藤なく維持することはできない。心理療法の理想像が普及したこともあって、人々は「すべて」を語りたいと切望している。（それによって、公的活動と私的活動、情報と秘密のあいだの区別の崩壊をいっそう推し進めてもいるわけだが。）だがこの人口過剰な世界がグローバルな電子コミュニケーションとジェット航空機旅行により、生物として健康な人間には衝撃を受けることなく取り込むことがとてもできないほどに速すぎ激しすぎるペースで連結されている状況下では、人々はまた言葉とイメージのこれ以上の増殖に対しては嫌悪感を抱くしかない。無限の「テクノロジー的複製」と、印刷された言語およびイメージ（「ニュース」から「芸術作品」にいたるまで）のほとんど全世界的拡散、さらには政治・広告・エンターテインメント分野での公的言語の頽廃といったじつにさまざまな要因が、とりわけ現代大衆社会の、よりよく教育を受けた人々のあいだに、言語の価値下落をひきおこしているのだ。（私は、マクルーハンとは反対に、イメージの力と信頼性の下落は、厄介きわまりない言語のそれに劣らず深い、そして本質的にいって類似の、事態として起きていると考えている。）そして言語の威信が下落するにつれて、科学のそれが上昇する。

私がここでふれようとしているのは、言語に対する現代の両義的態度の、社会的コンテクストだ。事態は、もちろんこれよりもずっと根深い。特定の社会学的決定要素に加えて、言語に対してつねにあった不満とでもいったものが作用していることを認めないわけにはいかないから。それは東洋および西洋の大文明のいずれでも、思考がその複雑さと精神的真剣さにおいて、きわめて高い、人を苛むほどの水準に達したときには必ず、表明されるものだ。

伝統的には、これは宗教的語彙によって言いあらわされてきた。「聖」と「俗」、「人間的」と「神的」といったメタ絶対的用語によって、言語そのものに対する不満がしめされた。特に、アートのディレンマや戦略の先駆ともいえるものが、神秘主義の伝統の中でもラディカルな人々の中に見つかる。（例として、キリスト教文書の中ではディオニシウスの『ミスティカ・テオロギア』、作者不詳の『非知の雲』、ヤコブ・ベーメやマイスター・エックハルトの著作、そして禅、道教、スーフィの文書に見られる、それらと平行する考え方。）神秘主義の伝統は、ノーマン・ブラウンの表現を借りるなら

「言語の神経症的性格」を、つねに認識してきた。（ベーメによると、アダムは世に知られているすべての言語と異なった言語を話していた。それは「肉感的な言葉」で、感覚的自然の完全な一部となっている存在だけに可能な、諸感覚の無媒介的表現手段なのだという——つまり、ただ人間という病んだ動物を除いて、すべての動物たちが現在も使っている言葉のことだ。ベーメはこれを唯一の「自然言語」、歪みや幻想から自由なただひとつの言語であるとし、人は楽園を回復したときふたたびそれを話すようになると考えた。）だが私たちの時代にあっては、そのような考え方をもっとも衝撃的なかたちで推進しているのは、さまざまな宗教的伝統の臆病な継承者たちではなく、アーティストたち（そしてある種のサイコセラピストたち）なのだ。

普通の精神の、ひからびて型にはまった生活に対するあからさまな反逆として、アーティストは自分なりのやり方で、言語の見直しを呼びかける。現代芸術の大きな部分が、汚染された言語をきれいに洗い去った意識、またいくつかのヴァージョンにおいては、世界をもっぱら慣習的な言語の（データベース的意味においては「合理的」「論理的」な）用語によって捉えることで生まれる歪みを払拭された意識をめざす、このような探求によって動いている。アートそのものが、意識を支配する生気のない静的な言語化の習慣をほどき、「肉感的な言葉」のモデルを提示しようとする、一種の対抗暴力となっているのだ。

ともあれ、諸芸術が宗教の言葉から言語にまつわる問を受け継いで以来、不平不満の音量は上げられた。究極的には、意識のもっとも高い目標に対して、不十分だとされるのは言葉だけではないのだ。あるいは、言葉がじゃまをするということですらない。アートは二重の不満を表現している。私たちには語が足りず、また、あまりに多くをもちすぎている。それが言語をめぐってふたつの不満を呼び覚ます。語はあまりに粗野だ。語はまた、あまりに忙しすぎる——それらは、感情と行為という人間の能力について機能不全であるのみならず、むしろ積極的に精神を殺し感覚を鈍らせることにもなりうる、意識の過剰活動をひきおこすことにもなるのだ。

言語は、出来事という地位に落とされる。時の中で生じる何か、発話の前、そして後にやってくるもの、さししめす声。やってくるのは沈黙だ。ということは沈黙とは、言葉の前提であるとともに、適切に方向づけられた言葉の結果ないしは目標でもある。このモデルに立つと、アーティストの活動とは沈黙の創出ないしは創設ということになり、有効な芸術作品はその背後に沈黙を残してゆく。アーティストが管理する沈黙は、知覚的・文化的セラピーのプログラムの一部であり、しばしば説得というよりはショック療法的モデルに立っている。言語をもっぱら使うアーティストの場合も、このおなじ仕事に参加することができる。言語は言語を阻止するために、沈黙を表現するために、使うことができるのだ。マラルメは、語を使って、私たちの言葉が充満した現実をきれいに片付けるのが、詩の仕事だと考えていた——事物のまわりに沈黙を作り出すことで。アートは言語そのものに対する全面攻撃をしかけなくてはならない。言語およびその代替物を使い、沈黙という規準のために。

14

結局のところ、意識に対するラディカルな批判（最初は神秘主義の伝統によって輪郭を描かれ、いまでは非正統的精神療法とハイ・モダニスト・アートにより推進されている）は、つねに責任は言語にあるとする。意識は重荷だが、それはこれまでにいわれたすべての語の記憶だとされる。

クリシュナムルティは、私たちは事実の記憶とは異なる記憶としての心理的記憶をあきらめなくてはならないという。そうでなければ、ただ新しい器を古いものでみたしつづけるばかりで、個々の経験をそれ以前のものにひっかけることで、経験そのものを閉ざしてしまう。

私たちは個々の感情や思考の果てまでゆくことで、連続性（心理的記憶が担っている）を断ち切らなくてはならない。

そして果てまでゆきついたとき、それに（しばらくのあいだ）つづくのは、沈黙だ。

15

『ドゥイーノ悲歌』第四歌で、リルケは言語の問題について比喩的なことを述べ、彼が可能であると考えるかぎりにおいて沈黙という地平にもっとも接近できるところまで行くという手法を勧めている。「からっぽにする」ことの前提として欠かせないのは、自分が何によって「みたされているか」を知覚できるようにすること、どんな言葉や機械的動作が自分につめこまれているかを知ることだ。人形のように。そのときはじめて、人形とまっこうから対立することにおいて、「天使」が現われる。人形とおなじく非人間的ではあるがより「高い」可能性、まったく無媒介的な、言語を超えた理解をあらわす形象だ。人形でも天使でもない人間は、言語の王国に留まりつづける。けれども自然のために、ついで事物のために、ついで他の人々のために、ついで単なる観客という不自由な立場ではなく経験されるべき日常生活という織物のために、言語はみずからの純潔を取り戻さなくてはならない。リルケが第九の「悲歌」で記すように、言語の償いは（つまり意識の中に内面化することによる世界の償いは）長く、無限に骨の折れる仕事なのだ。人間たちはあまりにも「堕落した」ために、もっとも簡単な言語行為からはじめなくてはならない。事物の名づけだ。言説全般の腐敗から救い出すことができるのは、あるいはこの最小限の機能だけなのかもしれない。言語は恒久的な簡素化の状態のうちに留まらなくてはならないのかもしれない。もっともおそらく、言語を名づけに限定するということの精神的訓練が完全に達成されたときには、別の、より野心的な言語使用に移行することができるのかもしれないが、意識がふたたび自分自身と離反してしまうようなことは、何も試みられるべきではない。リルケにとって、意識の疎外の克服は、想定できることだった。それも神秘主義者たちのラディカルな神話の中でのように、言語を完全に超越するという道によるのではなく。ただ言語の活動範囲と使用法を、極端に切りつめればいいのだ。驚くべき精神的準備（「疎外」の反対）が、この一見なんともたやすく見える名づけという行為には求められた。それはまさに、諸感覚を磨き調和をもって研ぎすますことにほかならない（これはほぼおなじ目標をもち言語的＝理性的文化に対するおなじ敵意に立ちながらも非常に暴力的なランボーの「諸感覚の全般的錯乱」のようなプロジェクトとは正反対のものだ。）

リルケの治療法は、醜悪なまでに完全にできあがった文化制度としての言語の麻痺状態につけいることと、完全な沈黙の自殺的めまいに身をまかせることとの、中間にある。だが言語を名づけに還元するこの中間地帯は、彼のやり方とはまったくちがうかたちでも、領有を主張できる。リルケが提唱する（そしてフランシス・ポンジュが提唱し実践する）おだやかな唯名論を、他の多くのアーティストが採用する野蛮な唯名論と比べてみよう。モダン・アートにとって、よりなじみのある解決法としての目録の美学は、事物を「人間化」しようとしてのことではなく――リルケのように――事物の非人間性、非個性、人間の関心に対する事物の無関心と分離を認めることから作られる。（名づけに対する「非人間的」関心の例。レイモン・ルーセルの『アフリカの印象』、アンディ・ウォーホールのシルク・スクリーン絵画と初期の映画、そして言語の機能を物理的描写と場所設定に限定したロブ＝グリエの初期小説。）

リルケとポンジュは、優先順位はたしかに存在すると考えている。空疎な事物に対してゆたかな事物、あるいはある種の魅力のある出来事。（これは言語という皮を剝き、「もの」そのものに語らせたいという動機にもなる。）より決定的にはかれらは、偽の（言語でつまってしまった）意識状態があるとして、その逆に本来あるべき意識状態も存在すると考えている――それを推進するのがアートの役目なのだ。これに対抗する見方は、ある物は他の物よりもより「意味」が深いとする関心と意味の伝統的なヒエラルキーを否定している。経験の真偽、意識の真偽といった区別もまた否定される。原則として、人はすべてに注意を向けたいと望むべきなのだ。この見方はいたるところで実践されているけれども、ケイジによってもっとも優雅なかたちで定式化されていて、目録・カタログ・表面の芸術につながってゆく。そして「偶然」の芸術にも。芸術の機能は、何か特定の経験を支持することにではなく、経験の多様性にむかって開かれた存在の状態を支持することにある――それが実践面においては、ふつうつまらないとか価値がないと思われる事物を、断固として強調することにつながる。

現代アートの、カタログや目録の「ミニマルな」語りの原理への執着は、ほとんど資本主義的世界観のパロディみたいに見える。そんな世界観では、環境は破砕されて「アイテム群」となり（アイテムとは事物、人間、芸術作品、自然の有機物をぜんぶ含むカテゴリー）、あらゆるアイテムは物品として扱われる――ばらばらの、ポータブルな物だ。目録の芸術においては価値を全般的に均すことが推奨されるが、これ自体、理想的なかたちで単調な言説への、可能なアプローチのひとつでしかない。伝統的にいって、芸術作品の効果の配分にはむらがあり、それがオーディエンスにある種の順番で生起する経験を作り出す。はじめは興奮させ、ついで操作し、やがては感情的期待をみたしてやる。ここで提唱されているのは、この伝統的意味での強調部分を欠いた言説だ。(ふたたび、見ることに対する凝視の原理。)

そのような芸術はまた、大きな「距離」を生むものだとも呼べるだろう。(観客と作品のあいだに、観客と観客自身の感情のあいだに。)けれども心理的に、距離はしばしばもっとも強い感動状態にむすびつき、そこでは何かが扱われるときの冷淡さや非個人性が、その物が私たちにとってもつ飽くことなき関心を計るものとなる。「反ヒューマニスト」芸術の大部分が提示する距離は、じつは強迫観念に等しい——それもまた「事物」とのひとつの関わり方だが、それはリルケの「ヒューマニスト」的唯名論には窺い知ることのできないものだ。

16

「書いたり話したりといった行為には、どこか奇妙なところがある」とノヴァーリスは一七九九年に書いていた。「人々が犯す、ばかげた、驚くべき過ちは、自分たちが語を物との関係において使っていると思いこむことだ。かれらは言語の本性に気づいていない——言語は自立し言語自身にしか関心を抱かない。それが言語をあれほどまでにゆたかですばらしい謎とするのだ。誰かがただ話すために話しているときにこそ、彼は彼自身に可能なもっとも独創的で真実なことをいっている。」

ノヴァーリスのこの言葉は、見たところひとつの逆説だと思われることを説明する役に立つかもしれない。芸術の沈黙に対する擁護がこれほどにも広くゆきわたった時代にあって、おしゃべりな芸術作品の数がしだいに増えているのだ。おしゃべりとくりかえしの多さは、散文フィクション、音楽、映画、舞踊といった時間芸術でとりわけ目立ち、それらの多くの作品は一種の存在論的な吃りを起こしている――線的で始まり＝真ん中＝終わりという構成がはっきりしている点に由来する、きれいに冗長さを排した言説にむかうことをそれらが拒絶しているせいで、この傾向が助長される。だが、実際には、そこに矛盾はない。というのは現代における沈黙の魅力が、単に敵対的に言語を退けることを意味したことはないのだから。それは同時に、言語に対する非常に高い評価を意味してもいるのだ――その力、その過去の健康、そして自由な意識に対して言語がつきつける現在の危険。この強くまた両義的な評価から、抑圧することができない（そして原則として終わりのない）ようにも、奇妙なほど曖昧で苦痛なほど簡素化されているようにも見える言説への衝動が生まれる。スタイン、バロウズ、ベケットのフィクションに認められるのは、言語以上に雄弁になること、あるいはしゃべり倒して沈黙に至ることが可能なのかもしれないという、崇高な考え方だ。

これは結果がかなりの程度まで予想がつく以上、あまり見込みのある戦略とはいえない。しかしおそらくそれほど奇妙なものでもないのかもしれない、沈黙の美学がいかに多くの場合、ほとんど制御されていない真空恐怖のかたわらに現われるかを考えるならば。

これらふたつの正反対の衝動を容れるためには、空間のすべてを、情動的重みのほとんどない物で埋めたり、大きな部分をほとんど加工されていない色あるいは均等な細部をもつ物で覆ったり、あるいはまた可能なかぎり抑揚も感情的変化も強調の上り下がりも少ない言説をつむぎだすといった必要が生じるかもしれない。こうした手続きは、危険を退けようとする強迫神経症者の行動に似たところがあるように見える。そんな人の行為は、おなじかたちで反復されなくてはならない。なぜならおなじ危険がつづいているのだから。しかも、終わることなく反復されなくてはならないのだ、危険が去るそぶりを見せてくれない以上。しかし強迫観念にも似た芸術の言説を燃えたたせている感情的炎は、ごく小さな火にまで落とすことができるため、それがそこにあることをほとんど忘れることさえできる。すると耳に聞こえるのは、一種の安定したブーンという雑音だけになってしまう。目に見えるのは、空間を物がきれいに埋めているところか、あるいはより正確にいえば、物の表面的ディテールの忍耐強い転写だけになってしまう。

17

ときには言語に対する告発は、言語のすべてにむかってではなく、書き言葉だけにむけられる。そこでトリスタン・ツァラはすべての本と図書館を燃やして、新たな口承伝説の時代を作ろうと提案した。またマクルーハンは、誰もが知っているとおり、書字言語（それは「視覚空間」に存在する）と話し言葉（こちらは「聴覚空間」にある）をもっときびしく分割し、感受性の基礎として、後者のほうが精神的・文化的にすぐれていると讃えた。

書字言語がもっぱら責めを負わされるのであれば、問題となるのは簡素化というよりも、言語が何かよりルースで、より直観的で、組織も屈折も弱く、非線形（マクルーハンの用語）で、しかも――目立って――おしゃべりなものになるという、その変貌だろう。けれどもいうまでもなく、まさにこうした特質が、私たちの時代の偉大な散文作品の多くを特徴づけているのだ。ジョイス、スタイン、ガッダ、ローラ・ライディング、ベケット、そしてバロウズは、その規範もエネルギーも話し言葉に由来する、循環的・反復的な動きをもち本質的に一人称の声に立つ言語を使っている。

「ただ話すために話すことこそ解放への道」とノヴァーリスはいった。（何からの解放だろう。話すことから？　芸術から？）

私の考えでは、ノヴァーリスは作家の言語に対する適切な接し方を簡潔に述べ、芸術としての文学の基本的な規準を提示してみせたのだ。だがいったい話し言葉がどこまで、芸術としての文学の言葉の特権的モデルとなるのかは、まだ答えのない問だ。

18

芸術言語がこのように自律的で自足している（そして結局は自省的である）という考え方が育っていったことの当然の結果として、芸術作品の中に伝統的に求められてきた「意味」の衰退がある。「話すために話す」ことは、私たちに、言語的ないしはパラ言語的ステートメントの意味を考え直すことを強いる。芸術言語の規準としての意味（芸術作品の外にある実体を参照するものとしての）を捨て、「用法」を選ぶことになるのだ。（ヴィトゲンシュタインの有名なテーゼ「意味とは用法だ」は、芸術に関して厳密に適用することができるし、されなくてはならない。）

部分的あるいは全面的に「用法」へと転換された「意味」こそ、沈黙の美学の大きな展開ともいえる、「リテラルネス」（文字どおりであること）という広く使われる戦略の背後にある秘密だ。これの変異型のひとつが、カフカやベケットといったそれぞれ非常に異なる作家に見られる、隠されたリテラリティ（文字どおり性）だ。カフカやベケットの物語にとまどわされるのは、それらが、読者が物語に対して強力に象徴的・寓意的な意味を与えるように招いていると見えるのと同時に、そうした意味を与えることを退けるようにも見えるからだ。ところが物語を検討してみると、それはそれが文字どおりに意味している以上のことは何も教えてくれない。かれらの言語の力は、まさに意味がそんなにも剝き出しになっていることから生じる。

そのように剝き出しであることの効果は、しばしば一種の不安として現われる――見慣れた事物がいつものところになかったり、ふだんの役割を果たしていなかったりするときに生まれる不安だ。シュルレアリストたちが想像の風景の中で結合させる、「気がかりな」オブジェ、事物の思いがけないスケール感や状況とおなじく、思いがけないリテラルネスによって、人は不安にさせられる。完全に謎めいているものは、精神的には同時に安心を誘うことも不安を引き起こすこともある。（この背反する一対の感情を揺り動かすのに完全な一個の機械として、オランダのある美術館に所蔵されたヒエロニムス・ボッシュの絵画がある。そこでは幹の両側に耳がついた木々が描かれていて、まるで木々は森に耳を傾けているようであり、森の地面には目玉がばらまかれている。）完全に意識的な芸術作品を前にすると、人は不安と超然と性的興味と、健常な肉体をもつ人が身体欠損のある人を見かけて感じる安心が、渾然一体となったような気分になるものだ。ベケットは「部分的対象物ではなく全的な対象物、失われた部分をも含めて。これは程度の差」であるような芸術作品のことを、好意的に語っていた。

だが実際、全体性とは何であり、芸術において欠けたものがないという感覚を構成するのは何だろう。この問は、原則として、回答不可能だ。どのようなかたちであれ、芸術作品とは、異なったものなのだ――これまでずっとそうだった、そうでありうるものなのだ――から。これらの部品が、この順序で並んでいなくてはならないことの必然性は、けっして説明されない。それはただ与えられる。

この本質的偶発性（ないしは開かれた性格）を拒絶することが、オーディエンスに対して、作品を解釈することによりその完結性を確認するという意志をかきたてる。そして、省察的なアーティストと批評家が共有する、芸術作品とはいつもその「主題」に対して遅れている、あるいは不十分であるという感覚をもたらすのも、やはりそれだ。しかし、芸術が何かを「表現する」のだという考え方を支持するのでないかぎりは、これらの手続きという態度は、いささかも不可避のものではない。

19

芸術とは「表現」であるとするこの抜きがたい概念は、沈黙という観念のうちでもっともありふれた、また疑わしいものを生むことにもなった——「言いあらわせないもの」という考え方がそれだ。この理論が前提とするのは、芸術の領土とは「美」であり、それは言いあらわせないもの、描写できないもの、言葉にできないものだということを含意している。たしかに、表現しえないものを表現しようとする試みは、芸術の規範そのものであると考えられている。そしてそれがときには、散文作品と詩の厳密な区別——私にとってはその区別は成立しないが——を生む機会にもなっている。小説とは厳密にいって芸術形式ではないという有名な説（まったく別の文脈でサルトルによってくりかえされた）をヴァレリーが唱えたのは、この立場からだった。彼が理由とするのは、散文の目的が意思伝達である以上、散文言語の用法は完全にストレートなものだ、ということだった。芸術である詩のほうは、まったく異なった目的をもつべきだ。本質的にいって語りがたい経験を表現すること、言語によって沈黙を表現することがそれだ。散文作家とは対照的に、詩人は自分自身の道具を転覆させ、そのむこうをしめそうとしているのだ。

この理論は、芸術の関心は美だということを当然と考えているかぎり、あまりおもしろくない。（モダンの美学はこの本質的に空虚な概念に頼ることで不自由になっている。まるで芸術とは美「について」のものだというように！　科学とは真理「について」のものだというように！）だが、たとえ理論が美という観念を捨てたとしても、いっそう厄介な反論が残る。言いあらわせないものを表現することこそ詩（すべての芸術のパラダイムとしての詩）の本質的機能であるとする見方は、あまりにも無邪気に非歴史的なのだ。言いあらわせないものとは、たしかに意識の昔からある一カテゴリーだが、それがいつも芸術によく住みついてきたとはとてもいえない。それは伝統的には宗教の言説にあり、それにつづいては（プラトンが第七書簡で語るように）哲学にあった。現代のアーティストたちが沈黙に関心を抱いていること——そしてその延長のひとつとして言いあらわしえぬものに——は、芸術の「絶対性」という広くゆきわたった現代の神話の結果として、歴史的に理解されなくてはならない。沈黙に置かれる価値は、現実の本性によって決まるのではなく、現代では芸術作品とアーティストの活動にある種の「絶対的」特質が付与されることから、派生してくる。

芸術が言いあらわしえぬものにどの程度まで実際に関わっているかは、より特定的でも現代的でもある。芸術は、そのモダンな意味においては、つねに形式の体系的侵犯とむすびついてきた。モダンのアーティストたちによる、それ以前の形式的習慣に対する体系的違反は、かれらの作品に対してある種の語りえぬものとしてのアウラを与える——たとえばオーディエンスが、そこでいわれてはいないがいわれえた何かの陰画的存在のようなものを、不安とともに感得するといったことだ。そして、ことさらに新しくまたむずかしい形式でなされる「表明」は、いずれも両義的あるいは単に空虚なものに見えがちだということもある。しかしこういった、言いあらわしえぬものならではの特徴は、芸術作品の実定性をめぐる意識を犠牲にしてまで守られなくてはならないものではない。現代芸術は、それがいかに否定への好みによって自己定義してきたにせよ、やはり依然として一組の形式的肯定として分析できる。

たとえば、個々の芸術作品は私たちに、何かを知ることの形式ないしはパラダイムないしはモデル、つまりひとつの認識論を、与えてくれる。けれども精神的対象物として、あるいはある絶対にむかっての希求の乗物として見られたとき、どんな芸術作品でももたらすのは、メタ社会的・メタ倫理的態度の特定のモデル、ひとつの適切性の標準とでもいったものだ。個々の芸術作品は、何がいわれるかいわれないか（あるいは表象されるか）をめぐる判断の統一性をしめす。同時にそれは、何がいわれうるか（表象されうるか）をめぐる以前に確立されていたルールを覆すための暗黙の提案をすることもあるだろうし、みずからのさまざまな限界を画定することもある。

20

現代のアーティストたちは、沈黙をふたつのスタイルで擁護する。声高に、あるいは、声低く。声高なスタイルは、「充満」と「空虚」という不安定な対立の関数として現われる。充満の肉感的・エクスタシー的・超言語的把握は、どうにももろい。恐ろしい、ほとんど瞬時に起こる落下によって、それは否定的沈黙の空虚へと崩壊してゆくことがある。リスクをひきうけるという意識を十分にもちつつ（精神的吐き気、さらには狂気の危険）、沈黙に対するこの擁護は熱狂的、そして過剰なまでに一般化するという傾向がある。それはまたしばしば黙示録的でもあって、あらゆる黙示録的思考からの侮辱に耐えなくてはならない。すなわち、終末を預言し、その日が到来するのを目撃し、それを生き延び、意識の焼却と言語の決定的汚染、アートをめぐる言説の可能性の蕩尽のために、新しい日付を決めなくてはならない。

沈黙のもうひとつの語り方は、もっと注意深い。基本的にいって、それは伝統的なクラシシズムの主要な特徴の延長として、みずからを提示する。体裁のよさをめぐる基準をもち、身だしなみに配慮する。その場合、沈黙とはただ「口をつぐんでいること」の、程度の上げたものにすぎない。もちろん、伝統的クラシック芸術という母胎からこの関心が翻訳されるとき、声調が変わる——教育的まじめさから、アイロニーのきいた寛容へ。だが、沈黙のレトリックを表立って声高に語るスタイルのほうが情熱的に聞こえるとしても、より控えめな擁護者たち（ジョン・ケイジやジャスパー・ジョーンズたち）も、それに劣らず過激なことをいっているのだ。かれらもまた芸術の絶対的熱望（芸術の組織的否認による）というおなじ観念に対して反応している。ブルジョワ＝合理主義文化が確立した「意味」、さらには通常の意味の文化そのものに対する軽蔑を、かれらも共有している。未来派、ダダイストのある者たち、そして苛烈な絶望と倒錯した黙示録的ヴィジョンをもつバロウズが口にすることとは、礼儀正しい声で、遊びにみちた肯定の結果として語られるからといって、真剣さにおいてはいささかも劣っていない。実際、沈黙がモダン・アートに対して重要な観念でありつづけるためには、それが相当な、ほとんど組織的なアイロニーをもって展開されることが必要だとさえ、いえるかもしれない。

21

あらゆる精神性の計画は、みずからを消費してしまうことが本質に組みこまれている——みずからの意味、みずからが語られる用語の意味そのものを消尽してしまうことが。（だから、「精神性」は絶えず再発明される必要があるのだ。）意識の究極のプロジェクトは、やがては思考そのものの解明のためのプロジェクトになる。

精神性の計画としての芸術も、その例外ではない。ラディカルな宗教的神話が説く肯定的ニヒリズムの、抽象的・断片的模造品として、現代のシリアスな芸術はしだいしだいに意識のもっとも辛い屈曲にむかって動いてきた。考えられるのは、意識の試練の場としての芸術のまじめな使用法に対して、釣り合いをとるのに唯一の可能な手法はアイロニーだということだ。現時点の予想では、アーティストたちは芸術を廃棄しつづけることだろう、ただそれをより撤回されたヴァージョンとして甦らせるために。芸術が果てしない問い直しの圧力に耐えつづけるかぎり、問のいくつかにはどこか遊びめいたところがあることが望ましいだろう、と思える。

でもこの予想は、おそらく、アイロニーそのものがどれだけの力をもちうるかにかかっている。ソクラテス以来、個人に対するアイロニーの価値の保証人は無数にいる。個人の真実を探し求め保持するための複雑で真剣な方法として、また正気を保つための手段として。しかしアイロニーが、本質的に集合的活動――芸術の創作――にとっての良い趣味のようなものになるにつれて、それはかつてのようには役に立たなくなるかもしれない。

ニーチェほどにきびしく断罪する必要はない。彼は文化全体にアイロニーが蔓延することを、頽廃の潮流であり、文化の生気と活力の終わりが近づいていることであると考えた。すべての真剣なモダン・アーティストたちが早すぎる市民権を獲得した、ポスト政治的な、電子的に連結されたコスモポリスにおいては、文化と「思考」(そしてたしかに芸術は、いま何よりもまず思考の一形式だ)ある種の有機的連関が断ち切られたように見え、そこではニーチェの診断にも変更が加えられなくてはならないかもしれない。しかしもしアイロニーが、ニーチェがそう考えた以上の可能性を秘めているとしても、このアイロニーという手段をどこまで拡大していいかという問題は残る。自己が前提としていることを絶えず切り崩してゆくという可能性が、やがては絶望ないしは息ができなくなるほどの笑いに終わることなく、未来においていつまでもつづくとは考えにくい。

（一九六七年）

ポルノグラフィ的想像力

1

　ポルノグラフィをめぐる議論をはじめるには、まずこの単語がポルノグラフィーズという複数であること——少なくとも三種類がある——を認め、それらをひとつずつ検討してゆくことを誓う必要がある。社会史における項目としてのポルノグラフィ、心理的現象としてのポルノグラフィ（通常の見方では、生産者・消費者のいずれの側においても病的といえるほどの性的欠陥ないしは歪曲）とはまったく別のものとして扱い、これらの両者からさらにもうひとつのポルノグラフィを区別するなら、はるかに真実に近づけるだろう。つまり、芸術における小さな、けれども興味深い、様態ないしは伝統としてのポルノグラフィのことだ。

　私が論じたいのは、これら三つのポルノグラフィのうち最後のものだ。より狭くいうなら、他にもっといい名前がない以上ポルノグラフィという疑わしい呼び名を受け入れるしかない（ただし私的な場での真剣な知的議論のためにであって法廷においてではない）と私が思っている文学ジャンルのこと。文学ジャンルという言葉で私が意味するのは、芸術としての文学に属し、芸術としてすぐれているという内在的基準がそこに存在する、作品群のことだ。社会的・心理的現象という観点からすれば、すべてのポルノグラフィのテクストはおなじ地位をもつ。それらは資料だ。だが芸術という観点からは、これらのテクストのいくつかは何かまったく別のものになりうる。ピエール・ルイスの『母と三人娘』、ジョルジュ・バタイユの『眼球譚』『マダム・エドワルダ』、偽名で書かれた『Oの物語』や『イマージュ』は文学に属するが、これらの書物、五作品のすべてが、文学として、『キャンディ』やオスカー・ワイルドの『テレニー』やロチェスター伯の『ソドム』やアポリネールの『一万一千本の鞭』やクレランドの『ファニー・ヒル』よりもはるかに高い位置を占める理由は、はっきりと語ることができる。過去二世紀にわたって売られてきた通俗ポルノ文学は、いまやあふれかえっているが、それがいましがたあげた第一グループのポルノグラフィ的作品の文学としての地位をおびやかすにはいたらないのは、『ザ・カーペットバガーズ』や『人形の谷間』といった作品が『アンナ・カレーニナ』『偉大なギャツビー』『子供たちを愛した男』の価値を疑わせることにならないのとおなじだ。ポルノグラフィにおける屑作品と本物の文学の比率は、大衆の趣味に迎合して作られる文学未満のフィクション全体の量に対する真に文学的価値のある小説の割合よりも、いくらか低いかもしれない。だがおそらくそれは、わずかな第一級の作品を含む、もうひとつのどこかいかがわしいサブジャンル、すなわちサイエンス・フィクションのそれよりも低いわけではない。（文学形式として、ポルノグラフィとサイエンス・フィクションは、いくつかの興味深い点で互いに似ている。）ともあれ、量的計測でわかるのは些末な標準にすぎない。かなり例外的ではあるかもしれないが、ポルノグラフィ的と呼ぶのが妥当――こんな使い古されたラベルに少しでも意味があるとして――でありながら、同時に、真剣な文学だと認めざるをえない作品も、たしかにある。

これは自明のことだと見えるかもしれない。だが、どうやら、事実は自明どころではないようだ。少なくともイギリスとアメリカでは、ポルノグラフィのしっかりした検討・評価は、心理学者・社会学者・歴史家・法律家・職業的道徳家・社会批評家が使う言説の境界内に、固く閉じこめられている。ポルノグラフィは診断されるべき病であり、審判を受けてしかるべきものとされるのだ。賛成か反対かの対象にされる。そしてポルノグラフィに対して態度を表明することは、偶然性の音楽やポップアートに対する賛成か反対かにはまったく似ていなくて、人工中絶合法化とか教区学校に対する連邦政府の助成といった問題に対する賛成か反対かにきわめて似てくる。実際、ポルノグラフィに関しては、それとおなじような原理的態度が、共通して見られるのだ。一方に、猥褻な本に対する社会の権利を擁護し検閲を義務づけることを雄弁に主張するジョージ・P・エリオットやジョージ・スタイナー。他方に、そうした本自体よりもはるかにたちが悪い検閲の害を予見する、ポール・グッドマンのような人。自由放任主義者も検閲官志願者も、ポルノグラフィを病的症候、そして問題のある社会的日用品へとおとしめることにおいて、合意している。ここではポルノグラフィとは何かについて、ほとんど全員の意見が一致しているのだ——そしてそれが、こうした興味本位の物を生産し消費しようとする衝動の源泉は何なのかということと、同一視される。心理学的分析の主題として見られたとき、ポルノグラフィは、ノーマルな大人の性的発達が嘆かわしくもある段階で止まっていることを例証するテクストだという以上の興味を引くことはほとんどない。この見方からすると、ポルノグラフィとは幼児の性生活のファンタジーの表現でしかなく、それらのファンタジーがより巧みで無邪気さに欠けるマスターベーション的思春期の意識により編集され、自称大人たちが買う商品に仕立て上げられているものだということになる。社会現象としては——たとえば十八世紀以来の西欧・アメリカ各国社会におけるポルノグラフィ生産ブーム――このアプローチもやはりそれに劣らずあからさまに病的なものだ。ポルノグラフィは集団病理、一文化全体の病であり、その原因については大方だれもが一致しているというものになった。驚くべき量のエロ本のアウトプットはキリスト教の性的抑圧の膿を出す遺産であると同時にまったくの生理学的な無知に由来するものとされ、これらの古い欠陥がいまやより直接的な歴史的諸事件、そして家族の伝統的なあり方や政治的秩序の劇的変化や両性の役割の不安を誘う変化がもたらす衝撃により、こじれてしまったということになる。(ポルノグラフィの問題は「移行期にある社会のジレンマだ」とグッドマンは数年前のエッセーで述べていた。)こうして、ポルノグラフィそのものについての診断としては、ほぼ完全に合意ができているといえるだろう。不一致が生じるのは、ポルノグラフィの拡散がもたらす心理的・社会的な結果をどう判断するかということについてであり、したがって戦略と方針をどう決めてゆくかということにある。

道徳方針の、より理解のある設計者ならまちがいなく「ポルノグラフィ的想像力」というものが存在することを認める用意があるにちがいない。もっともそれはポルノグラフィ作品が、想像力の根源的失敗ないしは歪みの徴にすぎないという意味においてだが。そしてかれらはまた、グッドマンやウェイランド・ヤングらが述べたように、「ポルノグラフィ的社会」もまた存在するのだということを認めるかもしれない。私たちの社会はたしかにその花ひらく一例であり、あまりに偽善的・抑圧的に作られた社会としてのこれは、その論理的表現としても、あるいは転覆的で民衆的な解毒剤としても、たくさんのポルノグラフィを生み出さざるをえない。ところがアングロ＝アメリカ文芸界において、なんらかのポルノグラフィ本が興味深く重要な芸術作品であると論じられた例は、見たためしがないのだ。ポルノグラフィがただ、社会的・心理学的現象にして道徳的心配を喚起するものとして扱われつづけるなら、いったいそんな議論が生まれる余地はあるものだろうか。

2

ポルノグラフィを分析の主題とすること以外にも、ポルノグラフィ作品が文学でありうるか否かという問がほんとうに議論されたことがこれまでなかったのには、もうひとつの理由がある。英米の大部分の批評家が抱く文学観のせいだ——文学という区域から定義上ポルノグラフィ的文章を排除してしまうことにより、この文学観は他にも多くを排除することになる。

もちろん、ポルノグラフィもフィクションの本として制作される以上、それが文学の一部であることを否定する者はいない。けれどもそのささやかな関係以上には、何も許されていないのだ。散文文学の本質をめぐる大部分の批評家たちの考え方も、ポルノグラフィの本質をめぐるかれらの考え方に劣らず、避けがたく、ポルノグラフィを文学とは敵対するものとしてしまう。これはあまりにはっきりしていて、ポルノグラフィ本が文学には属さないものとして定義されてしまうなら（その逆もまた）、もはや個々の本を検討する必要もなくなる。

ポルノグラフィと文学の、相互に排除的な定義のほとんどは、四つの議論に分かれる。まず、ポルノグラフィ作品の読者に対するいかにもひたむきな語り方、つまり読者を性的に興奮させることは、文学の複雑な機能に対して対極にあるというもの。ついで、性的興奮をかきたてるポルノグラフィの目的は、本物の芸術がもたらす、しずかで身を引いたような関わり方と対立するともいえる。しかしこの議論は、「リアリズム」的文章が意図する、読者の道徳感情に対するしかるべき魅力を考えるとき、あまり説得力がないとも思えるし、傑作と認められたいくつかの文学作品（チョーサーからロレンスまで）にも、読者を性的に興奮させる部分が含まれていることを考えるなら、いっそうそうだ。それよりは、ポルノグラフィはあいかわらず唯一の「意図」をもつのに対し、文学的に真に価値ある作品は複数の意図をもつのだという点を強調するほうが、よりほんとうらしい。

もうひとつの議論は、たとえばアドルノも論じているのだが、ポルノグラフィ作品は、始まり＝真ん中＝終わりという文学に特徴的な形式を欠いているという。ポルノグラフィ的フィクションは、始まりとしてはせいぜい見え透いた口実をでっちあげるだけ。そしていったん始まってしまえば、それはどんどん進んでいき、終わるべきところも知らない。

もうひとつの議論では、ポルノグラフィ的文章はその表現手段そのもの（これは文学の関心事だが）についてどのような配慮もしめすことができない。というのもポルノグラフィの目的とは、一組の非言語的幻想を吹きこむことにあり、そこでは言語は価値を下落させられた、単に道具的な役割しか果たしえないから。

最後の、そしてもっとも重い議論は、文学の主題とは人間相互の関係、かれらの複雑な気分や感情だというもの。対照的にポルノグラフィは、まるごとの人物（心理的・社会的肖像として）などものともせず、動機やその信用性という問を忘却し、人間を失った性器の動機なく疲れを知らない交渉を報告するだけ、ということだ。

今日の英米の批評家の大部分が抱いている文学についての概念から推定するなら、ポルノグラフィの文学的価値など無に等しいということになるだろう。だがこのようなパラダイムはそれ自体として綿密な分析に耐えるものではないし、その主題にふさわしいものですらない。たとえば『Oの物語』をとりあげてみよう。この小説は、通常の基準で考えるなら明らかに猥褻だし、読者を性的に興奮させることにかけて大部分の小説よりも効果的だと思えるものの、性的興奮はこの小説に描かれる場面の唯一の機能だとは見えないのだ。物語は、はっきりとした始まり、真ん中、終わりをもっている。優雅な文体からは、作者が言語を厄介だが避けようのないものだなどと考えていたとは、とても思えない。さらに、登場人物はきわめて強い感情をたしかにもっている、それが強迫的で、まったく非社会的なものであるとしても。登場人物は動機をもっている、それが精神医学的・社会的に「ノーマルな」動機ではないにせよ。『Oの物語』の登場人物たちは、欲情《ラスト》の心理学から派生した、一種の「心理学」をもっている。そして、かれらが置かれた状況において登場人物について知りうることはきびしく制限されているものの――性への集中およびあからさまに描かれた性行動――Oおよびそのパートナーたちは、現代フィクションの多くの非ポルノグラフィ的作品における登場人物たち以上に単純化・矮小化されているわけではない。

英米の批評家たちが、より洗練された文学観をもちえたときにのみ、おもしろい議論がはじまることだろう。(結局、この議論とはポルノグラフィをめぐるだけのものではなく、極端な状況や行動に執拗にこだわる、現代文学全体をめぐるものなのだから。)困難が生じるのは、多くの批評家が、「リアリズム」(大雑把にいって十九世紀小説の主流の伝統とみなしていい)という特定の文学的慣習と散文文学を同一視しつづけていることによる。リアリズム以外の文学のあり方も、二十世紀のもっとも偉大な作品群の多くに限られるわけではない――たとえば『ユリシーズ』は登場人物についての作品ではなく、トランスパーソナルな交換のメディアについて、個人の心理や欲求の外にあるすべてについての作品だった。あるいはフランスのシュルレアリスムとその最新の子孫であるヌーヴォー・ロマン。ドイツ「表現主義」のフィクション。ベールイの『ペテルスブルク』やナボコフに代表されるロシアのポスト小説。ガートルード・スタインやウィリアム・バロウズの非線形的で時制を欠いた物語。ある作品のことを、これは「ファンタジー」にすぎず同様の状況下でより本物らしい人間たちがどのように共に生きるかがリアリスティックに描かれていないと非難するような文学観では、たとえばパストラル（牧歌、田園詩）のような確立した伝統すら扱うことができなかった。パストラルも人間関係をたしかに単純化し、味けなく、説得力なく描くものだ。

こうしたいくつかのしつこいクリシェを排することは、とっくの昔にあってしかるべきだった。それは過去の文学のより健全な読みをもたらすし、批評家であるか一般読者であるかを問わず、構造的にポルノグラフィに似たところのある作品を含む現代文学に、よりよく向かわせることになる。文学が「人間的」なものに留まることを求めるのは、安易だし、ほとんど無意味だ。なぜならここで問われているのは、「人間的」対「非人間的」ではなく（そこでは「人間的」を選ぶことが作者にとっても読者にとってもただちに道徳的な自己祝福を保証してくれる）、人間の声を散文ナラティヴに移す際の形式・声調の無限の可能性なのだから。批評家にとっての適切な問は、本と「世界」ないしは「現実」の関係ではなく（そこでは個々の小説はそれが唯一無二のアイテムであり、そこにおいて世界が現実よりもはるかに複雑さを欠いた場所であると見られる）、それにより世界が存在し構成される媒体としての意識の複雑さそのもの、そして個々のフィクション作品が互いに対話しながら存在するという事実をないがしろにしないような接近の仕方なのだ。この観点からするなら、はっきりと個性化された「登場人物」たちの運命が、見慣れた、社会的に濃密な状況において、習慣的な時系列を追いながら展開するのを描くという古い小説家たちの決定は、多くの可能な決定のひとつであるにすぎず、真剣な読者の忠誠を得るのに特にすぐれているわけではない。リアリスティックな登場人物の存在は、それ自体としては別に健康なこと、道徳的感受性にとってのより滋養のある糧では、なかった。

散文フィクションの登場人物をめぐる唯一の確実な真理は、それがヘンリー・ジェイムズの言葉を借りるなら「作文資源」だということだ。文芸において描かれる人物像は、多くの目的に役立つ。人間関係・社会的関係を描くにあたってのドラマティックな緊張ないしは三次元性は、しばしば作家の目的ではなく、それならそれをジャンル上の標準として強調したところで意味はない。さまざまな観念の探求も散文フィクションの目的としてそれに劣らず正統的なものなのだ、たとえ小説的リアリズムの標準からいってこの目的が現実味のある人物の描写をきびしく制限することになろうとも。非生物の、あるいは自然界の一部の構築や想像も、やはり意義ある企てで、そのために必要な人物像のスケール調整をともなう。(パストラルという形式はこれらの目的の両方、観念と自然の描写に関わっている。人物はかれらが一種の風景を構成するかぎりにおいて使われるが、それは「リアルな」自然の様式化でもあれば、新プラトン主義的な諸観念の風景でもある。) 散文ナラティヴの主題としてこれと同様にありうるのは、人間の感情や意識の極端な状態、つまりあまりに独断的なので感情のありきたりな流れを排し、具体的な人物にはただ偶発的にむすびつく状態であり、ポルノグラフィの場合はまさにそれだ。

ほとんどの英米の批評家による、文学の本性をめぐる自信にみちた断言を聞くとき、この問題をめぐる激しいやりとりが数世代にわたってつづいてきたことなど、思ってみることもないだろう。「私にはこう思える」と一九二四年の「新フランス評論」でジャック・リヴィエールは書いていた、「われわれは、文学とは何かという概念をめぐって、きわめて深刻な危機を目撃しているところだ」と。

「文学の可能性と限界という問題」への反応のひとつとして、とリヴィエールは記す、「芸術(たとえその単語がまだ維持されうるにせよ)が完全に非人間的な活動、超感覚的機能、こういってよければ一種の想像的天文学になる」という明らかな傾向がある。私がリヴィエールを引用するのは、彼のエッセー「文学という概念を問う」が格別に独創的・決定的あるいは見事に立論されているからではなく、ただ四十年前のヨーロッパの文芸雑誌においてほとんど批評上の決まり文句になっていた、文学をめぐるラディカルな観念を思い出しておくためだ。

けれども今日にいたるまで、英米の文学界では、あの動乱は異質で同化しえず、いつになっても誤解されつづけている。集団的な文化的神経衰弱、しばしばあからさまな倒錯ないしは蒙昧主義ないしは、創作力の枯渇から生まれるものと思われているのだ。それでも英語で書く批評家のすぐれた人たちは、偉大な十九世紀作家のある者たちから受け継がれ一九六七年にも反響しつづける文学の本質に関する諸観念を、偉大な二十世紀文学がどれほど転覆させているかに、気づかずにはいない。しかし、ほんとうに新しい文学についての批評家の意識は、キリスト教紀元前一世紀のユダヤ教ラビたちにもよく似た精神によって提出されるのが普通だ。そのころのラビたちは、自分たちの時代が偉大な預言者たちの時代に精神的に劣っていることを謙虚に認めつつも、聖典たる預言書をきっぱりと閉じ、預言の時代は終わったと——おそらく悔恨以上に安堵をもって——宣言したのだった。それとおなじく、英米の批評において、いまも「実験的」とか「アヴァンギャルド的」と呼ばれている作品の時代は、まったく驚いたことに、くりかえし終わったと宣言される。現代の天才作家たちが、古い文学の観念を浸食することへのお決まりの賞賛は、この作品こそが、ああ、その高貴で不毛な系譜の最後なのだという神経質な主張を、しばしばともなっている。ところで、モダンの文学に対するこの複雑で単眼的な見方の結果こそ、数十年にわたってつづいた英米の――とりわけアメリカの――批評に対する類例のない興味、そして批評の見事さだった。しかしこの興味と見事さは、趣味の破産および方法の基本的不正直さとも呼べそうな何かによって育てられたものだった。モダン文学が提示した印象的な新しい主張を、批評家たちはふりかえるようにして意識するようになり、モダン文学に内在する「現実の拒絶」「自己の失敗」などと呼ばれる内容をめぐるかれらの悲嘆とむすびついて、もっとも才能ある英米文芸批評が文学の構造を問うことをやめ、みずからを文化批評へと転位させていく、その正確な転換点をしめすことになった。

私は、ある異なった批評的アプローチのために、他のところで述べた議論を、ここでくりかえそうとは思わない。それでも、そのアプローチについてふれておかないわけにもいかない。『眼球譚』のようなラディカルな性格をもった作品を論じるだけでも、文学そのものをめぐる問、芸術形式としての散文ナラティヴをめぐる問が生じる。そしてバタイユの作品のような本が書かれるためには、ヨーロッパ文学の半世紀以上にわたる関心事だった、文学の本質をめぐる苦悩にみちた再評価を必要とした。しかしその文脈を欠く英米の読者にとっては、それらの本はほとんど同化不可能なものだった――「ただの」ポルノグラフィ、説明不可能なまでにすてきな紙屑として以外には。もし、ポルノグラフィと文学は相反するものかという問を立てる必要があるならば、ポルノグラフィ作品が文学に属しうるということが必要であるならば、その断言には、芸術とは何かを全般的に見わたす視野が欠かせない。

ごく一般的にいって、芸術（および作品制作）とは意識の一形式だ。芸術の素材は、意識のさまざまなかたちなのだ。だが、いかなる美学的原理によっても、芸術の素材をめぐるこの観念が、社会的パーソナリティや心理的個人を超越するもっとも極端なかたちの意識をも排除するものとみなされることはありえない。

日常生活においては、たしかに、私たちはみずからのうちにそのような意識状態を禁ずる道徳的義務があるかもしれない。その義務は、もっとも広い意味での社会秩序を維持するのみならず、個人が他の人々とのあいだに人間的接触を作り出し維持することを可能にする点でも、実用的に健全なものだと思われる。(そのような接触が期間の差はともかく拒絶されうるとしても。)人々が意識の辺境に足を踏み入れるとき、それは正気を、つまりは人間性を危険にさらしてのことだというのは、よく知られているだろう。だが日常の生活やふるまいにおける「人間的尺度」というか人道的基準は、芸術に対して適用されるときには場違いに思える。あまりに単純化しすぎるのだ。十九世紀のあいだに、自律的活動としての芸術がかつてなかったほどの地位を与えられたのは——世俗社会が認める人間の活動のうちサクラメンタル(秘跡的)なものにもっとも近い——芸術がひきうける仕事のひとつが意識の最前線へと分け入りそこを探ろうとするからであり(それは人間としての芸術家にとってはしばしば大変に危険)そこに何があるかを戻ってきて報告しようとするからだ。精神的な危険のフリーランス探検家としての芸術家は、他の人々とは異なった行動をとる一定の許可を得る。その仕事の特異性に見合った、それにふさわしいエクセントリックなライフ・スタイルを与えられたり、与えられなかったりする。芸術家の仕事は自分の経験のトロフィを発明することだ——人を魅惑し虜にするモノや動作を作り出すこと、単に(それ以前の時代に芸術家という観念が命じたように)啓発したり楽しませたりするだけではなく。魅惑のための主な手段は、憤慨の弁証法においてさらに一歩遠くまで進めること。アーティストは作品を、嫌悪感をもよおさせる、曖昧で、近寄りがたいものにしようとする。簡単にいえば、求められていないもの、あるいはそう見えるものを、与えようとするのだ。しかし、アーティストがオーディエンスに対して与えようとする憤慨がどれほど猛烈なものであっても、彼の評判や精神的権威は、結局は彼が自分自身に対しておこなう憤慨についてのオーディエンスの感覚（それが実際のものであれ推測のものであれ）にかかっている。模範的なモダンのアーティストとは、狂気のブローカーなのだ。

ゲームに新しいプレーヤーが登場し参加するたびにコストが上昇するような、高い代価を支払って得られた、巨大な精神的リスクの結果としての芸術という観念は、批評的基準が更新されることを呼びかける。このような概念のもとに生み出された芸術は、たしかに「リアリスティック」ではないし、ありえない。しかしリアリズムのガイドラインを転倒させただけの、「ファンタジー」とか「シュルレアリスム」といった言葉では、何も明らかにならない。ファンタジーはあまりにも簡単に「単なる」ファンタジーに堕するし、「幼児的」という形容詞は、さらに話を曲げてしまう。芸術的というよりも精神医学的基準によって断罪されたファンタジーはいったいどこで終わり、どこで想像力がはじまるといえるのだろう。

現代の批評家たちが、リアリズム的でない散文ナラティヴを本気で文学からはずそうとするなどとは非常に考えにくい以上、性的主題に関しては特別な基準が適用されているように思われる。このことは、別種の本、別種の「ファンタジー」のことを考えてみればはっきりする。アクションの場となる非歴史的で夢の中のような風景、行為がおこなわれる妙に凝固したような時間——これらはポルノグラフィとほとんどおなじくらい、サイエンス・フィクションでも見られる。ポルノグラフィの中で人々が楽しんでいるように描かれる性的武勇伝は、現実の男女の大部分には手が届かないことだというよく知られた事実には、何の決定的なところもない。性器の大きさ、オルガスムの回数や持続時間、性交のヴァラエティや実行可能性、性的エネルギーの量は、いずれもひどく誇張されているとしか思えない。そのとおり、だがサイエンス・フィクション小説が描く宇宙船や数々の惑星だって、存在しないのはおなじだ。ナラティヴの場所が理想化されたトポスだといって、それでポルノグラフィやサイエンス・フィクションが文学である資格を失うということにはならない。リアル、具体的、三次元的な、社会的時間、空間、人格のそのような否定——それと人間のエネルギーのそのような「ファンタスティック」な拡大——は、むしろ別の意識のあり方に土台を置く、別種の文学の成分だといえる。

文学のうちに数えていいポルノグラフィ本の素材になっているのは、まさに、人間の意識のもっとも極端なかたちだ。性に執着する意識が、まずは芸術としての文学のうちに入ることができるという点には、疑いなく多くの人が同意してくれるだろう。肉欲をめぐる文学だって？　いいじゃないか。だがかれらはその同意に、通常、それ自身を無効化するようなひとつの付帯条項をつける。かれらは、作者が作者自身の強迫観念を描くにあたって、それが文学でありうるためには、適切な「距離」を置くことを求めるのだ。そのような基準はまったくの偽善であり、ただポルノグラフィにふつう与えられる価値が、結局のところは芸術ではなく精神医学と社会問題に属するものだけだということを、またもや暴露するにすぎない。（キリスト教が賭け金を上げ、徳の根にあるものとしての性行動を監視するようになって以来、私たちの文化においてはセックスに関わるすべては「特別な例」とされ、奇妙なほど首尾一貫しない態度を呼び起こすようになった。）ヴァン・ゴッホの絵画は、たとえ彼の描き方が表象手段の意識的な選択というよりも彼自身の狂気、そして描いているとおりに現実を見ていたことに負っているように思えたとしても、芸術としての地位がゆらぐことはない。同様に、『眼球譚』が芸術でなく症例だとされることがないのは、この物語に付された驚くべき自伝的エッセーでバタイユが明かしているとおり、この本が描く強迫観念が実際に彼自身のものだからだ。

ポルノグラフィ作品を、ただの屑ではなく芸術史の一部とするのは、距離ではなく、エロティックな強迫観念をもつ「狂った意識」に通常の現実により適合しやすい意識をかぶせてゆくことにあるのでもない。そうではなく、作品の中で実現された独創性・徹底性・正統性、そして狂った意識そのものがもつ力にあるのだ。芸術という観点から見ると、ポルノグラフィ本が体現する意識の排他性は、それ自体、異常だとも反文学的だとも言えない。

また、意図的であろうとなかろうと、そのような本が自称する目的や効果――読者を性的に興奮させること――を、欠点だと呼ぶこともできない。ただセックスについての頽廃した機械的な観念だけが、『マダム・エドワルダ』のような本により性的に興奮させられるのは単純素朴なことだと、人に勘違いさせる。しばしば批評家たちに非難される意図の単一性は、作品が芸術としての扱いに値するものであるとき、たくさんの反響により複雑化される。本を読んでいる人において図らずも生じる肉体的感覚は、読者の人間としての経験全体――そしてひとりの人格として肉体としての限界――に関わる何かをひきずっている。実際、ポルノグラフィの意図の単一性とは、擬似的なものにすぎない。だが意図の攻撃性は、そうではない。目的であると見えたものはそれに劣らず手段でもあって、驚くほど、そして抑圧的に、具体的だ。ところが目的のほうは、それほど具体的ではない。ポルノグラフィは文学の一分野で――サイエンス・フィクションもそう――方向喪失を、精神的脱臼を、めざしている。

いくつかの点で、性的強迫観念を文学の主題として用いることは、それよりもはるかに少ない数の人がその有効性に異議を申し立てるであろう、ある文学的主題の使用に似ている。宗教的強迫観念だ。こうして比較すると、ポルノグラフィが読者に対してもつ決定的・攻撃的なインパクトというおなじみの事実が、いささか別のものに見えてくる。読者を性的に刺激するという、そのよく知られた意図は、実際には一種の改宗の勧めなのだ。

3

最近英訳された二冊のフランスの本、『Oの物語』と『イマージュ』が、英米批評ではほとんど探求されたことのなかった文学としてのポルノグラフィという主題に関わるいくつかの問題を説明するのに役立つ。

「ポーリーヌ・レアージュ」による『Oの物語』は一九五四年に発表され、序文を書いたジャン・ポーランの支持のおかげもあって、ただちに話題になった。ポーラン自身がこの本を書いたのだと広く信じられていた——それはおそらくバタイユによる先例のせいで、バタイユは『マダム・エドワルダ』が一九三七年にピエール・アンジェリックという偽名のもとで出版されたときエッセーを寄稿(彼自身の名を署名)していたし、またポーリーヌという名前はポーランを思わせるものでもあった。しかしポーラン自身は自分が『Oの物語』を書いたということをずっと否定しつづけ、それはたしかにこれまでに本を書いたことのない、フランスの地方に住む女性の手になるもので、彼女は匿名のままであることを強く望んでいるといった。ポーランがこう語っても詮索が止んだわけではないが、彼女が作者だという説はやがては消えていった。以後の年月のあいだに、この本の作者をパリの文学シーンの他の有名人の誰々だとする思いつきの仮説がいくつも生まれ、信じられては、捨てられた。「ポーリーヌ・レアージュ」の正体は、現代文芸における数少ないよく守られた秘密のひとつのままだ。『イマージュ』はその二年後、一九五六年に、やはり偽名の「ジャン・ド・ベルク」作として出版された。謎に輪をかけるかのように、この作品は「ポーリーヌ・レアージュ」にささげられ、ずっと姿を隠していた彼女による序文を付されていた。(この「レアージュ」による序文はずっと簡潔で取るに足らない。一方、ポーランの序文は長く、非常に興味深い。)だがパリ文壇での「ジャン・ド・ベルク」の正体をめぐるゴシップは、ポーリーヌ・レアージュをめぐる探偵仕事よりもずっと明解なものだった。ポーランより若い、影響力のある小説家の妻がその人だとする噂が、もっぱら信じられたのだ。

このふたつの偽名の正体を探ろうとする好奇心のある人たちが、なぜフランスにおける既成文壇のいくつかの名前に傾いていくかを理解するのは、困難ではない。この二冊のいずれも、アマチュアが書いた一冊かぎりの作品だとは、とても信じられないからだ。互いに大きく異なってはいるけれど、『Oの物語』も『イマージュ』も、感受性・エネルギー・知性といった作家なら誰しももっている能力が単に秀でているだけとはとてもいえない、すぐれた質を証明している。そのような才能は、明らかにたっぷりあって、策略の対話をつうじて造型されている。ふたつの物語の暗い自意識は、強迫観念的な肉欲の表現であるとふつう考えられる、抑制と技巧の不在からは、この上なく遠い。いずれも主題は人を酔わせるものだが(もし読者が覚めた目で、それをただ滑稽な、あるいは不吉なものだと考えないかぎり)、いずれの物語もエロティックな素材の「表現」というよりはその「使用」に重点を置いている。そしてこの使用とは、何よりも文学的——という以外に言葉がない——なのだ。『Oの物語』と『イマージュ』で、途方もない快楽を追求している想像力は、あいかわらず強い感情の形式的なむすびつきをもたらす概念や、ある経験をとことんつきつめる手段にしっかりと錨を下ろしていて、それらはエロスという非歴史的領域にも、文学および最近の文学史にも、同様にむすびついている。それもいいのではないか？　経験というものはポルノグラフィ的ではない。ポルノグラフィ的なのは、ただきまざまなイメージと表象――想像力の構造――だけ。それが、あるポルノグラフィ本が読者に思わせるのは無媒介的セックスそのものではなく、むしろ他のポルノグラフィ本だということの理由だ――そしてこれは必ずしも、読者のエロティックな興奮を犠牲にしてのことではない。

たとえば、『Oの物語』を通じて響いているのは、十八世紀にまでさかのぼることのできる、フランス語・英語の、大部分は屑としかいえない、厖大な量のポルノグラフィ的あるいは「放埒な」文学作品群だ。参照されるもっとも明らかな作品はサド。しかしここではサド自身の作品のことだけを考えるのではなく、第二次大戦後のフランスの文学的インテリによるサドの再解釈という、教育ある人々の文学上の趣味およびフランスにおけるまじめなフィクションの現実的方向性に対してもった重要性と影響力において、アメリカ合衆国で第二次大戦直前にあったヘンリー・ジェイムズ再評価に匹敵する、批評的身振りのことも考えなくてはならない。ただしフランスでのサド再評価のほうがより長くつづき、より深く根を張ることになったようだが。（サドはもちろん忘れ去られたことは一度もなかった。フローベール、ボードレール、その他十九世紀後半のフランス文学のほとんどのラディカルな天才たちによって、熱狂的に読まれていた。サドはシュルレアリスム運動の守護聖人のひとりであり、ブルトンの思想において重要な位置を占めている。けれども人間の条件をめぐるラディカルな思考の、尽きることのない出発点としてのサドの位置をほんとうに固めたのは、一九四五年以降の議論だった。ボーヴォワールによるよく知られたエッセー、ジルベール・レリーが企てた浩瀚な研究的伝記、まだ英訳されていないブランショ、ポーラン、バタイユ、クロソフスキ、そしてレリスによる文章は、フランスの文学的感受性に対して驚くべき大胆な変更をもたらした戦後再評価の、もっとも目立ったドキュメントとなっている。サドに対するフランスでの興味の質と理論的濃密さは、いまだ英米の読書人にはほとんど理解できないものに留まっていて、英米の知識人にとってサドとはおそらくは個人的にも社会的にも心理学的な病の歴史における代表的人物ではあるものの、「思想家」としてまじめにうけとめる対象だとはとても考えられない相手でしかない。)

けれども『Oの物語』の背後に立っているのはサド自身に留まるのではなく、サド自身が提出した問と彼の名において提出された問がある。この本はまた十九世紀フランスで書かれた「リベルタン」の通俗読み物(ポットボイラーズ)の伝統にも根ざしているが、これは典型的には、巨大な性器とサドマゾヒズムの軸上にある暴力的な趣味の持ち主である野蛮な貴族が住む、幻想のイングランドを舞台としていた。Oの第二の恋人=所有者であるサー・スティーヴンの名前は、明らかにこの時期のファンタジーに対する敬意のしるしであり、『眼球譚』におけるサー・エドモンドという人物像もやはりそうだ。そして文学的参照としての、類型的な屑ポルノグラフィへの言及が、サドの性的劇場からまっすぐ取り上げられた物語の主筋の時代錯誤的なセッティングと、正確におなじ足場に立っていることは、強調しておかなくてはならない。物語はパリではじまる(Oは恋人のルネの車に乗り、連れまわされる)が、その後の動きのほとんどはよりなじみのある、ただし現実味にかけては劣る、場所へと移される。都合よく孤立した城館だ。豪華な調度をもち、大勢の使用人がいて、金持ちの男たちの一団が集まり、女たちは潜在的な奴隷として連れてこられ、男たちの野蛮で創意にみちた欲望の対象として共有される。鞭があり、鎖があり、女たちが連れてこられたときに男がかぶる仮面があり、暖炉には火が燃えさかり、とても口にできない性的侮辱、鞭打ちやその他より独創的な肉体的損傷、大きな客間での狂宴の興奮とそのぐったりした余韻、ときにはいくつかのレズビアンの場面。早い話が、この小説はポルノグラフィのレパートリーのもっとも危ない演目を備えている。

これをどこまでまじめにうけとるべきか？　そのプロットの剝き出しの目録からは、『Oの物語』はポルノグラフィというよりもメタ＝ポルノグラフィ、みごとなパロディだという印象をうけるかもしれない。数年前、パリでいわば公的なエロ本としてまずまずの成功を収めたのちに『キャンディ』がアメリカで出版されたとき、それを擁護するためにおなじようなことがいわれた。『キャンディ』はポルノグラフィではなくおふざけだ、安っぽいポルノグラフィ的物語の定型の、ウィットあるバーレスクなのだ、と。私自身の意見では、『キャンディ』はたしかに笑えるかもしれないが、やはりポルノグラフィだ。というのもポルノグラフィとは、みずからをパロディすることのできる形式ではないのだから。キャラクター、セッティング、アクションに関して、できあいの型を好むのは、ポルノグラフィ的想像力の本性に属する。ポルノグラフィとは類型の舞台なのであって、個人の舞台であることはけっしてない。ポルノグラフィのパロディは、それが現実的な力を少しでももっているかぎり、つねにポルノグラフィでありつづける。実際、パロディはポルノグラフィ的作品のありふれた形式なのだ。サド自身が、リチャードソンの道徳的フィクションを転倒させつつ、しばしばそれを用いた。リチャードソンでは、女性の徳が男性のいかがわしさにつねに打ち克つ。（ノーというか後で死ぬことによって。）『Oの物語』では、サドのパロディというよりもサドを「使っている」といったほうが、より正確だろう。

『Oの物語』の声調だけでも、この本の中でパロディもしくは骨董趣味として読まれるべきもの——

マンダリン・ポルノグラフィ？——とは物語のいくつかの構成要素のひとつでしかないことがわかる。（肉欲の考えられるあらゆるヴァリエーションにわたる性的状況があからさまに描かれているとはいっても、散文の文体はむしろ端正で、言語のレヴェルとしては威厳がありほとんど貞潔だといってい い。）サド的演出の特徴がアクション制作に使われるとはいえ、物語の基本線はサドが書いたどのような作品とも根本的に異なっている。ひとつには、サドの作品には開かれた結末というか飽くことを知らない欲望の原理が組み込まれているからだ。おそらくは史上もっとも野心的なポルノグラフィ本（そのスケールにおいて）だといえるサドの『ソドムの百二十日』は、ポルノグラフィ的想像力の一種の大全だ。今日まで残っているその断片においてすら、物語部分とシナリオ部分が混在するそれは、驚くほど印象強くまた胸が悪くなるようなものでもある。（この草稿は一七八九年、サドがバスティーユからシャラントンに移送されたとき置き去りにせざるをえなかったものだが、偶然助かっていた。しかしサドは死ぬまで、牢獄が破壊されたとき彼のこの傑作は破棄されたものと信じていた。）サドの悪行の急行列車は、終わりなき、ただし水平の軌道上を切り裂いて進む。彼の描写は、肉感的であるためにはあまりに図式的だ。フィクション内のアクションは、むしろ、彼が倦むことなくくりかえす観念の図解のようだ。ところが、こうした論争の的となりうる観念自体が、よく考えてみるならば、内実のある理論というよりも作劇上の原理であるように見えるのだ。サドの観念——「事物」なり「対象物」としての人についての、機械としての肉体についての、いくつかの機械が協同してできることなら無限定の可能性の目録となるような性的狂宴についての——は、終わりのない、蓄積にむすびつかず、感情すら欠いた活動を可能にするために、主としてデザインされているように思われる。これとは対照的に、『Oの物語』には決定的な動きがある。サドのカタログ的・百科事典的な静的原理に対して、出来事の論理に立つのだ。このようなプロットの動きは、物語の大部分において作者が少なくとも「カップル」の名残（Oとルネ、Oとサー・スティーヴン）を許していることにより、強くそそのかされる――カップルとは通常、ポルノグラフィ文学では否定される単位だ。

そしてもちろん、O自身の人物像も異なっている。彼女の感情は、ひとつの主題に対していかに執拗にこだわるにせよ、幾度か転調しながら、注意深く描写される。受け身ではあるもののOは、サドのお話に登場し人里離れた城館に幽閉され冷酷な貴族や悪魔のような僧侶たちにいたぶられる間抜けたちには、ほとんど似たところがない。それにOは能動的人物としても描かれる。ジャクリーヌの誘惑に見られるように文字どおり能動的でもあれば、より重要なことだが、彼女自身の受動性において深く能動的でもあるのだ。Oは、サド作品に現われる彼女のプロトタイプには、ただ表面的に似ているにすぎない。サドの書物には、作者のそれを除いて、個人の意識は存在しない。だがOにはたしかに意識があって、その高みから彼女の物語が語られる。（三人称で書かれているとはいっても、物語がOの視点を離れることはなく、彼女が理解している以上のことを理解することもない。）サドは性関係から、そのすべての個人的連想を奪い、中立化させ、一種の非個人的――あるいは純粋な――性的遭遇を描こうとする。けれども「ポーリーヌ・レアージュ」の物語は、Oが異なった人々、とりわけルネ、サー・スティーヴン、ジャクリーヌ、アンヌ＝マリーに対して、きわめて異なった反応（愛を含めて）を見せるのを描いている。

サドは、ポルノグラフィ作品の主要な型を、より多く体現しているように見える。ポルノグラフィ的想像力がある人物を他の誰かと交換可能にし、すべての人々を物と交換可能にする傾向をもつかぎり、Oが描写されるようなかたちで――彼女の意志のある状態（それを彼女は捨てようとしている）

および彼女の理解という点から――人物を描写するのは機能的ではない。ポルノグラフィはサドのジュスティーヌのような、意志も知性もなくどうやら記憶すらない人物にあふれている。ジュスティーヌは絶えざる驚きのうちに生きていて、彼女の無垢が衝撃的なまでに反復的に陵辱されることから、何も学ばない。新たな裏切りに直面するたび、彼女は経験から何ひとつ学ばないままに次のラウンドを待ちかまえることになり、次の横柄な放埒者を頭から信頼し、その信頼に応えるかのように新たな自由喪失、おなじ軽蔑、悪徳を讃えるおなじ冒瀆的な説教を手に入れる。

大部分において、ポルノグラフィにおいて性的対象物としての役割をはたす人物は、コメディの主要な「体液《ヒューモア》」とおなじ素材でできている。ジュスティーヌは、やはりうつけ者であるカンディードに似て、からっぽの、どれほど惨憺たる目に遭っても何も学ぶことができない永遠の天然なのだ。悪行《アウトレイジ》のただ中にあって不動の中心の位置を占める主人公という、コメディでおなじみの構造（古典的イメージとしてはバスター・キートン）が、ポルノグラフィでは反復して出てくる。ポルノグラフィの登場人物は、コメディのそれとおなじく、外側から、行動主義的に見られるだけだ。したがって定義上、かれらは観客の感情に真に訴えるような深みにおいて見られることはない。コメディの多くにおいて、ジョークはまさに、控えめないしは麻酔をかけられた感情と、大きな憤慨を誘う出来事のあいだの、齟齬から生じる。ポルノグラフィもおなじようなかたちで働く。デッドパンの調子、普通の精神状態にいる読者から見ると置かれた状況下でのエロティックな代理人たちの信じがたいほどに抑えた演技だと見えるものから生まれるのは、笑いの爆発ではない。そこで放たれるのは性的反応であり、もともとは覗き見的性格だったものの、おそらくは性行為の当事者のひとりとの直接的同一化がそこにあることによって確保される必要があるものだ。ポルノグラフィの情動的平坦さは、こうして、芸術的失敗でも、節操ある非人間性の指標でもない。読者に性的反応をかきたてることが、それを要求するのだ。直接的に述べられる情動の不在においてのみ、ポルノグラフィの読者は自分自身の反応のための余地を見出すことができる。物語られる出来事が、すでに作者が明らかに告白する感情によって飾られている場合、読者はそれによって動揺することはあるかもしれないが、そのとき出来事それ自体によって動揺することはむずかしくなる★。

サイレント映画のコメディは、持続的興奮や絶え間ない動き（スラップスティック）およびデッドパン（無表情）という形式的原理が、いかにおなじ目的へと収斂していくかについて、数多くの例を見せてくれる——その目的とは観客の感情の、ひいては「人間らしく」登場人物に同一化し暴力的状況をめぐる道徳的判断を下すという観客の能力の、無感覚化・中立化・距離化だ。ポルノグラフィの登場人物がどのような情動ももてないというのではない。もちろん、もてる。だが反応のおとなしさと熱狂的動揺の原理は、情動的な気象を自己解消し、そのせいでポルノグラフィの基本的声調は感情なく、情動を欠いたものになるのだ。

けれども、この感情欠如にもいろいろな程度がある。ジュスティーヌはステレオタイプ的な性的対象だ。（これはいつも女性、というのもほとんどのポルノグラフィは男により、あるいはステレオタイプ化された男性的視点から書かれるから。）彼女は途方にくれた犠牲者であり、その意識は経験によって変化することがない。ところがOは熟練者だ。痛みと恐怖の代価がどれほどのものであろうとも、彼女は謎へと参入してゆく機会に感謝している。その謎とは、自己の喪失。Oは学び、苦しみ、変化する。一歩一歩、彼女は自分以上の者になってゆき、そのプロセスは彼女が自分をからっぽにしてゆくプロセスに等しい。『Oの物語』が提示する世界観では、最高の善は個々の人格の超越にある。

プロットの動きは水平的ではなく、失墜を通じての一種の上昇だ。Oは彼女が性的な相手になりうるというそのことと同一視されるのみならず、完全に対象物になりきるという境地に達したいのだ。彼女のこの境遇は、それを非人間化であると性格づけられるとして、ルネ、サー・スティーヴン、ロワシーの他の男たちへの奴隷化の副産物として見られるべきではなく、彼女自身が探し求めやがては達成する、彼女の状況の到達点と考えるべきだろう。彼女の達成がゆきついたところのイメージは、本の最終シーンにやってくる。Oはパーティに連れてゆかれ、ずたずたに傷つけられ、鎖をつけられ、本人ともわからず、仮装させられている(ふくろうとして)――もはやどうにも人間ではなくなってしまい、その場の客たちの誰も彼女に直接話しかけようとしない。

Oの探求は、彼女の名前代わりに使われる、表現力のある文字にきれいに要約されている。「O」という文字がしめすのは彼女の性器の風刺画、彼女個人のではなくただ女としての性だ。それはまた無をも意味する。しかし『Oの物語』が展開するのは精神的パラドクス、まったくの空虚、充満した空虚のそれだ。この本の力は、まさにこのパラドクスがずっとつきまとっていることから掻き立てられる、苦悩にある。「ポーリーヌ・レアージュ」は、サドが彼の不器用な解説や演説でそうするより

★これはジュネの作品の場合、大変に明らかにわかる。そこでは、語られる性的経験がいかにあからさまであろうとも、大部分の読者にとっては性的に興奮させられるものではない。読者が知っているのは(ジュネはそれを何度も語っている)ジュネ自身が『薔薇の奇蹟』『花のノートルダム』などを書きながら性的に興奮していたということだ。読者はジュネのエロティックな興奮との強く不安な接触を経験するが、その興奮こそ隠喩にみちたこれらの物語を進めるエネルギーだ。だが、同時に、作者の興奮は読者自身の興奮を妨げる。私の本はポルノグラフィ的ではないといったとき、ジュネは完全に正しかった。

もはるかに有機的かつ洗練されたかたちで、人間のパーソナリティそのものがもつ地位という問を立てるのだ。けれどもサドが権力と自由という視点から人格の消去に興味を抱いていたのに対して、『Oの物語』の作者は幸福という視点から、人格の消去に興味を抱くのだ。（英文学におけるこの主題にもっとも近い言表は、ロレンスの『ザ・ロスト・ガール』のいくつかの節に見られる。）

とはいえこのパラドクスがほんとうに意味をもつようになるためには、読者はコミュニティのもっとも理解力のあるメンバーたちのほとんどと異なるセックス観を抱く必要がある。支配的な見方は――ルソー、フロイトと社会的リベラル派を混ぜこぜにしたもの――セックスという現象を完全に理解可能な、ただしその貴重さにおいて比べられない、情動的・肉体的よろこびの源泉だと見ている。生じる困難があるとしたらそれは西欧キリスト教が性的衝動に加えてきた長い歪形の歴史から来るもので、この文化の中では事実上全員が、その醜い傷を負っている。第一に、罪悪感と不安。ついで、性的能力の減退――これは潜在的な不能や冷感症とまでは行かなくても、少なくともエロティックなエネルギーの枯渇や自然な性欲の要素の多くの抑圧へとつながる。（「倒錯」と呼ぶことで。）ついでそれは人々の不正直さへと波及して、他人の性的よろこびのニュースに対し、人々は嫉妬・魅惑・嫌悪や悪意ある憤慨といった反応を見せるようになる。文化の性的健康が、こうして汚染されることで、ポルノグラフィという現象が派生するのだ。

西欧における性関係の歪みをめぐるこうした意見に含まれる歴史的診断に、異議を唱えるつもりはない。だが、コミュニティのもっとも教育のあるメンバーたちの大部分がもつ複雑な見方の中で決定的だと私に見えるのは、あるいっそう首をかしげたくなるような仮定だ――人間の性欲は、妙にいじらなければ、自然で心地よい機能なのだということ。そしてまた「猥褻」とは因習にすぎず、性的機能には、ひいては性的よろこびには、どこか邪悪なところがあると信じている社会が自然に対して押しつけた、フィクションにすぎないという考え方。まさにこうした思い込みこそ、サド、ロートレアモン、バタイユ、そして『Oの物語』や『イマージュ』の作者たちを代表とするフランスの伝統が、戦いを挑んできたものなのだ。かれらの作品が示唆するのは、「猥褻」とは人間の意識における根源的な観念であって、病んだ社会の肉体嫌悪の名残などよりはるかに深いものだということ。人間の性行動とは、キリスト教による抑圧から遠く離れても、きわめて問題の多い現象であって、少なくとも潜在的には、人間の通常の経験ではなく極端な経験に数えられるべきだということ。馴らされているように思えても、性行動は人間意識における魔力のひとつだ——それはときおり私たちをタブーや危険な欲望、たとえば他人に対して突然に恣意的な暴力を加えたくなる衝動から自意識の消滅や死そのものに対する官能的なあこがれといった欲望の、そばに追いやる。単純な肉体的感覚や気分のレヴェルでさえ、性交はたしかにてんかんの発作に似たところがある。食事をしたり誰かと会話をしたりするのに似ているのと、それ以上に似ているとまではいわなくても、少なくとも同程度に。肉体的残酷がもつエロティックな魅惑や、下劣で嫌悪感を催させる物事の中にあるエロティックな魅力は、誰でも感じたことがあるだろう。(少なくとも空想の中で。)こうした現象も性行動の真正なスペクトラムの一部をなすのであり、それらがただの神経症的逸脱であると片付けられないかぎり、この絵は教育ある世論が語るのとはちがって見えるのみならず、さほど単純でもなく思えてくる。

性的ファンタジーのための全面的能力が、ほとんどの人にとって接近不可能であることは、まったく健全な理由からなのだともっともらしく論じることもできるだろう——性行動というものが核エネルギーとおなじく、良心をもってすれば飼いならすことができるものかもしれないと考えるなら。だがやはり、そうすることは不可能かもしれない。こんな落ち着かない速度で性的能力を日常的に、あるいは一度でも、楽しめる人などほとんどいないだろうとはいっても、そのような極端なセックスが作り事だということにもならないし、かれらがその可能性をふりはらうことができないということにもならない。（宗教はおそらくセックスについで、精神を吹き飛ばす手段として人間が手に入れた二番目に古い手段だ。しかし信心深い人々の大群の中で、そのような意識状態に達するまできわめて遠くへと分け入っていった者の数は、かなり少ないにちがいない。）人間の性的能力には、論証可能だと思うが、どこかまちがったデザインの、潜在的に方向喪失的なものがある——少なくとも文明化された人間の性的能力には。人間という病んだ動物は、みずからのうちに自分を狂気に追いやるような欲望をもっているのだ。セクシュアリティのそのような理解——善悪を超え、愛を超え、正気を超えた、試練のための、意識の境界を破るための、資源——こそが、私が論じてきたようなフランスの文学的規範をかたち作っているのだ。

個人の人格を完全に超越するという企図をもつ『Oの物語』は、アメリカ流のフロイト主義やリベラルな文化が唱えるような希望的観測からはきわめて遠く離れた、暗く複雑なセクシュアリティ観を前提としている。Oという以外の名前をもたないひとりの女が、人間としての彼女自身の消滅と、性的存在としての彼女の充足にむかって、同時に進んでいく。そのような分断を支持するようなものが「自然」あるいは人間意識の中にほんとうに、経験的に、存在するのかどうかを、いったい誰がどうやってたしかめうるのかは、想像しがたい。けれども人間がそんな分断を公然と非難することに慣れているのを見ると、その可能性がこれまでいつも人間につきまとっていたという可能性はわかる。

Oの企図は、別の尺度では、ポルノグラフィ文学の存在そのものがはたす役目を演じている。ポルノグラフィ文学がおこなうのは、ある人の人間としての存在と性的存在のあいだに楔を打ちこむことだ——日常生活では、健康な人は、そのような裂け目がひろがるのを妨げるものなのに。ふつう私たちは、性的充足と個人的充足を、異なるもの、ましてや対立するものなどとしては、経験しないし、少なくとも経験したくない。だがおそらく、好むと好まざるとにかかわらず、それらは部分的には異なったものなのだろう。強い性的感情が強迫といっていい集中を求める以上、それはその人が「自己」を喪失しつつあると感じられるくらいの経験を包含している。サドからシュルレアリスムを通過しここで論じたような最近の作品にいたる文学は、その謎を強調する。その謎を際立たせ、読者にそれを意識させて、それに参加するよう読者に促すのだ。

この文学は、もっとも暗い意味におけるエロティックの召喚であり、同時にまた、ある意味では悪魔祓いでもある。『Oの物語』の献身的で荘厳なムードは、かなり単調でもある。おなじ主題をめぐる入り交じったムードの作品、自己からの自己の疎遠化をめぐるものには、ブニュエルの映画『黄金時代』があった。文学形式としてのポルノグラフィにはふたつのパターンがある——ひとつは悲劇にあたり(『Oの物語』のように)エロティックな主体＝犠牲者は抗いがたく死へとむかって進む。そしてもうひとつはコメディとみなせるもので(『イマージュ』のように)性的実践の強迫的追求が最後に、望んだとおりの性的パートナーとむすばれることで報われる。

4

エロティックなものがもつ暗い意味、その危険と魅惑と屈辱を、他の誰よりも強く作品化するのはバタイユだ。彼の『眼球譚』(一九二八年出版)と『マダム・エドワルダ★』は、その主題が、性的ドラマトゥルギーにおける役割以外の個人に対する配慮をすべて無にするあらゆる性的探求であるかぎりにおいてポルノグラフィ的テクストと呼べるものであり、この探求の充足はあからさまに描かれる。だがこういっても、これらの作品がもつ驚くべき質については、何も伝わらない。というのも、性器や性行為についてどれほど赤裸々に書こうが、それは必ずしも猥褻ではないから。それが猥褻になるのは、ある特定の声調で語られるとき、ある種の道徳的響きをそれがもつようになったときだ。たまたま、バタイユのこれらの中編小説が語る性行為や性的陵辱はあまり数がなく、『ソドムの百二十日』の終わりのない機械的創意工夫にはとても太刀打ちできない。ところがバタイユには、より繊細で深い侵犯の感覚があったので、彼が描写することはなぜかサドが演出する狂宴のほとんどよりも、力強くまた言語道断であると見えるのだ。

『眼球譚』と『マダム・エドワルダ』が、あれほどに強烈で動揺させられるものである理由のひとつは、バタイユが、ポルノグラフィとは結局はセックスではなく死をめぐるものなのだということを、私の知るかぎり他のいかなる作家よりもはっきりと理解していたということにある。すべてのポルノグラフィ作品が、おおっぴらもしくは暗黙のうちに死を語っている、というのではない。肉欲、そして「猥褻」という主題の、特定的で鋭い屈折を扱っている作品だけが、そうしている。エロスのそれを受け継ぎ乗り越える、死のよろこびにこそ、あらゆる真に猥褻な探求はむかうのだ。(「猥褻」を主題としないポルノグラフィ作品の例としては、ピエール・ルイスの快活な、飽くなき性欲のサガ『母と三人娘』がある。『イマージュ』の場合はそれほど明瞭ではない。三人の登場人物のあいだの謎めいた取引には猥褻の感覚があるが――いわば予感、というのも猥褻なただ覗き見趣味の構成要素のひとつとして限定されているので――この作品はまごうかたなきハッピー・エンディングで終わり、語り手は最後にはクレールとむすばれる。しかし『Oの物語』は、終末部でちょっとした知的遊戯が入るものの、バタイユとおなじ路線をゆく。本は両義的な終わり方をする。終わりの数行を読むと、発表されなかった最終章にはふたつのヴァージョンが存在し、そのひとつではOがサー・スティーヴンに捨てられようとするとき、彼女は彼から死ぬ許可を得る。この二通りの結末は、「おなじ始まり」のふたつのヴァージョンがしめされる作品の冒頭を、満足にこだましているが、けれどもそれは、彼女の運命に対して作者がどのような疑念を呈しようとも、読者が抱くOが死にむかっているという感じをやわらげてくれることはないと私は思う。）

ポルノグラフィ文学の室内楽ともいうべき彼の作品のほとんどを、バタイユはレシ（物語）という形式で書いた。（ときにはエッセーを付して。）それらの作品の統一的主題は、バタイユ自身の意識、激しく断固とした苦悩の状態に置かれた意識だった。けれども、以前の時代であれば彼に匹敵する驚異的な精神が苦悩の神学を書いたであろうところで、バタイユは苦悩のエロティクス（エロス学）を書いたのだ。彼の物語の自伝的源泉について何かを語ろうとして、彼は『眼球譚』に彼自身の言葉を失うほど恐ろしい少年時代のいくつかのあざやかなイメージを書き添えていた。（ひとつの思い出。盲目で黴毒で頭の狂った彼の父親が、放尿しようとしてできずにいる。）時間がこうした思い出を中和してくれた、と彼は説明する。長い年月が経ち、それらの思い出は彼におよぼしていた力をほとんど

★不幸なことだが、『マダム・エドワルダ』の英訳と称するものは一九六五年にグローヴ・プレスから出版された『オランピア読本』pp. 662–672 に収録された、原作の半分だけの訳しかない。そこには物語《レシ》だけが訳されている。だが『マダム・エドワルダ』は、やはりバタイユによる序文をつけることで厚みを出した物語などではない。それは二部構成――エッセーと物語――の作品なのであり、どちらもそれだけではほとんど理解不可能だ。

ど失って、「ただ歪められ、ほとんどそれともわからないものとなってのみ甦ってくるのだ、この歪曲の過程で、ある猥褻な意味を帯びながら。」バタイユにとって猥褻さとは、彼のもっとも辛い経験を甦らせるものであるとともに、その痛みに対する勝利をもたらすものでもある。猥褻つまりエロティック体験の極限は、生のエネルギーの根本でもある。人間は、と彼は『マダム・エドワルダ』のエッセー部分で書いている、ただ過剰によって生きるものなのだ、と。そして快楽は「パースペクティヴ」に、あるいはみずからを「開かれた存在」の状態に委ねること、悦楽のみならず死にも開かれてあることに、ある。ほとんどの人は自分自身の感情を出し抜こうとする。つまり、快楽を受け入れながらも、「恐怖」とは距離を置きたがる。それはバタイユにいわせればばかげたことだ。なぜなら恐怖は「魅惑」を強化し、欲望を掻き立てるのだから。

バタイユが極端なエロティック体験において明るみに出すのは、それがもつ死との隠された関係だ。バタイユはこの洞察を、致命的な性的行為を発明し、したがって物語に死体をちりばめることによってではなく、伝える。(たとえばこの恐ろしい『眼球譚』において、死ぬのはただひとりだ。そして物語はフランスとスペインで放埒のかぎりをつくしてきた三人の性的冒険者たちが、かれらの不名誉な行為をさらにどこか別の土地で追求しようと、ジブラルタルでヨットを買うところで終わる。)彼のより効果的な方法は、それぞれのアクションに対して重み、ほんとうに「命に関わる」と感じられるような、動揺するほどの重々しさを与えることにある。

それでも、スケールや実行の巧妙さに関する明らかな差異にもかかわらず、サドとバタイユの着想にはいくつか似たところがある。サドは肉感主義者というよりは、知的な企図をもった人だった。侵犯行為の可能性を探求するということだ。セックスと死の究極の同一性を、彼はバタイユと共有している。しかしサドは「エロティシズムの真実は悲劇的だ」という点については、バタイユと意見が一致することはなかっただろう。サドの作品では人がしばしば死ぬ。だがこれらの死は、いつも非現実的に見える。それらは、夜おこなわれる狂宴で傷つけられた犠牲者たちが驚異の軟膏を塗ったおかげで翌朝にはすっかり恢復していることと同程度にしか、信じられるものではない。バタイユの視野にしたがうなら、読者は、死に対するサドの不信をすっかり信じるわけにはいかない。(もちろん、サドのそれよりもずっとおもしろみに欠け出来もよくない多くのポルノグラフィ作品にも、おなじ不信は見られる。)

実際、サドの作品の読み疲れするくりかえしの多さは、ポルノグラフィ的想像力の真にシステマティックな探求の、避けがたいゴールないしは安息地に直面することが、サドの想像力にはできなかったせいだろうという推測も可能だ。ポルノグラフィ的想像力がシステマティックになるとき、想像力の旅の唯一の終わりは死になる。つまり、単なる快楽ではなく、侵犯の快楽に焦点が定められたときには。彼自身の目標に到達することができない、あるいはしたくないので、サドはゆきづまった。彼は彼の物語を増殖させ、分厚くした。狂宴における順列組み合わせを、退屈なほど複製しつづけた。そして彼のフィクション内の分身は、レイプや男色の興奮を中断して、犠牲者に対して本物の「啓蒙」とは何かをめぐる長々しいお説教の最新版を述べるのが常だった——神、社会、自然、個人、徳をめぐる、意地悪な真実を。バタイユは、サドの瀆神に見られる反=理想主義(それらはそういったファンタジーの背後に横たわる、追いやられた理想主義を永続させるものになる)に似たすべてをなんとか回避した。彼の瀆神は自律的なのだ。

サドの本、ワーグナーによるポルノグラフィ文学の音楽劇は、いずれも精妙でもコンパクトでもない。バタイユは、はるかに経済的な手段で効果を達成する。サドによる、性的ヴィルトゥオーゾたちと逃れようのない犠牲者たちのオペラ的増殖に代わる、非＝交換可能な登場人物たちの室内アンサンブルだ。バタイユは彼のラディカルな陰画を、極端な圧縮によって提示してくれる。ページごとの確実な進展が、彼の薄い作品と不明確な思想を、サドの思想よりも遠くまで行かせる。ポルノグラフィにおいても、より少ないものがより多くを達成することはありうる。

バタイユはまた、ポルノグラフィの語りが逃れられないある問題に関して、はっきりと独創的・効果的な解決策を提出した。終わり方の問題だ。もっともありふれたやり方は、いかなる内的必然にも頼らずに終わることだ。それでアドルノは、始まりも真ん中も終わりもないことをポルノグラフィの特徴だと断ずることができた。しかしアドルノは皮相すぎる。ポルノグラフィ的物語だって、たしかに終わるからだ——従来の小説の標準からいえば、たしかに唐突に、動機なく。これ自体は必ずしも反論すべきものでもない。（サイエンス・フィクション小説の途中で未知の惑星が発見されることだって、それに劣らず唐突で動機を欠いていることがあるだろう。）唐突さ、つまり個々の遭遇の事実性と、いつまでも更新されつづける遭遇は、作品を文学として扱うためにはないほうがいい、ポルノグラフィ的物語の不幸な欠点なのではない。これらの特徴は、ポルノグラフィに流れこむ想像力そのもの、あるいは世界観の、構成要素だ。多くの場合、まさにそれらの特徴が、必要とされる終わり方をもたらす。

だがこれは他のタイプの終わり方を排するものではない。芸術作品として見られた『眼球譚』の、そしてそれよりは程度において劣るものの『イマージュ』のある目立った特徴として、ポルノグラフィ的想像力のうちに留まりつつも、より組織的・厳密な終わり方を、これらの物語が明らかに好んでいるということがある——つまりより現実的あるいはより少なく抽象的なフィクションの解決策に誘惑されないということだ。ごく一般的に考えて、その解決策とは、最初からより厳密に制御された、より少なく自発的で、ふんだんな描写があるような物語を構成することだった。

『イマージュ』では、物語はただひとつのメタファー、「イマージュ」に支配されている。(読者がこのタイトルの意味のすべてを理解するのは小説の結末にいたってからだけれど。)はじめ、このメタファーは、明瞭にただひとつに適用されるものだと見えている。「イマージュ」とは「平坦な」物体あるいは「二次元の表面」あるいは「受動的な反映像」——すべてはアンヌという少女をさしていて、彼女はクレールが話者にむかって性的目的のために好きなように使っていい、その娘を「完全な奴隷」にしていいという、その相手だ。しかしこの本はまさに真ん中で、「イマージュ」のもうひとつの意味を導入する謎めいたシーンにより折られている。(全十章に分かれた短い小説の「五章」。)話者とふたりきりになったクレールは、猥褻な状況におかれたアンヌの奇妙な写真数枚を彼に見せる。そしてそれらは、どうやら動機のなさそうな、しかし野蛮なほど率直な状況だと思われるもののうちにある謎をほのめかすようなかたちで描写される。この区切れ目から本の終わりまで、読者は、描写される現実の「猥褻な」状況を意識するとともに、その状況の斜めからの鏡像ないしは複製のほのめかしについても、注意をむけていなくてはならない。その重荷(ふたつのパースペクティヴ)は、ただ本の結末部分でやっと取り除かれ、そこで章のタイトルがいうとおり「すべてはおのずから解決される」のだ。話者は、アンヌとはクレールが彼にただで与えてくれたエロティックなおもちゃなのではなく、話者に彼女クレールをいかに愛すればいいのかを教えるために、先回りして派遣されたクレールの「イマージュ」ないしは「投影」だということを発見するのだ。

『眼球譚』の構造も同様に厳密で、いっそう野心的なひろがりをもっている。どちらの小説も一人称で語られる。どちらも話者は男で、性的からみあいが物語の筋を構成するようなトリオ（三人組）のひとり。とはいえふたつの小説は、きわめて異なった原理に立って組織されている。「ジャン・ド・ベルク」は、話者が知らなかったことがどのようにして知られるにいたったかを記述する。アクションのひとつひとつが手がかりであり、証拠だ。そして結末は驚き。バタイユが記述するのはじつは心の内部にあることだ。三人の人間がひとつのファンタジー、集団の倒錯的意志のアクティング・アウト（実演）を共有する。（葛藤なく。）『イマージュ』が強調するのは行動という、不透明で理解不可能なことだ。『眼球譚』が強調するのはまずファンタジーで、ついでそれと何か自発的に「発明された」行為との相関となる。物語の展開は、アクティング・アウトの段階を追ってゆく。バタイユはあるエロティックな強迫観念が、たくさんのありふれた物にむすびついてゆく、段階的な満足の見取り図を作る。したがって彼の組織原理は空間的だ。決まったシークエンスで並べられた一連の物が、探され、痙攣的なエロティックな行為において使われる。これらの物を使う猥褻な遊びあるいは陵辱、そしてその近くにいる人々の陵辱が、このノヴェラ（中編小説）のアクションとなっている。最後の物（眼球）が、それ以前のどれよりも大胆な侵犯において使われきったとき、物語は終わる。物語には何の開示も驚きもなく、何の新しい「知識」もない。ただ、すでに知られていたことがより強化されていくだけだ。これらの、一見しただけでは互いに無関係に見える要素は、じつは関係している。事実、それらはすべておなじことの別ヴァージョンなのだ。第一章の卵は、最後にスペイン人からえぐり出される眼球の、最初のヴァージョンでしかない。

それぞれの具体的なエロティックなファンタジーは、また一般的ファンタジー――「禁じられている」ことをやってしまうということ――でもあり、耐えがたい、急き立てられるような性的強度の過剰な雰囲気を生み出す。時として読者は、冷酷で放埓な性的満足の目撃者とされるようだ。また別の時には、否定的なものの容赦ない進行に立ち会っているように思える。バタイユの作品は、私が知る他のどんな作品よりも、芸術形式としてのポルノグラフィの審美的可能性をしめしている。私が読んだあらゆるポルノグラフィ的散文フィクションで、芸術的に最高の達成だといえるのは『眼球譚』であり、知的にもっとも独創的で強力なのは『マダム・エドワルダ』だ。

芸術形式としての、また思考形式としての、ポルノグラフィの審美的可能性について語ることは、特定の性的強迫観念に四六時中とりつかれている人がふつういかにみじめな生を送るかを考えるならば、鈍感ないしはお上品ぶったことだと見えるかもしれない。それでも私は、ポルノグラフィは個人の悪夢がしめす真理以上のことをもたらすと考える。このかたちの想像力は、痙攣的で反復的ではあるけれど、それはたしかに色情狂ではない人間の興味の対象になるような（省察的・審美的に）ひとつの世界観を生む。事実、この興味の対象は、ポルノグラフィ的思考の限界だとして通常見捨てられるようなもののうちに、宿っている。

5

ポルノグラフィ的想像力が生み出す産物のすべてに顕著に見られる性格は、そのエネルギーと絶対主義だ。

一般にポルノグラフィ的な本とは、その主要な、もっぱらの、最優先の関心が、性的「意図」や「活動」の描写であるものをいう。性的「感情」ともいえるかもしれないが、この語は同語反復的に聞こえる。ポルノグラフィ的想像力が展開する登場人物たちの感情は、いかなる時点においても、かれらの「行動」ないしはその準備段階、つまり物理的に妨げられないかぎり「行動」に発展しようとしている瀬戸際の「意図」と、同一視していい。ポルノグラフィは感情についてわずかな粗野な語彙を使うが、それらはすべてアクションの見通しに関連している。行為したい感情（肉欲）、行為したくない感情（恥、恐れ、嫌悪）だ。無償の、というか機能しない感情は、存在しない。省察的なものであれイメージ的なものであれ、目の前で起きていることに無関係な思考も存在しない。こうしてポルノグラフィ的想像力は、その中で起こる出来事がどれほど反復的であろうとも、比較を絶して経済的なひとつの宇宙に住んでいる。関与性《レレヴァンス》のもっとも厳格な判断基準が適用される。すべてが、エロティックな状況にのしかかっている。

　ポルノグラフィ的想像力が提案する宇宙は、ひとつの全的な宇宙だ。そこに投げこまれるすべての関心を、呑み込み、変容させ、翻訳する力をもっている。すべてを、このエロティックな命令の、ひとつの交換可能な通貨にしてしまうのだ。すべてのアクションは一セットの性的交換だと考えられる。こうして、ポルノグラフィがなぜ両性のあいだの決まった区分を拒むのか、なぜどのようなものでも性的嗜好や性的タブーがつづくことを許すのかは、「構造的に」説明がつく。バイセクシャルであること、インセストのタブーに対する軽視、その他、ポルノグラフィ的物語でおなじみの特徴は、交換の可能性を増す要素として機能する。理想的には、誰もが他の誰でもと、性的関係をもつことが可能になるのだ。

　もちろん、ポルノグラフィ的想像力が、全的宇宙を提示してくれる唯一の意識形態だというのではない。現代の記号論理学を生んだ想像力も、やはりそんな意識だ。論理学者の想像力が提案する全的宇宙では、あらゆるステイトメントは、論理言語の形式で再提示するために壊され、嚙み砕かることができる。日常言語の、それに合わない部分は、ただ削り取られてしまう。また別の例をあげるなら、宗教的想像力のいくつかよく知られた状態も、おなじようなカニバリズム的やり方で作動することがある。手に入るあらゆる素材を呑みこんで、宗教的極性（たとえば聖と俗）で飽和した現象へと再翻訳してゆくのだ。

この後者の例は、理由は明らかだが、ここでの主題に密接にふれている。現代のエロティック文学の多くにおいて――ジュネでは特に顕著に――宗教的メタファーはふんだんに使われ、またポルノグラフィ文学のいくつかにおいてもそうだ。『Oの物語』は、Oが経験する試練に対して宗教的メタファーをきわめて多く使う。Oは「信じたがっていた。」彼女を性的に使う相手に対する全面的個人的奉仕という極端な立場は、くりかえし、救済のひとつのあり方として描かれる。苦悩と不安をもって、彼女はみずからを委ねる。そして「したがってそこにはもはや途切れはなく、死んだ時間もなく、休みもなかった。」Oはたしかに自由を完全に失ったものの、じつは神聖な儀式なのだと描かれるものに参加する権利を得た。

「開く」という言葉、そして「彼女の脚を開く」という表現が彼女の恋人の唇から発せられるとき、それは大変な不安感と力を帯びることになり、彼女はまるで彼ではなく神が語りかけてきたのだとでもいうような、一種の内的な弱り、聖なる服従を経験することなくそれらを聞くことができなかった。

彼女は鞭やその他の残酷な仕打ちが課せられる前にはそれを恐れているものの「それが過ぎてしまうと耐えぬいたことに幸福になり、特に残酷で長くつづくものであれば、それだけいっそう幸福になるのだった。」鞭打ち、焼きごて、傷つけは、ある禁欲的な魂の規律への手ほどきをうける者の信仰心を試す儀礼的試練であると（彼女の意識の視点から）描かれる。彼女のもともとの恋人、そしてサー・スティーヴンが彼女に求める「完璧な従順」は、イエズス会の新入りや禅の弟子たちにはっきりと求められる、滅私をこだまさせている。Oは「全面的に生まれ変わるために自分の意志を委ねてしまった、うつろな心の人」であり、彼女自身の意志よりもはるかに強力で権威的な意志に奉仕するのにふさわしいものとされるのだ。

期待されるとおり、『Oの物語』におけるあからさまに宗教的なメタファーは、この作品の、それに見合って率直な読みを呼びさます。アメリカでの訳書ではポーランの序文よりさらに前に付けられた序文を書いた小説家のマンディアルグは、『Oの物語』を「神秘主義作品」と呼び、したがって「厳密にいえばエロティックな本ではない」とさえいうことをためらわない。『Oの物語』が描くのは「完全な魂の変革、人によってはアスケーシス（苦行）と呼ぶもの」なのだ。しかし事態はそれほど単純ではない。マンディアルグがOの精神状態に対する精神医学的分析などむだだとするのは正しい。それはこの作品の主題を、たとえば「マゾヒズム」に還元してしまうから。ポーランがいうように、「女主人公の熱意」は、型どおりの精神医学用語によってはまったく説明がつかない。この小説が、サドマゾヒズムの劇場の従来型のモチーフや装飾のいくつかを使っているという事実は、それ自体、説明されなくてはならない。けれどもマンディアルグは、ほとんどおなじくらい単純化しすぎで、俗悪さに関してごくわずかにましな程度の、あるまちがいを冒している。たしかに、精神医学的還元に対する唯一の別の道が、宗教的語彙だというわけではない。しかし、ただこれらふたつの短縮された選択肢が存在するだけだということが、さんざん喧伝される許容にもかかわらずいまなおこの文化を支配している、性的経験の幅と真剣さの、骨にまで達する中傷誹謗を証言するのだ。

私の考えでは、「ポーリーヌ・レアージュ」はエロティックな本を書いたのだと思う。『Oの物語』に暗黙のうちに含まれる考えは、エロスとは秘跡であり、本の文字どおりの（エロティックな）意味――Oに対してなされる奴隷化と貶めのみだらな儀礼――の背後にある「真実」ではなく、まさにひとつの隠喩だということだ。ある言表が、それ以上に強いことを現実に意味できないとき、なぜより強いことをいう必要があるだろうか。だが、今日の教養ある人々の大部分にとって、宗教的語彙の背後にある内実ある経験が事実上理解不可能なものになっているにもかかわらず、その語彙にこめられる感情の大きさに対する敬虔さは残っている。宗教的想像力は、大部分の人にとって、まるごとのやり方で作動する想像力の、信用できる唯一の例だ。

それなら、十九世紀に生じた、全的想像力のいくつかの新しい、あるいは根本的に改良された形式――中でも目立つのは芸術家の、好色家の、左翼革命家の、そして狂人の――が、宗教的語彙の威信をいつも借りているのも、不思議ではない。そして全的経験は、それ自体いろいろな種類があるにせよ、くりかえしくりかえし宗教的想像力の復活ないしは翻訳としてのみ受けとめられてきた。この宗教への取り込みを離れ、きわめてまじめで、熱く、高揚したレヴェルで語るための新鮮な道を作ることこそ、未来の思考の最重要の知的課題のひとつだろう。現状では、『Oの物語』から毛沢東までのすべてが、宗教的衝動のいかんともしがたい残存に再吸収され、あらゆる思考と感情が価値を貶められている。（おそらくはヘーゲルが、哲学から出発してポスト宗教的語彙を作り出す、もっとも壮大な試みにとりくんだ。それは宗教的語彙の中に集められた情念と信頼性と情動的適切さといった宝をにぎる語彙だ。だが彼のもっとも興味深い弟子たちは、ヘーゲルがその思想を託した抽象的なメタ宗教的言語を着実に手放してゆき、その代わりにヘーゲルの革命的形式といっていいプロセス思考、歴史主義の特定の社会的・実践的適用ばかりに集中することになった。ヘーゲルの失敗は、知的風景に横たわり邪魔をする巨人のようだ。そしてヘーゲル以後の誰も、この仕事にとりくむのに充分なだけ大きくなく、もったいぶっていなく、エネルギーにあふれてもいない。)

こうして私たちは、全的にまじめな全的想像力の、あまりにもいろいろな選択肢のあいだを突き進むことをつづけているわけだ。おそらく、ここで考えているようなポルノグラフィの歴史における「近代」西欧的局面で(東洋ならびにムスリム世界でのポルノグラフィは大変に異なったものなので)もっとも深く精神的響きがあるのは、古い宗教的想像力以来の人間の情念と真摯さの巨大な結実は、全的想像力の世俗的独占とともに、十八世紀終わり以後、崩壊しはじめたのだ。ほとんどのポルノグラフィ作品、映画、絵画の、ばかばかしさおよび技巧の拙さは、それを見せられた誰にとっても明らかだ。だがポルノグラフィ的想像力の典型的産物について、それほどしばしば気づかれずに過ぎてしまうのは、それらがもっているペーソスだ。ほとんどのポルノグラフィ――ここで論じられた本たちも例外ではない――は、性的ダメージよりもさらに一般的な何かをさししめしている。私がいいたいのは、人間がいつももってきた幸運の幻視的強迫観念に対する好みの正当な捌け口を提供すること、集中と真剣さという高揚した自己超越のあり方への欲望を満足させることに対する、近代資本主義社会のトラウマ的失敗だ。「個人的なもの」を超越する必要は、人間にとって、ひとりの人間であることと、個人であることの必要に劣らずに深い。それなのに現代社会は、その必要にごく貧しくしか答えられない。現代社会はその必要を位置づけ、そこからアクションを起こし行動上の儀礼を構築するための語彙として、主として悪魔的《デモニック》な語彙を提供する。思考と行動のアクションとして、ただ自己超越的であるのみならず自己破壊的でもあるような語彙の中からのみ、選択肢を与えられている。

6

しかしポルノグラフィ的想像力は、心的絶対主義の一形式としてのみ理解されればいいというものではない——その産物のあるものは、より多くの同情あるいは知的好奇心あるいは審美的洗練をもって見ることができる（顧客《クライアント》というよりは通《コネッスール》という役目をもって）ようなものかもしれない。

このエッセーですでに何度か、ポルノグラフィ的想像力は、たとえ没落し、しばしばそうとわからないかたちではあっても、何か耳を傾けるに値することを語っているのだと、私はほのめかしてきた。人間の想像力の、この花々しくも束縛の多い形式は、それにもかかわらず、なんらかの真実に近づく道でもあるということを、私は力説してきた。この真実——感受性について、セックスについて、個性について、絶望について、限界について——は、それが芸術に投影されるとき、共有可能になる。（誰もが、少なくとも夢の中では、人生の何時間、何日あるいはもっと長い時にわたって、ポルノグラフィ的想像力の世界に住んだことがあるはずだ。だがそこにフルタイムで住んでいる住人たちだけが、フェティッシュやトロフィや芸術作品を作る。）侵犯の詩と呼んでもいいかもしれない言説は、また知識でもある。侵犯する者は、ただルールを破るだけではない。他の人間が行かないところまで行くのだ。そして、他の人間が知らないことを知っている。

人間想像力の芸術的ないしは芸術生産的形式として考えられたポルノグラフィは、ウィリアム・ジェイムズが「暗鬱《モービッド》な心」と呼んだものの表現だ。だがそのモービッドな心の定義の一部として、それが健康な心の「より広い範囲の経験」にまでさまよってゆくものとしたとき、ジェイムズはたしかに正しかった。

　それでは、あまりに多くのポルノグラフィ的読み物が、この数年ペーパーバックになってごく若い読者にも簡単に手に入るようになったことを陰鬱な事態だとみなす、良識があって敏感な多くの人々については、何がいえるだろう。たぶん、ひとつのことを。かれらの恐れはもっともだが、それはスケールの問題ではないだろう、ということだ。セックスというのはどうにも汚いもので、セックスにふけっている本もそうだと考えるような、ありきたりな不平屋を相手にするつもりはない。(汚いというがかれらにはテレビで毎晩のように流される大量虐殺場面はおそらく汚くないのだろう。)それを別としても、ポルノグラフィが汚いからではなく、ポルノグラフィが心理的にいびつな者たちの支えとなり道徳的に罪のない者たちへの虐待になりうるということを憂慮するために、ポルノグラフィに反対し嫌悪感を抱く、見逃せない数の少数派が存在する。私もおなじような理由でポルノグラフィに対する嫌悪感をもち、ポルノグラフィがどんどん手に入りやすくなっていることの結果について不安に思ってもいる。けれどもその憂慮には、的外れなところがないだろうか。ほんとうに賭けられているものは何なのか? それは知識の使用法に関する心配だ。すべての知識は危険だという考え方はありうる、なぜなら知る人、潜在的に知ることができる人として、誰もがおなじ条件についているわけではないのだから。おそらく大部分の人々は、「より広い範囲の経験」など必要としていない。繊細で広範な心の準備を抜きにしては、経験と意識の拡大など、大部分の人にとっては破壊的なことだろう。だったら私たちは、他の種類の知識が大量に手に入る現況、また機械による人間の能力の変換と拡大に対する楽観的な同意への、私たちの無謀な無限の信頼を、何が正当化してくれるのかと問わなくてはならない。ポルノグラフィとはこの社会で流通する多くの危険な商品のひとつにすぎないのであり、さほど魅力的には見えないとしても、人間の苦しみという点にかけて、人間共同体にとって、たとえ命に関わるほどではなくとも、安上がりに手に入る物のひとつなのだ。たぶんフランスの作家・知識人の小さなサークルの場合を除けば、ポルノグラフィは想像力の、不名誉でもっぱら軽蔑された部門だろう。その卑小な地位は、はるかに有害な多くのアイテムが享受している精神的な特権の、まったく逆にあるものだといっていい。

結局、私たちがポルノグラフィに対して与える場所とは、私たちが自分自身の意識のために、自分自身の経験のために、設定する目標によって変わる。しかしAさんが自分の意識のために採用する目標は、Bさんがそれを採用するのを見てAさんが満足するものではないかもしれない。なぜならAはBにその資格があるとも、経験があるとも、充分に繊細だとも考えていないので。Aが自分自身で述べた目標を採用することにさえ、AとBは困惑したり、さらには気分を害したりもするかもしれない。Aがそれらの目標を設定するとき、それはあまりにずうずうしかったり、浅くなったりする。自分の隣人の能力に対するこの慢性的な相互不信——実際それは人間の意識の能力にはヒエラルキーがあると考えているわけだ——には、全員を満足させる解決策はない。人々の意識の質がそれほどまでに大きく異なるとき、それが解決されることなどありえるだろうか。

数年前、この主題について論じたエッセーで、ポール・グッドマンはこう書いていた。「問題はポルノグラフィか否かではなく、ポルノグラフィの質なのだ。」まさにそのとおり。この考えは、はるかに進めることができる。問題は意識か否か、知識か否かではなく、意識や知識の質にある。そしてそれは人間主体の質ないしは優雅さを考察対象にさせる――これはきわめて問題含みの基準だ。現代社会において、積極的に狂っていない人の大部分が、せいぜい改善された狂人あるいは潜在的な狂人だということは、不正確とはいえないだろう。けれども誰かが、この知識に立って行動する、あるいはまったくそれによって生きる、必要はあるだろうか。大変に多くの人が殺人、人でなし化、性的逸脱、絶望の瀬戸際で揺れていて、われわれはそれを考えつつ行動しなくてはならないとしたら、そのときにはポルノグラフィに憤慨する人々すらとても思ってもみないほどの徹底的検閲が必要だと思われる。ところが、もしそんなことになったら、ポルノグラフィのみならず、真剣な芸術と知識――言い換えればあらゆる形式の真実――が疑わしく危険なものだということになる。

（一九六七年）

みずからに抗って考えること――シオランをめぐって

ある理不尽な立場からもうひとつのそんな立場へ、いつもおなじ平面上にいながら自分を正当化しようとする、そんなことをして何になる。

――サミュエル・ベケット

ときには完全に何ももたないということだって、可能だ。無の可能性。
――ジョン・ケイジ

私たちの時代においては、あらゆる知的・芸術的・道徳的出来事が、まるで捕食者のような意識の、ある態度に呑みこまれてしまう。歴史化、という態度だ。あらゆる発言や行為が一過性のものであるしかない「発展」であると評価されたり、より低俗なレヴェルだと、単なる「流行」だと貶められたりする。いまや人間精神は、ほとんど第二の天性であるかのように、精神が達成したことの価値を損ね、その真実を疑わせるような、見方に陥ってしまうのだ。一世紀以上にわたって、こんな歴史主義的展望が、何かを理解しようとする私たちの能力の核心を占めてきた。おそらくかつては意識の小さな癖のようなものでしかなかったのに、それがいまでは巨大で制御不可能な身振りになっている――それによって人間が飽くことなくみずからを甘やかそうとするような身振り。

私たちは何かを、多元決定された時間的連続のうちに位置づけることで、理解しようとする。存在は、過去・現在・未来の激しく移りゆく流れの中で、やっとのことで達成される連関でしかない。だが、もっとも関与的な出来事群でさえ、そのうちにみずからが古びて無意味になってゆくきっかけを携えているのだ。こうして、ひとつの作品はやがては作品群へのひとつの貢献となる。人生のあるかたちの細部が、人生の歴史の一部となる。個人の生の歴史は、社会的・経済的・文化的な歴史と切り離しては理解不可能なものになるように思われる。そして一社会の生は、「先行する諸条件」の総和となる。意味は生成の流れで溺れる。到来と破棄の、意味を欠き、過剰にドキュメント化されたリズム。人の生成は、さまざまな可能性を使い果たす歴史そのものだ。

けれども、歴史意識という魔を出し抜くには、辛辣な歴史化の視線をそれにむけるだけでは不十分だ。不幸にも、人がいまそこに位置していると思われる、一連の出尽くした可能性（思想と歴史そのものによって仮面を剝がされ信用を失わされた）は、単なる心の「態度」——それは心の焦点を合わせ直せば無効にすることができる——以上のものだと見える。過去百五十年のあいだに西欧でなされてきた知的・創造的思索の最高のものは、議論の余地なく、人類史全体においてもっともエネルギーにあふれ、濃密で、精妙で、きわめて興味深く、かつ真実であるものだと思われる。それなのに、この天才のもたらした、同様に議論の余地のない結果は、われわれは思想の廃墟に立っている、そして歴史と人間自身の廃墟の縁に立っている、という感覚だ。（考える、故に、爆発音《ブーム》。）もっとも抜け目のない思想家や芸術家は、よりいっそう、これら進行中の廃墟の早すぎる考古学者、敗北に憤るあるいは禁欲的な診断医、永続的アポカリプスの時代に個人が生き延びるのに役立つ複雑な精神運動の謎めいた振付師となっている。新たな集合的ヴィジョンの時は、すでに終わったのかもしれない。現在までにはすでに、もっとも明朗な者ともっとも陰鬱な者、もっともばかげた者ともっとも賢明な者が、いずれも降りてしまった。けれども個人への精神的忠告の必要が、これほどまでに強く求められたことはない。勝手に逃げろ。

歴史意識の勃興は、もちろん、二十世紀初めのある時に起きた、哲学的システム構築という尊敬すべき企ての破綻と関連している。ギリシャ人以来、哲学（宗教と融合していようが、オルタナティヴな世俗的英知として考えられていようが）は大部分、集合的ないしは個々人を超えたヴィジョンだった。「何か」という問を、その多様な認識論的・存在論的層において語ろうとしているのだという哲学は、二次的にだが、物事が「でなくてはならない」という暗黙のうちに未来主義的な基準をほのめかすことにもなった――秩序、調和、明晰、理解可能性、そして首尾一貫といった観念のもとに。しかしこれらの集合的な非個人的ヴィジョンが生き延びるかどうかは、哲学的言表のはったりが未曾有の出来事によって命じられることのないような、多様な解釈・適用を許す仕方で表現されることにかかっている。変化や概念上のパラドクスを容れられる、きわめて洗練された物語的モードとして発展してきた神話の有利な点を拒絶しながら、哲学はある新しい修辞的モードを繁殖させた。抽象だ。この抽象的・非時間的言表――変幻する世界を下から支えている非＝具体的「普遍項」や安定的形式を記述できると主張する――に、哲学の権威はいつも頼っていた。より一般的にいうなら、伝統的哲学が提唱してきた存在と人間知識の客観的・形式的な見方という可能性そのものが、そこでは「自然」が支配的主題となり変化が退行的であるような、人間経験における恒常的構造と変化のあいだの特定の関係に依拠しているということだ。けれどもこの関係は、「歴史」が「自然」にぴったりと追いつき、ついでリードを奪った、フランス大革命を絶頂とする時代に狂わされて――永久に？――しまった。

人間経験の決定的な枠組としての地位を、歴史が自然から奪ったとき、人は自分の経験を歴史的に考えはじめ、哲学の伝統的な非歴史的諸カテゴリーは空洞化した。この恐るべき挑戦に正面から立ち会った思想家はヘーゲルで、彼は人間意識のこのラディカルな方向転換から哲学という企図を救うのは、哲学を哲学の歴史として提示すること以外にありえないと考えた。それでもなおヘーゲルは、自分の哲学大系を、それが歴史的パースペクティヴを内包しているがゆえに真である――すなわち歴史を超えている――と提示することまでは避けられなかった。つまりヘーゲルの体系が真であるかぎりにおいて、それは哲学を終わらせたのだ。ただ、最終的な哲学大系とは、正しく着想された哲学だった、というだけのこと。つまり、「永遠なるもの」が、結局はもう一度再建されたわけだ。こうして歴史は終わった。（あるいは終わるだろう。）だが歴史は止まらなかった。ヘーゲル哲学の大系としての破産は時が証明したが、方法としてはそうはならなかった。（方法としては、人文諸科学の全分野に浸透していったヘーゲル哲学は、歴史意識を固めるにあたってずば抜けて最大の知的推進力を承認し、また与えた。）

ヘーゲルの努力ののち、永遠なるものをめざすこの探求――かつては意識の非常に魅惑的かつ不可避の身振りだと見えていた――は、いまやそのすべてのペーソスと子供らしさをもって、哲学的思考の根にあるものとして、剝き出しのまま立ちつくしている。哲学は心の時代遅れのファンタジー、精神の田舎主義、人の子供時代へと、縮んでしまったのだ。哲学的言表がどれほどひとつの議論へとしっかりまとまっても、それらの言表を構成する用語の「価値」そのものにむけられたラディカルな問をふりはらうことはできず、哲学的議論がかつて使われてきた言語的通貨に対する信頼の大きな喪失をとり戻すことはできないように見えた。しだいに世俗化の度合いを増す、以前よりはるかに有能で効率のいい人間の意志が、「自然」をコントロールし操作し作り替えることに熱心になり、その新たな高まりに当惑させられながら意志は人間的風景の加速する歴史的変化（その変化のうちには印刷された書物・書類に貯蔵される具体的・経験的知識のものすごい蓄積も含まれる）をひどく遅らせたままに具体的な心理的・政治的対処法を企てつつあるとき、哲学をリードする語彙は過剰なまでに多元決定されているように見える。あるいは、結局はおなじことだが、それらの語彙は栄養不足で、意味がからっぽになったものと見える。

前例のないスケールで変化の損耗にさらされた哲学の、伝統的に「抽象的」で間延びした進め方は、もはや何事かに真剣にむきあっているように見えなくなった。それらはもはや、知的な人々がみずからの経験に関して抱く感覚により実質を与えられるものではなくなった。大文字の「存在」（実在、世界、宇宙）の記述としても、あるいは哲学的企図の最初の大きな縮小を記すオルタナティヴな概念（そこでは存在、現実、世界、宇宙は、精神の「外に」あるものだと受けとられる）による精神のみの記述としても、哲学はその伝統的願望を遂行する能力に、大きな信頼感を吹きこんではこなかった。その能力とは、どんなことであれ、理解するための形式的モデルを提供するということだ。少なくとも、言説のさらなるなんらかの縮小ないしは移設が必要だと感じられていたのだ。

十九世紀における哲学の体系構築失敗に対する反応のひとつは、イデオロギーの勃興だった――イデオロギーとは攻撃的に反哲学的な思想体系であり、さまざまな「実証的」ないしは記述的人間諸科学に現われた。コント、マルクス、フロイト、そして人類学・社会学・言語学のパイオニア的人物たちが、即座に浮かんでくる。

おなじ崩壊に対するもうひとつの反応は、新しいかたちの哲学だった。個人的(自伝的なものさえ)、アフォリズム的、抒情詩的、反体系的。その最先端のお手本は、キェルケゴール、ニーチェ、ヴィトゲンシュタイン。シオランはこの伝統において現在書いている、もっとも傑出した作家だ。

哲学をするにあたっての、このモダンなポスト哲学的伝統の出発点は、哲学的言説の伝統的形式が壊れたという意識だった。残っている可能性の主なものはというと、傷ついた不完全な言説(アフォリズム、覚書、走り書き)あるいは他の形式へと変貌する危険を冒している言説(寓話、詩、哲学的お話、批評注釈)だ。

シオランはエッセーという形式を選んだ。一九四九年から一九六四年までのあいだに五冊のエッセー集が出版された。『崩壊概論』(一九四九年)、『苦悩の三段論法』(一九五二年)、『存在することの試練』(一九五六年)、『ユートピアの歴史』(一九六〇年)、そして『時への転落』(一九六四年)だ。しかしこれらは、通常の基準からいうと奇妙なエッセーだ——瞑想的で、議論は離接的、スタイルとしては本質的にアフォリズム。ブカレスト大学で哲学を勉強したのち一九三七年からパリに住みフランス語で書くこのルーマニア出身の作家には、「アフォリズムか永遠か」をモットーとするような、ドイツの新しい哲学的思考に特徴的な痙攣的な書き方が認められる。(そんな一派の例をあげよう。リヒテンベルクやノヴァーリスの哲学的アフォリズム。もちろん、ニーチェ。リルケの『ドゥイーノ悲歌』のいくつかの箇所。カフカの日記。)

シオランの手法は壊れた議論で、それはラ・ロシュフーコーやグラシアンのアフォリズム的作品において停止したり動き出したりする動きが「世界」の離接的な面を鏡のように映しているのとは異なり、外へとむかってはみずからのスタンスの複雑さによって待ったをかけられ断ち切られる、省察的精神の袋小路を証言している。シオランにとってアフォリズムというスタイルは現実の原則というよりも認識の原則。個々の深い観念が、それ自身が暗黙のうちに生み出した、別の観念によってすみやかに王手をかけられるという運命をあらわす。

かつてもっていた威信に似た何かをいまも維持したくて、哲学はみずからの善意の証拠を絶えず見せたがる。哲学がもつ既存の概念道具だけでは、もはや意味を担えるとは感じられず、それらは再証明される必要があるのだ。思想家の情念を通じて。

哲学は思想家の個人的な仕事だと考えられている。思想は「思考」になり、考えることは――さらにねじを一回転させて――それが極端な行為、ひとつのリスクにならないかぎり、価値のないものとして再定義される。思考は告白的・悪魔祓い的になる。思考のもっとも個人的な憎悪の目録だ。

デカルト的跳躍のすべてが最初の動きとして保持されていることには注意しておきたい。存在は、あいかわらず、思考として定義される。ちがっているのはただ、考えるというどのような行為でもいいのではなくて、ただある種のむずかしい思考だけが、その名に値するということだ。思考と存在はまぎれもない事実でも論理的な所与でもなく、パラドクス的な、不安定な状況になる。そこから、エッセーを着想することの可能性、シオランの本の一冊で英語に訳された最初の作品集でもある『存在することの試練』のタイトルが生まれる。「存在する」とは、とそのエッセーの中でシオランは書いている、「それを獲得したからといって私は絶望しない、ひとつの習慣だ。」

シオランの主題、それは精神であること、最高度の洗練にピッチを合わせた意識であることだ。彼の文章の最終的正当化となるのは、推測が許されるなら、クライストの「パペット演劇について」にある古典的言表に近いものになるだろう。このエッセーでクライストはこういう。人間の自然的調和に対して意識が作り出した混乱を私たちがどれほど収めたいと思っても、それが意識をあきらめることによって達成されることはない、と。無垢の状態への帰還、そこに帰っていくことはできない。私たちは思考の果てまで行ってみるしかなく、そこで（おそらくは）完全に自意識を保ちつつ、恩寵と無垢を取り戻さなくてはならない。

したがってシオランの文章では、精神とは覗き見なのだ。

しかし「世界」のそれではない。精神自身の。シオランは、ある程度までベケットにも通じるが、思考の完全なまとまりを大切にする。つまり、思想（＝考えられたこと）を、考えることについて考えることへと還元する、ないしは限定するということだ。シオランがいうには「唯一の自由な精神」とは「存在ないしは事物との純粋な親密さを保ちながら、それ自身の空虚を巧みにあやつる精神だ。」けれどもこのような精神的はらわた抜きの行為には、「ファウスト的」「西洋的」な情念の激しさがつきまとう。西欧文化に生まれた人間には誰にも「東洋的」な精神の否定を——罠から逃れる道として——達成できる可能性はないとシオランは考えている。（シオランがみずから意識しつつ抱く東洋に対する無意味な憧れを、「新石器時代的意識」に対するレヴィ＝ストロースの肯定的ノスタルジアと比べてみること。）

哲学は、拷問にかけられた思考となる。みずからをむさぼり食う思考だ——それでいながら、この自分食いをくりかえしながらも（あるいはおそらくそのせいで）無傷でありつづける、ないしは開花しさえする。思想の受難劇では、思想家はプロタゴニスト（主役）とアンタゴニスト（対立役）の両方を演じる。苦しむプロメテウスと、絶えず再生される彼のはらわたを容赦なく食いつづける鷲の、両方だ。

存在の不可能な状態、考えられない思想こそ、シオランの省察の素材だ。（みずからに抗して考える、など。）だが彼はニーチェに遅れてきた。ニーチェはシオランの立場のほとんどすべてを一世紀前に記している。おもしろい問だ、なぜ繊細で力強い精神が、ほとんどすでにいわれていることを、わざわざいう気になるのか？　それらの考えを、本当に自分のものにするため？　あるいは、もともと述べられたときには真だったそれらの考えが、それ以後いっそう真になったから？　答えが何であれ、ニーチェの「事実」はシオランにとって否定できない結果をもたらす。彼はねじを締め、議論をより濃密にしなくてはならない。より苛烈に。よりレトリカルに。特徴といっていいが、シオランは他の作家なら結末にするところからエッセーを書きはじめる。結論からはじめて、そこからつづけていく。

彼のような文章は、彼がいうことをある意味すでに知っている読者にむけられている。こうした目が眩むような思想を、自分自身経験したことのある人たちに。シオランは、彼の奇妙に抒情的な思考の連鎖、容赦ないアイロニー、ギリシャ以来のヨーロッパ思想をまるごと相手どる優美な言及を通じて、普通の意味での「説得」を試みることはない。論点は「見抜かれ」なくてはならず、しかも手助けはあまりない。思想家は知的・精神的な苦悶に関してごく簡略な一瞥を許すだけというのがいい趣味だ。そこからシオランの語調が生まれる――すさまじいまでの威厳、執拗さ、時として遊びにみち、しばしば高慢ですらある調子が。だが傲慢と取られても仕方がないすべてにもかかわらず、シオランにひとりよがりなものは何もない。あるのは彼の独特な無為の感覚、そして精神の生に対する妥協なくエリート主義的な態度だけだ。

ニーチェが道徳的孤独を望んだように、シオランはむずかしさを意志する。彼のエッセーが難解で読みにくいというのではなく、いわばそこで語られる道徳的論点が、果てしなくむずかしさを開示していくのだ。シオランのエッセーの典型的な論法は、思考のための提言のネットワークだといえるかもしれない――それにこれらの考えを保ちつづけるための根拠の解消が加わる。「行為＝演技する」根拠の解消は、いうまでもなく。知的袋小路を複雑かつ知的に定式化してゆくことにより、シオランは閉ざされた宇宙――むずかしさの――を構築し、それは彼の抒情の主題でもある。

シオランは、今日書いている本当に力のある作家たちのうち、もっとも繊細な精神のひとりだ。ニュアンス、アイロニー、そして洗練が、彼の思考の本質。けれども彼はエッセー「息切れした一文明について」で、こう述べている。「人間の心は単純な真理を求めている。かれらをいろいろな問から解放してくれるひとつの答え、福音、墓を。洗練の影には死の原理が隠されている。微妙さ以上に壊れやすいものはない。」

矛盾だろうか。そんなことはない。それは瓦解以後の哲学におなじみの二重基準でしかない。文化一般に対してはひとつの基準（健康）、孤独な哲学者のためにはもうひとつの基準。（魂の野心。）最初の基準は、ニーチェが知性の犠牲と呼んだものを要求する。第二の基準は健康の、世俗の幸福の、しばしば家庭生活その他の共同体の諸制度への参与を犠牲にすることを要求する。おそらくは、正気さえも。哲学者の自己犠牲能力は、キェルケゴールおよびニーチェ以後の哲学伝統においては、ほとんどその作法の一部となっている。そして哲学者としての趣味の良さのもっともわかりやすい指標は、哲学に対するあからさまな軽蔑なのだ。ここから、哲学とは一種の病気みたいなもの、哲学者の仕事とは医者がマラリアを研究するように哲学を研究することであり哲学を伝えるのではなく人々をそれから治すこと、といったヴィトゲンシュタインの考え方が出てくる。

しかしそうした行動が哲学者の自己嫌悪と診断されるべきか、それともただ空虚が見せる一種のご愛嬌にすぎないのかについては、単に首尾一貫の欠如という以上のものを、ここで許さなくてはならない。シオランの場合、彼が精神を否認することは、それがあれほどまでに専門家として精神を酷使している人によって語られるからといって、いささかもその価値を減じるものではない。一九五二年のエッセー「袋小路書簡」にある熱烈な助言を考えてみる——ここではフランスで旺盛に文章を発表している作家シオランが、著者という「怪物」にまさになろうとしている友人を非難するという、奇妙な立場を演じているのだ。著者となり友人が持ち前の「超然、軽蔑、沈黙」を本に書くことによって、友人はそれら賞賛すべき態度を捨てることになると。シオランはただ彼の職業に対する安易な二律背反を見せているのではなく、自由な知性が真剣に文章を書き読者を得るときに立たされることになる、痛みのある、真にパラドクス的な経験に、声を与えている。ともあれ、自己犠牲を選び自分がそれに甘んじることと、友人に自分とおなじようにしなさいと助言することとは、まったく異なっている。そしてシオランにとって精神の使用とは自己犠牲である以上、自分の精神を公的に使うこと——

さらに特定的には作家であること——は問題をはらんだ、いささか恥辱でもある行為になる。いつも疑わしい行為。結局のところ、社会的にも個人的にも、どこか猥褻な行為。

シオランは、ニーチェとマルクスを最大の代表者とする、知性に反抗する——「観念論」に反対する理想主義——ヨーロッパ知識人たちのメランコリーのパレードの一員だ。この主題についての彼の議論の大きな部分は、すでに十九世紀と二十世紀をつうじて、これまで無数の詩人や哲学者たちによって語られてきたこととほとんど変わらない——ファシズムのレトリックと実践における知性批判の不吉なトラウマ的増幅はいうにおよばず。しかし、ある重要な議論が新しいものではないということは、それをまじめに受けとめる必要がないということではない。そしてシオランにより問い直された、精神の自由な使用が結局は反社会的であり、共同体の健康にとって害が大きいというテーゼ以上に、適切なことはあるだろうか。

多くのエッセーで、だがとりわけ「息切れした一文明について」と「運命小論」で、「シオランは自分を断固として啓蒙批判者の側に置く。「啓蒙主義の時代以後」と彼は書く。「ヨーロッパは寛容の名のもとに、その偶像たちから絶えず活力を奪いとってきた。」だがこれらの偶像あるいは「偏見——一文明が生む有機的フィクション——は、文明の持続を保証し、その顔を保持する。文明はそれを尊敬しないわけにいかない。」いまあげた最初のエッセーの別の箇所にはこうある。「歴史の内部に留まろうと思うなら、最低限の無意識は必要だ。」「文明をむしばむ病」の中で最悪のものは、思想そのものの肥大であり、それが「引き延ばされ四つ裂きにされた意識により妥協を強いられることのない、霊感にみちた愚かさ……実りのある高揚」のための能力の消失をもたらす。というのはあらゆる文明は「その成長と輝きを許した過ちをあらわにするとただちに、みずからのさまざまな真実に疑問を抱きはじめるとただちに、動揺しはじめる。」そしてシオランはおなじみのやり方で、ヨーロッパにおける野蛮人、非思考者の抑圧を嘆くのだ。「彼の本能のすべては彼の品位によって調節されている」というのがイギリス人に関するシオランの意見だった。試練をまぬかれ「ノスタルジアという一般化した倦怠により生気を抜かれた」平均的ヨーロッパ人は、いま「よい生活という概念（衰退期の熱病）に」とりこまれ、それを強迫観念としている。ヨーロッパはすでに「地方的運命」に移行した。地球の新たな主人たちとは、文明度において劣るアメリカとロシアの人々であり、歴史の翼に抱かれて待機しているのはそれよりもさらに文明度が低い「地球の郊外」に住む何百万人という暴力的な群れで、未来はすでにかれらの掌中にある。

古い議論の多くは、シオランの手にあって変化を加えられることなく、蒸し返される。古いヒロイズム、精神による精神の告発が、アンチテーゼの名のもとにもう一度もちだされるのだ。頭に対して心、理性に対して本能。「明晰の過剰」は均衡の喪失につながる。（同書所収の「袋小路書簡」と「リスクとしての文体《スタイル》」に見られる、言語的コミュニケーション、文学そのもの——少なくとも現在の——に対する、シオランのあからさまな不信の背後にある議論。）

けれども見慣れたアンチテーゼの、少なくともひとつ——思想対行動——は洗練を加えられている。「息切れした一文明について」で、シオランは十九世紀のロマン主義者たちの標準的な見方を踏襲し、精神の行使が行動能力のじゃまをすることを懸念している。「行動するとはひとつのこと。自分が行動していると知ることは、それとはまったく別だ。明晰さが行動に投資し、それにそっと入り込むと、行動は取り消され、それとともにまさに意識をしたがわせ奴隷化する機能をもつ偏見も取り消される。」ところが「みずからに抗って考える」では、思考と行動の二律背反（アンチテーゼ）は、より微妙で独創的なかたちで描かれる。思想は、ある行動の直接的で熱のこもったパフォーマンスを、ただ妨げるものではない。ここではシオランは、その行動が思想に対しておこなう蚕食を、より気にしている。「行動においては意識圏が縮小される」と指摘しつつ、彼は行動からの「解放」こそ人間の唯一の本当の自由のあり方だという考えを支持する。

そしてシオランがあの模範的にヨーロッパ的な人物像である「疲れたインテリ」を登場させる、「息切れした一文明について」の比較的単純な議論においてでさえ、そこでめざされているのはただ知識人という職務に対する罵倒ではなく、区別する価値が非常にあるふたつの状態の差異を正確につきとめようとすることなのだ。つまり、文明化されていることと、時として「過剰に文明化されている」と偏向的に呼ばれるような、有機的人間の欠損のあいだの。用語については異論もあるだろうが、このような境遇は存在し、のみならず猛威をふるっている――職業的インテリたちのあいだではありふれている、もっともかれらに限られたわけでもないが。そして、シオランが正確に指摘するとおり、過剰文明化の最大の危険は、疲弊および「刺激」されることへの欲求不満のせいで、人があまりにも簡単に俗悪で受け身の野蛮へと再転落してゆくことだ。こうして、「現代のリベラル文化が推奨する明晰さのむやみな追求により「自分のフィクションの仮面を剝ぐ」人間は、「自分自身の持ち前の資源を、そしてある意味では自分自身を、否認する。その結果、彼は彼を否定する他のフィクションも受け入れる、なぜならそれらは彼自身の深みから持ち上がってきたものではないから。」したがって、とシオランは結論づける。「自分自身の均衡を大切にする人間は、明晰さも分析もある程度以上に限度を超えるべきではない。」

だがこのほどほどにするべきだという忠告は、結局は、シオラン自身の企図を限界づけることになる。よく喧伝され（彼が信じるところでは）不可逆的なヨーロッパ文明の衰退の感覚に飽和しつつ、この模範的なヨーロッパの思想家は、自分自身の健康についても社会の健康についても責任を免れる。自分がその一員である文明の無気力化された条件と地方的運命に対する侮蔑にもかかわらず、シオランはまたその文明の才能あるエレジー（挽歌）作者でもあるのだ。「ヨーロッパ」の終焉をめぐる、おそらく最後のエレジー作者のひとりだ――ヨーロッパの苦しみの、ヨーロッパの知的勇気の、ヨーロッパの活力の、ヨーロッパの過剰な複雑さの。そして彼自身は、その冒険を最後まで追求する覚悟ができている。

彼の唯一の野心。「治しえないものの先を行くこと。」

精神的努力の教義。「あらゆるかたちの人生は「生」そのものを裏切り腐敗させる以上、ほんとうに生きている人間は最大限の両立不可能性をひきうけ、快楽と痛みの両方にたゆみなく励まなくてはならない……」（「存在することの試練」からの引用。）そしてシオランの思想において、あらゆる意識状態のうちもっとも野心的なこれが、人間の展望のすべてにわたる「生」一般に対してより真でありながら、世間的存在のレヴェルでは非常に高くつくということには、疑問の余地がない。行動という面からいうなら、それは無益さ《フユテイリテイ》を受け入れることを意味する。無益さとは、人の希望や野心の挫折として見られるべきではなく、それは意識がそれ自身の複雑さめがけて大きな跳躍を試みるための、貴重でよく守られた有利な地点だと考えなくてはならない。シオランが「無益さとはこの世でもっともむずかしいものだ」と述べるとき、彼はこの望ましい状態のことをいっているのだ。それは私たちが「自分の根を断ち切らなくてはならない、形而上学的異邦人にならなくてはならない」ということを要求する。

シオランがこれを恐るべき、むずかしい仕事だと考えていることは、おそらく彼自身のうちに残存する、渇いてやまない健康を証言しているのだろう。それはまた彼のエッセー「孤独の人々」が、私の心にとっては、シオランが書いた中で彼のいつものすばらしさと洞察がまるで発揮されていない数少ない文章のひとつだということを説明するかもしれない。シオランにとってもヘーゲルやその他大勢の著作家たちにとってとおなじく「とりわけ疎外された生存条件を代表する」ユダヤ人という人々について書きながら、シオランは彼の主題の現代的側面について、びっくりするほどの道徳的鈍感さを見せているのだ。おなじ主題をめぐってサルトルが書いた『反ユダヤ主義とユダヤ人たち』のほとんど決定的といっていい扱いぶりの例がたとえなかったとしても、このシオランのエッセーを驚くほど雑駁で高飛車なものだと思わずにすませることは、まずできない。

シオランにおける奇妙な弁証法では、よく知った諸要素が複雑な混合体へと融合されている。一方では、「知的ぶった態度」に対する、そして身体・感情・行動の能力を犠牲にしてまでなされる精神の肥大に対する、伝統的ロマン主義的・生命論的軽蔑がある。もう一方には、身体・感情・そしてこの上なくラディカルで有無をいわせない行動の能力を犠牲にする、精神の生の高揚がある。

意識に対するこのパラドクシカルな態度にもっとも近いモデルとなるのは、西欧キリスト教の中ではディオニシウス・アレオパギスや『非知の雲』の著者から下ってくる、グノーシス派神秘主義の伝統だ。

そしてシオランが神秘主義者についていうことは、彼自身の思想についても完璧にあてはまる。「神秘主義者は、大部分の場合、彼の敵を作り出す……彼の思想は計算と策略によって、他者の存在を主張する。それは結果をもたない戦略だ。彼の思想を煎じつめれば、最終的には、彼自身との論争になる。彼は存在することを求め、群衆になる、たとえそれが次々に新しい仮面を作って自分の顔を増殖させることによってであれ。そうすることにおいて彼は彼の「創造主」に似ていて、創造主の猿芝居を彼が引き継いでいるわけだ。」

この一節に見られるアイロニーにもかかわらず、彼自身の企てに非常に似た企て——「彼の経験の崩壊を逃れ、あるいはそれを生き延びるもの、自我の振動の下にある非時間の残滓を探す」——にとりくむ神秘家たちに対するシオランのうらやみは、率直でまちがえようがない。だが、彼の師匠ともいうべきニーチェに似て、シオランは無神論的霊性の十字架にかけられたままだ。そして彼のエッセー群は、そのような無神論的霊性のマニュアルとして読まれるのがいちばんいい。「いったんわれわれがわれわれの秘密の生活を神にむすびつけるのを止めたとき、われわれは神秘家たちとおなじくらい効果的なエクスタシーの高みに上り、「彼岸」にたよることなくこの世を征服することができる」というのがエッセー「神秘主義者たちを相手どって」の最終段落の最初の文だ。

政治的には、シオランは保守だといわざるをえない。リベラル・ヒューマニズムは彼にとってただ単に実現可能ないしは興味深い選択肢でなく、ラディカルな革命の希望など、成熟した精神は卒業しなくてはならないものだと彼は見ている。（それで「運命小論」ではロシアのことを語りつつ、こういっている。「世界を「救う」と希求するのは、若者たちに見られる暗鬱な現象だ。」)

シオランがルーマニア生まれ(一九一一年)だということを思い出しておくのは意味があるかもしれない。この国から脱出した有力な知識人の事実上全員が、非政治的あるいは公然と反動的な人々だった。そして五冊のエッセー集以外の彼の唯一の本は、ジョゼフ・ド・メーストルの著作を集めたもので(一九五七年出版)、彼はこれを編集し序文を書いている★。シオランはメーストルのようにあからさまに反革命的な神学を展開するわけではないが、そのような議論がシオランの暗黙の位置に近いように思われる。メーストル、ドノーソ・コルテス、そしてより最近ではエリック・ヴェーゲリンにも似て、シオランは――ある角度から見るなら――右翼「カトリック」的感受性とでもいえるものの持ち主だ。正義と平等の名のもとに、既成の社会秩序に対抗する革命を煽りたてるというモダンな習慣は、一種の子供じみたファナティシズムだと一蹴される。ちょうど、昔の枢機卿がどこかの無作法な千年運動的宗派の活動をそう見たかもしれないように。おなじ枠組の中に、シオランがマルクス主義のことを「オプティミズムの罪」と呼ぶことも、「寛容」と思想信条の自由という啓蒙主義的理想に対する彼の反対も、位置づけることができる。(おそらく、シオランが東方正教会の神父の息子だということも、記しておく価値があるだろう。)

だが、シオランがあるそれなりの政治的立場を投影しているとして、それはエッセーのほとんどではただ暗黙のうちに存在するだけのものであり、彼のアプローチは、結局は、宗教的立場に根拠を置くものではない。彼の政治的＝道徳的共感が、どれほど右翼カトリック的感受性に通じるものがあるにせよ、すでに述べたようにシオラン自身は無神論神学のパラドクスにこだわっている。信仰だけでは、と彼はいうのだ、何も解決しない、と。

おそらく、シオランがカトリックの秩序の神学のようなものに、たとえ世俗的形態のものですら関わるのを妨げているのは、彼がロマン主義運動の精神的前提を、あまりによく理解し、あまりにその多くを共有しているということだ。彼は左翼革命の批判者かもしれないが、そしてまた「反抗は私たちのあいだで大きすぎる特権を楽しんでいる」などと指摘するいくらかスノビッシュな分析家ではあるが、シオランは「私たちの発見のほとんどすべては私たちの暴力に、私たちの不安定性の悪化に、由来するものだ」という教訓を否認することはできない。それで、根を奪われる経験の現象学に対して侮蔑まじりの扱いをするエッセーのいくつかに見られる、保守的な含意と並んで、「みずからに抗って考える」で書かれる、反抗をめぐるアイロニー的＝実証的な態度を決めなくてはならない。このエッセーは、次のような訓戒で終わっている。「「絶対」は私たちが育てることのできなかった意味に対応しているのだから、われわれはあらゆる反抗に降伏しよう。反抗は最後にはすべて、みずからに反抗し、われわれに反抗することになる……。」

シオランは明らかに、突拍子もなく、わがままで、極端なものからの賞賛を抑えることができない――その一例は、西洋の偉大な神秘家たちの、突拍子もなく、わがままなアスケーシス（苦行）だ。もうひとつの例は、偉大な狂人の経験のうちに貯えられた、極端さの資金だ。「私たちは自分の狂気の貯えから生きる活力を得ている」と彼は『存在することの試練』で書いている。ところが、神秘家

★彼はまたマキアヴェルリとサン＝ジョン・ペルスについてもそれぞれ一本のエッセーを書いているが、いずれも単行本には未収録。

についてのエッセーでは、彼はこんなことを語るのだ。「聖ではない狂気へと自分を投げ出していくわれわれの能力。未知の中、われわれは聖人たちが使う手段を使うことなく、聖人たちとおなじだけ遠くへ行くことができる。ただ理性を長い沈黙に閉じこめるだけで、われわれには充分なのだ。」

シオランの立場を、モダンの意味で真に保守的なものにしないのは、何より、貴族的なスタンスだ。このスタンスの例をひとつだけ見ておくと、彼のエッセー「小説を超えて」では、小説の精神的俗悪さが雄弁かつ説得力をもって非難されている――シオランが「小文字の運命」と呼ぶものにかかりきりだというのだ。

シオランの著作を通じて、問われているのは精神的な趣味のよさという問題だ。俗悪さと自己の希薄化を避けることは、人が手つかずの自己を維持し、それを全面的に肯定し、同時に超越するという、困難な二重の仕事に対する必要条件となっている。シオランは自己憐憫という感情すら擁護することができる。なぜなら、もはや不満をいうことも嘆くこともできない人は、彼の悲惨を拒絶しそれを「彼の本性と彼の声の外へと移管する」ことにより「自分の人生とコミュニケートすることをやめ、それを物に換えている」というのだ。シオランのような人が、幸福でありたいということ、そして「幸福の袋小路」という俗な誘惑を擁護するのは、これはシオランがしばしばすることなのだが、とんでもないことだとも見えるかもしれない。けれどもそのような判断は、彼がとりくむ不可能なプロジェクトを認めるとき、真情のこもらない気取りからは遠いものだと思われる。そのプロジェクトとは「どこにもいないことだ、外的条件によって余儀なくされるのでないかぎり……自分を世界から引っこ抜くこと――なんという廃棄の仕事だろう！」

より現実的にいうと、おそらく希望していい最高のものとは一連の状況、人生、境遇などが、冒険好きな意識の一部に、その仕事を免れさせてくれるということだ。「運命小論」でのシオランのスペインについての描写を思い起こすといい。「かれらは一種のメロディアスな辛辣さ、悲劇的ふまじめさに生きていて、それがかれらを俗悪さ、幸福、成功から救う。」

たしかに、シオランの文章が示唆するのは、作家の役割はこのような精神的な梃子を提供することにはならないだろう、ということだ。「亡命の利点」と「言語的創造術」では、彼は文学という仕事が、特に詩人のそれが、いかに嘘くささの乗り越えがたい条件を作り出すかを記している。人は苦しむかもしれない、だがその苦しみを文学に込めてしまうと、その結果は「混乱の蓄積、恐怖と手をとりあう戦慄《フリッソン》のインフレーション」となる。人は地獄を更新しつづけることはできない、その性格はまさに単調さなのだから……。」

哲学者という仕事が、それよりは気楽かというと、それも証明のしようはない。(哲学でも芸術でも理性は死につつあると、シオランは「リスクとしての文体《スタイル》」でいっている。)だが少なくとも哲学は、と私はシオランが感じていると想像するのだが、装飾に関してもっと高い水準を維持している。詩人に降りかかるような名声や感情的報償に誘惑されることなく、哲学者はおそらく表現しえないもののつつましさをよりよく理解し、尊敬することができるのだ。

シオランがニーチェの哲学を「態度の総和」だと述べるとき——それは哲学者ニーチェがつねに拒絶した何かを探ろうとして研究者たちが誤って精査するもの——シオランがニーチェの基準を受け入れ、「真理」に対する体系的批判を自分自身のものにしようとしていることは明らかだ。

「袋小路書簡」では、シオランは「真理の崇拝に内在するばからしさ」を語っている。その含意は、ここ以外でも見られるが、本物の哲学者がいうことは「本当の」何かではなく必要あるいは解放的な何かだ、ということだ。というのも「真実」は人格喪失と同一視されるから。

もう一度いうが、ニーチェからシオランにつづく線は、どれほど強調しても、しすぎることにはならない。ふたりのいずれにとっても、「真理」批判は「歴史」に対する態度と密接に関係している。

こうして、真理一般の価値ならびに特定的には歴史的真理の有用性をめぐるニーチェの問は、これらふたつの観念のあいだの関係を把握することなしには理解することができない。ニーチェは、歴史的思考を、それが偽だといって拒絶するのではない。反対に、それは正しいからこそ拒絶されなくてはならないのだ——人間の意識がより包括的な方向にむかうのを許すためには捨てられなくてはならない、衰弱させる真理だ。

『存在することの試練』でシオランがいうように、「歴史とはただ存在の非本質的なあり方、われわれのわれわれ自身に対する不実のもっとも効果的なかたち、形而上学的拒絶にすぎない。」そして「みずからに抗って考える」では彼は「歴史、人のみずからに対する攻撃」と書く。

ニーチェの刻印がシオランの思考と態度の両者に現われているのはもちろんだ。とりわけ態度に関して、彼の気質はニーチェのそれにもっともよく似ている。シオランの文章で、さまざまなちぐはぐな素材のむすびつきを説明するのは、彼がニーチェと共有する気質ないしは個人的スタイルだ。野心的な精神生活の激しさの強調。「みずからに抗って考える」ことで自己統御するという企図。強さ対弱さ、健康対病気というニーチェ的主題系はくりかえし出てくる。アイロニーの、野蛮でときにはけたたましいほどの展開。(キェルケゴールの著作に現われる、体系的で弁証法的なアイロニーとまじめさのあいだのやりとりとはまったくちがう。)月並みさと退屈に対する戦いの重視。詩人という仕事をめぐる両義的な態度。誘惑的ではあるが、つねに最終的には抵抗される宗教的意識の罠。そして、いうまでもなく、歴史と「モダン」な生活の大部分の相に対する敵意。

シオランの著作に欠けているのは、ニヒリズムを乗り越えようとするニーチェの英雄的努力(永遠回帰の教義)に比べられるような何かだ。

そしてシオランがニーチェからもっとも異なるのは、ニーチェによるプラトン主義批判を追わないという点にある。歴史を軽蔑しながらも時と死すべき運命にとりつかれていたニーチェは、それでも時と死の彼方にむかうのにプラトンが作った修辞へと戻ってしまうようなすべてを拒み、プラトン的な知的超越に含まれる本質的ごまかしと不誠実だと彼が考えたものを、暴露しようと努力した。シオランは、どうやら、ニーチェの議論に納得していない。すべての荘厳なプラトン的二分法はシオランの文章に、議論の本質的なリンクとして再登場し、それにアイロニー的な留保が加えられるのはときたまのことでしかない。時対永遠、こころ対からだ、精神対物質、さらにはもっと新しい、人生対「生」、存在対実存などが、そこには見られる。だがこうした二分法に、はたしてどれだけ真剣な意味がこめられているのかは、なんとも決めがたい。

シオランの思想にあるプラトン主義的仕掛けを、ひとつの審美的規則と考えることはできるだろうか。あるいは、それとは別に、一種の道徳的セラピーと考えることは。けれどもニーチェによるプラトン主義批判は、それでもなおあてはまるし、答えられないままに残る。

英米の文芸の世界で、シオランの知的な力と見通しに比肩できる理論的企てにとりくんでいる唯一の人物は、ジョン・ケイジだ。

やはりポスト哲学ないしはアンチ哲学的伝統の、ぶつ切れのアフォリズム的言説を採用する思想家であるケイジは、「心理学」や「歴史」に対する嫌悪と、諸価値のラディカルな見直しへの熱意を、シオランと共有している。けれども、その幅でも関心でもエネルギーでもシオランに比肩するものの、ケイジの思想はそれとはきわめてラディカルなコントラストをなしている。気質のきわめて大きなちがいとでも考えればいいのか、ケイジは、シオランの問題や責務などがただ存在しない世界を、相手どっているのだ。シオランの言説宇宙は病気（個人的・社会的）、袋小路、苦しみ、死すべき運命といった主題でいっぱいだ。彼のエッセーが提供するのは診断であり、そのままでセラピーだとはいえないまでも、少なくとも精神的なよい趣味の手引きではあって、それによって人は自分の人生が単なる対象物、物にされてしまうことを避けることができるかもしれない。ケイジの言説宇宙は——シオランのそれに比べてラディカルさでも精神的野心でもまったく劣っていない——こうした主題の存在すら拒絶する。

シオランのゆるぎないエリート主義とは対照的に、ケイジは精神の完全に民主的な世界を見ていて、それは「すべてが清潔で、泥んこのない」「自然な活動」の世界だ。知的・道徳的事柄における趣味の良し悪しをめぐるシオランのバロック的基準とは対照的に、ケイジは良い趣味だの悪い趣味だのというものは存在しないという。過ちと没落とみずからの行為に対する（可能な）償いというシオランの見方とは対照的に、ケイジはもしわれわれがそれを許しさえすれば過ちなき行動は可能なのだという永遠の可能性を提唱する。「過ちとはフィクションだ、実際、それは実在しない。過ちなき音楽は、因果関係など考えないことによって書かれる。それ以外の音楽は、いつもその内に過ちをもっている。言い換えれば、精神と物質のあいだに分離はない。」そしてこれらの引用文がとられた本『沈黙（サイレンス）』の他のところには、こうある。「過ちについて、それは「心理学は二度とごめん」だと理解されているとき、われわれはどんな風に話すことができるだろう。」シオランが目標とする、無限の適応可能性と知的敏捷さ（どうやって正しい立場を見抜くか、つまり不誠実な世界で立つべき正しい地点を）とは対照的に、ケイジが私たちの経験のために提案する世界は、いまやっている以外のことをやるほうがいいとか、いまいる場所以外にいるほうがいいとかいったことが、まるでないような世界だ。「だってただいらいらするだけじゃないか」と彼はいう。「他のところにいたほうがいいと考えるなんて。われわれはいまここにいるんだから。」

この比較から見て明らかになってくるのは、シオランがいかに意志とそれが世界を変える力に没頭していたかだ。ケイジの次の言葉と比べてみよう。「何もしないという立場をとればいいのだ、そうすれば物事はおのずから変わってくる。」歴史のラディカルな否認の先に、どんな異なった見方が生じるかは、まずシオランついでケイジのことを考えてみるとわかる。ケイジはこう書く。「現在にいること、現在になること。それは反復だということになるか？　それをわれわれが所有していると思えばそうだ、だがわれわれは所有していないのだから、それは自由で、われわれも自由だ。」

ケイジを読んでいると、シオランがいかにいまだに歴史化する意識という前提のうちに閉じこめられているかに、気がつくことになる。いかに逃れがたく、彼はこうした身振りをくりかえしていることか。彼はそれを超越したいと願っているのに。それで必然的に、シオランの思想はこれらの身振りの苦悩にみちた再現と、それらの正真正銘の価値見直しの中間だということになる。おそらく、統一的な価値見直しのためには、現代文明が受け継いできた苦悩と複雑さをはるかによく投げ捨てることができる――それが精神的な強さからか精神的な鈍感さからかは二次的な問題にすぎない――ケイジのような思想家に、人はむかう必要がある。シオランのすさまじい緊張をもって論じられた考察は、西欧思想の衰退の危急さをみごとに要約するが、理解がもたらしてくれるかなりの満足を超えて、私たちを安心させてくれるということはない。安心は、もちろん、ほとんどシオランの意図ではないだろう。彼の目的は診断だ。一息つくためには、人はそんなにも多くを知りまた感じることのプライドを捨てなくてはならないかもしれない――いまではすでにみんなにひどい代価を支払わせている、ローカルなプライドのことだ。

ノヴァーリスはいう、「哲学とはまさにホームシックなのだ。あらゆるところで家にいるように落ちつきたいという願いだ。」もし人間の精神があらゆる場所でアット・ホームに感じられるならば、それはついにはローカルな「ヨーロッパ的」プライドを捨て、他の何か――奇妙にも不感覚で知的に単純な――を容れなくてはならなくなる。「必要なすべてのものは」とケイジは彼の破壊的アイロニーをもって語っている。「時間の中のからっぽな場所であり、その磁石的なやり方でそれに行為させることなんだよ」と。

（一九六七年）

II

演劇と映画

このふたつの芸術のあいだには、橋をかけられない裂け目、それどころか対立が、存在するのだろうか。何か純粋に「演劇的」といえるものが、純粋に「映画的」といえるものとは、別にあるのだろうか。

まずすべての意見が、それはある、と答えることだろう。ありふれた議論としては、映画と演劇は異なるのみならず互いにアンチテーゼ的な芸術であって、それぞれ独自の判断基準と形式規範をもっている。それでアーウィン・パノフスキーは、有名なエッセー「映画におけるスタイルと媒体」（一九三四年、一九五六年に改稿）で、ある映画作品を評価する基準のひとつは、それが演劇性という不純から自由になっているということで、映画について論じようと思うなら、まず「その媒体の基本的性格」を定義しなくてはならないと論じた。ライヴ劇の本質について規範的に考える人は、シネフィル（映画好き）たちが映画の未来を信じるようには演劇の未来に自信をもつことができず、そのように排他的な路線をとることはまずない。

映画の歴史はしばしば、演劇モデルからの解放の歴史として扱われる。第一に、演劇の「正面性」(固定されたカメラが、自分の席にすわったまま観劇するという状況を再現する)からの、ついで演劇的演技(不必要に様式化され誇張された身振り、これに対して映画では俳優を「クロース＝アップ」で見ることができる)からの、さらには演劇的道具立て(観客を現実に投入する機会を無視した、観客の感情の不必要な遠ざけ)からの解放。映画は演劇的不動から映画的流動へ、演劇的人工性から映画的な自然さと直接性へ、進歩してきたものと見られがちだ。だがこの見方は、あまりに単純すぎる。

そのような単純すぎる見方が証言するのが、カメラ・アイの両義的なスコープだ。カメラは比較的受動的・非選択的な視覚を投影するためにも使われうるので——一般に映画のものであると考えられている高度に選択的な(「編集された」)視覚とともに——映画は芸術であると同時に、あらゆるパフォーミング・アーツを捉えそれをフィルムへと転写できるという意味において、媒体でもある。(映画のこの「媒体」ないしは非芸術的側面は、テレビの到来によってその日常的具現化を果たした。テレビにおいては、映画そのものが転写されミニチュア化されるべきもうひとつのパフォーミング・アートとなった。)演劇でもバレエでもオペラでもスポーツ競技でも、人はそれらをフィルムが相対的に透明になるかたちでフィルムにおさめることができ、そのとき人はフィルムに撮影されたイベントを観ているのだ、というのは正しいと思われる。けれども演劇はけっして「媒体」ではない。こうして、演劇の映画は作れるけれど映画の演劇は作れないということにより、映画ははじめから演劇とのあいだに偶然の幸福な関係をもっていたのだ。デューースとベルナールは映画に映っている——時の島流しに会い、不条理で、感動的に。フォーブズ＝ロバートソンがハムレットを演じている一九一三年のイギリス映画があるし、エミール・ジェニングス主演のドイツ映画『オセロ』は一九二三年に作られている。もっと新しい時期では、ベルリナー・アンサンブルの『肝っ玉母さん』のヘレーネ・ヴァイゲルによる演技も、リヴィング・シアターによる『ザ・ブリッグ』(メカス兄弟撮影)も、ピーター・ブルック演出のヴァイス作『マラー／サド』も、カメラに撮影されている。

だが最初から、「媒体」としての映画ならびに「記録」器具としてのカメラという観念の内側でさえ、劇場で起こりつつある以外の出来事《イベント》の解体も起きていたのだ。静止画の写真とおなじく、動画に捉えられた出来事のいくつかも演出されたものだったが、まさにそれらが演出されていないということで価値をもった動画もあった——その場合カメラは目撃者、見えない見物人、傷つきようのない覗き見的な目だ。(おそらく公的な場でのハプニング、「ニュース」は、演出された出来事と演出されていない出来事のあいだの中間的な例となるのだろう。だが「ニューズリール」としての映画とは、通常、フィルムを「媒体」として使うことに等しい。)フィルム上に移ろいゆく現実のドキュメントを作るということは、演劇の目的にはまったく無縁な発想だ。それが関係あるように見えるのは、録画される「現実の出来事」が、たまたま演劇の上演だった場合に限られる。事実、映画カメラが初めて使われたのは、演出のない、ありふれた現実の、ドキュメンタリー記録を作るためだった。パリとニューヨークの群衆シーンを撮った、一八九〇年代のリュミエール兄弟の映画は、あらゆる演劇のフィルム撮影に先行している。

もうひとつの、映画の非演劇的な使用法の典型は、映画制作の最初期にあったメリエスの有名な作品以来の、幻想の創造、ファンタジーの構築だ。たしかに、メリエスは(彼以後の多くの監督たちとおなじく)スクリーンの長方形をプロセニアム付き舞台との類推により捉えていた。そして出来事は、演出されていたにはとどまらない。出来事こそが、発明された当のものだった。不可能な旅、想像的事物、肉体的変身など。しかしこれは、メリエスがカメラをアクションの真ん前に据えてほとんど動かさなかったという事実を加えても、彼のフィルムを不当に演劇的なものにはしない。そこでの人間の物としての（物理的なモノとしての）扱いや、時空の分離的な提示を見ても、メリエスの映画は根本的に「映画的」だ――そのようなものがあるとして。

もし演劇と映画の対比が、単純な意味で提示・描写される素材にあるのでなければ、このコントラストはより一般的なかたちで生き延びることになる。

いくつかの影響力のある意見によると、両者の境界は事実上、存在論的なものだ。演劇は策略を展開し、一方、映画は現実に関わっている。それもジークフリード・クラカウアーの衝撃的な単語を使うならカメラにより「あがなわれた」究極の物理的現実に。こんな知的地図制作の冒険から導き出される美学的判断は、実人生のセッティングで撮影された映画のほうがスタジオで撮影されたものよりもいい（すなわちより映画的である）ということだ。フラハティ、イタリアのネオレアリズモ、ルーシュやマルケルやルスポリのシネマ＝ヴェリテをお気に入りのモデルとしてあげながら、人は一九二〇年ごろに『カリガリ博士』とともにはじまった、人工的デコールと風景をこれみよがしに誇る完全にスタジオ制作の映画の時代を相当辛辣に批判し、おなじ時期にスウェーデンではじまった、きびしい自然的セッティングの多くのフィルムがロケ撮影された方向性に拍手するかもしれない。こうしてパノフスキーは『カリガリ博士』を「現実をあらかじめ様式化している」といって攻撃し、「様式化されていない現実を操作し撮影してその結果が様式を得るという問題」にとりくむことを映画に促したのだった。

だが映画については単一のモデルに固執する理由はない。また、「様式化されない現実」に非常に大きな威信を与えた、映画におけるリアリズムの神格化が、決定的な政治的＝道徳的位置をひそかに定めているのに気づくことは、役に立つ。映画はあまりにしばしば、民主的芸術だ、大衆社会の代表的芸術だ、と賞賛されてきた。この描写をいったん真剣にうけとめるなら、人は（パノフスキーやクラカウアーのように）映画が芸術の俗悪なレヴェルにあった起源を反映しつづけること、巨大な数を誇る洗練を欠いた観客に忠実でありつづけることを、願うようになる。それで、漠然としたマルクス主義的傾向が、ロマン主義の基本的教義と結託することになる。同時に高級芸術でも大衆芸術でもある映画は、真正な芸術だとされている。これとは対照的に演劇は、着飾ること、ふり、嘘を意味する。それは貴族趣味と階級社会の匂いがする。『カリガリ博士』の演劇的なセット、ルノワールの『ナナ』のありそうにない衣装と花々しい演技、ドライヤーの『ガートルード』のおしゃべり過剰に対する批評家たちの反対の背後には、それらの映画は偽物だ、民主主義と現代生活のより世俗的な感受性とは歩みが一致しない、気取って反動的な感受性をあらわしているだけだ、とする判断がある。

ともかく、特定の場合における審美的欠点であろうがなかろうが、映画における総合的「見かけ《ルック》」は必ずしも場違いな演劇主義ではない。映画史のはじめから、映画の真の未来は人工に、構築にあると主張する画家・彫刻家が存在したのだ。具象的ナレーションあるいはどんなものであれストーリーテリング（比較的現実主義的なものあるいは「シュルレアリスム的」傾向のもののいずれでも）ではなく、抽象こそが映画の真の運命だった。それでテオ・ヴァン・ドゥズベルクは、一九二九年のエッセー「純粋形式としての映画」で、映画のことを「視覚詩」「ダイナミックな光建築」「動く装飾の創造」の乗物だと捉える。映画は「作曲の時間的構造の視覚的等価物を見つけるというバッハの夢」を実現するのだ。ごくわずかな映画監督——たとえばロバート・ブリアー——だけが、映画のこの概念を追求しつづけているが、それこそ映画的《シネマティック》だという主張を、誰に否定できるだろうか。

それほどまでの抽象以上に、演劇の本性にとって異質なものはあるだろうか。とはいえこの問に対しては、あまりに答えを急ぎすぎないようにしよう。


パノフスキーは、演劇と映画のあいだの差異を、演劇を見るときと映画を見るときの形式的条件のあいだの差異だと論じている。演劇では「空間は静的、すなわち舞台上で提示される空間も、観客と芝居そのものの空間的関係も、変更不可能に固定されている」のに対して、映画では観客は固定した座席を占めているが「ある美学的体験の主体としてではなく、ただ肉体的にそうしている」にすぎない。演劇では、観客は自分の視覚の角度を変えることができない。映画では、観客は「美学的には……ずっと動きつづけている、それは観客の目がカメラのレンズと同一化するからで、カメラは距離も方向も恒久的に移動をつづけている。」

たしかに。だがこの観察は、演劇と映画のラディカルな分離を保証するものではない。多くの批評家とおなじく、パノフスキーは演劇を「文学的」に捉えている。基本的にいってドラマ化された文学として（テクストとして言葉として）考えられた演劇に対立するものとして映画があり、彼はそれを当然のごとく「視覚体験」だと見ている。これは映画を、サイレント映画時代に完成された手段によって定義することだ。けれども今日のもっともおもしろい映画作品のことを、イメージに音が加えられたものだというのでは、とても足りない。そして演劇におけるもっともいきいきとした作品は、演劇をアイスキュロスからテネシー・ウィリアムズにいたる「戯曲」以上のもの、少なくとも異なったものとして考えている人々によって作られている。

パノフスキーは彼の立場から、演劇への映画の侵入に対して、流されることなく、抵抗したいと考えているようだ。演劇では映画とちがって「舞台装置をある幕の進行中に替えることはできない。(上る月とか集まる雲といった付随的な道具、あるいは回転舞台や滑る背景幕のような映画からの非嫡出的再借用を除けば。)」パノフスキーは演劇とは戯曲のことだという前提に立っているばかりではなく、彼が暗黙のうちに提言している美学的規準によると、模範的な戯曲は『出口なし』の条件に似てきて、理想的な舞台装置とはリアリスティックな居間ないしは何にもない舞台だということになる。映画における違法的なもの——すなわち、イメージに、より正確には動くイメージに、はっきりとは従属しないすべての要素——についての彼の補完的な見方も、また恣意的だ。それでパノフスキーは断言することができる。「ある詩的感情、音楽的爆発、文学的奇想(残念なことにグラウチョ・マルクスの気がきいた冗談《ワイズクラック》のいくつかさえ)が視覚的動きとの接触を完全に失ったときにはいつでも、それらは敏感な観客には、文字どおりに場違いなものとして映る。」だったら、ほのめかし《アルージョン》に富んだ考え深いテクストをもち、まず何よりも視覚的体験であると受け取られることを拒絶するという特徴をもつ、ブレッソンやゴダールの映画作品の場合はどうだろう。小津の不動のカメラの驚くべき正しさを、どうやって説明するのだろう。

映画における演劇の痕跡を激しく非難するパノフスキーのドグマティズムは、部分的には、彼のエッセーの最初のヴァージョンが一九三四年発表で、その当時の悪い映画を大量に見た経験を疑いなく反映していることによって、説明がつくかもしれない。一九二〇年代末に映画が到達していたレヴェルに比べて、トーキー初期に映画の平均的な質が急激に落ちたことは否定できない。トーキー創成期にはいくつものすぐれた大胆な作品が作られたにもかかわらず、一九三三年か三四年までには、全般的低落は明らかになっていた。この時期の大部分の映画の明らかな退屈さは、単に演劇への退行といって説明できるものではない。それでも、一九三〇年代の映画作家たちが、その前の十年に比べてずっと多くの場合、演劇を素材としたのは事実だ——たとえば『*Outward Bound*』『雨』『晩餐八時』『陽気な幽霊』『夢を見ましょう』『特急二十世紀』『素晴しき放浪者』、マルセル・パニョル三部作、『わたしは別よ』『三文オペラ』『アンナ・クリスティ』『素晴らしき休日』『けだもの組合』『化石の森』その他さらにたくさんの成功した舞台が映画化された。これらの映画のほとんどは芸術作品としては取るに足らないものだった。わずかに第一級の作品があった。(おなじことは戯曲そのものについてもいえるが、映画としての良さと「オリジナル」舞台の良さのあいだに相関関係はほとんどない。)しかし、それらの作品の美点と欠点を、映画的要素と演劇的要素に分類することはできない。普通、戯曲の映画版の成功は、スクリプトがもともとのアクションをどこまで再配列しずらすか、そして語られるテクストをいかに勝手に変えていくかによって計られる——ワイルドやショーの戯曲によるイギリス映画の何本か、オリヴィエ主演のシェイクスピア映画(少なくとも『ヘンリー五世』)、そしてシェーベルイの『令嬢ジュリー』。しかし戯曲の映画化だとばれてしまうような映画が基本的に認められないことは、変わりがない。(最近のある例。ドライヤーの『ガートルード』に対する怒りと敵意は、それが原作としている一九〇四年のデンマークの戯曲にあまりに忠実なところに生まれた。登場人物たちは長々しく、非常に礼儀正しい会話をつづけるのだが、カメラの動きはほとんどなく、ほとんどのシーンはミディアム・ショットで撮影されている。）

私自身の意見では、複雑で礼儀正しい会話のある、カメラが動かない、あるいはアクションが屋内に限られている映画といっても、必ずしも演劇的ではないと思う——戯曲を原作としているかどうかにはかかわらず。これに対して、カメラが実際以上に大きな物理的空間をあちこち移動しなくてはならないということは、作品の音響要素は視覚的要素にいつも従属しなくてはならないということ以上に、映画の「本質」とされているわけではない。黒澤の『どん底』はゴーリキの戯曲のかなり忠実な転写で、そのアクションのほとんどは大きな部屋ひとつに限られているものの、この映画は「マクベス」のきわめて自由で簡潔なアダプテーションであるおなじ監督の『蜘蛛巣城』にまったく劣らず映画的だ。メルヴィルの『恐るべき子供たち』の閉所恐怖的強度は、映画にとって、フォードの『捜索者』やルノワールの『獣人』の冒頭の列車旅行とおなじくらい映画ならではのものなのだ。

映画は、語りがあまりにも自意識的になるという不当な意味では、たしかに演劇的になる。ブールヴァール演劇の伝統的手法と素材のみごとな映画的使用法である、オータン＝ララの『アメリー！』を、オフュルスの『輪舞』における同様の伝統的手法と素材の下手な使い方と比べてみるといい。

著書『映画と演劇』（一九三六年）の中で、アラーディス・ニコルは、いずれもドラマトゥルギーの形式といえるこれらふたつの芸術のあいだの差異は、両者が異なった種類の登場人物を使うところにあると論じている。「事実上すべての、効果的に描かれた舞台の登場人物は類型《タイプ》だが（一方で）映画ではわれわれは個体化を求める……そしてスクリーン上の人物像に、独立的生命のより大きな力を負わせる。」（ところでパノフスキーはこれとまったくおなじ対照を、ただし逆に、考えている。つまり映画は演劇とちがって本性上、平板な出来合いの登場人物を要求しているというのだ。)

ニコルの主張は、一見そう思えるほどに無根拠なものではない。映画に関してほとんど気づかれていない事実として、造形的・情動的にもっとも成功している瞬間、そして登場人物作りのもっとも効果的な要素は、まさに「関係ない」あるいは「非機能的」な細部からできているのだ。(ランダムな例をひとつあげよう。アイヴォリーの『シェイクスピア・ワラー』で校長先生がもてあそんでいるピンポン球。)映画は、絵画や写真でおなじみのテクニックの語り上の等価物といっていいものに糧を得る。オフ=センタリングだ。こうして、もっとも偉大な映画作品の多くにおける、登場人物の快い崩壊や断片性が生まれ、ニコルはおそらくそれを「個体化」という言葉で意味している。対照的に、細部の線的首尾一貫性(第一幕で壁にかかっている銃は第三幕の終わりまでには発砲されなくてはならない)が西欧の物語的演劇ではルールとなっていて、登場人物の統一性という印象を生む。(「タイプ」の構築と等価だともいえそうな統一性。)

しかし、こうした変更を加えてすら、ニコルの主張はそれが「演劇を見に行くとき私たちは他の何物でもなく演劇を期待しているのだ」という考え方に安住しているかぎり、うまくない。というのも、この他の何物でもなく演劇というのは、昔からある作りごとという観念以外の何だというのか。(まるで芸術がそれ以外の何かだったことがあるとでもいうように。ある芸術は人工的で他の芸術は人工的でないとでもいうのだろうか。)ニコルによると、私たちが演劇の観客となっているとき「あらゆるかたちで演劇制作の「嘘」のすべてが私たちに襲いかかってきて、私たちはもはや演劇的真実以外の何も求めないという準備ができる。」まったく異なった状況が映画では生じる、とニコルは主張する。映画の観客の全員は、どれほど洗練された人であろうと、本質的におなじレヴェルにいる。私たちは全員、カメラは嘘をつけないと信じているのだ。俳優とその役は同一であり、イメージはイメージされたものと分離することができない。私たちは映画が生の真実として私たちに与えるものを経験する。

しかし演劇は、作られた真実と生きた真実の区別をなくすことができなかった、というのだろうか。それこそ、儀式としての演劇が果たそうとしていることではないのか。それこそ、観客との交換として考えられた演劇の目的ではないのか——映画にはけっしてできないこととして。

映画の演劇からの悪影響を批判するとき、パノフスキーは鈍感かもしれない、けれども歴史的にいって演劇とは映画に養分を与えている芸術のひとつでしかないと指摘するとき、彼は正しい。彼がいうように、映画が「写真劇」(フォトプレイズ)とか「スクリーン劇」という名ではなくムーヴィング・ピクチャーズ(動く絵)として一般に知られるようになったのは適切なことなのだ。映画は演劇やパフォーマンス芸術のようなもともと動く芸術からというより、むしろ静止的な芸術形式から生まれたものだ。十九世紀の歴史絵画、センチメンタルな絵はがき、マダム・タッソー他の蠟人形館、そしてコミック・ストリップなどが、パノフスキーがあげる影響源だ。もうひとつのモデルとして、彼がそれをあげないことに驚かされるけれど、早くからのスチール写真の物語的使用法がある——たとえば家族写真アルバムなど。アイゼンシュタインがディケンズをめぐる彼のすばらしいエッセーで指摘したように、十九世紀小説家のある人たちが発展させた描写と場面作りのスタイルが、映画のさらにもうひとつのプロトタイプとなっている。

映画とは、たしかに、動くイメージ(通常は動く写真)だ。けれどもはっきりと映画的といえる単位はイメージではなく、イメージ間の連結の原理なのだ。つまりある「ショット」とその前のショット、それにつづくショットとの関係だ。イメージとイメージをつなぐにあたって、「演劇的」と特に対立するような「映画的」なやり方があるのではない。

演劇と映画のあいだに解消不可能な区別があるとしたら、それはこのことかもしれない。演劇は空間の論理的ないしは連続的な使用に限られている。映画では（編集、すなわちショットという映画構築の基本単位の切り替えをつうじての）空間の非論理的ないしは断続的使用が可能だ。

演劇では、俳優は舞台空間にいるか「オフ」であるかのいずれかだ。「オン」（舞台にいる）のとき、かれらはいつも見えているか、互いとの連続性において可視化可能だ。映画ではそのような関係は必ずしも見えなくていいし、可視化可能ですらなくていい。（例。パラジャーノフの『われらが忘れられた祖先たちの影で』の最後のショット。）問題を含んで演劇的であると考えられた映画には、空間的連続性を強調するように見えるものがある。ヒッチコックのヴィルトゥオーゾ的作品『ロープ』や、大胆にもアナクロニスティックな『ガートルード』などだ。だがこのいずれの作品も、より詳細に分析してみるなら、その空間の扱いがいかに複雑かがわかるだろう。トーキーで次第に好まれるようになった長いテイクは、それ自体としては、サイレント映画で特徴的だった短いテイクに比べて、それ以上にも以下にも映画的だとはいえない。

こうして映画の長所は、カメラの動きのなめらかさやショットの切り替えの頻度だけにあるのではない。それはスクリーン上のイメージと（いまや）音の並べ方にこそある。たとえばメリエスは、カメラの据え置き以上には行かなかったけれど、スクリーン上のイメージをどうつなげるかについては、非常に衝撃的な考え方をもっていた。編集とは手品のようなものだということを彼は見抜いていた――それによって彼がはっきりさせたのは、映画においては（演劇とはちがった）どんなことでも起こりうる、説得力をもって提示することができないものはない、という特徴だった。編集により、メリエスは、物理的なモノや行動の断続性を提示する。彼の映画では、断続性がいわば実践的・機能的なものとなり、通常の現実の変換をなしとげる。しかし映画の語りならではの空間の連続的な再発明は、「ヴィジョン」を作り出すこと、観客に根本的に変容した世界を見せることという映画の能力だけに関係するのではない。映画カメラのより「現実主義的」な使い方には、空間の断続的描写もあり、これはあらゆる映画の語りには連想と断絶のリズムからなる「構文《シンタックス》」があることから来ている。（コクトーが書いたところでは「映画における私の主要な関心は、イメージに流れることをやめさせ、互いに対立させ、そのリリーフを破壊することなく固定し結合することだ。」しかし映画のシンタックスのそのような見方が、コクトーが考えるように、「思考の乗物ではなく単なるエンターテインメント」であるような映画の拒絶につながることにはならないだろう。）

演劇と映画の境界を画するにあたって、空間の連続性という問題は、演劇を三次元空間における動きの組織（舞踊のように）とし映画を平面の組織（絵画のように）とする自明の対照よりもより基本的なことだと思われる。空間と時間を操作する演劇の能力は、映画のそれよりも単純にいってずっと粗野でぎこちない。演劇は、厳格にコントロールされたイメージの反復、言葉とイメージの重なりや組み合わせ、そしてイメージの並列やオーバーラッピングについて、それらをやすやすとやってのける映画に太刀打ちできない。（照明のテクニックが進歩し、スクリム（紗幕）の使い方がうまくなったので、いまでは舞台でも「ディソルヴ・イン」「ディソルヴ・アウト」ができる。だが映画の「ラップ・ディソルヴ」とおなじことを舞台でできるテクニックは存在しない。)

ときには演劇と映画の分割線が、戯曲とスクリプトのあいだの差異にあるとされる。演劇は媒介された芸術だとされてきたが、それはおそらく演劇が、すでに存在する戯曲の、たくさんの解釈可能性の中からひとつを選んでいる、ある特定のパフォーマンスによって媒介されたものとしてあるからだ。対照的に映画は、無媒介的なものとみなされる——そのスケールが現実よりも大きく目に対して拒否しえない衝撃を与えるからだし、また(パノフスキーの言葉では)「映画の媒体とは物理的現実そのもの」であり、映画の登場人物は「俳優の外には美学的存在をもたない」からでもある。けれども、映画のことを媒介された芸術、演劇のことを無媒介の芸術と考えても、同様に有効な意味を与えることはできるのだ。私たちは舞台で起きていることを肉眼で見る。私たちがスクリーン上に見るのはカメラが見たものだ。

映画では語りは省略《エリプシス》によって進む。(「カット」つまりショットの変化。)カメラの目は、絶えずみずからの位置をずらしつづける、統一的視点だ。ところがショットの変化はさまざまな問を誘発しうる。そのもっとも簡単なものは、このショットは誰の視点で見たものか、ということだろう。そしてあらゆる映画的語りにつきものの、視点の曖昧さは、演劇ではそれにあたるものがない。たしかに、映画における方向喪失の、美学的にいって肯定的な役目を、過小評価してはいけない。例をあげよう。すでに三十フィートほどの深さのある舞台として提示されているありきたりに見える舞台から移動カメラ台を引いてゆき、三百平方フィートの舞台を見せるバズビー・バークリー。登場人物Xの視点から三百六十度のパンをして、それがXの顔へと戻ってくるレネ。

それにまた具体的存在として見るとき、映画は物(ひいては製品)であるのに対して演劇はパフォト、、、マンスとしてあるという事実についても、多くがいえるだろう。これはそんなに重要なことなのか。ある意味では、そんなことはない。どんな形式であれ芸術は、それが物であろうと（映画や絵画）パフォーマンスであろうと（音楽や演劇）、まず第一に心的な行為、意識における事実なのだから。映画の物的側面と演劇のパフォーマンス的側面は、ただ手段であるにすぎない——映画および演劇イベント「の」経験であるだけではなく、それらを「通じて」の経験でもあるのだから。美学的経験の主体は、みんな自分の尺度にしたがってそれを造形する。ひとつの経験から見るならば、映画の上映の各回が同一であるのに対して演劇パフォーマンスの各回には大きなちがいがあるということは、ほとんど問題にならない。

パノフスキーが述べている「演劇の戯曲に対して映画のシナリオはそのパフォーマンスから独立した美的存在をもたず」それで映画の登場人物とはそれを演じるスターたち自身なのだという考え方の下には、オブジェクト・アートとパフォーマンス・アートの差異が横たわっている。それぞれの映画は物であり、できあがった全体であるがゆえに、映画の役とは俳優のパフォーマンスと同一であるということになる。一方、演劇（西洋では有機的というよりもふつう付加的に作られた芸術的全体）ではただ書かれた戯曲だけが「固定」された物（文学）であり、したがってその舞台化とは別のところに存在している。

だが演劇と映画のこれらの特質は、パノフスキーがおそらくそう考えていたのとはちがって、変えられないものではない。映画が演劇状況で見られるものとして考えられなくてはならないことが必ずしもない以上（映画はもっと持続的でカジュアルな見方もできる。居間で、寝室で、あるいはビルの壁面のような公的な面を使って）、映画も上映ごとに変化することがあ、、、りうるのだ。ハリー・スミスが彼の映画から逃げ出すとき、彼はそれぞれの上映を反復不可能なパフォーマンスとする。そして演劇もまた、ただあらかじめ存在する戯曲が何度も舞台に制作され、それが上手だったり下手だったりするというだけのものではない。ハプニング、あるいは街頭演劇やゲリラ演劇、その他にもいくつかの最近の演劇イベントでは、シナリオがそれから作られる映画と同一であるというのと正確におなじ意味で、「戯曲」はその上演と同一になる。

こうした展開にもかかわらず、やはり、大きな差異が残る。映画は物なので、完全に操作可能であり、完全に計算可能だ。映画は本という、もうひとつの持ち運び可能な芸術＝物体に似ている。映画制作は、本を書くのに似て、要素がすべて確定した、生命のない物を構成するということだ。たしかに、この決定性は、音楽の場合とおなじく映画においても、ほとんど数学的形式をもっている、あるいはもつことができる。（ひとつのショットは一定の秒数つづき、ふたつのショットを「マッチさせる」には一定角度のアングルの変化が要求される。）セルロイドに結果として現われる決定性の総和を考えると（どこまでが監督の意識的介入かは別として）、映画監督のある者たちが、自分の意図をより正確にするための図式を発明したいと思うことは避けられなかった。こうして、バズビー・バークリーが彼の厖大なダンス・ナンバーの全体を撮るたびにたったひとつのカメラしか使わなかったことは、倒錯でもなければ素朴でもなかった。すべての「セットアップ」はたったひとつの、正確に計算されたアングルから撮影されるようにデザインされていたのだ。バズビー・バークリーよりもはるかに芸術的自意識の高いレヴェルで仕事をしていたブレッソンは、彼にとって監督の仕事は正しいショットを撮るためのたったひとつのやり方を見つけることにあるのだと宣言した。どんなイメージも、ブレッソンによると、それ自身として正当化されることはできず、それが時間的に隣接するイメージたちとのあいだにむすぶ正確に特定できる関係においてのみ正当化されるのだという――その関係が「意味」を構成する。

しかし演劇は、この種の形式的関心と監督のこれほどの美学的責任（それがあるからフランスの批評家たちは映画監督のことを正当にも「作家」と呼ぶのだが）については、きわめてゆるい接近を許すだけだ。演劇の舞台で起こることは、それがパフォーマンスであり、つねに「ライヴ」のイベントである以上、いつもおなじ程度のコントロールは不可能で、それに比肩できるほど正確な諸効果の統合はできない。

すぐれた映画とは、監督の意識的計画が最大限におこなわれていることから生まれるのだとか、複雑なプランを対象化するものだ（監督はそれに気づいていなかったかもしれないし、監督にとっては直観的・本能的なやり方で作業したのかもしれないが）と結論するのは、ばかげている。プランは、まちがっているかもしれないし、着想がよくないかもしれないし、失敗に終わるかもしれない。より重要なのは、映画がまったく異なったたくさんの感受性を認めるということだ。ある人は、映画が（演劇とちがって）本性上適合している、形式化された芸術を生み出すだろう。別の人は、感嘆すべき「即興」映画を何作も作り上げた。（これは何人かの映画監督、とりわけゴダールのように、即興されたドキュメンタリー映画の「見かけ」に魅了され、それを形式的目的のために使った人々とは区別されなくてはならない。）

にもかかわらず、映画が潜在的にのみならずその本性からいっても、演劇よりも厳密な芸術であることは疑いの余地がないように思われる。形式的厳密さへのこの能力が、多くの観客にとって気軽に見られるものであるということとむすびつき、映画に芸術形式としての疑いえない地位と魅力を与えたのだ。ジュリアン・ベックとジュディス・マリーナのザ・リヴィング・シアターやイェルジィ・グロトフスキの演劇工房がしめした「純粋演劇」の極端に情動的な可能性にもかかわらず、芸術形式としての演劇は全般的には問題をはらんだ未来が待ちかまえているという印象を与える。

演劇というこの歴史ある芸術、古代以来あらゆる種類の職務をひきうけてきた——神聖な儀礼を演じ、共同体への忠誠を強め、道徳をみちびき、激しい感情を吐き出させることで治癒的役割を演じ、社会的地位を与え、実践的方法を教え、エンターテインメントとなり、祝い事に威厳を与え、既成の権威を転覆させる——ものが、いまや映画という巨大でかたちのはっきりしない受け身の観客群をもつこのけばけばしい芸術を相手に、防御に立たされているという事実には、神経衰弱というだけではすまされない理由があるにちがいない。だがこの事実そのものは否定しがたい。一方、映画はその芸術形式としての発展の驚くべきペースを維持している。(一九六〇年以後のヨーロッパ、日本、アメリカの商業映画を見て、これらの映画の観客が十年足らずのうちに、どんどん省略的になっていく語りと映像作りにどれほど適合してきたかを考えてみるといい。)

しかし、気をつけておこう。もっとも若い芸術、映画は、またもっとも記憶の重荷を負わされたものでもある。映画はタイム・マシーンだ。映画は過去を保存し、一方演劇は——それがどれほど古典や昔日に献身しようとも——「モダン」にすること以外はできない。映画は美しい死者を復活させる。消え去った、あるいは廃墟となった風景を、手つかずの姿で提示する。今日では笑えるスタイルやファッションを、アイロニーなく体現する。どうでもいい、あるいは素朴にすぎる問を、しかつめらしく考える。セルロイドに記された現実の歴史的特異性はきわめて鮮明なので、四、五年以上に古い映画は事実上すべてがペーソスで飽和している。（私がいうペーソスとはただ古い写真のそれではない、というのもそれは通常の映画のみならず、アニメやドローイングによる抽象的映画をも追い越しているからだ。）映画（という物）は年を取る。演劇イベント（つねに新しい）にはそんなことはない。演劇の「現実」そのものには、死すべき運命がもたらすペーソスはなく、マヤコフスキー戯曲のよい上演に対する私たちの反応には、一九六六年にプドフキンの映画を見て感じるノスタルジアの情動の美学的役割に比べられるものがある。

これも記しておく価値があること。演劇に比べて、映画における革新は、より効果的に取り入れられやすいように見える。全体として、より共有しやすいようなのだ——その理由のひとつには、新しい映画がすみやかに広く流通するということがあるだろう。そして、部分的には、映画において達成されたすべてのことが事実上、現在でも参照可能なので（フィルム・ライブラリーに行けばいい、その中でもっとも有名なのはシネマテーク・フランセーズ）、映画監督の大部分は映画という芸術の歴史全体について、ほとんどの演出家が演劇史のごく最近の過去について知っているよりも、大きな知識をもつのだ。

映画をめぐるほとんどの議論のキーワードは「可能性」だ。この単語がごく分類的な意味で使われることもある。パノフスキーの魅力的な判断、「みずからが設定した限界の中で、初期のディズニー映画は……まるで映画のさまざまな可能性の化学的に純粋な蒸留物を表現しているかのようだ」の場合のように。けれどもこの比較的中立的な用法の背後には、映画の可能性をめぐるもっと論争的な意味が潜んでいて、そこでくりかえしほのめかされるのは演劇の時代遅れ性、映画による交替だった。

こうしてパノフスキーはカメラの目による媒介を、「演劇が夢にも見ることのできない可能性の世界」を開くことと述べる。すでに一九二四年、アルトーは、映画が演劇を過去の物としたと宣言していた。映画は「心に分け入り、夢見られたことのない可能性を暴く潜在的な力のようなものをもっている……。この芸術の高揚が、それが操る心的成分と正しい比率で混ぜられたら、それは演劇をはるかに置き去りにし、私たちは演劇を記憶の中の屋根裏部屋に送るだろう。」(もっとも、トーキーがはじまったとき、アルトーは映画に幻滅し、演劇に戻った。)

メイエルホルドはこの挑戦を正面からうけて立ち、演劇の唯一の希望は映画をそっくり真似ることにあると考えた。「演劇を「映画化」しよう」と彼はうながした。その意味は、戯曲の舞台化は「産業化されなくてはならない」、劇場は数百人ではなく、数万人規模で観客を入れなくてはならない、ということだった。メイエルホルドはまた、トーキーの到来が映画の没落を意味するという考え方に、いくらかの安心を見出しているようでもあった。映画の国際的魅力は、もっぱら映画俳優たちが(舞台俳優とちがって)どんな特定の言語も話さなくていいことにあると信じていた彼は、一九三〇年の段階では、科学技術がその問題を解決することができる(ダビングや字幕)ということを想像すらできなかったのだ。

映画は演劇の、後継者なのか、ライバルなのか、それとも甦らせるものなのか。

社会学的には、それはたしかにライバルだろう——たくさんのライバルのひとつだ。それが演劇の後継者であるかどうかは、部分的には、演劇の芸術形式としての衰退を、人々がどのように理解し使うかにかかっている。演劇が、局所的には生命力を爆発させているとしても、不可逆的衰退の状態にないとは、誰にも断言できなかった。それに見捨てられてきた芸術形式なんて、いくらでもある。（それらが「時代遅れ」になったせいだとばかりは限らないが。）

しかしなぜ、演劇が映画によって時代遅れになったりするのだろうか。時代遅れの予言は、ある何かがある特定の仕事を負っているというのに等しい。（他の何かがその仕事をおなじくらい、あるいはもっとうまく、こなせるかもしれない。）しかし演劇は、何かひとつの特定の仕事ないしは素質をもっているのか。映画のほうがうまくこなすことができるような何かを。

映画が演劇の機能を呑み込んでしまったといって演劇の終焉を予言する人々は、かつて写真と絵画についていわれたことを思い起こさせるような映画と演劇の関係を、転嫁する傾向がある。画家の仕事がほんとうに類似を作り出す以上ではなかったのであれば、カメラの発明はたしかに絵画を時代遅れのものにしてしまったのかもしれない。だが絵画がただの「絵」だとはいえないのは、映画がただ民主化され大衆に利用可能になった演劇（それが複製されポータブルな規格化された単位で配給されうるために）だとはいえないのとおなじだ。

写真と絵画の素朴な物語においては、絵画は新しい仕事をひきうけたときに延命された。抽象だ。写真がもつよりすぐれた現実再現性《リアリズム》が、絵画を解放しそれで絵画は抽象にむかえるようになったというのとおなじく、映画のよりすぐれた想像提示の力（想像力を刺激するだけではなく）は、おなじように演劇を大胆にし、従来型の「プロット」をしだいに消滅させてゆく方向にむかわせたと見えるかもしれない。

そのようになると考えられていた、だが実際にそうなったわけではなかった。現実には絵画と写真は、ライバル関係や交替ではなく、平行して発展することになった。そして、それとは別の比率において、演劇と映画もやはりそうだった。心理的リアリズムを超え、それによってより大きな抽象性を獲得することにある演劇の可能性は、物語映画の未来にも同様に密接に関係する。反対に、映画を発明や策略ではなく実人生の目撃者、証言とする考え方、想像された個人的「ドラマ」の描写ではなく集合的・歴史的状況を扱うものとする考え方は、演劇にとっても同様に関係あるものだと見える。ドキュメンタリー映画およびその洗練された後継者であるシネマ＝ヴェリテと並べて、新たなドキュメンタリー演劇、いわゆる「事実の演劇」を置くこともできる。ホーホフートの戯曲、ヴァイスの『調査』、ピーター・ブルックの最近のプロジェクトであるロンドンのロイヤル・シェイクスピア・カンパニーとの『ＵＳ』制作などがその例だ。

パノフスキーが語る制約にもかかわらず、演劇と映画が、ずっとそうしてきたように互いと交換しあうのをやめる理由は見当たらない。

映画史の初期における、映画に対する演劇の影響は、よく知られている。クラカウアーによると、『カリガリ博士』の（そして一九二〇年代初頭のドイツ映画の多くの）独特な照明は、その少し前にゾルゲの『乞食』を制作したマックス・ラインハルトの実験的照明に由来するという。だがこの時期でも、影響は相互的なものだった。「表現主義映画」の達成も、ただちに表現主義演劇に吸収されたのだ。「アイリス＝イン」という映画の技法に刺激をうけて、演劇の照明はひとりの俳優ないしは舞台の一部分に光をあて、残りの部分は隠してしまった。回転セットはカメラの目の瞬時の位置移動をまねしようとした。（もっと最近では、一九五六年以来ゲオルギ・トヴストノゴフによって率いられているレニングラードのゴーリキー劇場の独創的な照明技法が報告されている。これは光の水平のカーテンの背後で信じられない速さの場面転換を可能にするもの。）
今日では、ほとんど例外なく、影響は一方通行になったようだ。映画から演劇だ。とりわけフランスおよび中央・東ヨーロッパでは、多くの戯曲の演出が映画にインスピレーションをうけている。ネオ映画的仕掛けを演劇に採用することの目的は（演出内で映画を使用することは除外して考える）主として演劇の経験をきびしく取り締まること、オーディエンスの注意の流れと対象を完全にコントロールする映画の力に匹敵しようとすることにあるように思われる。しかし、着想はいっそう直接的に映画的でありうる。ひとつの例が、プラハのチェコ国立劇場でのチャペック兄弟の『昆虫芝居』のヨゼフ・スヴォボーダによる演出だ。（最近、ロンドンでも上演された。）これはカメラの目の断続的な強度の増大にあたる、媒介された視覚を舞台上に作り出す試みそのものだ。あるロンドンの批評家によると「セットは舞台に対して角度をつけた二枚の巨大な鏡からなっていて、鏡は舞台上で起こるすべてをデカンターの栓か蠅の目を巨大に拡大したようなものを通じて回折された像を映し出す。角度のある鏡の下部に置かれたものはすべて床からプロセニアムまで増殖させられる。さらにその外では、あなたは自分自身がそれを正面から見ているのみならず、頭上の、鳥あるいはヘリコプターから吊るしたカメラのような視点からも見ているのに気づく。」

マリネッティがおそらく、演劇経験の一要素として映画を使うことを提案した、最初のひとりだったろう。一九一〇年から一九一四年のあいだに書いた文章で、彼は演劇をすべての芸術の最終的総合と見ている。そしてそうである以上、演劇はもっとも新しい芸術形式を導入しなくてはならない、つまり映画を。疑いなく、ヴァラエティ演劇やカフェ・シャンタンといった既存の大衆エンターテインメント形式をマリネッティが重視していたせいで、映画のほうもみずからそこに内包されることを望んだわけだ。(彼は自分が企図する総合芸術形式を「未来派ヴァラエティ演劇」と呼んだ。)そしてその当時は、映画のことを俗悪な芸術にすぎないと考えない人など、ほとんどいなかった。

第一次大戦後、おなじような考え方がしばしば現われた。一九二〇年代の、バウハウス・グループの全体演劇プロジェクト(グロピウス、ピスカトールほか)では、映画は重要な位置を占めていた。メイエルホリドは演劇で映画を使うことを主張し、自分のプログラムを「他の芸術からの使用可能なすべての手段を使う」という、かつては「まったくユートピア的」だったワーグナーの提言を成就するものだと述べた。アルバン・ベルクは、彼のオペラ『ルル』の第二幕の真ん中で、展開しつつある物語のサイレント映画を上映すること、と指定した。現在までには、演劇における映画の使用はかなり長い歴史をもっていて、そこには一九三〇年代の「生きた新聞」「叙事詩的演劇」、そしてハプニングが含まれる。本年、ブロードウェイ・レヴェルの演劇に映画のシークエンスがもちこまれた。ふたつの成功したミュージカル作品、ロンドンの『カム・スパイ・ウィズ・ミー』とニューヨークの『スーパーマン』というどれもパロディ的調子の作品で、演技は中断されスクリーンが下りてきて、ポップアート的主人公の活躍を見せる映画が流される。

だがこれまでのところ、ライヴの演劇イベントにおいて、映画の使用はステレオタイプ的なものとなる傾向があった。映画はしばしば、生の舞台イベントを支える、ないしはそれを重複する、ドキュメントとして使用されるのだ。(東ベルリンでのブレヒトの演出作品のように。)もうひとつ映画の主な使用法として、幻覚作用を起こさせるものとしてのそれがある。最近の例ではボブ・ウィットマンのハプニングス、そして新しい種類のナイトクラブ、ミクスト=メディアのディスコテック(アンディ・ウォーホールのザ・プラスティック・インエヴィタブルやマレー・ザ・ケイズ・ワールド）がある。演劇という視点からは、演劇体験に映画を挿入することは、幅を広げる役に立つ。しかし、映画の可能性から見るなら、それは映画の還元的で単調な使用法だと思われる。

パノフスキーが彼のエッセーを書いたときにおそらくわかっていなかったことは、ある特定の芸術の「本性」以上に、「メディウム」（媒体）自体がそこでは問われていたという点だ。映画と演劇の関係は、ふたつの芸術の静的定義だけではなく、それらのラディカル化のありうべき道への感度も関わっているということだ。

現在の興味深い美学的傾向のすべては、一種のラディカリズムだ。アーティストがそれぞれに問わなくてはならないのは、「私のラディカリズムは何だろう、私の才能と気質が指示するものは？」ということ。これは現代のアーティストがみんな芸術とは進歩するものだと信じていることを意味しない。ラディカルな立場とは、必ずしも前向きなものばかりではない。

今日の諸芸術における、ふたつの主要なラディカルな立場を考えてみよう。ひとつはジャンル間の区別をなくすことを勧める。諸芸術はひとつの芸術に収束し、それは多くの異なったふるまいがいっぺんに進行する、巨大な行動のマグマあるいは共感覚だ。もうひとつの立場は個々の芸術の特徴を増幅させることで、諸芸術のあいだの障壁を維持しはっきりさせることを勧める。絵画は絵画に属する手段のみを使うこと、音楽は音楽的なものだけを、小説は小説に属するもののみを使い他の文学形式を援用しない、などなど。これらふたつの立場は、ある意味では和解不可能だ——ただ両者ともに、決定的な芸術形式の追求という、変わらぬモダンな追求を支持するよう召喚されていることを除けば。

ある芸術が決定的であるとされるのは、それがもっとも厳密ないしはもっとも基本的であると考えられるときだろう。こうした理由のために、すべての芸術は音楽にあこがれると、ショーペンハウアーは示唆し、ペイターは主張した。より新しくは、すべての芸術がひとつの芸術にむかうというテーゼは、映画の熱心なファンたちによって唱えられた。映画がそんな総合芸術であるという主張の土台になったのは、それがきわめて正確であり、同時に潜在的にはそれが音楽・文学・イメージのきわめて複雑な組み合わせだという点だった。

ところで、ある芸術が決定的であるといわれるのは、それがもっとも包括的であると考えられるからだ。これがワーグナー、マリネッティ、アルトー、ケイジが考えていた演劇の運命の土台だった——かれらの全員が、演劇とは総合芸術であり、他のすべての芸術をみずからに奉仕させることのできる力をもったものと考えている。そして共感覚という観念が画家・彫刻家・建築家・作曲家のあいだに広く流通する一方、演劇は総合芸術という役割のための最適の候補でありつづけている。この着想下では、演劇の役割は映画の主張を見くびるにちがいない。演劇支持者たちは、音楽・絵画・舞踊・映画・発話のすべてが「舞台」に収斂しうるのに対して、映画作品（フィルム・オブジェクト）はただより大きくなる（多数のスクリーン、三百六十度映写など）か、時間的により長くなるか、内的により分節され複雑になるか、でしかないという。演劇は何にでも、すべてになることができる。結局、映画はその特徴的である（つまり映画的である）部分のみを、さらに増幅させられるにすぎない。

ふたつの芸術の、より壮大な黙示録的期待の下に横たわっているのは、ひとつの共有された敵対心だ。一九二三年、ベラ・バラージは、マーシャル・マクルーハンのテーゼをかなりの細部まで先取りするかのように、映画とは新しい「視覚文化」の先駆けであり、われわれに肉体を返してくれるもの、とりわけ数世紀にわたる印刷の勃興のもとで解読不可能で魂を欠いた、無表情なものとされてしまったわれわれの顔を返してくれるものだと記した。文学に対抗する、印刷術とその「概念の文化」に対抗する敵対心であるそれは、現代における演劇をめぐるもっとも興味深い思考にもかたちを与えてくれる。

演劇と映画の定義ないしは特徴づけで、自明のものとしていいことは何もない——映画と演劇のいずれもが時間芸術であるという、一見したところあたりまえだと思われることですら。演劇と映画では、音楽とおなじく（そして絵画とはちがって）、すべてが同時にそこにあるわけではない。しかし今日では、これらの芸術形式の非時間的側面をきわだたせる、重要な展開が起きている。演劇におけるミクスト＝メディア形式の魅惑が示唆するのは、より引き延ばされより複雑な「ドラマ」（ワーグナーのオペラのような）だけではなく、絵画に近づくようなよりコンパクトな演劇体験でもある。こうしたコンパクトさという見通しには、マリネッティが最初に手をつけた。彼はそれを同時性と呼び、それは未来派美学の主導的観念だった。あらゆる芸術の最終的総合として、演劇は「電気と映画という新しい二十世紀的道具を使うだろう。それは戯曲を極端に短くすることを可能にするだろう、なぜならこうした技術的手段はすべての要素を同時に提示できるようにし、それによって演劇的総合が最短の時間で達成されることを可能にするからだ。」

映画と演劇にゆきわたっている、暴力行為としての芸術という考え方のもとにあるのは、未来派とシュルレアリスムの美学だ。その主要テクストは、演劇についてはアルトーの著作、そして映画についてはルイス・ブニュエルの二本の映画『黄金時代』『アンダルシアの犬』だ。(より最近の例としては、以下のようなものがある。イオネスコの初期の戯曲、少なくとも作者が考えたかたちでの。ヒッチコック、クルーゾー、フランジュ、ロバート・アルドリッチ、ポランスキーの「残酷の映画」。リヴィング・シアターの作品。実験演劇やディスコテックで見られるネオ映画的な光のショー。後期ケイジやラ・モンテ・ヤングの音楽。)受け身で不活性で飽食していると思われるオーディエンスに対する芸術の関係は、襲撃以外ではありえない。芸術は攻撃そのものになる。

今日、オーディエンスに対する襲撃としての芸術という理論が、いかに理解可能で価値あるものだとしても、特に演劇においては、人はそれを疑問視しつづけなくてはならない。というのも、これもただお決まりの言い方に堕するからで、他のすべての演劇的慣習とおなじく、ついにはオーディエンスの仮死状態《デッドネス》に挑戦するというよりはそれを強化することになりそうだから。(ワーグナーの全体演劇というイデオロギーが、ドイツ文化の無教養を確認するという役割を演じたように。)

さらに、この襲撃の深さは正直に評価されなくてはならない。演劇では、これはアルトーを「希釈」することを意味しない。アルトーの文章は完全に開かれた(したがって皮を剝かれ自分自身にとって残酷な)意識を要求しており、それにとって演劇はひとつの付け足しあるいは道具でしかない。それでピーター・ブルックは、有名な『マラー/サド』の演出で頂点をきわめた、彼の劇団の「残酷演劇」が、まさにアルトー的と呼ばれるのを、鋭敏にまた率直に否定したのだった。それはただ瑣末な意味でアルトー的であるにすぎない、と彼はいう。(瑣末というのはアルトーの視点から見てのことで、私たちの視点からではないが。)

しばらくのあいだ、芸術におけるすべての有用な観念は、極端に洗練されていた。たとえばすべてはそれそのものであり他の何かではない、という考え方。絵画は絵画、彫刻は彫刻、詩は詩であり散文ではない、といったことだ。ところが一方に、それを補完する考え方もあるのだ。絵画は「文学的」だったり彫刻的だったりしうるし、詩は散文でもありうるし、演劇は映画をまね、取り入れることができ、映画は演劇的でありうる、と。

私たちは新しい観念を必要としている。それはおそらく、きわめて単純なものなのかもしれない。私たちには、それが現われたとき、そうだとわかるだろうか。

(一九六六年)

ベルイマンの『仮面／ペルソナ』

衝動のひとつは、ベルイマンの傑作を当然のものとして受けとめたいというものだろう。少なくとも一九六〇年以降、もっともよく知られた例としては（最大の敬意を払われたとはいかないかもしれないが）『去年マリエンバートで』により有名になった新たな語りの形式の出現により、映画の聴衆は省略的で複雑な語りによる教育を受けつづけてきた。レネの想像力はやがて『ミュリエル』により、近年現われたどんどん難解になり完成度を増してゆく一連の作品を乗り越えることになった。だがそのような幸運があっても、映画ファンなら誰しも、『ペルソナ』という独創的で高らかに勝利を収めた作品を賞賛することから解放されることはないだろう。この作品がニューヨーク、ロンドン、パリで公開されて以来、ほんのわずかにしか注目されてこなかったことを思うと憂鬱になる。

たしかに、批評家たちの反応の薄さのいくらかは、作品そのものに対するというよりも、『ペルソナ』がもつ署名に対する反応なのかもしれない。その署名はひとつの驚異的な、疲れを知らない生産的経歴を意味するようになっているのだ。やや安易なところがある、多くの場合ただ美しいだけの、いまではほとんど多すぎる（ように見える）作品群。ふんだんな創意に富み、官能的で、しかもメロドラマティックな才能が、ある種の独りよがりとも見えるものとともに用いられ、しかも知的悪趣味の気まずいほどの発揮にも陥りやすい。この「北のフェリーニ」からは、うるさい映画ファンたちは、真に偉大な映画を期待しないからといって、非難されるにはあたらない。しかし『ペルソナ』は、作者をめぐるそんな軽蔑的な思い込みを脇にどけることを、幸福にも要求する。

『ペルソナ』の無視には、他の理由として、感情的潔癖もあるのかもしれない。この作品はベルイマンの近作の多くとおなじく、ほとんど冒瀆的なほどの個人的苦悩を負わされている。これはとりわけ『沈黙』においてそうだ――それは『ペルソナ』以前のベルイマン作品で、ずば抜けてすぐれた一本だった。そして『ペルソナ』は『沈黙』で確立された主題や図式的キャストをふんだんに取り入れている。(いずれの作品でも主要登場人物は、情念と苦悩にみちた関係によりむすばれている二人の女性で、その一人には哀れなほどほったらかしの小さな息子がいる。いずれの作品もエロティックなスキャンダルをめぐる主題を取り上げている。暴力と無力、理性と非理性、言語と沈黙、理解可能なものと不可能なものといった対立。)けれどもベルイマンの新作は、『沈黙』がその感情的な力と精妙さにおいて彼のそれ以前のすべての作品を凌駕するものであったのと、少なくともおなじ度合いにおいて、『沈黙』のさらに先へと歩みを進めている。

その達成がさしあたってもたらすのは、この作品がいかに否定しがたく「難解」かということだ。『ペルソナ』はほとんどの映画ファンを悩ませ、困惑させ、不満を抱かせるだろう――少なくとも『去年マリエンバートで』が公開されたときそうだった程度に。どうもそのように思えてならない。けれども、無関心と動揺のなさが積み重なり、『ペルソナ』に対する批評的反応は、この映画の非常に当惑させられる部分をそぎ落としているようだ。批評家たちは、おだやかにではあるが、ベルイマン最新作は不必要なまでに曖昧模糊としているという評価を許してきた。ある者は、監督が弱まるところのない荒涼さのムードをあまりに出しすぎた、と付け加える。そこでほのめかされるのは、この作品で彼が深みから歩み出てしまったこと、芸術を芸術っぽさ《アーティネス》に置き換えてしまったということだ。しかし『ペルソナ』のむずかしさと、その引き換えとして与えてくれるものは、そんな月並みな反対意見がうかがわせるものよりも、はるかに強烈だ。

　もちろん、難解さの証拠は、いずれにせよいくらでもある――より適切な議論を抜きにしても、あげられる。そうでなければ、この映画で実際に起きていることをめぐる批評家たちの発言に、なぜあれほどの齟齬や単なる勘違いがあるだろうか。『去年マリエンバートで』とおなじく、『ペルソナ』は挑戦的なまでに晦渋だと見える。全体として見ると、そこにはレネ作品の城がもつ、あらかじめ組み込まれた抽象的な喚起力のようなものは何もない。『ペルソナ』の空間と調度品は反ロマンティックで、クールで、世俗的で、臨床的で（ある意味では文字どおりにそうなのだ）、ブルジョワ＝モダンだ。だがこのセッティングに宿る謎は、だからといってまったく減じていない。見る者がとまどうようなアクションや会話が与えられる。それはいくつかのシーンが過去・現在・未来のいずれで起きているのかが解読できないから。そしてまた、いくつかのイメージやエピソードが、現実とファンタジーのいずれに属しているのかわからないからだ。

　いまでは見慣れたものであるこのような難解さを提示する映画への、よくある接近の仕方としては、そのような区別をどちらでもよいものとし、映画がひとつの全体をなしていると結論づけることがある。これがふつう意味するのは、映画のアクションが単に（あるいはそのすべてが）心的宇宙に属するものと考えることだ。しかしこのアプローチでは、ただむずかしさを隠してしまうことになると、私には思われる。見せられているものの構造の内部で、諸要素は、もともと観客に示唆されていたとおり、いくつかの出来事は現実的でいくつかは幻影的（幻想・夢・幻覚あるいは異界からの訪れ）というかたちで、互いに関係しつづけている。映画の一部分で観察された因果関係は、他の部分ではまだ無視されている。映画は、あるおなじ出来事に対して、いくつかの同程度に説得力がある、けれども互いに他を排除するような説明を、まだ与えている。これら不調和な内的諸関係は、手つかずで、ただし和解させられることもないままに、映画の全体が精神へと移されるとき、一緒に移される。また『ペルソナ』のことを完全に主観的な映画——アクションがひとりの登場人物の頭の中で起きている——だといったところで、『去年マリエンバートで』の解説以上にいい説明ではないことも言い添えておくべきだろう。『去年マリエンバートで』のほうは慣習的時間継起やファンタジーと現実のあいだのはっきりした分割線を無視することが、『ペルソナ』以上の挑発を生み出していたとはとてもいえなかった。

しかし『ペルソナ』には互いを打ち消し合う記号がいくつもばらまかれているという事実を無視して、この作品に客観的な物語を求めることだって、そのほうが健全だとはいえない。この映画からひとつのもっともらしい逸話を構成しようとする試みがどれほど巧みにおこなわれても、それは鍵を握るセクション、イメージ、手続きのいくつかを置き去りにする、あるいはそれらと矛盾するという結果に陥らずにはいない。ましてやその試みがあまり巧みでなければ、ベルイマン映画をめぐる平板で貧しく不正確なところのある、大部分の記事や批評が生まれるだけで終わる。

そんな評によると『ペルソナ』は、ふたりの女性の関係を、時を追って記す心理的室内劇だということになる。ひとりは明らかに三十代の成功した女優で名前はエリザベット・ヴォグレル（リヴ・ウルマン）といい、いまは謎めいた心理的崩壊に苦しんでいる。その症状は言葉が出なくなること、そして緊張病《カタトニア》に近い疲労感だ。もうひとりは二十五歳のきれいな若い看護師で、名前はアルマといい（ビビ・アンデーション）、エリザベットの世話を担当している——初めは精神病院で、ついでエリザベットの主治医でありアルマの上司でもある病院の女性精神科医が治療のために特に貸してくれた浜辺のコテージで。映画の中で起きることは、批評家たちが一致しているところでは、なんらかの神秘的プロセスによりふたりの女性がアイデンティティを交換するということだった。明らかに強者であるアルマが弱者に転換し、やがて面倒を見ている患者の問題と混乱を引き受けるようになる。一方、絶望（あるいは精神病）により打ちひしがれていた病んだ女性のほうは、しだいに言葉の力を取り戻し、彼女の以前の生活へと帰ってゆく。（この交換がなしとげられたかどうかは観客には見えない。『ペルソナ』の最後に見せられるのは、苦悩にみちた行き詰まりのように見える。けれどもこの映画には、公開直前まで、どうやら完全に恢復したらしいエリザベットがふたたび舞台に立っている短いクロージングのシーンがあったと報じられている。どうやらここから、観客は、いまでは看護師のほうが言葉を失い、エリザベットの絶望の重荷を受けとったのだと推論できるように思える。）

こうして構成された、つまり半分は「物語」で半分は「意味」であるようなヴァージョンからさらに進めて、批評家たちはさらに多くの数々の意味を読みとってきた。ある人々は、エリザベットとアルマのあいだのやりとりを、人間関係にときどき介入してくる、非個人的法則をしめすものとして見ている。彼女らふたりのいずれにも最終的責任はないと見るのだ。またある人は、無垢のアルマに対して女優による意識的人食いがおこなわれたと考える——こうしてこの映画を、生の素材を求めて生命をむさぼることをやめない、矯正しようのないアーティストの捕食的・悪魔的エネルギーの寓話であると読みとるのだ★。さらに他の批評家たちは、すみやかにいっそう一般的な平面へと移動し、『ペルソナ』から現代の人格解離の診断、善意と信頼の避けがたい失敗の論証を引き出し、さらにはゆたかな社会における疎外、狂気の本質、精神医学とその限界、アメリカがヴェトナムにしかけた戦争、性的罪悪感をめぐる西欧的遺産、「六百万人」(ホロコースト)といった事柄に対する予想のつく正しい見解を引き出す。(それから批評家たちはしばしばさらに歩を進め、数か月前に「ル・ヌーヴェル・オプセルバトゥール」でミシェル・クルノがしたように、俗悪な説教臭さがあるとベルイマンを諫めるものの、それは批評家たち自身がベルイマンに責任転嫁したものでしかない。)

だが、ひとつの物語へと転換されたときにさえ、と私は思うのだが、『ペルソナ』をめぐる広くゆきわたったこの言い方は、あまりにも単純化しすぎで、作品を正しく伝えていないと思う。アルマはたしかに、しだいに不安にかられ、より傷つきやすくなっていくように見える。映画を通じて、彼女はヒステリー、残虐、不安、子供っぽい依存、そして(おそらく)妄想に襲われる。その一方でエリザベットがしだいにより強くなる、つまりより行動的で反応もよくなるということも本当だ。たとえ彼女の変化がはるかに微妙で、事実上結末にいたるまで、彼女が依然として話すことを拒否しているとしても。だがこうしたすべては、批評家たちが浅薄にも語る属性やアイデンティティの「交換」とまでは、とてもいえない。あるいはまた大部分の批評家たちが考えているように、アルマがどれほど多くの痛みとあこがれを抱えこんで女優と同一化したいと考えても、どんなものであれエリザベットのジレンマを引き受けるにいたったということは、とても証明されているとはいえないのだ。(エリザベットのジレンマ自体、そもそも明らかにされているというにはほど遠い。)

私の考えをいうなら、さらに多くの物語を発明するという誘惑には、抵抗しなくてはならない。たとえば、エリザベットとアルマが孤立して暮らしていた海辺のコテージのそばで、暗い色の眼鏡をかけた中年男（グンナール・ビョルンストランド）の唐突な登場にはじまるシーンがある。私たちが見るのは、彼がアルマに近づき、彼女にエリザベットと呼びかけ、抗議を受けてもそう呼びつづけるということだ。彼は彼女を抱きしめようとし、身を振りほどこうとする彼女の抵抗を無視する。このシーンを通じて、エリザベットの無表情な顔はほんの数センチしか離れていない。アルマは突然、彼の抱擁を受け入れ、「そうよ、私はエリザベット」といい（エリザベットはこの間もじっと見つめている）、甘い言葉をさんざん浴びせかけられながら彼とベッドに行く。それから私たちはふたりの女が一緒にいるのを見る。（直後なのだろうか。）ふたりだけで、何事もなかったかのようにふるまってい

★たとえば「フィルム・クォータリー」一九六七年夏号でリチャード・コーリスはこう記す。「ゆっくりとアルマは、自分がエリザベットの小道具のひとつでしかないことを理解するにいたる。」たしかに、精神科医に宛てたエリザベットの手紙を読んだ後、アルマはエリザベットがしていたことについて、この苦い考えを抱くようになった。けれども、実際には何が起きているかに関して、観客がどのような決定的結論に達するにも証拠が欠けているという点から見ると、それは正しくない。それなのにコーリスが仮定しているのはまさにこれで、そのせいで彼はエリザベットについて何かをいえるわけだが、それには映画の中でいわれたあるいは見せられた何かによる裏付けがない。「女優は彼女が母親としての役割を演じるのを助けるために子供を産んだが、その役割が完結したとき、生きつづけようとする男の子の決意にうんざりしてしまった。いま彼女はアルマのことも、古いプロンプター用台本のように投げ捨てたがっている。」

エリザベットのことをアーティストの寄生的で無節操なエネルギーの典型とするおなじ見方は、「ハドソン・レヴュー」一九六七年夏号のヴァーノン・ヤングによるこの映画に対する批判的な評にも見られる。コーリスとヤングはいずれも、エリザベットが『顔』に登場したアーティスト魔術師のヴォグレルとおなじ姓だということを指摘している。

る。このシークエンスは、アルマのエリザベットとの同一化が進んでいることをしめしているともとれるし、アルマがエリザベットになることを学びつつある（本当に？　彼女の想像？）プロセスがどこまで来ているかを計っているともいえる。エリザベットは、口がきけなくなることによっておそらく女優であることを意志的に拒絶しているのに対して、アルマのほうは、もはや存在しない俳優エリザベット・ヴォグレルになることに、無意志的に、痛みをもって取り組んでいるのだ。それでも、私たちが実際に目にする何ものもこのシーンを本当の出来事として描写することを正当化してくれない――つまり、ふたりの女が浜辺のコテージに行った、そもそもの移動とおなじレヴェルで、物語の筋立ての中で起きていることとして★。しかし私たちはまた、これが、あるいはそれに似たことが、実際には起きていないのだとも断定することができない。結局のところ、私たちはそれが起きているのを見ているのだから。（そしてすべての出来事に対しておなじ度合いの現実性を与え、それとは逆をしめすことがないのは、映画の本性だ。スクリーンに映されるすべてはそこにあり、現在している。）『ペルソナ』のむずかしさは、たとえばブニュエルが『昼顔』でやったように現実とあれこれの幻想を見分けるための明解な信号を、ベルイマンが出してくれないことから来ている。ブニュエルは手がかりを入れてくる。観客が自分の映画を解読できるようにしたいからだ。ベルイマンが用意する手がかりの不十分さは、彼が映画を部分的にしかコード化されていないものにしたいと意図していることをしめしている。観客は、アクションをめぐる確実さにむかって動くことはできるものの、それを達成することはけっしてできない。しかし、『ペルソナ』を理解するために空想と現実の区別が少しでも役に立つ以上は、浜辺のコテージの内外で起きることは、批評家たちが考えたよりもはるかに、アルマの空想だと理解したほうが真実に近いだろう。この主張の根拠として最適な部分は、ふたりの女が浜辺に着いてすぐ起きるシークエンスだ。そのシークエンスでは、エリザベットがアルマの部屋に入り彼女のそばに立ち髪を撫でるのを私たちが見た後で、さらに翌朝、青い顔をして動揺しているアルマがエリザベットにこんなふうに問うのを見ることになるのだ。「きのう私の部屋に来ましたか?」するとエリザベットは、かすかに訝しげに思いつつ、不安そうに、ノーと首をふる。ここでエリザベットの答えを疑う理由はないと思われる。エリザベットのほうに、アルマが自分自身の正気に対して抱いている自信を切り崩すような悪意があるという証拠は、観客には何も与えられない。あるいはエリザベットの記憶や通常の意味での正気を疑うべき証拠も。だが、もしもそうであるなら、映画の初めのほうでふたつの重要なポイントがしめされたということになる。ひとつは、アルマが幻覚を見ているということ——そして、どうやらこれからも見つづけるだろうということ。もうひとつは、そのような幻覚もしくは幻視はスクリーン上に、「現実」の何かとおなじリズム、おなじ客観的実在性をもって現われるだろうということ。(けれども、ここで述べるには複雑すぎる手がかりは、いくつかのシーンでのライティングによって与えられる。)そしてこうしたポイントがいったん認められたとき、エリザベットの夫のシーンをアルマの空想だと受け取るのはきわめて正当だと思われるし、ふたりの女の激しい、トランスじみた肉体的接触を描写するいくつかのシーンについてもそうだ。

★大部分の批評家たちはこのシーンに関してそんな態度をとった。それを現実の出来事と考え、映画の「アクション」の中に挿入したのだ。リチャード・コーリスは、こうしてほんのわずかな疑いももたずに、この点を処理してしまう。「エリザベットの盲目の夫がやってくると、彼はアルマを妻と取り違え、性交する」と。けれどもこの夫が盲目だという唯一の証拠は、われわれが目にする男が暗い色の眼鏡をかけているということのみ——そしてそのような、ありそうにない事態に対して「現実主義的な」説明を見つけたいと考える、批評家の願いがあるだけなのだ。

だが、『ペルソナ』においてファンタジーを現実と（すなわち、本当に起きていると考えていいこととアルマが想像していることを）分けていくことは、小さな達成にすぎない。それはまた、この映画が採用する提示や語りの形式という、より大きな問題の下に包括されないかぎり、ただちに誤解を誘うものにもなっていく。私がすでに示唆したように、『ペルソナ』はひとつの物語へと還元されることに抵抗するかたちで構成されている――たとえばエリザベットとアルマという名をもつふたりの女、患者と看護師、スターとアンジェニュ（うぶな娘）、アルマ（魂）とペルソナ（仮面）のあいだの関係（どれほど曖昧で抽象的であろうと）についての物語として。ひとつの物語への、そのような還元は、結局はベルイマン映画を心理学というひとつの次元に還元することを意味する。心理学的次元がないというのではない。それはたしかにある。だが『ペルソナ』を理解するためには、観客は心理学的な見方のむこうまで出なくてはならない。

これが必須だと見えるのは、エリザベットの口がきけないという状況を観客が解釈するのに、いくつかの道をベルイマンが許しているからだ――無意志的な神経衰弱として、あるいは自己浄化か自殺にいたるような意志的な道徳的決定として。だが彼女の状態の背景が何であろうと、ベルイマンはその原因よりもはるかに、そのいかんともしがたい事実に、観客を巻き込みたいと願っている。『ペルソナ』では、口がきけないということは何よりもある心的・道徳的重さをもった事実、それ自身の心的・道徳的効果を「他者」に及ぼしはじめる事実なのだ。

エリザベットがアルマとともに浜辺のコテージに出かけるまえに精神科医が彼女に語った言葉こそ特権的地位にある、といいたい気持ちに私はかられる。沈黙し、石のような表情をしているエリザベットにむかって、精神科医は、彼女の症例を理解したという。エリザベットは誠実でありたい、役割を演じたくない、嘘をつきたくない、内面と外面を一致させたいのだということを、精神科医はつかんだ。そして解決策としての自殺を拒絶することで、エリザベットは口をきかないことを決心した。精神科医は、エリザベットに時間をかけて自分の経験を生き抜いてみるように助言し、女優がやがては沈黙を捨てて世界に戻ってくると予言することで、話をしめくくる……。けれどもたとえこの談話を、ある特権的見解をはっきりと語るものとして扱うとしても、それを『ペルソナ』への鍵だと考えるのはまちがっているだろう。あるいは精神科医の主張が、エリザベットの状態をすっかり説明するとみなすことさえ。(医師はまちがっているかもしれないし、あるいは少なくとも、事態を単純化しているかもしれない。)この談話を映画の大変早い段階に置くことで(さらにそのまえには、アルマをこの患者の担当にするにあたって医師はアルマに対してエリザベットの症状をざっと説明するのだが)、そしてこの「説明」についてその後二度とはっきりとは言及しないことによって、ベルイマンは、心理学を考慮に入れることとそれを捨てることの、両方を果たしている。心理学的説明を完全に除外することなく、彼は女優の動機がアクションにおいて果たす役割をめぐる考察に、比較的マイナーな位置を与えているのだ。

『ペルソナ』は心理学を超えた位置を選ぶ――そうしながら、類推的な意味で、エロティシズムを超えた位置を。それはもちろんエロティックな主題の素材を含んでいる。たとえばエリザベットの夫の「訪問」が、エリザベットの目のまえで彼がアルマとベッドにむかうことで終わるように。何より、ふたりの女たち相互の関係があり、その熱をおびた近さ、愛撫、強い情熱(これはアルマの言葉・仕草・幻想により告白される)が、たとえ大部分禁じられているとしてもある強力な性的関わりを示唆することは、まず確実だと思われる。しかし実際には、感情において性的かもしれないことが大部分、性関係を超えた、エロティシズムさえ超えた何かへと置き換えられているのだ。この映画でもっとも純粋に性的なエピソードは、部屋でエリザベットの反対側にすわっているアルマが、浜辺で何となくはじまってしまった乱交の話を物語るところだ。アルマは魅入られたようになってその記憶を生き直しながら語るのだが、同時にこの恥ずかしい秘密をエリザベットにむかって、自分からの最大の愛の贈り物として、意識的に与えてもいる。言葉で語るだけで、イメージを（フラッシュバックによって）まったく使うことなく、激しい性的雰囲気が生み出される。しかしこの性行動は映画における「現在」とも、ふたりの女相互の関係とも、まるで無関係だ。この点で『ペルソナ』は、『沈黙』の構造にはっきりした変更を加えている。先行するこの作品では、ふたりの姉妹のあいだの愛憎関係はまちがえようのない性的エネルギーを投影している——特に姉（イングリッド・チューリン）の感情に。『ペルソナ』では、ベルイマンはふたりの女のあいだの絆にありうる性的含みをデリケートに削除したり超越したりして、もっとおもしろい状況を作り出している。それは道徳的・心理的バランスの、注目すべき達成だ。状況の非決定性（心理学的視点から見た）を維持しながら、ベルイマンは問題を避けているという印象を与えることがなく、心理学的にいってありえないだろうと思われるようなものは、何も提示しない。

『ペルソナ』の心理学的側面を非決定のままにしておく（内的には信じられる）ことの利点は、そうすればベルイマンには、物語をかたる以外にもたくさんのことができるという点だ。いかにも物語らしい物語に代わって、彼はある意味ではより大雑把でまた別の意味ではより抽象的な何かを提示することができる。物質的ボディ、主体だ。主体もしくは物の機能は、それが決まったアクションやプロットの中で肉化されるときの容易さとおなじくらい、その不透明さ、その多様性にもある。

これらの原則にしたがって構成された作品において、アクションは間歇的で多孔的、不在と一致して語ることができない何かの暗示につらぬかれているように見えるだろう。これはナレーションが「意味」を剝奪されてしまったということを意味するわけではない。しかし、意味が決まったプロットに必ずしもむすびついているわけでもないということは、たしかに意味している。あるいは、説明されていない（完全には）けれども可能ではあるし実際に起きたのかもしれないという出来事群からなる、拡張された物語が存在するという可能性もある。そのような物語の前進運動は、通常のリアリスティックな（主として心理的な）因果関係ではなく、物語の各部分の相互関係によって——たとえば転移・置換など——測られるのかもしれない。眠っているプロットとでもいうべきものも、存在するかもしれない。それでも、批評家たちは、作者が隠した——単にへまだったり、まちがえたり、軽率だったり、技巧不足だったりで——ストーリー・ラインを狩り出すよりも、もっとやるべきことがあるはずだ。そのような物語では、置き違えられたプロットではなく、廃棄された（少なくとも部分的に）プロットが問題になる。そのような意図は、アーティストが意識してのことであれ、ただ作品中に暗黙のうちに含まれているのであれ、額面どおりに受けとめて尊重しなくてはならない。

情報について考えてみよう。伝統的物語が支持してきたのは「フルに」情報を与えることで（これで私が意味するのは、物語が提案する「世界」で設定されている関与規準にしたがって必要になるすべてを、ということ）、映画を観終えたり読書体験が終わる時が、理想的には、読者の知りたいという欲望、何がなぜ起きたのかを理解したいという欲望の完全な充足と一致するようになるということだ。（これはもちろん高度に操作された、知識の追求だ。アーティストの仕事はオーディエンスにむかって、作品の終わりまでに学ばなかったことは知ることができない、あるいは知ろうとする必要さえない、と納得させることにある。）これとは対照的に、新しい物語の目立った特徴のひとつは、知りたいという欲望を意図的に、計算づくで、挫折させることにある。去年、マリエンバートで何かが起きたのかい？『情事』の娘はどうなったんだ？『ペルソナ』の終わり近くでアルマがひとりでバスに乗るとき、彼女はどこに行くの？

知りたいという欲望を組織的に挫くことが（ある程度は）できるという考えが生まれると、プロット作りをめぐる従来の期待は、もはや通用しなくなる。そのような映画作品（あるいはそれらと比べられるような散文フィクション）が、「ドラマティック」といった伝統的叙述におなじみの満足の多くをもたらしてくれることは、期待できない。一見、プロットはまだそこにあり、ただ視野が遮られる、居心地の悪い斜めの角度から語られているだけだ。実際には、プロットは旧来の意味ではもはやまるで存在しない。これらの新しい作品のポイントは、オーディエンスをじらすことではなく、それ以外のこと、たとえば知ることと見ることのプロセスそのものに、より直接に巻き込むことにある。（このような叙述概念の目立った先駆者はフローベールだ。『ボヴァリー夫人』の記述でオフ＝センターの細部が執拗に用いられるのは、その手法の一例。）

新しい叙述の結果は、すなわち、ドラマティックでなくするという傾向だ。たとえば『イタリア旅行』（ロッセリーニ）は、あからさまに物語といえるものを語っている。しかしそれは省略によって進んでいく物語だ。まるでオーディエンスは、アーティスト自身にすら接近不可能な、失われた、あるいは不在の意味の感覚につきまとわれているかのようなのだ。アーティストからの不可知論の告白は、オーディエンスにとっては軽はずみないしは軽蔑のように見えるかもしれない。アントニオーニは、『情事』でいなくなった娘がどうなったのか監督自身も知らないといって、多くの人を怒らせた――彼女が、たとえば自殺したのか、失踪したのか。しかしこの態度は、最大の真剣さをもって受けとめられなくてはならない。アーティストが、自分はオーディエンス以上に「知っている」わけではないと宣言するとき、彼がいっているのはすべての意味は作品そのものの内にあり、その「背後」には何もないということだ。そのような作品が意味を欠いていると思われるのは、ただ凝り固まった批判的態度が物語芸術（映画でも散文文学でも）における金言として信じこむ、意味は作品外の剰余的「参照物」にのみあるとするかぎりにおいてのことだ――要するに「現実世界」とかアーティストの「意図」への参照。だがこれは、どんなによくても恣意的な判決でしかない。叙述の意味は、理想的オーディエンスが「現実生活」における等価物やプロットの諸要素の源泉とむすびつけて考える諸価値のパラフレーズとおなじではないし、またはアーティストがこれらの諸要素にむけて投影する態度ともおなじではない。あるいはまた、意味は（映画でもフィクションでも演劇でも）決まったプロットの関数ではない。プロット・ラインの処理と人物造型を基本的問題とするようなひとつの物語に立つのではない、別種の叙述も可能だ。たとえば、素材を主題的資源として扱い、そこからいくつかのヴァリエーションとして異なった（おそらく共存する）物語構造を引き出してくることもできる。しかし避けがたいことに、そのような建築が要求する形式的使命は、ある物語の（あるいは一組の並行する物語群の）それとは異なっているにちがいない。その差異は、たぶん、時間の扱いにおいてもっとも衝撃的なかたちで現われる。

物語はオーディエンスを、起こっていることに、ある状況がどんなふうに生じるかに、巻き込む。動きは、どのような紆余曲折や脱線があったとしても、決定的に線的に進む。人はAからBに進み、ついでCにむかおうと考える、たとえCが（まずまず事態にうまく対応することができたとして）人の興味をDの方向にむけているとしても。鎖のひとつひとつの環は、いわば自己廃棄する――自分の出番を終えてしまえば。これに対して、主題と変奏の物語の展開は、はるかに線型ではない。線的な動きをすっかり抑圧してしまうことはできない。作品の経験は時間（視聴や読書の時間）内の出来事でありつづけるからだ。しかしこの前進運動は、それと競合する後ろ向きの原理、たとえば持続的な過去参照およびクロスレファレンスというかたちをとるものによって、はっきりと修正されることもありうる。そのような作品は何度も体験しなおすこと、何度も見ることを促す。観客や読者にむかって、理想的には、物語のいくつかの異なった点に同時にいることを求めるのだ。

そのような要求は主題と変奏による物語の特徴だが、従来型の時間図式を描く必要性をなくしてくれる。その代わりに、時間は永続的現在という姿をもって現われるかもしれない。あるいは出来事が、過去・現在・未来を正確に分けることを不可能にするような謎となるかもしれない。『去年マリエンバートで』とロブ＝グリエの『不滅の女』は、後者の厳格な例だ。『ペルソナ』ではベルイマンは折衷的なアプローチをとる。映画作品内での時間継起の扱いは、おおよそはリアリズム的・年代記的だと見えるが、映画の冒頭と結末では「以前」と「以後」の区別が激しく漂白されてしまい、ほとんど解読不可能になる。

私自身の見方では、『ペルソナ』の構成はこのような一主題をめぐる変奏という形式から記述するのがいちばんいい。主題はダブリング（分身）。変奏はその主題がみちびくさまざまな可能性から出てくるもの（形式的レヴェルでも心理的レヴェルでも）で、複製、転倒、入れ替え、統一と分裂、反復などがある。アクションは一義的に言い換えることができない。『ペルソナ』のことを、アイデンティティをめぐる必死の対決をしている、エリザベットとアルマというふたりの登場人物の運命という観点から語るのは正しい。しかしまた『ペルソナ』のことを、ひとつの自己のふたつの神話的部分のあいだの対決を語るものとして扱っても、同様に意味があるのだ。つまり、行動する腐敗した人格（エリザベット）とその腐敗にふれて崩壊するうぶな魂（アルマ）の。

ダブリングという主題のサブ（従属）主題は、隠れることと見せることとのあいだの対照だ。ラテン語のペルソナとは英語の「パーソン」のもとにある単語だが、俳優がつける仮面を意味する。人であるとは、すなわち、仮面を所有すること。そして『ペルソナ』ではふたりの女がいずれも仮面をつけている。エリザベットの仮面は、口をきけないこと。アルマの仮面は、彼女の健康、オプティミズム、彼女の正常な生活（婚約している、仕事が好きで有能、など）だ。ところが映画の中で、ふたりの仮面には罅が入る。

このドラマを、女優が自分自身に対して加えた暴力がアルマに転移されたのだというのは、単純すぎる。暴力、そして恐怖と無力の感覚は、試練にさらされた意識の残余的経験だというほうが、より本当らしい。ふたりの女性の心理的試練をめぐる「物語」を語るにはとどまらず、ベルイマンはその試練を彼の中心的主題の構成要素にしている。そしてダブリングという主題は、心理的であるに劣らず、形式的な観念でもあるように見える。すでに強調したようにベルイマンは、物語の主要な輪郭をはっきりと決めることができないくらいに、ふたりの女性の物語をめぐる情報を出さずにいるのだ。ましてや、ふたりのあいだで起きていることすべてについては。さらに彼は、表象の本質をめぐる考察を数多く導入している。（イメージの、語の、アクションの、そして映画という媒体そのものの、地位。）『ペルソナ』はふたりの登場人物、アルマとエリザベットのあいだの取引の表象に留まるのではなく、彼女らに「ついて」の映画をめぐる考察でもある。

この考察のもっとも明示的な部分は、オープニングとクロージングのシークエンスで、そこでベルイマンは映画をひとつの対象物に作ろうとしている。有限の、作られた、もろくまた傷みやすい対象物、つまり空間のみならず時間の中にも存在しているものとして。

『ペルソナ』は暗闇とともにはじまる。それからふたつの光の点がしだいに明るさを増し、やがてそれがアークランプのふたつのカーボンだということが見えてくる。そのあとでリーダーの一部分がフラッシュして通りすぎる。それから一連の速いイメージがつづく。そのいくつかはほとんど何かと同定することもできない——スラップスティックのサイレンと映画の追跡シーン、勃起したペニス、掌に打ちこまれる釘、厚化粧をした女優がフットライトとそのむこうの暗闇にむかって大声で話しているのを舞台後方から撮った映像（このイメージはまもなくまた出てきて、エリザベットが彼女の最後の役だったエレクトラを演じているところだということがわかる）、南ヴェトナムでの仏教僧侶の焼身自殺、死体置場でのいろいろな死体。これらのイメージはすごい速さで過ぎてゆき、大部分は何だかわからない。しかしやがて、観客が楽に知覚できる程度の持続に合わせることに同意したかのように、速度を落とす。それから最後の一組のイメージがやってくる——通常の速度で流れる。私たちは十一歳くらいの、痩せて不健康そうに見える少年が、何もない病室の壁に寄せたベッドのシーツの下でうつぶせに寝ているのを見る。観客は最初、いま見せられたばかりの死体を連想することになるだろう。だが少年は動き、シーツをぎこちなく足で蹴ってめくり、うつぶせになり、大きな丸眼鏡をかけ、本を手にとり、読みはじめる。それから見えるのは彼の目の前の、何かわからないぼやけたもので、それはごくかすかなものだがイメージをむすびつつあるところで、実物よりも大きいがあまりはっきりしていない美しい女の顔だ。ゆっくりと、おずおずと、まるでトランスの中でのように、少年は身を起こしそのイメージを愛撫しはじめる。(彼がふれる表面は映画のスクリーンのように見えるが、肖像写真と鏡のようでもある。)

この少年は誰？ 大部分の人はそれが当然エリザベットの息子だと考える。なぜなら私たちは後に彼女には息子がいることを知るし(病院の彼女に夫が送ってきた息子のスナップ写真を彼女は破り捨てる)、またスクリーンの顔を大部分の人は女優の顔だと考えるからだ。じつは、そうではない。このイメージははっきりしないだけでなく(それは明らかにわざと)、ベルイマンはそれをエリザベットの顔とアルマの顔のあいだで行ったり来たりさせて調整している。たとえ理由がこれしかなくても、少年に決まったアイデンティティを与えるのは、安易すぎると思われる。むしろ彼のアイデンティティとは、私たちが知ることを期待すべきではないものなのだと、私は思う。

いずれにせよ、少年が次に出てくるのは映画の終結部で、アクション終了後に断片的イメージ群の補足的なモンタージュがあって、その最後で少年はふたたび誰か女の顔の巨大でぼやけた拡大写真にむかって愛撫するように手をさし延べている。それからベルイマンは白熱するアークランプのショットに切り替え、映画の最初にあった現象の逆を見せる。カーボンは消えはじめる。ゆっくりと光が消える。映画が、まるで私たちの目のまえで死んでいくようだ。それはある対象物、モノが死ぬように、使い果たされたと宣言しながら死んでゆく。したがって、作り手の意志とは、ほとんど独立に。

『ペルソナ』がどのようにはじまり終わるのかに触れない、あるいは重要ではないとしてなおざりにする論考は、ベルイマンが作った映画作品について語っていることにならない。『ペルソナ』のいわゆる枠は、多くの評者が考えるように本質的でないとかわざとらしいというのからはほど遠く、映画全体に流れる美学的自己省察という主題の、中心的な言明だと私は思う。『ペルソナ』における自己省察の要素は、ドラマティックなアクションに付加されたどうでもいい関心どころではない。ひとつには、それはアルマとエリザベットのあいだの取引の心理的レヴェルに現われるダブリングおよび複製の主題の形式的レヴェルについての、もっとも明示的な言明だから。『ペルソナ』における形式的「ダブリング」は、映画に素材を供給するダブリングの主題をもっとも拡張したものなのだ。

おそらく分身の主題の形式的・心理的共鳴がもっともあからさまに演じられる、もっとも衝撃的なエピソードは、母としてのエリザベットと彼女の息子との関係をめぐる、アルマの長い描写だろう。この独白は二度にわたってその全体がくりかえされる。一度めは耳を傾けるエリザベットを映しながら、二度めは話すアルマを見せながら。このシークエンスは目が離せないイメージで終わる。半分はエリザベット、半分はアルマという、二重化された、あるいは合成的な顔のクロース＝アップだ。

ここでベルイマンはこの映画の逆説的約束を指摘している——すなわち、それがいつも手つかずの現実への覗き見的アクセスの、ありのままの事物への中立的見方の、幻想を与えてくれるということだ。フィルムに移されたものはいつも、ある意味で、「ドキュメント」なのだ。だが現代の映画作家たちがしばしば見せるようになっているものは、見るというプロセスそのものであり、おなじものを見るいくつかの異なった見方の基盤ないしは証拠を提供することだ。観客としてはそれら異なった見方を、並行的に、あるいは順次、考えてみることができる。

ベルイマンの『ペルソナ』におけるこの着想の使い方は衝撃的なまでに独創的だが、より大きな意図はよく知られたものだ。ベルイマンが彼の映画を自己省察的、自己注視的、ついには自己消尽的なものとしたのとおなじく、私たちは個人的な気まぐれではなくしっかりと確立された一傾向の表現を認めるべきなのだ。というのも、媒体そのものの本性と逆説に対するこのような「フォーマリスト的」関心にむけられるエネルギーこそ、まさに十九世紀的なプロットと登場人物の形式的構造（現在の意識が見ているよりはるかに単純な現実の推定をともなっている）が降格させられたときに発散されたものだからだ。現代芸術における過敏な自意識として奨励されることが多い、一種の自己食人に行きつくものは、思想と感受性の新たなエネルギーの解放だと――貶められることもそれだけ少なく――見られるようになる。

私にとってこれが、伝統的映画と新しい映画の差をカメラの地位の変化に帰すありきたりなテーゼの背後にある約束なのだ。伝統的な映画美学においては、カメラは知覚されないように努め、自分が映している光景をまえにして姿を消そうとしていた。これに対して、ニュー・シネマと呼ばれるものは、パゾリーニが指摘したように、「カメラの存在が感じられること」によってそうとわかる。（いうまでもなく、ニュー・シネマといっても、最近の十年間の映画だけをさしているわけではない。ただふたつだけ先駆的作品をあげるなら、モノとしての映画と生きているイメージとしての映画をピランデルロのような遊び心をもって対比させるヴェルトフの『カメラを持った男』（一九二九年）と、フィクションとジャーナリスティック・ドキュメンタリーのあいだを行き来するベンジャミン・クリステンセンの『ヘクサン』を思い出してほしい。）しかしベルイマンはパゾリーニの規準を超えて、観客の意識に、モノとしての映画のはっきりした存在感を挿入してくる。これは『ペルソナ』の冒頭と結末だけでなく真ん中でも起きている。イメージ――アルマの恐怖にとらわれた顔のショット――が鏡のように割れ、ついで燃えるときがそれだ。その直後に次のシーンがはじまると（まるで何事もなかったかのように）観客はアルマの苦悩のほとんど拭いがたいアフター゠イメージだけではなく、さらに付加された衝撃の感覚、映画の形式的゠魔術的把握を与えられる。きわめてドラスティックな苦悩を記録したために、その重みに映画が潰れ、ついで魔術的に元通りになったかのように思えるのだ。『ペルソナ』の冒頭と結末、そしてこの真ん中にある恐ろしい中間休止でのベルイマンの意図は、オーディエンスに絶えずかれらが目にしているのは演劇だと思い出させることでかれらを疎外するブレヒトの意図とは、きわめて異なっている──実際、ロマンティックなまでに正反対だ。オーディエンスにとって、自分が見ているのは現実ではなく映画（人工物、作り物）なのだとつねに思い出させることが、かれらにとっていいことかどうかについては、ベルイマンはごくわずかにしか関心をもっていないように見える。むしろ彼は、何が表象しうるのかということの複雑さについて述べているかのようで、何事であれ深く、ひるむことなく知ることはついには破壊的なのだということを断言しているかのようだ。ベルイマン映画の登場人物で、何かを強く知覚する人は、やがては自分が知るものを消費し、使い果たし、他の物にむかっていくことを余儀なくされるのだ。

ベルイマンの感受性の根にあるこの強度の原則は、彼が新しい物語形式を使う特定のやり方を決定する。ゴダールの溌剌とした感じ、『突然炎のごとく』（トリュフォー）の知的無垢、ベルトルッチの『革命前夜』やスコリモフスキーの『出発』の抒情は、彼の射程を超えている。ベルイマン作品の特徴は緩慢さ、慎重な歩みにある──それはフローベールの重さに似ている。ここから、『ペルソナ』がもつ苦しいほど容赦のない質（そしてそれ以前には『沈黙』がもっていた）、ペシミズムといってはごく表面的なものになってしまう質が生まれるわけだ。ベルイマンが人生や人間の状況についてペシミスティックでないというのではなく——まるでそんなのは意見の問題だとでもいうように——彼の感受性の質が、彼がそれに忠実なとき、ただひとつの主題しかもたないということだ。意識が溺れる深み、がそれだ。人格の維持がありのままの仮面を保護することを要求し、ある人をめぐる真実がいつもその仮面をとること、仮面を割ることとを意味するなら、そのとき全体としての人生をめぐる真実は、ファサード全体の破砕となる——その背後には、絶対的な残酷さが横たわっている。

『ペルソナ』に見られる、誇示するような政治的ほのめかしは、ここに置かなくてはならないと私は思う。ヴェトナムとホロコーストについてのベルイマンの言及は、ゴダール映画におけるアルジェリア戦争、ヴェトナム、中国についての言及とは大変に異なる。ゴダールとちがってベルイマンは、時事や歴史をめざす映画作家ではない。サイゴンで焼身自殺する仏教僧侶のニュースをテレビで見ていたり、あるいは殺されるために連れていかれるワルシャワのゲットーの少年の有名な写真などを見ているエリザベットは、ベルイマンにとって何よりも全面的暴力、救いのない残酷さのイメージだ。それらは『ペルソナ』の中で、政治的・道徳的に正しい思考を生むというよりも、想像によって乗り越えたり消化したりすることができないもののイメージとして登場する。機能的にいってこれらのイメージは、それ以前に現われた、釘が打ちこまれる掌や死体置場の匿名の死体のフラッシュバックと変わらない。歴史や政治が『ペルソナ』に入ってくるのは、ただ純粋な暴力というかたちにおいてのみなのだ。ベルイマンは暴力を「美学的」に使う——普通の左翼リベラルのプロパガンダからは遠い。

『ペルソナ』の主題は精神の暴力だ。ふたりの女性が互いを傷つけあうとき、それぞれが少なくともおなじくらい深く自分自身をも傷つけたのだ、といえる。この主題をめぐる最後の平行線として、映画そのものも暴力をうけている——「映画」およびモノとしてのフィルムの混沌から出現し、そこへと戻っていくのだ。

深く人を動揺させ、時として恐ろしいベルイマンの映画は、人格の溶解の恐怖を語る。ある時点でアルマはエリザベットにむかって「私はあなたじゃない！」と叫ぶ。またそれは人格の盗み（わざとか否かは不明確なまま）という補足的な恐怖をも語る。これは神話的に吸血として表現される。私たちが見るのはアルマの首にキスするエリザベットで、あるところではアルマがエリザベットの血を吸う。もちろん、人の実質が吸血によって交換されるからといって、それがホラー物語として扱われなくてはならないわけではない。この素材がヘンリー・ジェイムズの『聖なる泉』では、大変に異なった感情の幅に置かれていることを考えてみよう。ジェイムズの扱い方とベルイマンのそれのもっとも明らかな差異は、どれだけの苦しみが描かれるかの度合いにかかっている。かれらの否定しがたく不愉快なアウラにもかかわらず、ジェイムズ後期のこの小説における登場人物間の吸血的交換は、部分的には意志的、そして何かよくわからないあり方で正当なものとして描かれる。ベルイマンのほうは正義という領分（そこでは登場人物はかれらに「ふさわしい」ものを得る）を厳密に排除する。観客は、なんらかの信頼できる部外者の視点から、エリザベットとアルマの真の道徳的位置についての考えを与えられるわけではない。彼女たちの絡み合いは、私たちが理解を許されているなんらかの先行的状況の結果ではなく、与えられている事実だ。そこにあるムードは絶望で、そこではこれは意志によっておこなわれているのだとするあらゆる意見は表面的すぎる。私たちが与えられているすべては一組の衝動ないしは重力で、それにおいてふたりの女は「強さ」と「弱さ」を交換しつつ倒壊する。

しかしおそらくベルイマンとジェイムズによるこの主題の扱いの大きな差は、言語に関するかれらの対照的な位置に由来するのだろう。ジェイムズの小説では、談話がつづくかぎり、人物のテクスチャーも持続する。言語の連続性は人格喪失の深淵の上に架けられた橋、絶対的絶望における人格の倒壊となる。しかし『ペルソナ』では、まさに言語——その連続性とともに——が問われる。（ベルイマンのほうがモダンなアーティストであり、映画は「言葉」に抗する現代的感受性に宿る大きな疑いの重みがいつでも使うことのできる、言語を疑う人々にとっての自然な家なのだ。言語の純化がスタイン、ベケット、ロブ゠グリエといったモダニスト詩人・散文作家たちの特別な義務となったように、新しい映画の大部分は言語の不毛と裏切りを論証したいと思う人々にとっての乗物となった。）この主題はすでに『沈黙』に現われていた。映画の終盤、想像の要塞都市のからっぽのホテルで死に臨む翻訳家の姉につきそう老いたポーターと意志が通じないまま、彼女が陥ってゆく理解不能な言語がそれだ。だがベルイマンはこの主題について、孤立して苦しむ魂の「コミュニケーションの失敗」、そして廃棄と死の「沈黙」というかなり通俗的な範囲を超えてゆくことはない。『ペルソナ』では、言語の重荷と失敗の主題は、それよりはるかに複雑なかたちで発展させられている。

『ペルソナ』はヴァーチャルな独白というかたちをとる。アルマの他に、台詞のある登場人物はふたりしかいない。精神科医とエリザベットの夫だ。ふたりともごくわずかしか登場しない。映画の大部分にわたって私たちが見るのは浜辺に孤立したふたりの女だけ——そしてそのひとり、アルマだけが話をする。おずおずと、しかし絶えることなく話している。女優のほうは言葉をある種の汚染的活動として拒絶してしまったため、それに代わって看護師が、言葉の無害さと有用性を論証しようとしているのだ。アルマが試みる世界の言語化には、つねにどこか不気味なものがある。それはまず、完全に寛大な身振りとして、患者のためになることだとされている。だがこれはすぐに変わる。女優の沈黙が挑発、誘惑、罠となるのだ。ベルイマンが展開するのはストリンドベリの一幕劇『より強い者』を思わせる状況だ。これはふたりの人物の対決で、その片方が攻撃的なまでに沈黙を守る。そしてこのストリンドベリの戯曲とおなじく、話す人、魂をすっかり語る人のほうが、沈黙を守る相手よりも弱いということがわかる。というのもその沈黙の質は連続的に変化し、どんどん強力になっていくから。口がきけない女は変化をつづける。アルマの仕草のそれぞれ——信頼にみちた愛情、ねたみ、敵意の——は、エリザベットの倦むことを知らない沈黙によってからっぽにされる。

アルマはまた言葉そのものによって裏切られる。言語は欺瞞と残酷さの道具（ニュース報道のぎらぎらした音。アルマが読む、エリザベットが精神科医に宛てた苦痛にみちた手紙）、仮面剝奪の道具（なぜエリザベットが沈黙を選んだかについての精神科医の説明、エリザベットの母親としての役割の秘密をめぐるアルマが描く酷評的肖像）、自己暴露の道具（思いがけず起こってしまった浜辺での乱交をめぐるアルマの告白的物語）、そして芸術・作り物として、提示される。（エリザベットが突然黙りこんでしまったときに舞台で語っていたエレクトラの台詞、また女優を微笑させる、エリザベットの病室でアルマがスイッチをつけると聞こえてくるラジオ・ドラマ。）『ペルソナ』がしめすのは適切な言語、本当に充満した言語の、欠如だ。残されているのはただ空白の言語であり、それは一連のギャップをもっておこなわれる「説明」の物語にふさわしい。『ペルソナ』ではこうした発話の不在が、言葉よりも強力になる。言葉に批判なき信頼を寄せている人は、相対的落ち着きと自信から、ヒステリー的苦悩へと引きずり下ろされる。

ここに、たしかに、交換というモチーフの最強の例が見られる。女優は沈黙によって空虚を作り出す。看護師は、話すことによって、その中に落ちてゆく——彼女自身をからっぽにしながら。言語の不在がもたらす目眩に気分が悪くなったアルマは、ある段階でエリザベットに、彼女が彼女に投げつけるナンセンスな語や表現をくりかえしてくださいと頼む。ところが浜辺にいるあいだじゅう、アルマがあらゆる策略となだめすかしを試み、ついには狂ったようにお願いしても、エリザベットは話すことを拒絶する。(頑固に? 残酷に? いかんともしがたく?)彼女がうっかり声を発するのは、二度しかない。一度は怒ったアルマが沸騰したお湯で彼女を脅すときで、怯えたエリザベットは壁際まで後ずさりし、叫ぶのだ。「いや、傷つけないで!」一瞬、アルマは勝ち誇る。勝利を収めて、彼女は鍋を置く。だがエリザベットはふたたび完全に黙ってしまい、次は映画の後のほう——といっても時間継起ははっきりしない——の剝き出しの病室での短いシークエンスで、アルマがエリザベットのベッドにかがみこみ、女優にむかってある一語をいうように訴えるところになる。無表情に、エリザベットは聞き入れる。その単語は「何にも」だった。

『ペルソナ』におけるベルイマンの言語という主題の扱い方は、またゴダール映画、とりわけ『彼女について私が知っている二、三の事柄』でのそれをも思わせる。(カフェの場面。)もうひとつの例は最近の短篇「未来予測」で、これは私たちの世界から類推された「全面的専門化」システムに支配される未来世界を舞台とする、反ユートピア物語だ。この世界には二種類の娼婦がいて、一方は肉体的愛(「言葉なき行為」)を担当し、もう一方は感情的愛(「行為なき言葉」)を担当している。ベルイマンの物語のコンテクストに比べると、ゴダールが彼の主題のために採用したサイエンス・フィクション・ファンタジーというモードは、彼により高い抽象度と、映画で大変に抽象的に「美学的に」措定された問題(言語と愛、精神と身体の分離)への解決可能性の、両者を許す。「未来予測」の最後で、話す娼婦は性交を学び、宇宙旅行者の壊れた言葉は治される。そして四色に分かれた、漂白された色彩の流れはひとつになり、フル・カラーになるのだ。『ペルソナ』のモードはより複雑で、はるかに抽象度が低い。ハッピー・エンディングはない。映画の終わりでも、仮面と人格、言葉と沈黙、俳優と「魂」は分割されたままだ――いかに寄生的であろうと、吸血鬼的でさえあるかもしれないが、それらは互いに絡み合っていることがしめされる。

（一九六七年）

ゴダール

「倫理と美学のいずれかを選ばなくてはならないのは、たしかにそうかも知れない。だがいずれを選んでも、選ばなかったほうが道の果てで待っているということも、それに劣らず真実だ。なぜなら人間であることの定義そのものが、まさに演出《ミザンセーヌ》にあるにちがいないのだから。」

ゴダールの作品をめぐる議論は、近年、同時代のいかなる映画監督のそれよりも激しくなってきている。ロベール・ブレッソンを除けば、現役の監督として、ゴダールこそもっとも偉大な存在だといって過言ではないのだけれど、知的な人々でさえ彼の作品に苛立ち、不満を覚え、耐えがたいものだとすら考えてしまうことは、今でもよくある。エイゼンシュテイン、グリフィス、ガンス、ドライヤー、ラング、パープスト、ルノワール、ヴィゴ、ウェルズなどの名作や、あるいは最近の例でいえば『情事』や『突然炎のごとく』といった作品のような古典あるいは傑作としての地位を、ゴダールの作品はまだ与えられていない。これはつまり、彼の映画はまだ防腐処理され不滅だとか疑いなく「美しい」(そしてただ美しいだけ)とされたものではないということだ。ゴダールの作品群は、人を怒らせ、「醜悪」で、無責任で、軽薄で、尊大で、からっぽ、といったように見える、若々しい力を保持している。映画作家も観客も、いまなおゴダールの映画と言い争いをしながら、そこから何かを学んでいるところなのだ。

一方でゴダールは、防ぎようのない文化的列聖への動きに対しては、(数か月ごとに新作を発表するなどして)すばやくその先へと逃れてみせる。つまり、古くからの数々の問題を延長し、使い古された解決策を破棄するか複雑化させ、そうやって、新たにファンを獲得するのとおなじだけ、これまでのファンを怒らせもするのだ。彼の長編第十三作『彼女について私が知っている二、三の事柄』(一九六六年)は、たぶんこれまでもっとも重苦しく、難解な作品だ。長編第十四作『中国女』(一九六七年)は、昨夏にパリで公開され九月のヴェネツィア映画祭で第一回審査員特別賞を受賞したのだけれど、ゴダールは今年の一月にはパリで公開された新作『ウイークエンド』の撮影がはじまったばかりであるという理由で(大きな映画祭での初めての受賞であるにもかかわらず)授賞式に現われなかった。

一九五九年に公開されたかの有名な第一作品『勝手にしやがれ』以降、完成作として公開された長編の数はこれまでに十五本。以下、発表年順に並べてみよう。

『小さな兵隊』(一九六〇年)
『女は女である』(一九六一年)
『女と男のいる舗道』(一九六二年)
『カラビニエ』(一九六三年)
『軽蔑』(一九六三年)
『はなればなれに』(一九六四年)

『恋人のいる時間』（一九六四年）
『アルファヴィル』（一九六五年）
『気狂いピエロ』（一九六五年）
『男性・女性』（一九六六年）
『メイド・イン・USA』（一九六六年）

これに、先ほど述べた三本の新作長編が加わる。さらに、一九五四年から五八年のあいだに五本の短編映画が制作されているのだが、とりわけ五八年に発表された『シャルロットとジュール』と『水の話』がおもしろい。「スケッチ」と呼ばれるものも七作品ある。そのうちの第一作「怠惰の罪」は、『新・七つの大罪』（一九六一年）の中の一エピソードだった。一九六七年に撮られた三つのスケッチもそれぞれ他作品に組み込まれている――ひとつ目は『愛すべき女・女たち』の中の「未来展望」として、ふたつ目はクリス・マルケルが編集した合作『ヴェトナムから遠く離れて』の一セクションとして、三つ目は、イタリア制作の未公開映画『ゴスペル70』の一エピソードとして。ゴダールが一九三〇年生まれであることや、その作品がすべて商業映画の枠内で制作されていることを考えるならば、この多作ぶりは驚異的だ。残念ながら、合衆国では未上映の作品も多いし（『気狂いピエロ』と『彼女について私が知っている二、三の事柄』すらまだ）、あるいはアートシアター系の映画館での配給がなく（『小さな兵隊』や『カラビニエ』の場合）、あってもニューヨーク市のみでの短期間のかたちばかりの公開しかされないという状態。もちろん、すべての作品が一様に高水準であるというわけではないが、これだけの欠落があるのは問題だ。ゴダールの作品は――芸術的発展がゴダールのようには個人的でも実験的でもないほとんどの監督たちの作品とはちがって——全作品を一体として見る価値があるし、また根本的にそれを求める。ゴダールの芸術性においてとりわけ現代的と思えるのは、個別の作品の最終的な価値が、ライフワークと呼ぶべき大きな企図の中の位置によって決まるということだ。ある意味で、それぞれの作品は断片にすぎない。それがゴダール作品のスタイル上の連続性のせいで、他の断片たちに光を投げかけることになる。

　まさに、ブレッソンを除けば、いかなる監督も、疑いなく妥協なくその作家のものとわかる映画だけを作りつづけるというゴダールの記録に肩を並べることは、まずできない。（これについてはゴダールを、彼のもっとも才能ある二人の同時代の監督と比べてみるといい。あのすばらしい『ミュリエル』を撮った後のレネは『戦争は終わった』のような作品に甘んじてしまうし、トリュフォーが『突然炎のごとく』につづいて撮ったのは『柔らかい肌』だった。二人ともまだ長編第四作でしかない。）ゴダールが彼の世代において議論の余地なくもっとも影響力のある監督であることは、彼が自分自身の感受性を薄めることができず、その一方ではっきりと予測不可能でありつづけられると証明してきたことに、多くを負っているにちがいない。ブレッソンの新作を観に行くとき、人は今度もきっと傑作を見せてくれるとかなりの確信をもっている。これに対してゴダールの最新作を観に行くとき、人はそれが完成されながらも混沌とした「進行中の作品《ワーク・イン・プログレス》」的なものであり、単純な賞賛など受け付けないということを覚悟しなくてはならない。ブレッソンとは異なり、ゴダールを文化的英雄としているのは（と同時にブレッソンとおなじく現代の代表的アーティストのひとりとしているのは）まさに彼の驚くべきエネルギーであり、リスクを恐れぬ態度であり、企業化され徹底して商業主義的な芸術を自在にあやつる、彼の風変わりな個人主義なのだ。

しかしゴダールは、単に知的な聖像破壊者だというわけではない。彼は意図的な映画の「破壊者」なのだ——映画史上初というわけではないが、誰よりも執拗で、多作で、時宜を得た破壊者。控えめなカット、視点の一貫性、わかりやすいストーリー・ラインなどの、すでに確立された映画作りのルールに対するゴダールのアプローチに比べられるのは、一九一〇年ごろのシェーンベルクが、そのころの音楽を支配していた声調言語を拒絶し無調期に入ったこととか、あるいはキュビストたちによる、リアリスティックな形象と三次元の絵画空間という絵画の神聖なる規則に対する挑戦などだ。

私たちの時代の偉大な文化英雄たちは、ふたつの性質を共有してきた。かれらはみんな、ある種の模範的な禁欲主義者であり、同時に偉大なる破壊者なのだ。だが、こうした共通するプロファイルが認めているのは、「カルチャー」に対する、互いに異なりながらも、そのどちらも説得力のある態度だろう。デュシャン、ヴィトゲンシュタイン、ケイジのような人々の芸術と思想には、ハイ・カルチャーや過去に対する侮蔑があらわだし、少なくともかれらはアイロニーたっぷりの無知や無理解を装いつづけている。一方で、ジョイス、ピカソ、ストラヴィンスキー、そしてゴダールといった人々は、文化に対する飽くなき食欲を誇示してみせる。（ただしかれらが欲しがるのは往々にして、博物館の大切な所蔵品ではなく、文化の残骸なのだが。）自分たちの芸術に無関係なものなどないと宣言しつつ、かれらは文化の死肉を熱心に漁りつつ進む。

文化に対するこれほどまでの欲望から、主観性の総覧とでも呼べるくらいの作品群が生まれる。それは何気なく百科全書的、アンソロジー制作でもあり、形式的・主題的には折衷主義、いろんなスタイルと形式を急激に転覆させてゆくといった特徴をもっている。こうして、ハイブリッド化への大胆な努力が、ゴダール作品のもっとも衝撃的な特徴のひとつとなる。色調も主題も語りの方法も、こだわりなく混ぜ合わせてしまうのがゴダール流なのであり、これはブレヒトとロブ＝グリエとジーン・ケリーとフランシス・ポンジュとガートルード・スタインとデイヴィッド・リースマンとオーウェルとロバート・ラウシェンバーグとブーレーズとレイモンド・チャンドラーとヘーゲルとロックンロールの結合のようなものになる。文学・演劇・絵画・テレビの手法が、彼の作品では自在にまじりあい、一方では映画史に対する、ウィットの効いた遠慮のない言及がある。作品を構成する要素はしばしば互いに矛盾して見えてしまう。たとえばリチャード・ラウドが「断片化／コラージュ的語りの手法★」であると、実験的な絵画や詩の用語によって説明した要素が、（ゴダールの近作において）むきだしの、にらみつけるような、ネオ・レアリスト的なテレビの美学と融合するときがそうだ。（『恋人のいる時間』『男性・女性』『彼女について私が知っている二、三の事柄』での正面からのクロース＝アップ、ミディアム・ショットで撮影されたインタヴューを参照。）あるいはゴダールが高度に様式化された視覚的コンポジションを使いながら（たとえば『女は女である』『軽蔑』『気狂いピエロ』『中国女』『ウイークエンド』に回帰的に現われる青と赤）、同時に即興風に見えるように強調したい、真実を抽出するカメラの目の前で人格の「自然な」あらわれを容赦なく追求したい、と彼は考えているように見える。だが、これらの融合がおおむね不協和音を奏でてしまうとはいえ、結果的にゴダールは、調和のとれた、造型的にも倫理的にも魅力のある、そして気持ちを高揚させる世界を作り出す。

ゴダール映画はみずから意識して思索的——より正確にいえば、自己省察的——だが、それこそが作品のエネルギーを説明する鍵となる。映画のさまざまな可能性について、恐ろしいほど考え抜かれた彼の映画は、先に述べたとおり、ゴダールが、映画そのものの最初の意図的破壊者として映画史に登場したのだということを証言する。いい換えるなら、ゴダールはたぶん、メジャーな監督として、あからさまな批評的意図をもって商業的な映画産業に参入した、初めての存在なのだ。「ぼくは今でも「カイエ・デュ・シネマ」時代とおなじ程度には批評家のままなんだ」と彼はいっている。（一九五六年から五九年にかけて、ゴダールはしばしばこの雑誌に原稿を載せており、今でもときおり寄稿している。）「あの頃との唯一の違いは、批評を書く代わりに、今ではそれを映画にしているのさ。」別のところでゴダールは、『小さな兵隊』のことを「自己批評」であると書いているのだが、これも彼のすべての作品について当てはまる。

だがゴダールの映画がこれほどまでに一人称で語ること、手段としての映画をめぐる洗練されしばしばユーモラスな考察を含んでいることは、個人的な気まぐれではなく、より自意識的・自己言及的になってきたアートの世界全体の趨勢から生み出されたものだ。現代文化の規範とされるすべての作品がそうであるように、ゴダールの映画はそれ自身以外の何物でもなく、同時に、みずからが体現するアート形式の意味や射程を観客に再考させる事件となっている。ゴダール映画は芸術作品であるのみならず、観客の感受性全体を組織しなおそうとする、メタ芸術的な活動なのだ。こうした傾向を憂うのではなく、むしろその先にこそ、アートとしての映画のもっともゆたかな未来が待っていると、私は信じている。しかし、より自己観察的・批評的になりながら、二十世紀の終わりに向けて映画が真剣なアートとして存続するとして、そのあり方は多様でありうる。ベルイマンの偉大な作品『仮面／ペルソナ』は、厳粛で、陶然とするほど意識的な自己消尽の構造をもっているけれど、ゴダールの

★引用元は、ラウドのすばらしい著書『ゴダール』（ダブルディ社）。この本は、英語による初めての本格的ゴダール研究書。

方法はそれとは大きく異なる。ゴダールのやり方は、もっと軽快で、遊びにみち、しばしばウィットに富み、ときとして生意気だったり、単にばかばかしかったりする。才能ある論争家（ベルイマンは違う）がすべてそうであるように、ゴダールは自分を単純化する勇気をもっているのだ。彼の多くの作品に見られるこの単純さは、観客に対する攻撃であるのに劣らず一種の寛大さでもある。そしてまた部分的には、つきることのない快活な感受性の横溢でもある。

映画という媒体にゴダールがもちこんだ態度は、しばしば悪い意味で「文学的」と呼ばれる。サティの楽曲は文学的であるとか、マグリットの絵画は文学的であるとか、こういった批判が意味するのは、かれらがアイデアやコンセプトにのめり込みすぎ、作品の官能性や感情的な力を犠牲にしてしまうといったことだ――平たくいえば、異質な要素を導入することで、あるアートの形式の本質的統一性を台無しにしてしまうという習癖（悪趣味だとされているわけだが）が批判されているのだ。それでもいかなる監督もやったことのないほど、抽象的な考えを表象し具現化するという仕事に、ゴダールが大胆に取り組んでいることはまぎれもない事実だ。いくつかの作品では、知識人たちをそのまま登場させもしている。映画の登場人物が実在する哲学者に出会ったり（『女と男のいる舗道』のヒロインはカフェで、ブリス・パランを相手に言語と誠実さについて質問をしているし、『中国女』では、毛沢東主義者の少女が電車で、フランシス・ジャンソンを相手にテロリズムの倫理をめぐって口論する）、批評家や映画作家が思索的な独り言を口にしたり（『恋人のいる時間』では、熱心であるとともに評判を落としそうなロジェ・レーナルトが知性について語っている）、映画史に残るような大ヴェテランが、色褪せつつある自分のイメージを再発明する機会をもったりもする。（『軽蔑』では、フリッツ・ラング本人が古典ギリシア劇でいうコロスの役回りで登場し、ドイツ詩やホメロスや映画作りや倫理的な誠実さについて思索をめぐらす。）それ自体としても、ゴダールの登場人物の多くは、警句のようなものをつぶやいたり、友人たちを、右翼と左翼の違いだとか、映画の本質だとか、言語の神秘だとか、消費社会の満足の底にある精神的空虚といった話題に向き合わせる。さらに、ゴダールの映画は、観念がつめこまれているばかりでなく、登場人物の多くがこれでもかというほどに博識なのだ。過剰なまでに書籍を参照し、著者名に言及し、文学作品からの引用や長めの抜粋を映画全体に散りばめることによって、ゴダールは、文学そのものとの終わることない闘争《アゴン》にとりくんでいるといった印象を与える——文学とさまざまな文学的存在を映画に組み入れることによって、彼はそれを部分的に和解させようとしている。そして、そうしたことを映画的対象物として使う彼独自のやり方はさておいても、ゴダールにとっての文学とは、映画のモデルであると同時に、映画を蘇生させるもの、映画の代替手段になるようなものなのだ。インタヴューや彼自身の批評的文章にもあるように、映画と文学の関係は、再帰的な主題だ。ゴダールが強調する差異のひとつに、文学は「その始まりから芸術として存在した」のに対して、映画はそうではない、というものがある。しかし彼はまた、これらふたつのアートの強い類似性にも気づいている。すなわち、「私たち小説家や映画監督は、世界を、現実を、分析しつづけねばならないと運命づけられている。画家や音楽家はそうではない。」

ここまで見てきたように、ゴダールは映画を知的な体操のように扱うことで、「文学的」な知性と「視覚的」（あるいは映画的）な知性のあいだにある、きれいな区分を無効化してしまう。ゴダールは簡潔に、「イメージとサウンド」をもつ何かを「分析」したものが映画だと定義しているが、だとするなら文学を映画的分析の対象としても、まったく不適切ではないだろう。文学的な素材は、少なくともこれほどに多いときには、映画にとって異質だと見えるだろうけれど、ゴダールはまちがいなく、書物であれ何であれ文化的意識を伝播させるものもまた世界の一部であり、それなら映画にとって無縁ではないと論じることだろう。たしかに、人々が本を読み、何事かを考え、真剣に映画館に足を運ぶといった事実と、人々が泣いたり走ったりセックスしたりするといった事実を、おなじひとつの平面に置くことで、ゴダールは、映画のリリシズムとペーソスの新たな鉱脈を明らかにした。それはブッキッシュであることとか、文化に対する誠実な情熱とか、初々しい知性だとか、みずからの思想に窒息している誰かのみじめさなどにある。（粗野で文字すら読めない者たちの詩情という、ありがちな主題に対するゴダールの独創的作品例としては、兵士たちが戦利品たる絵はがきを荷ほどきする、『カラビニエ』における十二分のシークエンスを挙げておこう。）つまり彼は、映画に取り込むことが本質的に不可能な素材などないといいたいのだ。だがそれでもやはり、文学もまた映画の素材となるためには、それなりの変換が必要となる。与えられうるのは、文学作品からの抜粋、文学の断片しかない。文学をシネマに吸収するためには、それを不安定な区分へと解体あるいは破壊しなければならないのだ。そのときゴダールはいかなる本（フィクションでもノンフィクションでも）からも知的な「内容」を部分的に流用し、文化の公共場からは（上品であれ卑俗であれ）対照的な響きをもつ声を借用し、自身の物語の主題と関係する現代的な不安に対しては瞬間的に診断を下す。その診断は、心理学的射程や、あるいは物語によって確定された登場人物の精神的能力と、どれほど齟齬をきたしたとしても関係ない。

ゴダールの映画がなんらかの意味で「文学的」であるといっても、彼の文学との同盟ぶりが、先行する実験的な映像作家たちがかれらの時代の実験的文学とむすんでいた関係とは、まったく異なる関心に基づいていることは明らかだろう。ゴダールが文学を羨んでいるとするならば、それは二十世紀文学の形式的革新のためというよりも、散文形式が観念の明示的表現という重荷をよく引き受けてくれるからだ。映画の形式的革新につながる考え方を、ゴダールはフォークナーやベケットやマヤコフスキーを読むことによって手に入れたのかもしれないが、それが何であれ、はっきりした（彼自身の？）文学的趣味を映画に導入することによって、彼はより公的な声を獲得し、より一般的な言明を考えているのだ。前衛映画の伝統の主流は「詩的」シネマにあったのだが（たとえば一九二〇年代から三〇年代にかけて制作されたシュルレアリスムの映画がそうで、物語的な話法や順序を追った語りからの近現代詩の解放に触発されたものであり、それは観念とイメージの直接的表現、感覚的・多価的な連想へとむかった）、ゴダールが作り上げてきたのは、おおむね反＝詩的と呼ぶべき映画であり、その文学的モデルのひとつは散文のエッセーだ。ゴダールはこうもいっている、「自分のことは、エッセイストだと思っている。小説のかたちでエッセーを書き、エッセーのかたちで小説を書いているんだ」と。

注目すべきは、ゴダールがここで、小説と映画を交換可能なものとしている点だろう。適切だともいえる、なぜなら映画にとって小説の伝統はもっとも大きな重圧だったのであり、小説の最近の変化が、ゴダールを刺激したからだ★。「小説のアイデアが閃いたんだ」と、『気狂いピエロ』の主人公はある時点で、自嘲気味に、ミシェル・シモンを真似たふるえる声でそうつぶやく。「ある人間の人生を書くんじゃない、人生だけを、生そのものを書くんだ。人間たちと、空間と……音と色と、そういったもののあいだにあるものを……それを捉えることはきっとできるはずなんだ。ジョイスはやろうとした、でも、もっと、もっとうまく……できるはず。」たしかに、ゴダールはここで、映像作家としての自分のことを話している。たとえどんな重要な文学作品であっても、批評的に望ましくない状況に置かれたりするとその真価を発揮できない以上、文学にできないことが映画にできることもあると、ゴダールは自信をもっているようだ。ゴダールの作品は古い映画的慣習を意識的に破壊すると、私は述べた。しかしこの破壊という仕事は、若いものとして経験される芸術形式において誰かが跳躍することでなされるのであり、それが起きるのはある芸術形式の最後ではなく、まさにその最高の展開が始まろうとするときなのだ。建設的な努力によって古いルールが破壊されていくさまをゴダールは見ている――比べられているのは、誰の目にも明らかな今日の文学の運命だ。「文学の批評家はしばしば、『ユリシーズ』や『エンドゲーム』があるジャンルを消尽しているといって賞賛し、そうすることでかれらはそのジャンルのドアを閉めてしまう。だが映画の世界では、私たちはいつだって、ドアを開けてくれる作品を褒め称える。」

文学的なモデルとの関係は、映画史の大部分を照らし出している。大衆娯楽であると同時に芸術形式でもあるという二重の地位によって守られ、後押しされてきた映画は、十九世紀の小説と演劇の価値の最後の砦でありつづけている――『ユリシーズ』『幕間』『名づけえぬもの』『裸のランチ』『青白い炎』といったポスト小説とか、ベケットやピンターやハプニング演劇のような苛烈なまでに反演劇的な演劇とか、そういったものを積極的に楽しむことができるような人々にとってさえも、それはそうなのだ。したがって、ゴダールにむかって浴びせられるありがちな批評は、彼のプロットが劇的ではないとか、恣意的だとか、さらには、単に支離滅裂だとかいったものになる。あるいはまた、彼の映画が概して感情的には冷たく、意味のない動きの表層的な気ぜわしさの他には動きがないとか、劇的でない観念によって頭でっかちになっているとか、不必要に曖昧だともいわれる。だが、彼を誹謗する者たちは、かれらがやらないといって非難しているようなことをゴダールはそもそもしたくないのだということを、理解していない。だから、観客は最初、『勝手にしやがれ』のジャンプ・カットを、ゴダールのアマチュアくささであるとか、あるいは、映画技法における自明のルールをひねくれた感じで嘲っているのだと考えた。実際、ショットの途中で二、三秒、カメラが不意に止まってしまい、そしてまた動き出したかのように見えるあのシーンは、ゴダールがわざと編集室の中で作り出した効果なのであり、完璧になめらかにつながったテイクから数コマを切り取ったものなのだ。(だが、もしも『勝手にしやがれ』を今日の目で観たら、かつてはひどく目立った編集も、手持ちカメラゆえの異様さも、ほとんど目に留まらないはずだ。なぜならそうした技法は、今では多くの人に真似されているから。)出来事の因果関係とか、クライマックスを作ることとか、論理的な大団円を迎えることとか、そうした十九世紀小説の約束事にのっとった映画の正統的な話法を、ゴダールが無視するのも、もちろん意図的だ。数年前のカンヌ映画祭でゴダールは、フランスの才能あふれる特異なヴェテラン映像作家のひとり、ジョルジュ・フランジュとの討論に臨んだ。伝え聞くところによると、頭に血をのぼらせたフランジュは「けれどもね、ムッシュー・ゴダール、あなただって少なくともご自身

★歴史的にいえば、映画が現代文学に与えた影響のほうが、その逆の場合よりも大きいだろう。だが、影響の問題は複雑だ。たとえば、チェコの映画監督ヴェラ・ヒティロヴァは、彼女のすばらしいデビュー長編『サムシング・ディファレント』で採用したふたつ折り絵画のようなスタイルを、『野生の棕櫚』での交互の語りを参考にしたといっているけれど、そこには逆に、フォークナーの成熟した語りの構造に映画の技法が強烈な影響を与えていると論じることもできそうだ。そしてゴダールもある時期、おなじフォークナーの小説に発想を得て、一九六六年の夏に撮影した『メイド・イン・USA』と『彼女について私が知っている二、三の事柄』を、それぞれのリールを交互に映写するスタイルで同時上映したがっていた。

の映画には、始まりと真ん中と終わりが必要であることはお認めになりますよね」といったらしい。「もちろん」とゴダールは答えた。「けれども、必ずしもその順番でなくてもいいでしょう。」

私にはこうしたゴダールの無頓着さがもっともだと思える。ほんとうに驚くべきなのは、このところしばらくの映画監督が、映画の中で「見せられる」（そして聞かれる）ことはことごとく現在形であるという事実を利用して、語りという本質的に小説的な概念から自分たちを独立させなかったということだ。しかしすでにしめしたように、これまでのところ唯一のよく理解された別の道とは、散文フィクションの形式的構造を完全に捨てさり、「ストーリー」と「キャラクター」をふたつともに無しですませることだった。こうした代替案は、商業的な映画産業とはまったく切り離されたところで実践されたものであり、結果的に、イメージのつながりに基づいた「抽象」映画や「詩的」映画となっていた。これとは対照的にゴダールの手法は、いまだ物語的《ナラテイヴ》と呼べるものでありつつ、ただそれは直写主義《そのまま》や多くの人々が純文学に結びつけるような心理学的説明とは袂を分かっている。映画の伝統の基礎となる散文の慣習に対して、ゴダールの映画はそれと決裂するというよりもそれを修正しているので、公式の映画的アヴァンギャルドが作った率直な「詩的」あるいは「抽象的」な映画と比べたとき、多くの人を困惑させるのだ。

こうして、ゴダール映画に対する批判の大半は、作品内におけるストーリーの不在ではなく、むしろストーリーが存在するがゆえに生じる。ゴダールのプロットに多くの人が不満を覚えるからといって、彼の映画にプロットが無いと説明することはまったく正しくない――プロットレスというのはたとえば、ジガ・ヴェルトフの『カメラを持った男』であるとか、ルイス・ブニュエルのふたつのサイレント映画であるとか（『黄金時代』『アンダルシアの犬』）、あるいはケネス・アンガーの『スコーピオ・ライジング』のように、語りの枠組としてのストーリー・ラインが完全に放棄されてしまうような映画をいう。ふつうの長編映画とおなじように、ゴダールの映画もまた、それとわかる首尾一貫した環境――ゴダールの場合は、たいていは同時代の都市（パリ）だ――に置かれた登場人物たちが作る、互いに関係をもったグループを映し出す。しかしゴダール映画内での一連の出来事は、完全に分節されたストーリーを連想させる一方で、それがひとつに収斂することはない。代わりに観客に提示されるのは、部分的に消去され抹消された語りのラインなのだ。（ジャンプ・カットの構造的等価物。）必要だと思われるだけ十分な説明をするという小説家にとっての伝統的ルールを無視することで、ゴダールは、単純化されたモチーフを提示したり、あるいはしばしばそうしたモチーフを説明抜きのままにただ残してみせる。アクションはしばしば不明瞭で、結果に至らずじまいになる。ときには会話それ自体が完全には聞こえない。（ロッセリーニの『イタリア旅行』や、レネの『ミュリエル』のように、語りのシステムがおなじくらい「非現実的」な映画は他にもあって、そこではストーリーは分解されればばらばらの物みたいな要素になってしまう。だがゴダールは、全作品がこのような方向で撮られている唯一の監督であり、他のどの監督よりも、表面的にはリアリスティックな語りから、「抽象化」のさまざまな道筋をみちびき出してみせる。おなじように重要となるのは、抽象化のさまざまな構造を区別することだ――それはたとえば、ベルイマンの『仮面／ペルソナ』に見られる体系的に「未決定の」プロットと、ゴダールの「間欠的な」プロットの違いだ。）

語りを進めるゴダールのやり方は、明らかに、映画的ではなく文学的なモデルによるものだが（少なくとも、インタヴューや自己解説のかたちでゴダールが過去の前衛的な映画に言及したことはないが、ジョイスやプルーストやフォークナーの仕事をモデルにしているとはよく述べている）、現代のポスト小説的文学作品を映画化するといったことをゴダールはしてこなかったし、この先もそのようなことをするとはとても思えない。むしろ、多くの監督とおなじようにゴダールもまた、演出《ミザンセーヌ》によって支配し変形させることがたやすい、凡庸ないしはいくぶん問題を単純化しながら書いている。「ストーリーを語るのはあまり好きじゃない」とゴダールは、いくぶん問題を単純化しながら書いている。「タペストリーのようなものを使うのが好きなんだ。私自身のアイデアを刺繍できるような地の部分がね。それでもやっぱりストーリーは必要だ。陳腐なものでもいいし、むしろそのほうがいいかもしれない。」かくしてゴダールは、あのすばらしい『軽蔑』の原作であるアルベルト・モラヴィアの同名小説のことを、無情にも「時代遅れな感傷にまみれた、電車の中でしか読めない小説。しかし、傑作映画を作り出すのは、こういう小説なんだよ」といったのだった。『軽蔑』はモラヴィアの物語にかなり忠実なものだが、ゴダールの映画はふつう、原作の痕跡をほとんど明らかにしない。（正反対の極にあって、より典型的なゴダール映画だといえるものに『男性・女性』があるが、それはモーパッサンの「ポールの恋人」や「合図」といった作品からゴダールがもともとの発想を得たもので、小説の筋に対応するらしい箇所は映画には見当たらない。）

原作《テクスト》なのか口実《プレテクスト》なのかはともかく、ゴダールが出発点に選んできた小説のほとんどは、アクション作品としてプロットのしっかりとした作品だ。彼は特にアメリカのキッチュを好む。リチャード・スタークの『悪党パーカー／死者の遺産』を原作とする『メイド・イン・USA』や、ライオネル・ホワイトの『オブセッション』を原作とする『気狂いピエロ』、そして、ドロレス・ヒチェンズ『愚か者たちの黄金』を原作とする『はなればなれに』などだ。ゴダールは、みずからの反ナラティヴ的傾向がよってたつ肥沃で確固たる土壌として、アメリカ大衆小説の語りの約束事に頼る。「アメリカ人はストーリーの語り方をよくわかっている。フランス人はまったくだめ。フローベールやプルーストは、どうやって語ればよいかがわからずに、語りではない何か別のことをやっている。」じつはゴダールもまた「何か別のこと」を追い求めているのだが、彼は、俗な物語から始めることの有用性をはっきりと認識している。こうした戦略へのさりげない言及が、『勝手にしやがれ』の印象的な献辞「モノグラム・ピクチャーズへ」だ。(オリジナル版の『勝手にしやがれ』にはクレジット・タイトルのようなものはなく、映画の最初のイメージの前には、一九四〇年代から五〇年代はじめにかけて低予算かつ手早い仕事でアクション映画を売っていたこのハリウッドでもっとも多産な業者への、このそっけない敬意が映し出されるだけだ。) ゴダールはそこで、生意気さも軽薄さも出していない――あったとしても、ほんのわずか。メロドラマは、ゴダールのプロットに不可欠な素材のひとつだ。『アルファヴィル』の漫画的な探求とか、『勝手にしやがれ』や『はなればなれに』や『メイド・イン・USA』に見られるギャング映画的なロマンチシズムとか、『小さな兵隊』や『気狂いピエロ』に見られるスパイもののスリラー作品風な雰囲気を考えてみるといい。メロドラマは――それは誇張や、正面性や、「アクション」のわかりにくさによって特徴づけられる――まじめな映画の語りにおける伝統的リアリズムの手法を強めると同時に、それを乗り越えもするようなフレームワークを提示する。それも(シュルレアリスト映画のように)難解に思えることを非難されるようなかたちではなく。なじみのある、使い古された俗悪な素材――アクションと性的魅惑の大衆神話――を採用することにより、ゴダールは商業劇場での観客動員の見込みを失うことなく、かなりの「抽象」する自由を得る。

そのような身近な素材がこうした抽象化の扱いによく合う――そのための萌芽を含んですらいる

――ということは、初期の大監督のひとりであるルイ・フイヤードによりたっぷりと実作がしめされている。犯罪シリーズという評判のよくない形式（『ファントマ』『レ・ヴァンピール　吸血ギャング団』『ジュデックス』『ティ・ミン』）でもっぱら仕事をした人だ。彼が引用する文学未満の作品モデルとおなじく、こうしたシリーズは（その最良のものは一九一三年から一六年にかけて制作されている）、真実性の基準など意に介さない。グリフィスやデミルの作品にもすでに現われはじめていた心理学への関心を持たずに、ストーリーには相当数の交換可能な登場人物が描かれ、あまりにいろいろなことが起こるのでざっとしか追えない。けれどもこれらは、それによって作品を評価するような基準ではない。フイヤードのシリーズ作品で重要なのは、リアルなこととあまりに非現実なこととがさりげなく併置されることによって生み出される、形式的・感情的な価値観なのだ。映画のリアリズムはその見た目に宿る。（フイヤードは、ヨーロッパで最初に広範なロケ撮影をおこなった監督のひとりだ。）その嘘くささは、この物理的空間に記入されたアクションの突拍子のなさ、不自然に速いリズム、形式的対称性、アクションのくどいほどの反復に由来する。初期のラングや初期のヒッチコックの作品同様、フイヤード作品においても、監督はメロドラマ的なナラティヴを極端に不条理なものにしてしまい、アクションは幻覚的性質を帯びる。もちろん、現実的な素材をこのようにファンタジーの論理に抽象化していくには、省略をふんだんにおこなわねばならない。時間のパターンや空間のパターンやアクションの抽象的なリズムが優位に立とうとするならば、アクションそれ自体が「不明瞭」となってしまうにちがいない。ある意味で、こうした映画ははっきりとストーリーをもっている――それはきわめて直接的で、アクション満載のものだ。しかし他方では、事件に連続性や一貫性があり、最終的には理解可能な場合は、ストーリーはまったく重要ではなくなってしまう。プリントがひとつしか残っていないフイヤードの映画のいくつかでは、わずかなインタータイトル（サイレント映画中の文字画面）が失われているのだが、それ自体は大した問題とは思えない。というのも、それはちょうど、ハワード・ホークスの『三つ数えろ』やロバート・アルドリッチの『キッスで殺せ！』のプロットの恐るべきわからなさが問題にならないのとおなじで、むしろそのほうが人を満足させる。こうした映画の物語は、まさに理解不可能であるせいで、感情的・美学的な重みを獲得するのだ。これも、ある種の詩人（マラルメ、ルーセル、スティーブンズ、エンプソン）の「不明瞭さ」が作品の欠陥とならずに、むしろ関連する情動を積み上げてまぜあわせ、「感覚＝意味」の異なった水準やまとまりを作り上げるための、重要な技術的手段となるのとおなじだ。ゴダールのプロットの曖昧さ（『メイド・イン・USA』はその最たるもの）もまたおなじような働きをしており、素材の抽象化というプログラムの一部をなしている。

けれども同時に、このような素材をもちながら、ゴダールの映画には、単純化された文学的・映画的モデルの快活さが保持されるのだ。セリ・ノワールの小説やハリウッドのスリラー映画のような慣習的なナラティヴを採用し、それを抽象的な要素に変換してしまうときでさえ、ゴダールはそれらの思いがけなく感覚的なエネルギーに反応し、そのエネルギーをみずからの作品に取り入れてもきた。その結果、彼の映画のほとんどはスピード感のあふれるものとなり、ときとして性急とすら思えるものとなっている。これに比して、フイヤードはもっと根気強い気質をもっている。いくつかの本質的に限定された主題（たとえば、純真さや残忍さや身体的優美さなど）について、フイヤードの映画はつきることのない形式的ヴァリエーションを提示する。オープン・エンディッドなシリーズ物という彼の選択は、だから、まったく理にかなっている。エピソードが二十あり、上映時間が七時間近い

『レ・ヴァンピール　吸血ギャング団』が終わったあとで、驚くべきミュージドーラや彼女のとりまきである覆面をした無法者たちの偉業に終わりなどいらないことは明らかであるし、それは、『ジュデックス』において大犯罪者と大刑事のあいだの絶妙な対決が終わる必要がないのとおなじだ。フィヤードが確立した出来事のリズムは、曖昧に長引かされたくりかえしと装飾に左右され、それはあたかも長年のうちにひそかに育まれた性的ファンタジーのようだ。ゴダールの映画は、これとはまったく異なったリズムで動いている。その作品群はファンタジーの統一性をもたないし、強迫観念的な重力も、倦むことを知らない機械的な反復もない。

ゴダールはたしかに、幻覚的で不条理で抽象的なアクション話を制作の源泉としているけれど、フィヤードとは異なり、その源流が彼の映画の形式に影響を与えることはない。メロドラマは今でもゴダール的感受性のひとつの項だが、それと対をなすものとして事実という資源もまた、徐々に表面化してきている。メロドラマの衝動的・分裂的な声調は、社会学的解説のもつ重々しさや抑制された憤りとコントラストをなしているし（たとえばゴダールの事実上のデビュー作である、一九五五年の短編「コケティッシュな女」で扱われた売春のテーマが、『女と男のいる舗道』や『恋人のいる時間』や『彼女について私が知っている二、三の事柄』や「未来展望」でもくりかえし登場していることに注目）、直球のドキュメンタリーや擬似社会学（『男性・女性』『彼女について私が知っている二、三の事柄』『中国女』）のさらに冷静なトーンとも対照的だ。

『はなればなれに』の結末や（主人公とヒロインの、ラテンアメリカにおけるさらなる冒険が予告されるにもかかわらず、それは作られなかった）、『アルファヴィル』の概括的なコンセプトに見られるように（フランスのシリーズ物の主人公、レミー・コーションの最新冒険譚と銘打たれている）、ゴダールはシリーズ物というアイデアを漠然と抱いてきたけれど、彼の映画がはっきりと単一のジャンルに合致することはない。ゴダールの映画はオープン・エンディッドではあっても、フイヤードのようにある特定のジャンルを徹底的に追求するのではなく、むしろ、複数のジャンルを次々とむさぼってゆくのだ。ゴダール映画の登場人物たちは休むことなく活動するが、その反主題となるのが、「アクション」の限界あるいはステレオタイプ化に対するあからさまな不満だ。それで『気狂いピエロ』では、マリアンヌが退屈しうんざりするとき、プロットめいたものが動きはじめる。あるとき、彼女は直接カメラに向かってこういうのだ——「ジュール・ヴェルヌみたいな小説なんてやめて、銃とかが出てくる探偵小説《ロマン・ポリシエ》に戻りましょうよ。」『女は女である』での感情的なステートメントは、マイケル・キッドの振付による一九四〇年代のミュージカルに登場するジーン・ケリーやシド・チャリシーになりたいといった、ベルモンド演じるアルフレードやアンナ・カリーナ演じるアンジェラの願いに集約されている。『メイド・イン・USA』の初めでは、ポーラ・ネルソンがこんなことをいっている——「血とミステリーがすでに登場したでしょ。ハンフリー・ボガート主演のディズニー映画の中にいるみたい。だからこれは、政治的な映画にちがいない。」しかし、この言葉によってわかるのは、『メイド・イン・USA』がどの程度まで政治的でありどの程度まで政治的でないかということだ。ゴダールの登場人物は、ときおり「アクション」の外に目を向け、かれら自身を映画俳優として位置づけるが、それはただ部分的にのみ、映画の作り手ゴダールの、ノスタルジックな一人称的ウィットであるにすぎない。主としてそれは、いかなる単一のジャンルやアクションの捉え方にもかかわることを、皮肉をこめて拒否しているのだ。

もしもフイヤードの映画における組織原理が、シリーズの反復や強迫観念的な徹底化にあるのだとしたら、ゴダールのそれは、予測できない長さと明示度をもつ、互いに矛盾する要素の並列にある。フィヤードの仕事は暗黙のうちに、ファンタジーを満足させファンタジーを長引かせることがアートであると考えているのだが、ゴダールの作品は、アートにそれとは大変に異なった機能を与えている。つまり、感覚的・概念的脱臼だ。ゴダールの映画は、そのひとつひとつがみずからを蝕む全体性、(サルトルがいうところの)非全体化された全体性なのだ。

語りは出来事の一貫性(つまり「プロット」)や、作品の基調(喜劇的であるとか、シリアスであるとか、夢見るようであるとか、非情であるとか、なんでも)によって統一されるのだが、ゴダール作品の中の出来事は支離滅裂であり、語られることの調子も水準も唐突に切り替えられるので、そのナラティヴは決まって破綻し、ばらばらにされてしまう。観客の目に映る出来事は、あるものはストーリーへと収斂していき、あるものは独立したタブローが連続しているように見える。

先へ先へと流れていく語りを、ゴダールがタブローへと分節していくとき、彼は素材の一部を露骨に芝居じみたものにしてみせる。そうすることで、演劇的手法と映画的手法は本質的に両立しないという強い偏見を、いま一度なくそうとしているのだ。ハリウッド・ミュージカルの慣習に、歌や舞台上のパフォーマンスによってストーリーが中断されるというものがあるけれど、ゴダールはこれを先例とする。『女は女である』の全体的着想とか、『はなればなれに』に登場するカフェで踊る三人とか、『気狂いピエロ』の歌のシークエンスや屋外で演じられる反ヴェトナム戦争のための寸劇とか、『ウィークエンド』の中の歌う電話などはそこから来ている。それ以外にゴダールが手本としているのは、いうまでもなくブレヒトが主張する非リアリズム的教育劇だ。ゴダールによるブレヒト的実践の一面は、極小の政治的エンターテインメントを構成する、彼特有のスタイルにも見ることができる。『中国女』では、家庭での政治芝居が、ヴェトナムにおけるアメリカの侵略行為を実演してみせているし、あるいは、『彼女について私が知っている二、三の事柄』の冒頭部では、二人のアマチュア無線家がファイファーの劇のダイアローグを口にしてみせる。しかし、いっそう深いブレヒトの影響は、ありきたりなプロットの展開に対抗し、観客の感情的かかわりを複雑化しようとするときにゴダールが採用する、形式的技巧に見られる。たとえば、登場人物がカメラに直接語りかけることで、『彼女について私が知っている二、三の事柄』や『メイド・イン・USA』や『中国女』をはじめとして、多くの作品で採用されている。(『彼女について私が知っている二、三の事柄』の冒頭、マリナ・ヴラディは、「人は真実を引用しているかのようにしゃべるべきだ」と、ブレヒトを引用しながら話す。「役者は引用しなければならない。」)ブレヒトに学んだテクニックで他によく用いられるのは、映画のナラティヴを解体し、短いシークエンスの連なりにしてしまうというものだ。『女と男のいる舗道』ではさらに、各シーンの始まりに、これからどんなアクションが起きるかを説明したシノプシスが映し出される。『カラビニエ』のアクションは、長いタイトルによって導入される野蛮な短いセクションに分断されるのだが、そのタイトルのほとんどは、ユリッスとミケランジュが実家に送った葉書を映したものだ。その文字は手書きで、そのぶん読みにくいが、観客に対しては、それが読まれたがっているという事実をはっきりわからせる。もうひとつのより単純な技巧としては、アクションを番号のふられたいくつかのシークエンスへと、かなり恣意的に分割するというものがあり、『男性・女性』のクレジットには、同作が「十五の簡潔なアクション」によって構成されていると記されていた。技巧の中でもっともささやかなものは、皮肉な感じで、あたかも数えることに意味があるような言い方をすることだ。たとえば『恋人のいる時間』では、シャルロットの幼い息子が、不特定の何かを十の手順を踏んでやるのだと説明する簡単なモノローグがある。『気狂いピエロ』では、フェルディナンの声がシーンの冒頭でこんなことを告げる。「第八章。われわれはフランスを横断する。」もうひとつの例としては、『彼女について私が知っている二、三の事柄』というタイトルそのものがある――知られていることがもちろん二、三にとどまらない彼女はパリという都会をさしている。観客を方向喪失させるこれらの比喩を助けるために、ゴダールはさらに、映画的ナラティヴの断片化に寄与するようなさまざまな感覚的テクニックを実践する。事実、ゴダールの視覚的・聴覚的な文体論でなじみ深い要素は、そのほとんどがそうだ――急激なカット、不釣り合いなショットの使用、フラッシュ・ショット、晴れの日のテイクと灰色のテイクの交代、できあいのイメージの対位法（標識、絵画、ビルボード、絵葉書、ポスターなど）、不連続な音楽が、そのように機能する。

いわゆる「演劇」の一般的戦略を別にするなら、ゴダールが分裂原理をもっとも衝撃的なかたちで適用するのは、アイデアの扱いにおいてだ。なるほど、書物の場合とは違って、ゴダール映画においては、アイデアがシステマティックに展開されていくことはない。それは期待されていない。ブレヒト演劇の場合とは対照的に、ゴダール作品における着想《アイデア》とは、第一に形式的要素であり、感覚的・感情的な刺激の単位なのだ。ゴダールの着想は、アクションの「意味」をしめしたり明らかにすることに劣らず、それを解体したり断片化したりするように働く。言葉のブロックとして伝えられるゴダールの着想は、しばしば映画の中のアクションに直結する。『女と男のいる舗道』においてはナナが誠実さと言語について深く思索し、『小さな兵隊』では真実とアクションについてブリュノが意見を述べる。『恋人のいる時間』のシャルロットや、『彼女について私が知っている二、三の事柄』のジュリエットは、自意識をはっきりと口に出し、『アルファヴィル』のレミー・コーションは、博識な文学的言及に驚くべき才能を発揮する。こうしたことは、それぞれの登場人物のリアリスティックな心理がもたらすものではない。（ひょっとすると、ゴダールの知的で思慮深い主人公たちの中で唯一、『気狂いピエロ』のフェルディナンだけが、熟考しているときに「役の内にいる」と思える人物かもしれない。）ゴダール映画の叙述は、着想に対していつでも開かれているが、着想は語りの形式上はその一要素にすぎない。そして語りの形式は、部分のすべてが、全体の構成に対してもつ、意図的に曖昧にされたり、オープンだったり、遊びにみちたりする関係を措定している。

すでに述べたとおり、ゴダールは好んでアクションの中に文学の「テクスト」を挿入してゆくが、それこそ彼の映画に着想が姿を見せる主なやり方のひとつだ。これには多くの実例がある。『カラビニエ』では、いままさに銃殺隊によって処刑されようとしている少女がマヤコフスキーの詩を朗読するし、『女と男のいる舗道』の最後からひとつ手前のエピソードでは、ポーの短篇の一節が大声で読み上げられる。『軽蔑』では、ダンテ、ヘルダーリン、ブレヒトからラングが引用し、『ウイークエンド』では、サン＝ジュストの扮装をした人物がサン＝ジュストの朗唱をおこなう。『気狂いピエロ』では、フェルディナンが自分の娘に向かってエリー・フォールの『美術史』からの一節を大声で読み上げるし、『はなればなれに』では、英語教師によってフランス語訳された『ロミオとジュリエット』の台詞が口述される。『恋人のいる時間』では、シャルロットと彼女の恋人がラシーヌの『ベレニス』の一場面を稽古し、『軽蔑』では、カミーユがフリッツ・ラングからの引用を読み上げる。そして『小さな兵隊』では、民族解放戦線のエージェントによって毛沢東の引用が朗読され、『中国女』では、毛沢東語録からの朗唱が交互になされる。何かを読み上げようとする人物は、ふつうそうすることを事前に告げるか、本を手に取るところが映されてから朗読がはじめられる。けれどもときどき、テクストの出現を告げるこうした明らかな合図がない場合もある──『彼女について私が知っている二、三の事柄』のカフェのシーンでは、二人の客が『ブヴァールとペキュシェ』の抜粋を口にするし、『恋人のいる時間』ではメイド（「セリーヌ夫人」）によって『なしくずしの死』からの長い抜粋が読み上げられる。（引用されるのはたいていは文学テクストだが、映画の場合もある。たとえば、『女と男のいる舗道』では、ナナがドライヤーの『裁かるるジャンヌ』の一部を観ているし、『男性・女性』でポールと二人の少女が観ているのは、スウェーデンでゴダールが撮影したフィルムの一分ほどで、このフィルムはベルイマンの『沈黙』のパロディだといわれている。）これらのテクストは、心理学的に矛盾した要素をひとつのアクションに挿入し、リズミカルな変化を与え（アクションは一時的にゆっくりになる）、かと思えばアクションを中断し、それについての曖昧なコメントを挟み、そして映画の中に表現された視点を変化させたり拡張したりするのだ。これらのテクストを単純に、映画の登場人物の意見であるとか、映画が提唱する、監督にとって大切だと思われる統一的視点のサンプルであるといったように解釈してしまうと、観客はほとんどだまされてしまったも同然だ。あるいは、この反対のパターンもあるだろう。「アイデア」と「テクスト」に助けられて、ゴダール映画の語りは、それらにより提示された視点を使い尽くす。ゴダール作品に表現された政治的なアイデアでさえも──フランスの戦後知識人の一典型的スタイルといっていい、マルクス主義とアナーキズムの混合のようなアイデア──こうした決まりにしたがう。

ゴダールにおけるアイデアは、部分的には分断的要素として機能するが、それと同様に、彼の映画に埋め込まれた文化的雑学は、相手を煙にまいたり、感情的なエネルギーを屈折させる手段であったりする。（たとえば『小さな兵隊』では、ブリュノがヴェロニカに向かって、彼女を初めて見たとき自分はジャン・ジロドゥのヒロインを思い出したといい、その後で彼女の瞳はルノワールの灰色かベラスケスの灰色かと悩むのだが、こうした言及の最大のインパクトは、それが観客には検証不可能だという点にある。）それゆえ『軽蔑』において、小さな諺集の本を持ったアメリカ人プロデューサー役の人物があけすけに語ってみせる主題、文化の雑種化という脅威を、ゴダールは必然的に切り出すことになるのだ。彼自身の映画がいかにハイ・カルチャーに装飾されていようとも、文化の重荷を下ろすという企図を喚起することは、おそらくゴダールにとって避けがたいことなのだろう――『気狂いピエロ』のフェルディナンがパリの生活を捨て、南に下るロマンティックな旅に出るとき、古いコミック本一冊しか持っていかなかったように。『ウイークエンド』では、車を所有する都会のブルジョワがしめすつまらない野蛮さにむかって、ゴダールは、瞑想と略奪とジャズとカニバリズムだけが喜びのような、田園地帯をうろつきまわるヒッピー・スタイルの解放軍としてイメージされた若者たちがとり戻した野蛮さがもつ、浄化をもたらすかもしれない暴力を対置する。文化的な重荷を捨てるというテーマは、『中国女』においてもっともたっぷりと、皮肉をこめて描かれた。あるシークエンスでは、若き文化革命家たちが自分たちの書棚から毛沢東語録以外のすべての本を追放する。別のシークエンスでは、初めにただの黒板が映し出されるのだが、そこにはプラトンからシェイクスピアからサルトルまで、何十人もの西欧文化の有名人たちの名前がびっしりと列挙されている。ついでそれらがひとつずつ思慮深い手つきで消されていき、最後にブレヒトの名前が消される。ひとつ屋根の下に暮らす五人の親中国派の学生たちは、ただ単一の視点、つまり毛主席のそれを手に入れたいと願っているのだが、しかし、そうした希望が現実に対していかに荒唐無稽で不十分なものか（魅力的ではあるけれど）ということを、ゴダールは誰の知性も蔑むことなくしめしてみせるのだ。生まれもってのラディカルな気質のために、ゴダール自身はいまだに、もうひとつの文化革命、すなわちアメリカのそれを、支持しているように見える。そしてこの革命は、いかなる素材についても多様な視点を維持することを、芸術家＝思想家に課す。

　ゴダールが映画内の視点を変えつづけるために採用する仕掛けはすべて、別の角度から見ることもできる――ポジティヴな戦略に付随する、効果的に一人称と三人称のナレーションのあいだのズレに橋渡しをするための、いくつもの語りの声を重ねるものとして。こうして『アルファヴィル』のオープニングでは、一人称の叙述のサンプルが三つ登場する。まず、オフで語られるゴダール自身の序文的ステートメント、つづいて、コンピュータ＝支配者アルファ60による宣言、それからやっとふつうの独白――これはスパイである主人公のものなのだが、彼がむっつりとしたようすで大きな車を走らせ未来都市に入っていくのが見える。シーンのあいだに語りの上の信号としての「タイトル」を使う代わりに（『女と男のいる舗道』『恋人のいる時間』に見られた）、あるいはそれに加えて、最近のゴダールは映画に語りの声を入れるのがお気に入りのようだ。その声は主人公のものかもしれない。たとえば『小さな兵隊』におけるそれはブリュノの黙想だし、『恋人のいる時間』ではシャルロットが自由に連想する文学作品の解釈、『男性・女性』ではポールのコメントとなる。あるいはそれは、『はなればなれに』や『世界詐欺物語』（一九六三年）のなかのスケッチ「立派な詐欺師」に見られるように、監督の声でもある。大変に興味深いのは声がふたつになるときで、『彼女について私が知っている二、三の事柄』では、ゴダールの声（ささやき）とヒロインの声が、アクションについて、全体を通じてコメントする。『はなればなれに』が採用するナラティヴ・インテリジェンス（物語上のスパイ行為）という概念は、フランツやオディールやアルチュールらがその瞬間にほんとうに感じていることを説明しながら、アクションを「括弧でくくり」観客に直接語りかけるというものだ。その間、語り手は、アクションや映画を観るという事実そのものに介入したり、皮肉なコメントを述べることができる。（映画開始から十五分がたったとき、ゴダールはオフで「おくれて来たみなさん、ここまで何があったかといいますと……」と語るのだ。）それによって、映画の中にあるふたつの異なった時間が、並行して流れるものとして確立されていく――しめされるアクションの時間、映されたものについて語り手が考えを巡らせる時間――それはいわば一人称の語りと三人称のアクション提示のあいだに自由な往来を許すのだ。

ナレーションの声は、ゴダールの最初期作品のいくつかにおいてすでに中心的役割を担っているけれど（たとえば『勝手にしやがれ』以前のショートフィルムのうちの最後、「水の話」にある、すばらしく滑稽なモノローグ）、ゴダールはナレーションの仕事を延長させ複雑なものにしつづけて、ついには『彼女について私が知っている二、三の事柄』のはじまりのような洗練にたどりついた。ゴダールはそこで、自分はオフのまま主演女優マリナ・ヴラディの名前を呼んで紹介し、彼女の演じる役柄を説明する。こうした手順はもちろん、ゴダール映画の自己省察的・自己言及的な面を強めることとなるのだが、それはとりもなおさず、最終的な語り手とは端的に映画という事実そのものだからだ。その結果、映画という媒体は、真実のために、観客の前にみずからをさらけ出さなくてはならなくなる。演技途中の俳優にすばやくカメラにむかって（つまり観客にむかって）ふざけた脇台詞をいわせるという、しばしば使う策略から、『女は女である』で失敗したテイク――台詞をまちがえたアンナ・カリーナが、大丈夫かどうかをたずね、その台詞をいい直す――の使用まで、ゴダールの手法は幅広い。『カラビニエ』では、最初にセットの中での咳払いや足を引きずる音や、作曲家か音響係のような誰かが指示する声が聞こえてから、やっと物語がはじまる。『中国女』のゴダールは、またいろいろな仕掛けを用いているが、スクリーン上にときどきカチンコを出したり、カメラの後ろに座る、ゴダールの他の作品とおなじくここでもカメラマンを務めているラウル・クタールを一瞬映しだしたりすることで、これが映画だということを明示している。けれどもただちに想像せずにいられないのは、そうしたシーンが撮影されているあいだ、下っぱのスタッフが別のカチンコを持っているだろうことや、別の誰かがもう一台のカメラの背後からクタールを撮影していることだ。最後のヴェールを突き破って、映画に媒介されていない映画を経験することは、永遠に不可能なのだ。

つまり、視点を固定するという美学的規則を無視した結果、ゴダールは一人称の語りと三人称の語りの区別をなくしてしまったのだと、私は述べた。だがより正確にいうならば、あるいはゴダールは、新たな視点を提案しているのであって、一人称で映画を作ることの可能性をはっきりしめしたのかもしれない。だからといって、ゴダールの映画が主観的だとか私的なものだなどといいたいわけではない。他の多くの監督の作品、特に前衛映画やアングラ映画だってそうだから。ゴダールの達成したことの独創性——すなわち最近の作品における、映画的ナラティヴの構造上の中心をなす監督という物語的存在を際立たせていくやり方——にふれるものについて、私はもっと厳密に語ってみたい。一人称の映画監督は、映画内の実際の人物ではない。つまり、彼はスクリーン上に見られるべきではなく（『ヴェトナムから遠く離れて』のエピソードは別だ。それはカメラに映ったゴダールが話しているところだけを映し出し、『中国女』からの断片が挿入されている）、ときどきその声が聞こえてきて、カメラのすぐオフのところに声の主がいることに、われわれは徐々に気づくことになる。しかし、このオフの人物は、多くの一人称小説に現われる超然とした観察者のような、理知的な作家的存在とは違う。ゴダール映画における究極の一人称とは、彼が考える映画監督その人であり、映画に全責任を負いながらも作品の外にいなくてはならず、映画一本で表現あるいは体現しうること以上の、複雑でめまぐるしく変化する心配事によって心を痛めている。監督としての不安でより広い枠組の意識が、彼が作りあげなければならない目前の映画そのものが提示するはっきりと限定的な議論と衝突するときに、ゴダール映画のもっとも深淵なドラマが生まれる。こうして、彼の映画はいずれも、創造的であると同時に破壊的なものとなるのだ。手本や資料や着想や、いま夢中になっているモラルや芸術性といったものを、監督はほぼ使いつくす——そしてこれこそいま起きていることなのだと観客に知らせるためのさまざまな手段が、映画のかたちを決めるのだ。現時点では『彼女について私が知っている二、三の事柄』がこの弁証法の到達点であるといってよく、この作品はゴダールが作ったもっともラディカルな一人称映画になっている。

一人称映画の利点は、映画作家の自由度を大幅に上げながらも、同時に、より大きな形式的厳密さへの励みになるところにあるのだろう——これは二十世紀のポスト小説の書き手たちが共有する目標とおなじだ。だからこそジッドは、自作に先行するすべての小説を、その輪郭が「くっきりして」おり、たとえ完璧であっても、その内容は「囚われ、生命を失っている」のだと、『贋金つくり』の作者＝主人公エドゥアールに批判させているのだ。「話の紆余曲折をあらかじめ見通さない」ことを選択した彼は、「自由に疾走する」小説を書きたがっていた。しかし、小説を解放するということは、結果として小説を書くことについての小説を書くこととなった。文学の中で「文学」を提示することになってしまった。ブレヒトも、文脈は異なるけれど、演劇の中に「演劇」を発見した。ゴダールは映画の中に「映画」を発見した。彼の映画はだらしないようにも、自然発生的にも、あるいは私的な自己表現のようにも映るかもしれないけれど、ゴダールが主張しているのは、自分の芸術がきびしく疎外されたものだという意識だということは、評価されなくてはならない。つまり、映画を食う映画なのだ。どの映画も、宣揚されると同時に破壊されなければならない、両義的な出来事だということ。この主題をめぐるゴダールのもっとも明示的な声明は、『ヴェトナムから遠く離れて』に挿入された痛々しい自問自答の独白だ。そしてこの主題についての彼のもっともウィットに富んだ声明はおそらく『カラビニエ』のあるシーンで(これはマック・セネットの初期の二リールもの『メーベルの劇的な半生』の結末に似ている)、そこでは戦争からの一時休暇をとったミケランジュがどうやら生まれて初めて映画館に行くのだが、それが初体験だとわかるのは、彼の反応が六十年前に映画が上映されはじめたころの観客の反応そっくりだからだ。彼はスクリーン上の役者の動きに合わせて全身を動かし、列車が現われると座席の下に身を伏せ、そしてついには劇中劇として上映される若い娘の入浴シーンを目にするや、興奮して座席から立ち上がりステージに駆けつける。そして爪先立ちになってバスタブの中を覗こうとし、ついでスクリーンの表面に沿っておそるおそる彼女にふれようとしたあと、彼はついに彼女をつかもうとする——それで、スクリーンの中のスクリーンを破いてしまい、娘と浴室は汚い壁に投影されただけのものだとわかる。「立派な詐欺師」においてゴダールがいうように、映画とは「世界でもっとも美しいペテン」なのだ。

ゴダール特有の仕掛けは、いずれも物語を壊したり物の見方を改めさせるといった根本的な目的のためにあるのだが、だからといって彼は視点をすっかり変化させたがっているわけではない。彼はたしかに、時として強力な造形的着想をかたちにする——たとえば、『恋人のいる時間』でシャルロットを恋人と夫それぞれに組み合わせるときに見られる複雑な視覚的パターンや、「未来展望」でモノクロ写真を三つの「政治的な色」によって見せるという、みごとな形式的メタファーがそうだ。とはいえ、ブレッソンやジャン＝マリー・ストローブであれば、こうした形式的な厳格さはすべての作品においてはっきりとした特質としてわかるし、オーソン・ウェルズやアラン・レネの傑作でも同様なのだけれど、ゴダール作品にはそれは特徴的に欠如している。

『勝手にしやがれ』におけるジャンプ・カットを例にとると、それが作品全体のリズム構成の厳密な一部ではないということは、ゴダール自身によるその根拠の説明によっても確認される。「『勝手にしやがれ』で発見したのは、二人の議論が退屈で冗長になってきたときには台詞のあいだを切ってもいいということだった。一度それを試してみて、とてもうまくいったので、映画全体を通しておなじことをやってみたのさ。」ゴダールはここで、編集室における自分がいかに気まぐれであるかを強調してみせているけれど、撮影現場での彼が直観をとても大切にしているのは、周知の事実だ。なにしろ事前に完璧な台本が用意されていることなどなく、多くの映画は、撮影期間のほとんど毎日が即興のような状態にあるのだから。また、直接音によって撮影された近作では、ゴダールは役者に小さなイヤホンを付けさせ、カメラが回っているあいだ、それを通してかれらに個別に直接話しかけて、台詞を教えたり、役者たちが回答するための質問を投げかけたりしている。（カメラに向かって答える形式のインタヴュー。）またゴダールはふつうプロの役者を使うのだが、偶然その場にいた人を利用する場合も増えている。（例を挙げよう。『彼女について私が知っている二、三の事柄』では、オフのゴダールが、撮影のために一日確保した美容室で働く女の子にインタヴューをしている。『気狂いピエロ』の冒頭のパーティ場面では、ゴダールの尊敬するアメリカ人監督サミュエル・フラーが本人役で登場し、ジャン＝ポール・ベルモンド演じるフェルディナンに話しかけているのだが、これはそのときちょうどパリに来ていたフラーが、撮影中のゴダールを訪れたために実現したのだった。）直接音を使う際にもゴダールは、サウンドトラックが自然音やちょっとした雑音を拾ったとき、音がアクションに関係していなくても大概そのままにしてしまう。こうした寛大さはつねに興味深い結果をもたらすわけではないけれど、ゴダールのもっとも成功した効果のいくつかは、土壇場のひらめきや事故の結果もたらされたものだ。『女と男のいる舗道』でナナが息絶えるシーンでは、撮影中に教会の鐘が鳴り出してみんなを驚かせた。『アルファヴィル』では、ネガ画像のシーンが観るものの度肝を抜いたが、そうなった理由は、セットを十分に照らせるだけの照明設備がない（夜だったのだ）と、ラウル・クタールが最後の段階になって告げたが、ゴダールは撮影続行を決めたからだった。フェルディナンのダイナマイト自爆という、『気狂いピエロ』のはなばなしいエンディングは「初めから決まっていた冒頭シーンとはちがって、その場で思いついたんだ。一種のハプニングではあるけれど、あくまでもコントロールされ抑制されたものさ。撮影開始の二日前には白紙だったんだ、本当の白紙。ああそうだ、台本はあったよ。ロケーションもいくつかは決まっていた。」ゴダールは、自作に偶然を取り込み、作品の構成を刷新する手段とすることができると確信しているわけだが、それはもはや、映画の準備を最小限にしておくとか、いかようにも編集できるように撮影するとか、そうした次元を超えている。「ときには時間とお金が足りなくて、撮影に失敗してしまったショットもあるさ」とゴダールはいう。「そんなひどいショットでも、つなげると印象が変わる。ボツにはしない。逆に、この新しい着想を何とかかたちにしようと全力を注ぐんだ。」

ゴダールがロケ撮影を好むことも、彼が偶発的な奇跡に対して開かれていることに有利に働く。これまでの彼の作品の中では――長編、短編、そしてスケッチなどすべて含む――第三長編作品『女は女である』だけがスタジオ撮影であり、あとはすべて「見つかった」ロケーションでの撮影だった。(「シャルロットとジュール」が撮影された小さなホテルの一室は、当時ゴダールが暮らしていた部屋。『彼女について私が知っている二、三の事柄』のアパートメントは友人のものだった。そして『中国女』のアパートメントは、ゴダールの現在の住処。)それどころか、ゴダールのサイエンス・フィクション寓話作品――『ロゴパグ』(一九六二年)の中のスケッチ「新世界」や、『アルファヴィル』、そして「未来展望」――のもっともすばらしく人を捉えて放さない面は、パリ＝オルリー空港やホテル・スクリーブ、そして新しくなった電気局ビルのような一九六〇年代半ばのパリ周辺の場所や建物を使って、しかもまったく手を入れないままで撮影されているということだ。そう、これこそ、ゴダールの狙いなのだ。未来についての寓話とは、現代についての試論でもある。ゴダール作品をつらぬく映画的教養に支えられたファンタジー気質は、ドキュメンタリー的真実という理想によって、つねに和らげられている。

即興を好み、偶発事をとりこむのを好み、ロケ撮影を好むといったことから、ゴダールがネオレアリズモ美学の系譜に連なると結論する人もいるかもしれない。「ネオレアリズモ」とはここ四半世紀のイタリア映画によって広まった美学であり、ヴィスコンティの『郵便配達は二度ベルを鳴らす』や『揺れる大地』にはじまり、ロッセリーニの戦後映画で頂点に達し、最近デビューしたエルマンノ・オルミにまでつづく。だが、たとえロッセリーニの熱心な賞賛者であっても、ゴダールはネオ・ネオレアリストなどではないし、芸術から作り事を排除しようなどとはまるで考えていない。彼が求めているのは、自発的で一箇所にとどまらない思考と完成作品、あるいは、思いつきのメモ書きと十全に準備された陳述という、伝統的な対立関係の解消なのだ。ゴダールにしてみれば、自発性も、思いつきも、現実らしさも、どれもそれ自体が価値をもっているわけではなく、むしろ自発性と、抽象がもたらす感情の抑制(「主観性の担い手」の解消)との統合が興味深いのだ。当然のことながら、そこからきちんと片付いた結果が生まれるはずもない。ゴダールは独自のスタイルの基礎をきわめて速やかに(一九五八年までに)築いていたが、その落ち着きのなさと貪欲な知性に駆り立てられて、彼は根っからの探検家としての姿勢により映画作りに携わることになった。そして、ある作品内で提起されながらも解決されずにいる問題に対して、次の作品にとりかかることで答えてみせようとしたのだ。とはいえ全体的に見ると、ゴダールの仕事はその問題群や視野の広さにおいて、ネオレアリストのそれよりも、ブレッソンのような映画におけるラディカルな純粋主義者・フォルマリストの仕事に近似しているようだ――もちろん、ブレッソンとの関係も、大部分はコントラストをなすものとして捉えられなければならないけれど。

ブレッソンもまた、スタイルの確立に関して早熟だったが、そのキャリアは徹頭徹尾、完全に計画された独自の作品群によって構成されており、作品はいずれも簡潔と強度というブレッソンの個人的美学の範囲内で構想されたものだった。(一九一〇年生まれのブレッソンは、一九四三年のデビュー作から一九六七年の最新作まで、合計八本の長編映画を制作している。)ブレッソンの芸術は純粋な叙情を有し、トーンの自然な高まりや、慎重に組み立てられた構成を特徴とする。ゴダールによるインタヴューに答えて(『カイエ・デュ・シネマ』第一七八号、一九六六年五月)、ブレッソンは自分にとって「即興こそが映画作りの基礎です」と答えている。しかし、ブレッソン映画は外見的には、まったくもって即興の対極にある。作品が完成したとき、ひとつのショットはそれ自体独立していると同時に、必然的なものでなくてはならない。どういうことかというと、各ショットの組み立て方においても、それらを編集してひとつの物語にするやり方においても、そこにはたったひとつの理想的な解があるとされるのだ。（それにはきわめて直観的に到達することもできるかもしれないが。）その途方もないエネルギーを傾けて、ブレッソンの映画が放つのは、形式的周到さの空気であり、さらには、非本質的なものをすべてカットすることで得られる、厳密で計算されつくしたリズムをもった統一感だ。その厳格な美学を前提とするならば、ブレッソン作品の特徴的な主体が、文字どおり囚われの身だったり、ひどく苦しいジレンマに陥っているのも、当然かと思われる。もしも物語と、声調の統一性が、映画にとっての最優先事項だというのであれば、ブレッソンの禁欲主義――最小限の素材を最大限に利用する姿勢や、作品のもつ瞑想的で「閉ざされた」質――こそが、真に厳格な唯一の方法と見えてくる。

ゴダールの仕事は、こうしたブレッソンの仕事とは対極にある美学（そしてもちろん、気質と感性も）の見本だ。ゴダールの映画制作に活力を与える精神的エネルギーは、その力こそブレッソンに劣らぬほどだが、これとはまったく異なった禁欲主義へとゆきつく。終わることのない自問に骨を折ることがそれで、ゴダールの芸術制作において必須の要素となっている。「映画を撮るごとにますます」と、一九六五年のゴダールは話す。「なぜそこでショットが始まり、なぜそこで終わるのかを決定することが、私にとってきわめて重要な問題に思えてくる。」ポイントは、そうした問題の解決方法が、ゴダールにとってはどうしても恣意的なものに思えてしまうということだった。それぞれのショットは自律的に存在し、その必然性などいくら考えてもわかるものではない。ゴダールにとって映画は何よりもまず開かれた構造であり、ある映画にとって何が本質的で何が本質的でないかという区別は意味をなくす。コンポジションや継続時間やショットの場所といったものを決定するための、絶対的・内在的な基準が存在しないように、映画の中の何を排除すべきかということについての真に適切な理由などない。最近のゴダール作品の多くに見られる一見安易な人物造形の背景には、こうした映画とは単体ではなく寄せ集め《アサンブラージュ》であるといった考え方があるのだ。「『気狂いピエロ』は一本の映画とはいえない。これは映画術《シネマ》そのものの試みなんだ。」また、『彼女について私が知っている二、三の事柄』についても、ゴダールは「要するに、これは映画じゃない。これは映画の企てであって、そういうものとして提示されている」と語っている。『恋人のいる時間』のメインタイトルには「一九六四年に撮られたフィルムの断片」とあり、『中国女』のサブタイトルは「制作途中にあるフィルム」とある。「努力」や「企て」以上の何ものもおこなっていないと主張するゴダールは、自分の作品が構造的に開かれた、恣意的なものであることを認めている。練り上げの余地が完全になくなったわけではないという意味では、いずれの映画も断片にすぎないだろう。相互に対立する要素を対立させたままに寄せあつめる、並置という手法を受け入れ、それを望ましいものとすら考えること（「私は単純に事物を並べてみるのが好きなんだ」）を当然とみなしても、ブレッソンの映画のような内的な必然性をもった目的をゴダール作品に見つけることはできない。すべての映画は突然に中断してしまうか、さもなければ任意のところで終わらされる——それはしばしば、中心的な登場人物たちが、最後のリールで暴力的な死を迎えることで実現する。『勝手にしやがれ』『小さな兵隊』『女と男のいる舗道』『カラビニエ』『軽蔑』『男性・女性』『気狂いピエロ』がそうであるように。

想像がつくとおり、ゴダールは「芸術」と「人生」の（区別ではなく）関連性を強調することで、こうした見方を支持してきた。ゴダールの主張するところでは、小説家であれば抱くにちがいないと彼が考える感情、すなわち「実人生と創作の区別をつけている」といったことを、ゴダール自身は映画制作中に考えたことがないという。あの神話的な地帯がふたたび占拠される。「映画は、芸術と人生のあいだのどこかにある。」『気狂いピエロ』についてゴダールは書いている、「人生が主題なのさ、シネマスコープと色彩を属性としてね。……人生は自立している、それを私は、自然に対してのパン・ショット、死に対しての固定ショット、ブリーフショット、ロングテイク、小さな音と大きな音、そしてアンナとジャン゠ポールの動きを使って捉えようとしているんだ。つまり、お湯がバスタブをみたすように、人生がスクリーンをみたしていくのだけれど、同時におなじだけの量のお湯が抜けているといった感じなのさ。」これこそ、ゴダールの主張する、自分とブレッソンとの違いなのだ。ブレッソンは撮影するとき「世界への認識」を「スクリーンに投影するのだが、同時にそれは、映画への認識にもなる」という。ブレッソンのような監督にとって、「映画と世界は中をみたされるべき鋳型であり、『気狂いピエロ』には型もなければ注ぎこむ物もない」ということになる。

もちろん、ゴダールの映画はバスタブではない。世界や芸術について彼が抱く複雑な感情は、その程度もあり様も、ブレッソンとなんら変わりない。ゴダールははぐらかしのレトリックに陥りがちだが、にもかかわらず、ブレッソンとの対比はなりたつ。画家出身のブレッソンにとって、映画という芸術（そう呼ぶに値する映画はほとんどないが）では、映画的手法を厳粛かつ厳密に行使することで彼にとっての価値が生まれるのだった。ゴダールにとっては、映画とはきわめてゆるく、見さかいがなく、多くを受けいれる媒体であり、それゆえに、たとえ大したことのない多くの作品であろうと、それ自身の権威と可能性をもつ。映画は形式もテクニックも視点も、混ぜ合わせることができる。反対に、そのうちのどれかひとつの目立った要素に代表させることはできない。まさに、映画作家が観せるべきなのは、何ひとつ排除されない、ということなのだ。「映画にはすべてを込めることができる」とゴダールはいう。「すべてを映画に込めなくてはならないんだ。」

一本の映画は、ひとつの命ある有機体と考えられている。それは存在あるいは出会いとしての対象物ではない——完全に歴史的・同時代的な出来事であり、未来のさまざまな出来事によって超克されることを運命づけられたものなのだ。本物の現在に住みこむ映画を作ろうと模索するゴダールは、決まって自作において、現代の政治的危機に言及する。アルジェリア、ドゴールの国内政策、アンゴラ、ヴェトナム戦争。（近年の四作品には、いずれも、主人公がヴェトナムにおけるアメリカの侵略行為を非難するシーンがあるし、ゴダールは、この戦争が終わるまでは同様のシークエンスを自作のすべてに盛り込みつづけると宣言している。）これらの映画には、もっとさりげない言及も、その場の気持ちも含まれている——アンドレ・マルローへの当てこすり、シネマテーク・フランセーズのディレクターであるアンリ・ラングロワへの敬意、1・66対1のアスペクト比の作品をシネマスコープの比で上映する無責任な技師たちへの非難、あるいは、仲間の監督が作った未公開映画の宣伝。チャンスがあれば、ゴダールは映画を時事的に、すなわち「ジャーナリスティック」に利用することをためらわない。シネマ＝ヴェリテやテレビ・ドキュメンタリー的なインタヴュー・スタイルを利用することで、経口避妊薬やボブ・ディランの重要性などについて、ゴダールは登場人物たちに質問をすることができるのだ。ジャーナリズムが映画の元になっている例としては、脚本はすべて自分で執筆しているゴダールが、『女と男のいる舗道』に、「マルセル・サコット著『売春はいまどうなっているのか？』所収の資料」を参考文献としてあげていることや、『彼女について私が知っている二、三の事柄』のストーリーを新しい低所得者向けの集合住宅に暮らす主婦たちが家計の足しにすべくパートタイムの売春をしているという「ル・ヌーヴェル・オプセルヴァトゥール」の特集記事にヒントを得て構想したことなどがあげられる。

写真の応用でもある映画は、つねに時間性を記録する芸術だった。長編劇映画にとって、このことはずっと無意識の領分だとみなされてきた。つまり撮影中に、特別な社会性を帯びた瞬間を偶発的な視点で切りとり、わざと作品にとりこむ——ときにはそれらを映画の枠組にしてしまう——メジャーな監督は、ゴダールが最初なのだ。こうして、一九六五年冬の政治的に重要な三か月間、最初の大統領選から決選投票までのあいだにフランスの若者がいかなる状況に置かれていたかを報告することが『男性・女性』の枠組となり、『中国女』では、一九六七年夏の毛沢東主義者による文化大革命に感化されたパリの共産党の学生たちの一派が分析される。しかし、ゴダールはもちろん文字どおりの意味での事実提供を意図しているわけではない。仮にそうであったならば、想像力やファンタジーがもつ意義が、否定されてしまうことになるだろう。ゴダールの考えでは「フィクションから始めることも、ドキュメンタリーから始めることもできる。しかし、どちらから始めても、不可避的にもう一方にたどりつくだろう。」ひょっとすると、彼のいいたいことを最大限に発揮してくれるのは、ルポルタージュ型の映画ではなく寓話型の映画かもしれない。『カラビニエ』の主題である、時代を超越した普遍的戦争は、第二次世界大戦のドキュメンタリー映像によって例示され、神話的な主人公たち（ミケランジュ、ユリッス、クレオパトラ、ヴェニュス）の暮らす薄汚い場所は、今日のフランスをそのまま使っている。『アルファヴィル』は、ゴダールの言葉では「現実を基盤とする寓話」であり、それというのも、この銀河系宇宙にある都市は、文字どおり現在のパリでもあるからだ。

不純という問題など意に介さず――映画に使えない素材はない――ゴダールは、それでも極端に純粋主義的な企てに手を染めている。すなわち、より純粋な現在形で語る映画のための構造を開発しようとしているのだ。彼が力を尽くしているのは、アクチュアルな現在に生きる映画を作ること、何かを過去から語ろうとしないこと、すでに起きてしまった出来事を物語らないことだ。もちろん、そうすることでゴダールは、文学がすでにめざしたのとおなじ方角へと進もうとしている。フィクションとは、最近まで、過去についての芸術だった。叙事詩でも小説でも、そこで語られる出来事は、読者がその本を読みはじめた時点で、すでに（いわば）過去のものだ。しかし、新しいフィクションの多くは、私たちの前を過ぎていく出来事が、まるで語りの声と同時に存在している現在のものであるかのように書かれている。（より正確にいうならば、語りの声に読者が呼びかけられる時間と。）したがって出来事は現在の中に存在する――少なくとも、読者が暮らす現在が現在であるのと同程度に。ベケットやスタインやバロウズやロブ゠グリエのような作家たちが、現在形を、あるいはその等価物を使いたがるのは、このせいだ。（もうひとつの戦略としては、語りの中の過去と現在と未来という区別を、あからさまに、答えを出せない謎にしてしまうという方法がある――例としては、ボルヘスやトンマーゾ・ランドルフィのいくつかの物語、そしてナボコフの『青白い炎』など。）しかし、もしも文学においてそうした発展が起こりうるのだとすれば、同様のことをするのに、映画のほうがふさわしいのではないか。なぜなら、映画のナレーションは、ある意味、現在形だけしか知らないのだから。（映し出されるものは、それがいつ起きたことであろうと、すべてが現在、つまりそこにある。）映画がその生来の自由さを追求するために必要としたのは、もっとゆるやかに、文字どおりへの執着なく「物語」を語ることだった。伝統的な意味での物語は――それはすでに起こってしまった出来事だ——分節された状況に取って代わられ、そこでは、シーン間の説明的つながりが隠蔽されることで、アクションが絶えず新たに始まりつづけ、現在形の中で展開しつづけているかのような印象が生まれるのだ。

そして必然的に、この現在形は人間の状況に対する、ちょっと行動主義的・外的・反心理学的な見方のように見えるにちがいない。というのも心理学的な理解は、心の中に過去と現在と未来を同時にもつことによってなされるからだ。誰かを心理学的に見るということは、その人が位置づけられている時間座標を設定することだ。現在形をめざす芸術は、人間を描き出す際の「深み」や内面性を望むことはできない。こうした教訓は、すでにスタインやベケットの作品によって明らかになっている。ゴダールはそれを、映画においてしめそうとする。

この選択について、ゴダールはたった一度だけ、『女と男のいる舗道』に絡めて、あからさまに語ったことがある。この作品を「複数のタブロー」で構成したのは、この映画の演劇的な側面を際立たせたかったからだ。それに、こうやって分割すると物事を外側から眺める視点が獲得できて、私にとってそれは、内側の状況を観客に実感させるためにもっとも都合のよいものだった。いい換えれば、ブレッソンが『スリ（掏摸）』で用いた、ドラマを内側から見るといった方法の裏返しといっていいかもしれない。いったい、われわれはどうすれば「内側」を表現できるのか。私の考えでは、慎重に外側に留まればいいんだ。」「外側」にとどまることはたしかに有利なのだが——形式は柔軟性をもち、制約の多い解決策からは自由でいられる——その選択はゴダールがいうほどはっきりしたものではない。おそらく、誰ひとりとしてゴダールがブレッソンのものだと考えている「内側」には立ち入ることができない——その方法は、十九世紀のリアリズム小説が得意とする、物語のモチーフを読みとったり登場人物の内的生活を要約したりといったこととは、まったく異なる。まさに、そうした基準に照らし合わせるならば、ブレッソン自身、登場人物たちのずいぶんと「外側」にいる。たとえばつまり、かれらの肉体的存在感であるとか、かれらの動きのリズムであるとか、かれらが抱えこんで表現することのできない感情の重さだとか、そういったものをブレッソンはより重視しているのだ。

それでもやはり、ブレッソンと比較すれば自分は「外側」にいるというゴダールの言葉は正しい。彼が外側にとどまるひとつの方法には、映画が語られる視点をたえず変えていくこと、対照的な語りの要素を並置することがある。物語のリアリスティックな側面と嘘くさい側面、イメージとイメージのあいだに挟まれた文字記号、対話をさえぎって大声で読み上げられる「テクスト」、すばやいアクションに抗するような動きのないインタヴュー、アクションを説明したりコメントしたりするナレーターの声の挿入、など。第二の方法は、「事物」を頑迷にニュートラルに演出することで、これはブレッソンのやり方とは対照的だ。ブレッソンにとっての事物とは、人々に利用され、争いの種となり、愛され、無視され、使い古されたものとして、きわめて親密に視覚化されている。ブレッソンの映画における事物は、それがスプーンであれ、椅子であれ、パンであれ、靴であれ、人間の使用の痕跡を帯びている。肝心なことは、どのように使われるかだ——巧みに使われるのか(『抵抗(レジスタンス)——死刑囚の手記より』における四人のスプーンの使い方や、『少女ムシェット』のヒロインが見せた、朝食のコーヒーを淹れるためのソースパンとボウルの使用法のように)、あるいは不器用なのか。ゴダールの映画では、事物は完全に疎外された性格をもって現われる。巧妙でも不器用でもなく、無関心に使われる。事物はただそこにあるのだ。「物は存在しているのだ」とゴダールは書いている。「そしてもし、人物以上に物に注意を払うとすれば、それはまさしく物のほうが人間たち以上にたしかに存在しているからにほかならない。生命のない物体であっても、それはまだ生きている。生きている人間たちはしばしば、すでに死んでいる。」事物が視覚的なギャグを誘発するにせよ（『女は女である』の宙に浮く卵であるとか、『メイド・イン・USA』の倉庫に貼られた映画のポスターとか）、あるいは、すばらしい造形美の要素を導入するにせよ（『彼女について私が知っている二、三の事柄』の火がついた煙草の先端や、熱いコーヒーカップの表面のくっついたり離れたりする泡をめぐってなされる、フランシス・ポンジュ的な観察がそうであるように）事物はいつでも、感情の分断という文脈において生じ、それを強化するよう働くのだ。事物を分断的に描くゴダールのやり方として、もっとも目につくパターンは、ポップなイメージに魅せられながらも両義的な姿勢をしめすことや、都市資本主義の象徴的通貨――ピンボールマシーン、洗剤の箱、高級車、ネオンサイン、ビルボード、ファッション雑誌――を部分的にのみアイロニーをこめて映し出すといったものがある。その延長として、疎外された事物に感じる魅惑は、ゴダール作品の舞台の大部分にも影響を与えている――ハイウェイ、空港、ありきたりなホテルの部屋や生気のない現代のアパートメント、煌々と照明された現代風のカフェ、映画館。ゴダールの映画に見られる家具や舞台装置は、疎外の風景そのものだ――ただし、それによって彼が、チンピラや欲求不満な主婦や左翼学生や娼婦といった、道を踏み外した都市生活者の実人生（日常という現在）の世俗的な事実性のうちにあるペーソスを見せようとしているのであろうと、あるいは、残酷な未来をめぐる反ユートピア的ファンタジーをしめそうとしているのであろうと。

根底から人間性を奪われたり、分裂させられた世界とは、ひとつの要素から他の要素への急速な「連想」が促進される世界でもある。ここでもふたたびブレッソンの態度と対照することができるのだが、ブレッソンは連想を断じて認めず、したがっていかなる状況でもその深層に関心を抱く。ブレッソンの映画では、有機的で相互連関的な、個人のエネルギーの交換がおこなわれているのだが、それはうまく花開くときもあれば、不毛な結果に終わることもある。（いずれにせよ、そうした交換がおこなわれることで物語は統一され、有機的な終着点が与えられる。）ゴダールにとって、純粋に有機的なつながりなど存在しない。可能性としては、苦痛にみちた風景の中で、互いにまったく関係のないほんとうに興味深い反応は、三つあるだけだ――すなわち、暴力的なアクションと、さまざまな「着想」の探索と、突発的で気まぐれな恋愛がもたらす超越性。だが、いずれの可能性もなかったことにできるし、あるいは人工的だとみなしうる。これらは個人的充足の行動ではないし、問題の解決よりむしろ分断となってしまうのだ。多くのゴダール作品が、ほとんどミソジニー（女性嫌悪）かと思えるマゾヒスティックな女性観と、「カップル」への飽くことなきロマン主義的理想を投影していることは、指摘されてきた。奇妙ではあるけれど、これらの態度を同時にもつのは珍しいことではない。こうした矛盾は、ゴダール映画の基礎をなす形式的前提の、心理学的あるいは倫理的な類推物だ。オープン・エンディッドで連想的と思われる仕事は、「断片」の寄せ集めであり、対立する要素の（一部は偶然まかせの）並置によって構成されているが、そうした作品においては、いかなる行動原理も、断固とした決意も、（倫理的見地からは）ごまかしとみなされ、（心理学的見地からは）両価的だとみなされることになる。

いずれの映画も、いくつもの感情的・知的袋小路の暫定的ネットワークだ。ヴェトナムについての彼の見解は例外かもしれないが、ゴダールは、みずからの映画を通して具現化した態度を、同時に括弧に入れ批判せずにはいない。その批判は、着想の優雅さと魅惑と、人間の存在条件の野蛮で抒情的な不透明さとのあいだのギャップを、ドラマ化することで果たされる。こうした袋小路の感覚は、ゴダールの倫理的な判断も特徴づけている。ブレッソンの映画では、愛や誠実さや勇気や尊厳が手放しで称揚され、無慈悲であったり卑怯であったりすることは批判の対象とされていた。メタファーとしての売春と事実としての売春によって、現代の悲惨を要約しようとしているとはいっても、ブレッソンのような一義的な意味において、ゴダール映画が売春に「反対」しているとか、快楽や自由に「賛成」しているとかいうことは、できない。

ゴダールにしてみれば、ブレッソンの仕事はきっと「レトリックに頼った」ものにしか見えないだろう。なにしろゴダール自身は、アイロニーをふんだんに使うことによってレトリックを破壊することに心血を注いでいるのだから——落ち着きのない、いささか分裂気味の知性が、抗いがたいロマン主義と説教くささを必死で振り払おうとするときの、おなじみの結果だ。多くの作品において、ゴダールは慎重に、矛盾としての、パロディやアイロニーの枠組を探している。たとえば、『女は女である』は、表向きはまじめなテーマ（妻としても未来の母親としてもフラストレーションを抱えている女性）を掲げて進行するけれど、その枠組は皮肉にもセンチメンタルなものだ。「『女は女である』の主題は」とゴダールは語る、「ある状況の解決策を手に入れた人物なのだけれど、私が思いついたのは、こうした主題をネオレアリズモ的なミュージカルの枠組に入れてみるということだった。まったくの矛盾さ。でも、これこそまさに、私がこの映画を作りたいと思った理由なんだよ。」もうひとつの例として『はなればなれに』では、素人ギャング団の相当に汚い企みが詩的に描かれるのだが、それはオディールとフランツがラテンアメリカめざして漕ぎ出し、さらなるロマンティックな冒険をめざす「ハッピーエンディング」という高度なアイロニーによって完成される。あるいは、ゴダールが彼にとってもっとも切実なテーマを扱っているともいえる『アルファヴィル』は、漫画の登場人物の一覧表でもあり（有名なフランスの推理小説シリーズの主人公レミー・コーション、ハリー・ディクソン、レナード・ノスフェラトゥ教授別名はフォン・ブラウン、ジキル教授といった名前だ）、エディ・コンスタンティーヌという故国を離れて暮らすアメリカ人俳優が主役を務めたりしている。ところがこの俳優の顔は、ここ二十年間ほどのフランスのB級探偵映画のクリシェそのものなのだ。そもそも、当初ゴダールは同作のタイトルを『ターザン対IBM』としていた。さらにひとつの例をあげよう。ゴダールは、メフディ・ベン・バルカとケネディそれぞれの暗殺という二重のテーマを扱った映画『メイド・イン・USA』を作ろうと決意したが、そのとき念頭にあったのは、『大いなる眠り』のパロディとしてのリメイクで（一九六六年夏、同作はパリのあるアート系小劇場でリバイバル上映されていた）、内容は、ボガード演じるトレンチコート姿の探偵が解決不可能なミステリー劇にまきこまれるといったものなのだが、それを演じるのはアンナ・カリーナなのだ。こうした具合にアイロニーをふんだんに使っていると、アイデアそのものが自己諷刺として表現されるようになり、感情もそれらが傷つけられたときにのみ表現されるといった危険性が生じる。映画の語りが純粋な現在性を強調するあまり、映画の中の感情はすでにかなりの制限が加えられているのだが、アイロニーはその制限をさらに強めてしまう。そもそも、語りが純粋な現在を志向すると、感情の深みのない状況ばかりがバランス悪く表現されることになる――ここで犠牲となるのは、鮮やかに描き出された嘆きであり、怒りであり、深い性的願望とその充足であり、身体的な痛みだ。かくして、安定した手腕を発揮し、センチメンタルになることなしに感情の深みを表現しうるブレッソンに比べ、ゴダールは、意図した効果を得られないときには、薄情に見えたり感傷的に見えたりしてしまう（それなのに感情の起伏がないようにも見えてしまう）ようなプロットの展開を考えだすのだ。
私には、「正直な《ストレート》」ゴダールのほうがうまくいっているように思える――『男性・女性』に不意にあらわれる、彼には稀なペーソスであれ、『カラビニエ』や『軽蔑』や『気狂いピエロ』や『ウイークエンド』といった直接的情念にあふれた映画に見られる透徹したクールさであれ。このクールさは、ゴダールの全作品に共通する特質だ。事件の暴力性や性的な即物性が強調されるために、彼の映画は、本気のエロスはもちろん、グロテスクなものや痛みとも控えめで距離を置いた関係しかもたない。ゴダール映画では、人はときとして拷問されしばしば死ぬが、それはほとんどカジュアルな出来事だ。（『軽蔑』の結末、『気狂いピエロ』の事故、『ウイークエンド』で無感動に描かれるハイウェイでの大惨事の風景といったように、ゴダールは特に自動車事故を好む。）また、セックスが描かれることも稀で、たとえそうした場面があったにせよ、ゴダールの関心は官能的な交わりにではなく、性によって明らかにされる「人々のあいだの空間」に向けられるのだ。狂乱の瞬間が訪れるのは、若者たちが踊ったり歌ったりゲームに興じたり走ったりするときであって――ゴダールの映画では、人は美しく走る――性交時ではない。

「映画は感情だ」とは、『気狂いピエロ』に登場するサミュエル・フラーの言葉だが、それはまたゴダールの思想だともいえるのではないか。しかし、ゴダールにとっての感情《エモーション》とは、いつでもいくらかのウィットによる粉飾を、彼が明らかに芸術制作の中心に置く感覚《フィーリング》をわずかに変形させたものを、ともなってやってくる。聞こえるものであれ、スクリーン上に見られるものであれ、言語に対してゴダールがしめす関心は、部分的にはこれで説明がつく。言語は、感情がアクションから距離を取ろうとする際の手段として機能しているのだ。画像的《ピクトリアル》な要素は、感情的であり、直接的だ。それに対して言葉（記号、テクスト、物語、諺、朗読、インタヴューを含む）は、ぐっと温度が低い。イメージは観客に、見られたものとの同一化を促すが、言葉が目の前に現れると、観客は批評家になる。

しかし、言語をブレヒト的に使うゴダールのやり方は、この問題の一側面にすぎない。ゴダールはブレヒトから多くを学んでいるけれど、その言語の扱い方はブレヒトよりも複雑で多義的であり、どちらかといえば、ある種の画家たちがやっているように、言語を積極的に用いることで、イメージの土台を切り崩し、叱責し、それを不透明で理解不可能なものへと変えてしまうといった努力に近い。それは単に、これまでどんな監督もしなかったような場所に、ゴダールが言語を置いたというだけの話ではない。（ゴダール映画の饒舌さを、会話に対するブレッソンの簡潔さ・厳格さと比べること。）映画という媒体でも、言語そのものを主題としてはいけない理由などない、とゴダールは考える――それは、多くの現代詩が言語を主題としているのとおなじで、また比喩的な意味では、ジャスパー・ジョーンズの作品のように、いくつかの重要な絵画も言語を主題としている。だが、言語が映画の主題となるのは、映画作家が言語の不確実性にとりつかれているときに限るらしい――まさにゴダールがそうであるように。他の監督たちがたいてい、より大きな「リアリズム」（サイレント映画に対する音声映画の利点）の付属物と考えているものも、ゴダールの手にかかると、それは実質的に自律性をもたされ、ときとして転覆的な道具となる。

すでに指摘したように、ゴダールが言語を話し言葉として用いる方法はさまざまだ――会話のみならず、モノローグであったり、演説であったり、引用だったり、スクリーン外で発せられるコメントや質問もある。言語もまた、ゴダールの映画にとっては視覚的・造形的に重要な要素なのだ。ときとして、印刷されたテクストや文字でスクリーンは完全に埋められ、言語は絵画的なイメージの代替物になったり、対位法的な効果を与えたりする。（二、三の例をあげよう。各映画の冒頭に掲げられた、スタイリッシュに省略されたクレジット。『カラビニエ』の二人の兵士が送ってよこしたハガキのメッセージ。『女と男のいる舗道』『恋人のいる時間』『男性・女性』の中のビルボード、ポスター、レコードジャケット、そして雑誌広告。『気狂いピエロ』ではフェルディナンの日記が数ページ映し出され、私たちはその一部分だけ読むことができる。『女は女である』でのブックカバーとの対話。『彼女について私が知っている二、三の事柄』の中で主題的に使われるペーパーバック「イデー」叢書のカバー。『中国女』のアパートの壁に書かれた毛沢東主義のスローガン。）ゴダールは映画を、本質的にいって動く写真だとは考えていない。絵画的メディアを装ってはいるが、映画《ムーヴィー》は言語を認めている。ゴダールにしてみれば、それゆえに映画は、他の芸術形式と比べて格段の広がりと自由を得ているのだ。絵画的、あるいは写真的な要素は、ある意味で、ゴダールの映画にとって原料にすぎない。変換力をもつ成分は言語なのだ。したがって、ゴダールの映画がおしゃべりすぎだと非難する人は、彼の素材と意図を誤解している。いわば、ゴダールが言葉という菌に感染させたがっているのは、あまりに「アート」に近接してしまっている、絵画的イメージの静的な特質なのだ。『中国女』では、マオイストの学生が共同生活するアパートの壁に「曖昧な観念は鮮明なイメージに変えねばならない」と書いてある。だが、ゴダールにわかっているとおり、これは問題の一側面にすぎない。ときとして、イメージは鮮明すぎ、単純すぎる。（『中国女』は自分自身を完全に単純に、そして明解にしようという徹底的にロマン主義的な願いを、ゴダールが共感とウィットをこめて作品化したものだ。）イメージと言語の、両者がくりかえし交換される弁証法は、静的にはほど遠い。それはまさに、『アルファヴィル』の冒頭で、ゴダールがみずからの声で宣言しているとおりだ。「人生には、口で伝えるには複雑すぎることもある。だから私たちは、そこからフィクションを作り出し、普遍的にするんだ。」けれどもやはり、事物の普遍化には過剰な単純化がともなうことは明らかであり、それには語の具体性および曖昧性によって闘わなくてはならない。

ゴダールはつねに、言語のもつ不透明さと強制力に惹かれてきたし、彼の映画の物語がくりかえし語ってきたのは、話し言葉のある種の奇型性だ。ひょっとしたら、そのもっとも無垢、けれどもいまだ抑圧的な段階において、話し言葉はヒステリックな独白になりうる。それは『シャルロットとジュール』や「水の話」にあるとおりだ。また、話し言葉はつっかえたり不完全だったりもするものだが、これもゴダールが初期作品に用いたインタヴュー場面に見ることができる――たとえば「立派な詐欺師」がそうだし、『勝手にしやがれ』ではオルリー空港で、パトリシアが小説家（映画監督ジャン＝ピエール・メルヴィルが演じている）にインタヴューする。反復もまた話し言葉の特徴で、『軽蔑』に登場する四か国語通訳者は、会話をまるで幻覚のように二重化するし、『はなればなれに』では、英語教師がディクテーションのあいだじゅう、文の末尾を異常なくらい強くくりかえす。話し言葉があからさまに非人間化される例をいくつかあげるとするならば、『アルファヴィル』のコンピュータ「アルファ60」の発するのろのろとしたかすれ声や、コンピュータに支配される、緊張病にかかったような人間の機械化された貧しいしゃべり、あるいは、「未来展望」の旅人の「壊れた」しゃべりといったものがある。会話がアクションと一致しない例には、『気狂いピエロ』における交誦的な実況があるし、単純に意味不明になってしまった例としては、「新世界」においてパリを襲った核爆発の後につづく「論理の死」の報告がある。ときとしてゴダールは、話し言葉が完全に理解されるのを阻止しようとする――『女と男のいる舗道』の冒頭や、『メイド・イン・USA』の「リシャール・ポ――」の声が録音された、耳ざわりで部分的に意味のわからないテープ、そして『ウイークエンド』の冒頭でなされる長くエロティックな告白がそうだ。こうした話し言葉や言語の傷を補うものとして、ゴダール映画では、問題としての言語をめぐる明示的なディスカッションが多く描かれている。『女と男のいる舗道』や『恋人のいる時間』では、言語が意識を裏切るとき、どうして話し言葉が道徳的・知的な意味をもちうるのかが議論されるし、『軽蔑』や『はなればなれに』では、ひとつの言語を別の言語に「翻訳」することの神秘が主題となっている。『中国女』のギヨームとヴェロニクは、未来の言語について思索し(言葉は、あたかも音と物質からなるかのごとく話されるようになるだろう)、『メイド・イン・USA』ではマリアンヌと労働者とバーテンダーがカフェで口論するのだが、そこで論証されるのは言語の無意味な側面だ。さらに、言語から哲学的・文化的な分裂をとり除き浄化しようとする努力は、『アルファヴィル』や「未来展望」ではっきりとしめされた主題であり、個人的な努力が実を結ぶさまが、これら二本の映画にとってドラマティックな結末となっている。

ゴダール作品において、言語の問題が主要なモチーフとなったように見えるのは、この段階においてのことだ。その押しつけがましい饒舌の裏で、ゴダールの映画は、言語の二枚舌と平凡さにとりつかれている。ゴダールの全作品を通して、語るひとつの「声」が存在するかぎり、その声は他のすべての声を疑う。売春は、言語というもっとも広い文脈において、ゴダールは、何度となく売春というテーマに立ち戻る。売春は、ゴダールにとっての直接的な社会学的関心であることを超えて、言語の宿命、すなわち意識そのものの宿命をあらわす、拡張されたメタファーとなっているのだ。ふたつのテーマの融合は、「未来展望」のサイエンス・フィクション的悪夢にもっとも鮮明に現われている。未来のいつか（つまり、現在）に存在する空港ホテルにおいて、旅人は一晩の性的伴侶を二種類の中から選べる。一方は、肉体関係をもつことができるがひとこともしゃべらず、もう一方は、愛の言葉を並べることはするけれど、いかなる肉体的交わりも持てない。こうした肉体と魂のスキゾフレニアに脅かされるようにして、ゴダールはいよいよ言語への関心を深め、落ち着きのない彼の芸術に特有の、苦痛にみちた、自己尋問的な言い回しを手に入れるのだ。ちょうど『アルファヴィル』の最後でナターシャが、「私には知らない単語がある」と宣言したように。だが、ゴダールによる物語神話の操作から見るならば、こうした苦痛にみちた知識によって彼女の救済がはじまり、このおなじゴールを拡張するならば、芸術そのものの救済がはじまるのだ。

（一九六八年二月）

Ⅲ

アメリカで起こっていること

［以下は、一九六六年夏、「パルチザン・レヴュー」誌の編集者が送ってきたアンケートに対する私の回答である。アンケートは複数の人間を対象にしたもので、その書き出しはこんな感じであった。

「この先、アメリカで生きていくことには少なからぬ不安がつきまといます。事実、道義的にも政治的にも、アメリカが危機的状況に陥ると恐れられているのはゆえなきことではないのです。」こうした回りくどい書き方をしばしつづけたのち、手紙は質問を七つにしぼって、私たちに回答を促した。
(1)誰がホワイトハウスの主人となるかは、本当に重要なのでしょうか？ あるいは、誰が大統領になろうとも、私たちのシステムに内在する圧力が、ジョンソンのような行動をとらせてしまうのでしょうか？ (2)インフレの問題は、どれくらい切実なものでしょうか？ 貧困の問題はいかがでしょう？
(3)アメリカにおける行政と知識人の分断が意味しているものは何でしょうか？ (4)アメリカの白人は、黒人に平等権を譲りわたす約束をしているのでしょうか？ (5)この国の外交政策は、私たちをどこに導こうとしていると思われますか？ (6)おおまかにで構いません、これからアメリカに起こりそうなことは何だと思われますか？ (7)今日の若者たちの運動に、何がしかの希望を見出せるとお思いですか？

ここに再録した私の回答は、一九六七年の冬号に掲載された。同じ号には、マーティン・デューバーマン、マイケル・ハリントン、トム・ヘイデン、ナット・ヘントフ、H・スチュアート・ヒューズ、ポール・ジェイコブズ、トム・カーン、レオン・H・ケイザーリング、ロバート・ローウェル、ジャック・ルドウィック、ジャック・ニューフィールド、ハロルド・ローゼンバーグ、リチャード・H・ローバー、リチャード・シュラッター、そして、ダイアナ・トリリングが寄稿している。」

この国についていかなる感想を述べるにせよ、それらはいずれも、アメリカの力を自覚したものとなるし、また、そうでなくてはならない。力というのは、つまり、アメリカがこの惑星最大の覇者であり、そのキング・コングさながらの手には、歴史的にも生物学的にも、人類の未来が握られているということである。今日のアメリカは、カリフォルニアの新しいパパたるロナルド・レーガンと、ホワイトハウスでスペアリブをしゃぶるジョン・ウェインと共にあり、まさしくメンケンが著したヤフーランドそのものである。一九六〇年代後半、アメリカで起こっていることとの重要性は、一九二〇年代よりもはるかに高くなっている。図太い神経のもち主であれば、アメリカの野蛮さを、ときに愛情を込めて嘲ったり、そのイノセントさを、かわいいと思ったかもしれない。だが、アメリカの野蛮さとイノセントさは、今日ではいずれも、致命的に肥大化しているのだ。

第一に、アメリカの力は、そのスケールからして常軌を逸している。のみならず、アメリカの生活の質というのは、人類が発展していく可能性を侮辱するものだ。新奇なツールと自動車とテレビと箱型の建築によるこの国の汚染は、人間らしい感覚を奪い、私たちの多くを陰気な神経患者にし、よくてもひねくれた超俗的人間か、耳障りな自己超越者にしてしまう。

ガートルード・スタインはかつて、アメリカとは世界最古の国であると言った。たしかに、アメリカはもっとも保守的な国である。変化することによって、この国は、どこよりも多くのものを失ってしまうのだから。(世界の富の六十パーセントが、世界の総人口の六パーセントに所有されているのだ。)自分たちが背水の陣であることを、アメリカ人は知っている。すなわち、「かれら」が「私たち」からすべてを奪おうとしている、というわけである。だったらアメリカはすべてを手放してしかるべきだと、私などは考えてしまう。

この国についての事実を、三つほど挙げよう。

アメリカは大量殺戮の上に成立している。ヨーロッパの白人たちは、自分たちのものと勝手に思い込んだ権利によって、大陸を占領するために、技術的に劣った有色の先住民を皆殺しにした。

アメリカは近代においてもっとも野蛮な奴隷制度のみならず、類を見ない司法制度をも有していた。(ラテンアメリカやイギリス植民地など、他の国の奴隷制度に比べれば。)率直に言って、アメリカは奴隷を人間とは認めていなかったのだ。

アメリカは、植民地ではないひとつの国として、主にヨーロッパに住めなくなった貧しい人々によって生み出され、(一八四〇年代の広告に謳われた)「欧羅巴疲れ《オイローパ・ミューデ》」と呼ばれる、ヨーロッパにうんざりしたものたちの小集団によって強化された。もちろん、赤貧のかれらであっても、「文化」は主に社会的地位の高いものが作り、上から管理するものであって、何世紀も穏やかなままにあるのが「自然」であるということは知っていた。かれらが入植したその国では、土地固有の文化が単なる敵とされ、無慈悲に滅ぼされている真っ只中だった。そこでは自然もまた敵であり、その原始的な力は、文明化されていない、つまり、人間の望みどおりにならないものとして、倒される対象となっていた。「勝ち取られた」後のアメリカには、貧しきものたちの新たな世代が溢れ、かつまた、再建のための範とされたのは、文化的生活も社会的保障も手にしていない人間たちが産業化時代の始まりに抱いた、ケバケバしい幻想としてのよい暮らしであった。この国は、こうしたことにうってつけだった。

外国人がアメリカの「エネルギー」を讃えるのは、それがこの国に無類の経済的繁栄をもたらし、かつまた、活況を呈しているアメリカの芸術やエンターテインメントの原動力であると考えるからだ。けれど、そのエネルギーが根源的に悪いものであるのは確かであって、私たちは、すべての人の神経をズタズタにするような、超自然的かつ人知の及ばぬ大きな変化を引き受けるという、とてつもなく高い対価を支払わねばならない。基本的に、これは暴力のエネルギーであり、流動的な敵意と不安のエネルギーであるのだが、それを解き放つのは、そのほとんどが恐ろしいまでに純化された、慢性的な文化的断層なのである。このエネルギーが純化すると、それは大概、露骨な物質主義や物欲となり、躁状の博愛主義となり、禁酒法に代表される無知な道徳上の撲滅運動となり、地方や都市の景観を醜くする恐るべき才能となり、芸術家や預言者や告発者や変態や頭のおかしい人間といった、騒ぎ立てるマイノリティたちの多弁や苦痛となり、さらには自傷的なノイローゼ患者となる。だが、ありのままの暴力は現われつづけ、すべてを疑わしいものにしてしまう。

言うまでもなく、アメリカだけが暴力的で、醜く不幸せな国というわけではない。くりかえすならば、それはスケールの問題なのだ。白人たちがライフルを手に、一から始めるべくこの地に足を踏み入れたとき、そこに住んでいたのはたった三百万人のインディアンだった。今日、アメリカの覇権は、三百万人どころか、数え切れない人たちの生活を脅威にさらしているのであり、かれらの多くは、かつてのインディアン同様、「アメリカ合衆国」どころか、「自由の国」という神話的な帝国のことすら聞かされたことがないのである。アメリカの政治はいまだに、「明白なる運命」の夢によって力を得ている。その限界は国境によって示されてはいるものの、今日のアメリカの運命は、世界全体に及んでいるのだ。美徳が行きわたるためには、まだまだ多くの先住民が殺されねばならないし、古典的な西部劇にもあるとおり、よいインディアンとは死んだインディアンのことなのである。こうしたことは、ニューヨークやその近郊のような、特別に住みやすく整備された環境に暮らす人々には、大げさに聞こえるだろうか。では、ハドソン川を越えてみよう。すると、そういうアメリカ人もいるといった程度の話ではなく、むしろ実質的にすべてのアメリカ人が同じ感情を抱いているということがわかるはずだ。

もちろんかれらは、自分たちが何を言っているのか、本当には理解していないのだ。だが、それは言い訳にならない。事実、そうすることで、すべてがそのとおりになってしまっている。抑えられないアメリカの説教癖と、アメリカにおける暴力信仰は、どちらも同じく、成熟を予見しながらも青年期を長引かせてしまう人格ノイローゼの徴候であるけれど、話はそれで終わらない。アメリカの説教癖と暴力信仰は、しっかりと時間をかけて根づいた国家的な精神病なのであり、他のすべての精神病同様、効果的に現実を否認することで成立している。これまでは、それがうまく機能していた。百年前には南部各地が戦場となったが、それを除けば、アメリカ本土で戦争がおこなわれたことはなかった。キューバの海岸でアメリカとロシアの衝突が必至となり、ハルマゲドンかと思われたあの日、タクシーの運転手がこんなことを言っていた。「俺は別に心配していない。前の戦争では従軍したが、もう徴兵される歳じゃない。今すぐ一発お見舞いしてやるのに賛成だね。なにをぐずぐずしてるんだか。さっさと終わらせようぜ。」戦争はいつだってあちら側で起きていて、勝つのは決まって私たちなのだから、爆弾を落としてしまえばいいじゃないか。ボタンを押すだけで済むならば、なおさらだ。……という具合に、アメリカは、終末論的でありながら、健康を過剰に意識する、奇妙なハイブリッド国家なのである。ジョン・ウェイン的な理想を抱きつつ、しばしばジェイン・オースティンの小説に登場するウッドハウス氏のごとき性分をもつというのが、平均的なアメリカの市民なのだ。

尋ねられた質問のいくつかに、簡単に答えていこう。

(1)について。「私たちのシステム」が、ジョンソン氏にあのようなふるまいを強要しているとは思わない。たとえば、ヴェトナムの空爆は、ジョンソン自身が、前の晩にターゲットを決定しているのだから。とはいうものの、大統領が実質的に無制限の決定権をもち、非道で分別なき外交政策を進められる事実上《ディ・ファクトー》のシステムには致命的な欠陥があるのだろう。そのせいで、上院外交委員会の委員長であるとか、そういった立場の人間が必死に抵抗しても、問題にされない。一方の、法律上《ディ・ジュアリ》のシステムは、戦争をおこなう権限を連邦議会に付与している——とはいうものの、帝国主義的な企てや大量殺戮を伴う遠征は、除外されているようだ。ただし、それも明記されているわけではない。

しかしながら、ジョンソン大統領の外交政策が、一派閥の思いつきにすぎないと言いたいわけではない。たしかにかれらは支配権を掌握し、大統領の権限を強め、議会を骨抜きにし、世論を操作している。だが、そうしたことがすべて、ジョンソンの名のもとにおこなわれているということが嘆かわしいのだ。ケネディのときは違った。陰謀があるとすれば、(もはや過去の話かもしれないが)それはもっと事情に通じた国家的リーダーたちが仕組むものであり、そうしたリーダーたちは、これまでは主に東海岸の財閥たちによって選ばれてきたのだ。この国では何世代にもわたって、リベラルな目標が掲げられてきたが、そうしたものをかれらは危なっかしくも巧みに処理してきた――地方に分散した選挙民の関心をローカルな問題に集中させることで人々をノンポリに仕立て、実体のない世論を作り上げてきたのである。もしも公民権に関する法案が国民投票にかけられたとしても、ニューヨーク市のシヴィリアン・レヴュー・ボードと同じ運命を辿るであろう。国民のほとんどは、ゴールドウォーターが信じていることを信じているのだし、これまでもそうしてきたのだ。しかも、ほとんどの人間が無自覚のままに。かれらがこのまま気づかずにいられることを願おう。

(4)について。アメリカにおいて白人社会が黒人たちに平等権を与える約束をしたとは、私には思えない。そうしようとしているのは、一部の限られた白人だけで、かれらの多くは教育があり、経済的にも恵まれている。黒人たちとずっと社会的にコンタクトを取りつづけているものはほとんどいないのである。これこそが、憎しみあふれる人種差別的国家の姿であり、それは当分のあいだ変わることがないだろう。

(5)について。現政府の外交政策は、さらなる戦争を招くだろうし、その規模もまた広がっていくはずだ。希望といえるのは、アメリカがみずからの好戦性とパラノイアを自制していることなのだが、なぜこれが実現しているかというと、西ヨーロッパが疲弊し政治的に機能しなくなっている中で、アメリカが脅威となり、かつまたロシアと東欧諸国のあいだでの新たな世界戦争が危惧され、さらには、アメリカの息がかかった第三世界の国々が腐敗して信頼できない状態にあるためである。同盟国なくして聖戦を始めることは難しい。だが、それをやろうとしているアメリカは、狂気の沙汰と言うほかない。

(6)の質問は、アメリカにおける行政と知識人の分断の意味について、だったろうか？　この問題は、端的にいって、この国のリーダーたちは生粋のヤフーであり、露出狂さながらにそうであることを誇示しているのに対し、リベラルな知識人たちは（その誠実さは、理性をもった人間であれば、かれらは国境など関係なしに同胞となれるところにもっとも色濃く見てとれる）そこまで盲目ではない、ということにすぎない。そして目下、不満やフラストレーションを公の場で口にしようと、かれらは何も失わずに済んでいる。しかし、覚えておいたほうがいいのは、ユダヤ人のようなリベラルな知識人たちは、州の絶対的自治といった類の古典的な政治理論を信奉しがちであるということだ。つまり、かれらが望むのは、賢明なるものが権威をもち、権力を正しく行使することであり、用事深くではあるけれど、かれら自身は本質的に「体制」の仲間なのである。ロシアのユダヤ人は、少なくとも皇帝の臣下とであれば手を組めても、略奪者たるコサック人であるとか、酔っ払いの農夫とは無理であることを知っていた。同様に、リベラルな知識人たちもまた、ごく自然に、大衆の移り気な「気分」に働きかけるよりも、行政官たちの「意思決定」に影響を与えたいと考えてしまうのだ。実際、政府が本当にコサック人や農夫を登用するようになったときにだけ、現在の断絶のようなことが起こる。ホワイトハウスの権力者が、（たとえば）国民を小突き、公衆の面前でタマを掻くような男から、人に触れられることを嫌がり、ロシア詩人エフトゥシェンコのことを「おもしろいやつだ」と評するような男に交代したとしても、アメリカの知識人はそれほど失望しないだろう。かれらのほとんどは革命論者ではないし、たとえそうなろうと思っても、なり方がわからないのである。かれらはたいがい給料をもらっている教授職にあり、制度が少しでも改善されれば、人並みに安心する人間たちなのだ。

(7)最後の質問には、少しばかり長めのコメントを。若者たちの運動には将来性があるかと問われれば、答えはイエスだ。この国で希望を託せるものと言えば、若者たちが大騒ぎをしながらしていることに尽きる。もちろんそこには、若者たちの新しい(理論というよりむしろ、抵抗運動や共同体のアクションとしての)政治に対する関心ばかりでなく、かれらの踊り方、服装、髪型、暴動の起こし方、そして愛の表現といったものも含まれる。他にも、東洋の思想や儀礼に対する敬意や、さらには、これはすべてを認めるわけではないけれど、ドラッグ体験への関心もそこには含まれる——ティモシー・リアリーたちが試みた、口にするのもおぞましいほど俗悪なプロジェクトもあるにはあるが。

レスリー・フィードラーが昨年に発表した「新しいミュータントたち」は、あからさまな考え違いをしているものの、興味深いエッセーだった。フィードラーは、青年の雄性ホルモンが変異していると警告することで、あえて性差を曖昧にするのが若者たちの新しいスタイルであるといった事実に世間の目を向けさせたのである。ティーネイジャーが熱狂する長髪のポップ・グループと、バークレーからイーストビレッジに至る、先進的な若者たちのエリート小集団が、ともに「ポスト・ヒューマニスト」時代の代表者とされ、私たち読者はかれらの中に、「西洋的男性像のラディカルな変化」や「男らしさへの反抗」、さらには「従来の性行能力に対する拒絶」すらも目撃するのだ。フィードラーは、個人の道徳観に生じたこの新しい変化を、「反ピューリタン的な存在様式が、計画どおりに支持された」ことの実例であると診断し、批判の対象とした。(両天秤なふるまいを得意とするフィードラーは、時として、こういった進化を、我がことのように楽しんでいるかに見えるけれど、大筋ではそう嘆いているのだ。)だがもちろん、かれの説明はまったく要を得ない。思うに、かれはきっと、そうした存在様式のせいで、ラディカルな政治や、それに伴う道徳的な理想が、まとめて弱体化してしまうと言いたかったのだろう。（マルクス主義や社会主義、あるいは無政府主義といった）かつての感覚では、ラディカルであることとは、仕事や禁酒や業績や家庭を築くことといった、「ピューリタン」な伝統的価値と結びつくことを意味していた。フィリップ・ラーヴ、アーヴィング・ハウ、マルコム・マゲリッジらと同様に、フィードラーもまた、若者たちの新しいスタイルは、その根本において、政治とは無関係にちがいなく、かれらの革命精神にしても、それは幼稚症のごときものだと言いたいのである。学生全国調整委員会に参加したり、ポラリス潜水艦に乗ったり、コナー・クルーズ・オブライエンに賛同したりする学生が、それと同時に、マリファナを吸ったり、バイセクシャルであったり、シュープリームスに熱狂したりするとき、そうした事実は自己矛盾と捉えられ、倫理的裏切り、あるいは知性の弱さとみなされるのである。

だが、それは違うはずだ。性の二極化の解消を、フィードラーは魅せられたように観察したわけだが、これは自然で望ましい、性革命における（ともすれば、その解体の）第二段階なのである。人間の活動における性という領域は、傷つきはしているがいまだ区別のはっきりしているものだといった考え方や、セクシュアリティの自由な発露が、「社会」により（罪の意識を助長することによって）抑圧されているのだという発見を乗り越えつつある性革命は、今度は、私たちの生き方や、何気なく選択している人格といったものが、快楽の探求や自己認識の可能性のほとんどすべてを抑圧しているといった発見に移行しているのである。「性における自由」とは、浅はかで流行遅れのスローガンだ。はたして何が、誰が、解放されるというのだろう。老人たちにしてみれば、性革命とはいまだに意義深い思想であり、賛成したり、反対したりする対象である。そして、性革命に賛成しているあいだは、この思想はずっと、フロイト主義（あるいは、その亜流）の規範の中に閉じ込められたままなのだ。けれど、フロイトこそはピューリタンだったのであり、フィードラーの学生が苦しげに口走ったように「裏切り者」であった。それはマルクスも同じだ。若者たちが、フロイトやマルクスを乗り越えて、その先を見ようとしているのは正しい。すばらしい遺産の管理は教授連中にお任せし、信仰の義務はすべて免除してしまうがいい。かつて体制に逆らった神たちへの尊敬の念が、たとえ若者たちのあいだで薄れたとしても、落胆する必要はないのだ。

ポストフロイト主義やポストマルクス主義といった、新しい種類のラディカリズムに肩入れすることは、理解はできるけれど、感覚の鈍化のように私には思える。というのも、こうしたラディカリズムは、概念であると同時に、たぶんに経験的なものだからだ。個人的な経験を差し引いてしまえば、傍目にも、それは散漫でポイントを欠いたものとなるだろう。耳をつんざくディスコ・ミュージックに目を閉じ、はげしく身をよじる若者たちであるとか（自分も踊っている場合は別にして）、「ヴェトナムから撤退せよ」と書かれたプラカードとともに、花や寺院の鐘を手にした長髪たちの行進であるとか、あるいは、マリオ・サビオの聴き取りにくい声であるとか、そういったものに不快感を抱くのは簡単だ。そして、これもよく指摘されることだが、若者たちの中でも、こうした才能ある、洞察力をもつ少数派は、死亡率もまた高い。これはつまり、個人的な苦痛と精神的な重圧が途方もないからである。ペテン師、無精者、そして単に正気を失っただけの輩というのも大勢いるだろう。だが、私たちの置かれたこの状況下で意味をなすのは、そうした中から最高のものを手にしたいという複雑な欲望である。すなわち、関わることと「ドロップアウト」することを同時に欲するとか、見た目も手触りも美しくありたいけれど、同時に良い人でもありたいとか、愛を感じ穏やかでいたいと望みつつも、好戦的になって力を振るいたいとか。共感するには、アメリカが今、私の言葉どおりに最悪な状態にあることを、きちんと理解しなくてはならない。が、アメリカ特有の快適さや自由さによって、事態の深刻さは曇らされ、よくは見えないのだ。状況がここまで悪くなっているというのに、大方の人間がそれを信じていないのも無理からぬことである。そういうわけで、こうした若者の突飛な行動となると、ほとんどの人はあの、文化的ファッションに身を包んだ通りすがりのパレードに見られるような、ぎょっとする出で立ちを思い出す。かれらを品定めするその目つきは、好意的ではあるけれど本当はうんざりもしていて、お前たちのことはわかってると言わんばかりのものなのだ。私だってラディカルだったさ、若い頃はね。悲しげな瞳は、そう言っている。では、こうした若者たちが大人になり、私たちが気づかねばならなかったことに気がついていくのは、いつのことだろうか。事態が本当には変わることなどなく、変わっても、それは悪くなっていくだけだということに。

私自身の経験と観察に照らしてみれば、再定義された性革命と、再定義された政治的革命は、深いところで一致していると言える。社会主義者であることと薬物を摂取すること（ただし、鎮痛作用や高揚のためではなく、みずからの意識を探究する方法として、いたって真面目な気持ちでの摂取）は矛盾しないし、内的宇宙の探究と社会空間の是正のあいだにも、矛盾はない。一部の若者たちが理解しているように、これらすべてを丸抱えしているのが現代アメリカ人（とその模倣者たち）の人格構造なのであり、それは徹底的に見直されなければならない。（もちろん、ポール・グッドマンやエドガー・Z・フリーデンバークらが以前から言っているのも、これと同じことである。）この見直しには、西洋の「男性性」も含まれる。かれらの信じるところでは、社会主義的な制度改革も、選挙やその他の手段による、比較的まともな指導者たちの支配も、それらによって変わることなど何もないのであって、その信念は正しいのだ。

若者の中には、東洋（より一般的には、非白人世界の叡智）に傾倒する向きも一部に存在するが、それもまた、私には馬鹿にできない――とはいうものの、かれらの執着は大概、無知で退屈なものだが。（その一方で、東洋思想は「女性的」で「受け身」であり、だから脱男性化された若者たちが惹かれるのだ、とするフィードラーの当てこすりほど、無知をさらけだしているものもないだろう。）かれらはなぜ、そこにしか叡智を探さないのだろうか。左翼も右翼も皆、アメリカが西洋白人文明の頂点であると言う。そうであるならば、西洋白人文明は、何かとてつもない過ちを抱えているにちがいない。この真実は痛ましいが、誰もそこまで心配してはいられない。「過去に関わろうとしていない」だとか、「歴史からドロップアウトしている」だとか、そうやって若者たちを責め、かれらを非難しているほうが、もっとずっと簡単なのである。ただし、かれらがドロップアウトする歴史は、フィードラーが心配そうに口にする、本物の歴史などではない。若者たちは、私たちの歴史からドロップアウトするのである。フィードラーの言葉を借りれば、その歴史とは「人間の伝統」であり、「理性」そのものの伝統だ。もちろん、この惑星における生というものを、純然たる世界史的観点から価値判断することは難しい。そんなことをしても目がくらむだけだし、ともすれば死にたくなるにちがいない。けれども、若者たちが（汚い言葉や、ペヨーテや、マクロビオティック・ライスや、ダダイスト・アートによって）否認しているローカルな歴史は、世界史的な観点に立ってみれば、たしかに満足いくものではなく、永続する価値があるかどうかも定かではない。この特殊な文明が世界にもたらした変化を埋め合わすことができるのは、モーツァルトでもなければ、パスカルでも、ブール代数でも、シェイクスピアでも、議会政治でも、バロック様式の教会でも、ニュートンでも、女性解放でも、カントでも、マルクスでも、バランシンのバレエでもないということ。それが真実なのだ。白人種は、人類の歴史の癌そのものである。白人種だけが――そのイデオロギーと発明によって、拡散する先々にある自律的な文明を絶滅させ、惑星の生態系バランスを転覆し、今や、生命そのものの存立を危うくしている。理想に燃え、崇高な芸術を生み、知的冒険に長け、世界征服をめざす「ファウスト的」なる西洋人は、モンゴルの襲来など及びもつかないほどの脅威をもたらし、それは今もつづいている。

言葉にされることはほとんどないけれど、こうしたことを、一部の若者は感じているのだ。私はあらためて、かれらはまちがっていないと信じる。かれらが勝利するとか、この国に何か大きな変化をもたらしてくれそうだとか、そうしたことを言いたいのではない。ただ、みずからの魂を救いうる者たちは、少なからずいるだろう。エマソンやソローに始まり、メイラー、バロウズ、シラルド・レオ、ジョン・ケイジ、ジュディス・マリーナとジュリアン・ベックに至るまで、みずからの魂の救済という企てに情熱を傾けるには、アメリカはうってつけの国なのだから。そして、事態がここまで悪化し、耐えがたいほどになると、救済は、あまりに月並みな、必然的な帰結となるのである。

蛇足とは思われたくないが、最後にもうひとつ、喩え話を。十九世紀初め、ゲットーを去ったユダヤ人は、不可視の民族となることを運命づけられた。近代社会へのユダヤ人の同化は、致命的な出来事であり、その副産物として、芸術や科学や一般的な学問領域における信じがたいほどの創造性の爆発があった。つまりは、鬱屈した強大な精神力が、別の方面に向けられたのである。このとき生まれた、革新的な芸術家や知識人たちは、俗にいう、疎外されたユダヤ人ではなく、ユダヤ人として疎外された人たちなのであった。

アメリカに対する私の期待は、ユダヤ人に対するそれと大差ない。この国は滅びる運命にあると、私には思える。このとき、私の唯一の願いは、沈みゆくアメリカが、この惑星の他の部分をも道連れにしないでほしいということだ。ただ、そうした長きにわたる茫漠とした苦しみのうちにあってなお、アメリカには、慎み深くて繊細な若者たちによる、少数派のジェネレーションが、ごくかすかにだが育っていることに、人は気がつくべきなのだ。かれらこそは、アメリカ人として疎外された若者たちであり、大人たちのカビの生えた真実などに(たとえそれが真実であるにせよ)、かれらが関心を抱くことはない。もっと多くの大人たちが、かれらの言葉に耳を傾けるべきなのだ。

(一九六六年)

ハノイへの旅

アメリカのヴェトナム侵攻に対して、私はかねてより断固反対の立場を取っているし、今もそのことに変わりはないけれど、四月半ばに打診された私自身のハノイ訪問という思いがけない誘いについては、たとえ引き受けるにせよ、帰国後もその旅についての回想録は絶対に書くべきではないと思っていた。なぜなら、ジャーナリストでも政治運動家でもない私は（とはいえ、反戦の署名はしょっちゅうだし、反戦デモにも参加するのだが）、アジアに詳しいわけでもなく、むしろ何であれ専門家と呼ばれることを頑なに拒否してきた一介の物書きなのであって、日々進化するみずからのラディカルな政治的信条や、アメリカ帝国の一市民であるという道義的なジレンマを、いまだに小説やエッセーのかたちにできてはおらず、だからそんな私が自分のハノイ行きを文章にしたところで、すでに雄弁に語られてきた反戦声明に新しい見解を付け加えることなど何もないような気がしていたのである。アメリカ人がヴェトナムについて文章を発表するのであれば、それはただ、戦争反対の議論に資するものでなければならないと思っていたのだ。

この時点ですでに、状況は悩ましいものとなっていた。北ヴェトナムに招待されたことを正当化しようにも、私にはふさわしい目的がなかった。今回の訪問を、（自分あるいは他の誰かにとって）有益なものにできるといったはっきりした意図があったならば、ハノイで目撃したことを選り分けたり取り込んだりすることは、それほど難しくは感じられなかったはずである。作家なのだから、ヴェトナムは「ネタ」になる。そんなことを折にふれて思い出していれば、困惑する頻度もいくらかは軽減したかもしれない。けれども現実は、ハノイに着いてからの数日間、鬱状態に陥らぬよう努力するのが関の山で、気持ちはまったくと言っていいほど奮い立たなかった。さて、今や私はアメリカに戻っており、北ヴェトナムについてはやはり何か書きたいと思ってしまうのだが、だからと言って、最初の頃の、あの決意を後悔したりはしない。書き手というポジションを拒否することで、みずからの無知を棚に上げたり、不愉快な思いを避けるといったことをせずにすんだため、私は今回の旅から、たくさんの予期せぬ発見を得ることができたのである。

もちろん、ハノイ行きを「仕事」にしなかったということだけが、困惑の原因ではなかった。私を襲ったのは、ひとつには、人が文化的な迷子になってしまったときに引き起こす率直な反応というやつで、そうした困惑は直截的で避けがたいものだ。他にも、アメリカ人が単独でハノイを訪れることは皆無と言ってよく、ヴェトナム側の都合もあって、最低でも二人、通常であれば三人から五人の、見知らぬ者同士のグループで訪問せざるをえないといった事情もあった。北ヴェトナムに行く私のグループは三人で、アンドリュー・コプキンドというジャーナリストと、コーネル大学出身の数学者にして、今はもっぱら反戦運動家として活動しているロバート・グリーンブラットという男がメンバーだった。二人とは、四月下旬にカンボジアで落ち合ったのだが、それまではどちらとも面識はなかった。しかも、旅のあいだじゅう、私たちは望むと望まざるとにかかわらず、たえず身を寄せ合っていなくてはならなかった。その近さは、ロマンスに発展するか、さもなくば身の危険を覚えるほどのものので、しかもそれは休みなく、少なくとも一か月はつづいたのだった。（訪問自体は、二週間の予定だった。だが、飛行機の遅延と乗り継ぎの失敗で、ニューヨークからハノイまで、パリとプノンペンを経由していくのに十日を費やし、帰国にも一週間ほどかかった。）かくして、ひとり旅ならいざ知らず、団体行動をしていた私の関心の大半は、ヴェトナム人ではなく、旅の仲間たちへと向けざるをえなかった。とはいうものの、往々にして私は、みずから進んでかれらと関わろうとした。

こうした仮初めの親交を結ぶにあたって、どうすればこの赤の他人たちと争うことなく、分別をもって暮らしていけるのか。それを知ることが、急務だった。もちろん、二人は著名人だったし、アンディ・コプキンドの文章については、私は以前よりすばらしいと思っている。だが、そうした相手であるからこそ、なおのこと気を使う必要があった。

なれない土地にいるせいで、互いへの関心は高まった。（ボブ〔ロバート の愛称〕・グリーンブラットも私も、アジア訪問は今回が初めてだった。アンディ・コプキンドは、五年前に一度、アジアを旅したことがあると言い、そのときは、サイゴン、バンコク、フィリピン、日本を訪れたようだ。）また、私たち以外に英語を母語とする人間はいなかったし（合衆国の広報文化交流局の事務員と、ラオス滞在のアメリカ人ジャーナリストは除く。私たちはラオスで、四日間の足止めをくらったのだが、私たちがハノイに到着した翌週に、民主社会学生同盟の奨学生である、四人のアメリカ人大学生が現地にやってきた）、そういったことが積み重なって、私たちはどうしても、三人でかたまって時を過ごすことが多くなった。楽しいひとときというよりも、それは熱にうかされたような時間であった。

とはいえ、こうした特殊環境に置かれたことが原因で、ヴェトナムに対する私の第一印象が、あのように暗く、残念なものになってしまったのだとは思わない。たしかに、初めての土地で、任意に選ばれた運命共同体の一員であることのプレッシャーは感じていたし、注意散漫でもあったかもしれない。だが、つきつめて言えば、自分の要求と、それに対する制限といったものを同時に感じてしまったことが、あのような第一印象の最大の原因であった。合衆国政府によって与えられた、ヴェトナム人の身を切るような苦しみ。この四年間というもの、その苦しみを想像するたびに、私は、はらわたの煮え繰りかえるような思いをしてきたのだが、いざ現地を訪れてみると、贈り物に花束、美辞麗句にお茶といった、過剰ともいえる歓待を受けて、自分が一万マイルも遠くに来たことを、つい忘れそうになってしまった。それればかりか、ハノイは、私の想像以上に神秘的で、知的な混乱を覚えることばかりだった。ヴェトナム人をきちんと理解することなど到底無理であると、気弱になったり驚きを感じたりしたけれど、それは私や私の国を理解しようとしたヴェトナム人にとっても同じことであっただろう。

私はこの問題を真剣に悩んだが、結果は失望に終わった。けれども、ひょっとしたら、こうした問題に向き合えたことこそが、少なくとも私にとって、今回の旅におけるもっとも価値ある収穫だったのかもしれない。なぜなら、そこで私が得たものは、ふだん入手できる「情報」(という言葉が一般に意味するもの)とはまったく違っていたからだ。ヴェトナムに関心のある人間として、私もすでに多くの知識は得ていた。しかし、わずか二週間で獲得した情報に比べれば、事前に入手できるようなものは、質量ともに見劣りしてしまう。ハリソン・ソールズベリーが「ニューヨーク・タイムズ」に寄稿した、一九六五年十二月から一九六六年一月までの滞在記(これは、後に加筆され『ハノイは燃えている』となった)であるとか、反戦運動家のアメリカ人として初めて北ヴェトナムを訪れた、ストートン・リンドとトム・ヘイデンの共著『ジ・アザー・サイド』であるとか、そういったものから、フィリップ・ドゥヴィレールとジーン・ラクチュールがフランスの新聞に発表した分析結果や、帰国後に読むこととなったメアリー・マッカーシーの最新記事に至るまで、ハノイと北ヴェトナム広域をめぐる物語は、さまざまな書き手によって多種多様に紡ぎ出されている。だが、そのヴィヴィッドな描写を通して私たちが窺い知ることできるのは、同情的であったり、せめて理性的に事態を客観視しようとする、部外者たちの傍観的な眼差しである。また、フランスが撤退した一九五四年以降の、この国のあゆみ——医療サービスの拡大、教育の再編成、適切な工業基礎の創設、さまざまな農業の開始——についても、誰だってその気になれば情報を入手できる。だが、それよりもさらに情報収集が簡単なのは、アメリカの爆撃がおこなわれた時期に何があったかということだ。アメリカは、北ヴェトナムのすべての人口密集地を狙い、無慈悲な爆撃をおこなった——ハノイの中心部は除外されたが。（しかしながら、この地域には、建物は破壊せずに人間だけを殺す、「対人」の破砕性爆弾が浴びせられた。）そしてまた、一九五四年以降に建造された新しい学校や病院や工場が、多くの橋、劇場、寺の塔、カトリック教会、大聖堂などとともに、実質的な壊滅状態にされてしまった。私自身を振り返ってみても、これまで何年ものあいだ、本を読んだりニュース映画を見たりして、ヴェトナムに関する種々雑多なイメージを集めた、大きなポートフォリオを作ってきた。ナパーム弾による犠牲者、自転車に乗った市民、藁葺きの小屋の村落、ナムディンやフーリーのような破壊された都市、ハノイの歩道沿いにある円柱形の一人用防空壕、小学生が弾の破砕から身を守るために被らされている厚地の黄色の麦わら帽子。（映像化され、統計化された、頭に焼きついて離れない惨状は、テレビや、「ニューヨーク・タイムズ」や、「ライフ」が提供してくれるのであって、私たちはもはや、ウィルフレッド・バーチェットの非公式なパルチザン的著作や、ラッセル財団の国際戦犯法廷が編集したドキュメンタリーを、わざわざ参照する必要すらなくなってしまった。）しかし、これらのイメージの原型に直面したからといって、それをシンプルな経験と呼ぶことはできない。むしろ実際は、触れたり見たりすることで、人の心は興奮したり、麻痺したりしてしまう。うまくやろうとしても、できることはせいぜい、目の前の現実と心象風景を、機械的に、あるいは単なるおまけのような感覚で重ね合わせてみるぐらいで、それにそもそも、ヴェトナムの役人や一般市民に会って新事実を引き出すような作業は、私にとって専門外の仕事であったのだ。認識を改めず、意識も変えることなしにヴェトナムを訪れていたら、行っても行かなくても同じ、ということになっていただろう。けれど、何をするにも私の感覚は、自分の属する文化に縛られ、混乱していたから、こうしたことが本当に辛い体験となった。

そう、ヴェトナムはすでに、私自身の、アメリカ人としての意識の中に存在していたのであり、だからこそ、私は躍起になってそのヴェトナムを、この頭の外へと追い出さねばならなかった。ばかげた喩えではあるけれど、現地に初めて立つという経験は、さながら、有名な映画俳優と対面することに似ていた。つまり、これまで何年も想像の世界の住人でしかなかった俳優は、実際に目にすると、あまりに小さく、精彩さに欠け、エロティックでもなく、ほとんど別人といった具合なのだ。確かだと思えるのは非現実なことばかりで、それは現地に到着した晩から始まっていた。国際休戦監視委員会の用意した小型飛行機は、予定より遅れてヴィエンチャンを発った。フライト中の私は、ずっと不安を抱えていたけれど、数時間後、夜のハノイのザーラム空港に到着してみると、生きて大地を踏めたことに安堵し、ここがどこで、自分が誰といるのか、そうしたことがわからなくてもどうでもよくなっていた。贈られた花束を抱えた私は、笑顔で出迎えてくれた平和委員会の男性四人組の名前をまちがえないようにしながら、暗い離着陸エリアを横切った。仮に、このフライトと着陸を幻影のようなものとするならば、到着後の出来事は、途方もない逆投影のごときものであり、時間も規模も動きも、鮮やかすぎるほどに引き伸ばされ、遠近感をつけられてしまった。最初、私たちは人気《ひとけ》のない空港で、数分、いや小一時間ほど、ヴェトナム人とぎこちなくおしゃべりをしながら、手荷物が出てくるのを待った。次に、三台の車に分乗し、暗闇に走り出し、リズミカルに揺られながらハノイへ向かった。空港から少し離れると、でこぼこした砂利道に入り、それからレッドリヴァーに差し掛かると、爆破された鉄橋の代わりであるという、狭い、ぞっとするような浮橋の上をそろそろと渡った。だが、反対岸に着くや車はたちまちスピードを上げ、ハノイに入って薄暗い通りを抜けていくと、漕ぎ手の顔も見分けられないような自転車に溢れた騒々しい大通りが開け、その流れの先に現われたホテルの前で、車はついに停車した。ホテルの名前はトンニャットといい、それは「再統合」という意味であると、誰かが言った。何様式なのかはっきりしない、巨大なビルだった。一ダースほどの人間が、だだっ広いロビーのまわりに座っていて、多くは東洋風ではなかったけれど、その時点ではまだ何人なのかはわからなかった。上階に連れていかれ、広い客室を見せてもらった後、殺風景なひと気のない食堂で遅い夕食を出された。頭上では、数列のファンがゆっくりと回っていた。「われわれの」ヴェトナム人は、ロビーで私たちを待っていた。合流した私たちは、もう遅くはなっていたけれど、少し散歩に出かけませんかとかれらを誘った。外に出ると、興奮は冷めていった。人影のほとんどない通りを歩くと、トラックが何台も固まって停車していた。テントとテントのあいだに停められたトラックたちは、一晩中つづく「機動性の作業場」や、「分散工場」の目隠しなのだと、かれらは教えてくれた。私たちは、プティ・ラックにある一柱寺仏塔まで歩き、そこでしばらく、古代ヴェトナムの歴史物語を聞いた――私にはほとんど理解できなかったけれど。ホテルのロビーに帰ると、今度はオアンという、見るからに平和委員会のグループのリーダーらしき人物が、もう寝るようにと私たちに優しく告げた。かれの説明では、ハノイの人々はとても早い時間に起きて、朝食をとるらしい。（空爆が始まって以来、ほとんどの店は朝五時にオープンし、数時間経つと閉店してしまうのだ。）明日はたまたまブッダの誕生日ということで、私たちは翌朝八時に迎えにきてもらい、パゴダに案内してもらうことになった。それからヴェトナム人たちと連れの二人に、しぶしぶという感じでおやすみを告げたことを覚えている。自分の部屋に入り、ベッドを覆う白い蚊帳の吊るされた、高いポールと十五分ほど格闘したあと、ようやく私は、寝苦しく、いらいらとした、けれども幸せな眠りに落ちていった。

もちろん、あの夜の北ヴェトナムは、非現実なものだった。だが、この土地は以後もずっと、その非現実さ、あるいは不可解さのうちにありつづけた。戦時下の夜のハノイに私が覚えた、あの忘れようにも忘れられない最初のイメージは、たしかに、日中の平穏な体験を重ねることによって中和されていった。トンニャットホテルは、ふつうのサイズにまで縮んでいき（その姿は、フランス植民地時代のメトロポール・オブ・フレンチを想像してほしい）、自転車と歩行者が整然と流れていただけの通りに、歳も性格も異なる人々の姿を見ることができるようになった。プティ・ラックとそのそばの並木通りは私たちのお気に入りの場所となり、一人であれ二人であれ三人全員であれ、外が暑すぎず時間が余ったときには、いつでもガイドもなしで気ままに歩きまわった。欧米のものに限定された、私のなじみある都市のいずれからも遠く、いずれとも似ていないハノイが、俄然、不気味な親近感を帯びはじめていた。しかし、嘘偽りないところを言えば、この土地はやはり、ただひたすらに異国なのであって、私は結局、その「遠さ」以外は何も理解できなかったのである。映画『ヴェトナムから遠く離れて』の中の見事なエピソードにおいて、ゴダールはこんなことを述べている。(そのナレーションを聴く私たちは、実際には撮影をしていないカメラの後ろに座るゴダールの姿を見ている。)もしも私たち一人一人が心の中にヴェトナムを作り出したならば、それも、実際にそこに行くことができないときにそうすることができたなら(ゴダールは北ヴェトナムでの撮影を望んだが、ヴィザが発行されなかった)、それはすばらしいことである、と。チェ・ゲバラは、アメリカの支配を穿つためには、「二人の、三人の、たくさんのヴェトナム人」を創造することが革命家の責務であるとしたが、ゴダールの言葉もまた、そうしたチェの行動原理の変奏であった。私はこれまで、このゴダールの指摘を正しいと考えてきた。だから、この四年間というもの、私は頭の中に、肌の下に、そしてみぞおちのあたりにも、ヴェトナムを創造し、そしてそれに耐えてきたのだ。だが、数年間にわたって私が考えつづけてきたヴェトナムには、ほとんど何も書き込まれることがなかった。それはまさしく、アメリカ製のパテで埋められた鋳型にすぎなかったのである。問題は、自己の内面に向き合う思索が足りないことではなかった。問題は、束の間であれ、私が今(ゴダールより幸運なことに)現実にヴェトナムにいることであり、さらには、政治的にも道徳的にも連帯意識をもっているヴェトナムにいて、けれどもなぜか、知的にも感情的にも、十全な関係性を結べずにいることにあったのだ。

ヴェトナム滞在の初めにあった、こうしたさまざまな苦労を伝えるためには、きっと、私自身の日記を読んでいただくのが、もっとも効率的であるのだろう。五月三日の到着から始まる、一週間分の記録の中から、下記にいくつか抜粋していこう。

五月五日

文化的な違いほど、それを見極めること、すなわち、それに打ち克つことが難しいものはない。習慣の違いがあり、スタイルの違いがあり、その結果としての、実体の違いがある。（だから、私の印象に残ったことのどれくらいがアジア的なものであり、とりわけどれくらいがヴェトナム的なものであるのか、初めてのアジア旅行で理解できるとは思えない。）相手が客人であれ、異邦人であれ、外国人であれ、そしてもちろん敵国の人間であっても、ヴェトナム人による接待は、明らかに、どれも私たちのやり方とは異なっていた。そして確信したのは、ヴェトナム人は言葉に対して、私たちとは違ったつきあい方をしているということだった。その違いはなにも、私たちの会話のほとんどが通訳を介さねばならなかったとか、そもそも自分がしゃべるときはスピードを落としてシンプルなセンテンスを心がけなければならなかったとか、そういったことばかりが原因ではない。なにしろ、英語やフランス語が話せるヴェトナム人との会話でさえ、それはまるで幼いおしゃべりのようだったのだ。

これらすべてに加えて、子供同然の状態が強いられる。すなわち、時間を管理され、案内をされ、説明をされ、もてはやされ、甘やかされ、親切な監視下に置かれる。一人の子供として、というよりも、子供グループの一人として扱われることがしゃくにさわる。こちらを見ている平和委員会のヴェトナム人四人組は、さながら私たちの看護師か教師のようにふるまうのだ。がんばってはみるものの、私には、かれら一人一人の見分けがつかない。ということは、かれらもまた、私を区別できていないのかもしれない。そこにはいつも、かれらを喜ばせよう、良い印象をもってもらおうと、まるで授業で良い点を取りたがっている子供のような私がいる。私は自分を、教養があり、礼儀正しく、何事にも協力的で、素直な人間であるかのように見せている。そうすることで私は、なおさら自分を出来の悪い子供のように感じてしまうのだけれど、本当は子供でもなければ、アピールしているほどわかりやすい人間でもないので、私には自分が、まるで詐欺師のようにすら感じられてしまう。（ひょっとしたら私は、こんなふうに率直かつ明快な人間でありたいと望んでいるのかもしれないけれど、それは言い訳にならない。）

たぶん、私が善意からかれらを騙し、わかりやすい自分を演じているとするならば、それはかれらにしても同じであろう。だからだろうか、区別できて当然なのに、私には、かれらの表面的な特徴ぐらいしかわからない。たとえば、個としての印象が一番強いのは、オアンだ。かれの歩き方や座り方は、チャーミングに崩した「アメリカ流」で、かれは時折、むっつりしたり、慌てふためいたりしてみせる。（一九五〇年代の初めにフランス軍に捕まったかれの妻は、一年間におよぶ拷問を受け、以来ずっと病んでいるとのこと。また、かれには小さな子供が何人かいるらしい。）ヒエウには、くすくす笑ったりする少年らしさがある反面、若き官僚としての、きちんとした落ち着きも備わっている。一番愛想が良いのはファン。かれはいつも息急き切って、うれしそうにおしゃべりをする。かれはまた、私が会ったヴェトナム人の中でも、珍しく肉づきがいい。トアンは、だいたいにおいて真剣で、わずかに怯えた感じもする。こちらから質問しないかぎり、かれは決してしゃべろうとしない。……まだ他に何かあるだろうか？　最長老は、ファンだと思う。今日、オアンが四十六歳と聞いて、とても驚いた。私の目にはどうしても、ヴェトナム人はみな（髪が薄くも白くもなっていない男性は特に）、少なくとも十歳は若く見えてしまう。

ヴェトナム人を個人として見ることを特に難しくしているのは、ここにいる誰もが、皆同じようなしゃべり方で、同じような内容を口にしているからだ。訪れる先々で、いつも同じようなもてなしの儀式がくりかえされると、そうした印象はどんどん強くなっていく。がらんとした部屋と、低いテーブルと、木の椅子と、ときどきカウチ。握手をして、テーブルを囲むようにして着席する。テーブルには、お茶の入ったカップとプレートが並び、その上には、熟れすぎた緑色のバナナや、ヴェトナムタバコや、湿気ったクッキーや、紙に包まれた中国製のキャンディが盛られている。私たちの紹介がおこなわれる。相手が自分たちの名前を言う。ふたたび握手。一休み。それから、どこの訪問先（工場、学校、内閣府、博物館）でも同じように、スポークスマンがこちらを見つめ、笑い、「友よ《カク・バン》……」と口にして、歓迎のスピーチが始まる。カーテンの向こうから人が来て、お茶を注ぎ出す。

五月六日

もちろん、ここに来たことを後悔してはいない。ハノイにいることは、少なくとも私の義務であり、個人的にも政治的にも大事な確認作業なのだから。ただ、私がまだ甘んじることができないのは、ここが政治的な劇場でもあるということだ。かれらは自分たちの役を演じ、私（たち）は私（たち）の役を演じなければならない。こうしたことを重荷に感じてしまうのは、かれらがすべての脚本を書いていて、芝居の演出もまたおこなっているからにほかならない。そうであるのは仕方がないが——私たちはボランティアであり、エキストラであり、ステージを降りて安全な客席に座ることも許されている端役であるのに対して、ここはかれらの国であり、かれらは生死を賭けた戦いの最中なのだ——、なんだか自分のふるまいが義務的なものに思え、すべてのパフォーマンスが悲しげに思えてしまう。

私たちが演じているのは、戦うヴェトナム人にとっての、アメリカの友人という役だ。（合衆国内の反戦運動にさまざまなかたちで関わっている四十人ほどのアメリカ人が、私たちの前に、すでに同様の旅を敢行している。）ハノイへの旅は、ある種のご褒美であり、さもなくば取引である。もてなしを受け、頼まれてもいないことに力を注いでは感謝される。そしてふたたび、連帯の意識を高めて帰国すると、それぞれのやり方で、アメリカの現在の政策に対する抵抗をつづける。

もちろん、こうした集まりの特徴として、互いへの礼儀正しさは申し分ない。個人としても、集団としても、この旅の理由を問われることはない。私たちは（以前この地に招待され、ヴェトナム人の信頼を得たアメリカ人によって）推薦されており、かつまた、みずから望んで（旅費はすべて自腹であり、合衆国に戻れば、起訴されるリスクもある）ここに来た。その点において、ボブもアンディも私も、やる気のうえでは対等であるように思える。ここにいる誰一人として、私たちが反戦のために、何か特別な運動をしているかなど尋ねてこないし、自分の行動を正当化できますかとも問うてこない。それというのも、私たちはそれぞれ、自分にできることをやっているということが、ここでの前提となっているからだ。私たちが共産主義者でないということを、ヴェトナム人のホストたちは明らかに知っているし、実のところ、かれらはアメリカの共産党に対して微塵の幻想も抱いていないようなのだが――「友人と呼べる共産主義者は、合衆国にはあまりいないと理解しております」と、とある政府の役人が冷淡に言っていた――、やはりかれらは、誰一人として私たちの政治的信条を詮索してこない。そう、私たちはみな「友だち」《カク・バン》なのだ。

「アメリカ人が友だちであることは知っている。アメリカ現政権だけが、われわれの敵なのだ」と、皆が言う。あるジャーナリストは、私たちが「アメリカの自由と威信を護ろうとしている」と、面と向かってその努力を賞賛してくれた。こうした潔い姿勢はすばらしいと思うけれど、その無邪気さには苛立ちもする。かれらは本当に、自分の口にしたことを信じているのだろうか。アメリカについて、何も理解していないのではないか。かれらは子供——美しく、我慢強く、勇敢で、殉教者然として、頑なな子供——であると、もう一人の私が言って聞かない。そして私は、今回の訪問であてがわれた役割にもかかわらず、自分は子供ではないとわかっている。公園で私たちの横を通りすぎた兵士の顔にも、初老の仏教学者の顔にも、そしてホテルの食堂のウエイトレスの顔にも、優しい照れ笑いが浮かんでいたが、それと同じ笑顔を、私は今日、ハノイ郊外にある疎開用の小学校で面会し、並んで挨拶をしてくれた児童たちの顔にも見ることができた。私たちもまた、同じように子供たちに笑いかけた。訪問先で贈り物やお土産をもらうことはなく、去り際にはボブが、反戦ボタンをひとつかみほど配っている。(バッグにぎっしり用意してくれたので助かった。)ボブのコレクションはいろいろだが、昨年十月にあったペンタゴン前の行進の際の、青と白のばかでかいボタンが格別だった。私たちはそれを、特別な機会のためにとっておくことにした。大きな反戦ボタンで飾り立てた子供たちと、ヴェトナムの赤と金の小さなバッジを胸につけた私たち。そのシーンを想像して、感動せずにいられるだろうか？　だが、それは同時に、悪しき信仰に身を置くことなのではないだろうか？

私の抱く、悪しき信仰の本質。それは、倫理的なおとぎの国の存在を信じて自費で訪問し、その二次元な世界で自分の(かれらの)仕事を始めているにもかかわらず、心の中では、アメリカでの生活があった、あの三次元で質感のある「大人」の世界に思い焦がれているということだ。

(かれらの、そして私の)役回りには、言語の様式化が不可欠だ。会話のほとんどは、シンプルで叙述的なセンテンスを使い、何かを伝えたいときは、すべて解説や疑問のかたちで話す。ここではすべてが平等だから、単語もすべて同じ語彙だ——紛争、爆撃、友人、攻撃者、帝国主義者、愛国主義者、勝利、兄弟、自由、統一、平和。言語をフラットにしてしまうかれらのやり方に、私は強く反発を感じているけれど、気がつくと自分も、何か実用的なことを話すときは、同じように——衝動を抑えて——平板に話さなければならなかった。そしてときには、「あやつり人形の軍隊」（サイゴンの政府の軍事力を揶揄している）であるとか、「アメリカン・ムーヴメント」（私たちだ！）であるとか、より大げさなここでの添え名も使うことになった。幸い、私はすでに、こうしたキーワードには親しみを覚えていた。昨年のうちに、私は合衆国で、（ベトコンではなく）「前線」や（ニグロではなく）「ブラックピープル」や（民族解放戦線ではなく）「解放区」といった表現を使いはじめていたのだ。しかし、私にはそれを正しく使うこと、すなわち、ヴェトナム人の視点で使うことはできていない。「マルクス主義」と私が言うとき、それは通訳によって「マルクス・レーニン主義」と訳されている。そしてかれらが「社会主義陣営」と言うとき、私が口にできるのは「共産圏の国々」ということぐらいなのだ。

かといって、かれらの言葉をまちがいだと決めつけているのではない。思うに、かつて政治的な現実や道徳的な現実というのは、共産主義者のレトリック同様にシンプルなものであったからだ。フランス人とは「フランス植民者」だったのであり、アメリカ人とは「帝国主義の侵略者たち」で、グエン・バン・チュー／グエン・カオ・キ政権は「あやつり人形の政府」なのである。だとしたら、私をしぶらせているのは、どんな口やかましい判断基準なのか。あるいはそれは、バッド・ヴァイブレーションの類なのか？　政治的に早熟だった私は、少女時代に「ＰＭ」やコーリス・ラモントやロシアについて書かれたウェブス夫妻の本などを読み、それから、北ハリウッド高校の二年生頃までには、ウォレス陣営の選挙キャンペーンで働いたり、米ソ友愛会が主催するエイゼンシュテイン監督映画の試写会に参加したりしてきたが、当時からすでに、こういったレトリックは不適切であると言われていたし、今回のものも、そうした古い信念によるものなのだろうか？

だがたしかに、アメリカの共産党による凡庸な詐欺行為とも、一九四〇年代にあったシンパ活動の特別なペーソスとも、一九六八年春の北ヴェトナムは関係がない。にもかかわらず、ひとたび言葉が裏切られると、そこに真面目な響きを取り戻すことの、何と難しいことだろうか。たったここ二年のあいだに（それはほとんどすべて、ヴェトナム戦争の影響なのだが）、私は「資本主義」や「帝国主義」といった言葉をふたたび口にするようになってしまった。十五年以上、資本主義も帝国主義も、この世界はずっと事実でありつづけてはいたのだけれど、言葉自体は、単純にもう使われることのないもの、すなわち死語であって、信用できないとされていたのだ。（なぜなら、不誠実な人々の手に握られた道具となったからだ。）多くのことが、こうした最近の言語的決定に含まれている。私の歴史的記憶、美学的感覚、そして未来とはなにかという考えと、新たな結びつきをもちはじめている。私がマルクス主義や新マルクス主義の言葉の要素をふたたび使いはじめたことは、ほとんど奇跡のように思えるし、歴史的沈黙が不意に止んだかのようであり、もはや理解できないと思っていた問題に新たに取り組む機会となった。

にもかかわらず、私がこの地で耳にした、ヴェトナム人の口にする決まり文句は、公的な言語の一部のように思えて仕方がなかったし、それゆえに、かれらの言葉はふたたび異国のものとなってしまった。私は別に、この言語の真実（つまり、これらの単語が指し示す諸々の現実）に言及しようとしているわけではない。もちろんこの言語の真実は認めているけれど、言いたいのは、それがあらかじめ前提する感性の、その文脈や幅についてなのである。ヴェトナム人の話し方に痛々しさを感じるのは、倫理と美学のあいだにずれが生じているからだ。私の知るかぎり、たとえひどく質素で、物質的に困窮した状態に追いやられようと、ヴェトナム人は、活力にみちた、熱烈とさえ形容しうる美学的感覚を手放さない。たとえば、アメリカの空爆がヴェトナムの田舎の美を破壊したとき、人々は一度ならず、その憤りや悲しみをきわめて素朴に表現した。ある者は、シーダー・フォールズやジャンクション・シティといった「多くの美しい地名」について、これは「南部の残酷な軍事作戦」のためにアメリカが付けたものであると解説した。しかし、ヴェトナム人の得意とする思考法や演説法というのは、遠慮のない教訓的なものだ。（ヴェトナム人にとって、これはきわめて自然なことであり、いかなる接ぎ木的行為にも優先される、共産主義的言語の道徳的な枠組のもつ文化的な特色なのかもしれない。）ひょっとするとそれは、より複雑でより高度な判断をする際の、発達した美学的意識のもつ一般的な傾向なのかもしれないが、一方でそれは、物事を簡単に、単純化すらしてしまおうとする道徳的意識に存するもので、それは耳にも——翻訳された限りではあるけれど——堅苦しく、古めかしく響くように意識されているのだ。ここには、「アメリカの帝国主義者と、南ヴェトナムの知識人を虐待するゴロツキに対抗するための委員会」なる組織があり（ホテルのロビーに、便箋を残していった者がいた）、南ヴェトナムの知識人たちと連絡をとっていた。「ゴロツキ」とは！　でも、まちがっているだろうか？　今日の「ヴェトナム通信」の記事では、アメリカの兵士が「残虐な悪漢」と書かれていた。こうした奇妙なフレーズにはまたしても笑ってしまうが、急降下して飛び込んでくる鋼鉄の鳥たちによってナパーム弾を浴びせられた無力な農民たちの立場に立てば、かれらはまさしく「残虐な悪漢」そのものだ。とはいえ、それらが奇妙であることはさておいても、こうした言葉は私を不安にさせる。ぐずぐずしがちで、あるいは単に無関係な人間である私は、こうした善悪の率直な判断にうなずきつつ、それに尻込みもしているのである。かれらは正しいと、私は信じている。それと同時に、現実の出来事はヴェトナム人の表現よりもっと複雑であるという事実を、ここにいて忘れることはできない。しかし、かれが認識していると思える複雑さとは、正確にはどのようなものか？客観的な目に、かれらの闘争が正しいというだけでは不十分なのだろうか？　かれらがそのエネルギーを総動員し、アメリカというゴリアテに立ち向かいつづけるとき、そうした繊細さをもつ余裕など、かれらにあるのだろうか？　……どのように結論づけるにせよ、私には結局、かれらを応援することしかできない。

きっと、私が表現しているすべてのことは、（かれらが）役者であることと、（私が）観客であることのあいだにあるズレなのだろう。しかしこのズレはとても大きく、どうやって橋をかけたらよいのか見当もつかない。ヴェトナム人との連帯感は、私には本物であると思えるのだが、それはかれらとの遠い隔たりをはさんで築き上げられ（実現させられるための）道徳的な抽象概念なのだ。ハノイに到着して以来、私の連帯感はずっと、この新たなる感覚とともにあった。そしてその未知なる感覚は、不幸にも、道徳的な抽象概念のままでありつづけるらしかった。私にとって――観客にとって？――、ここは色彩に欠けていて、息苦しい。

五月七日

さて、どうやら私は、歴史と心理学のズレを本当に――初めて――理解したようだ。私が恋しがっているのは、心理学の世界（昨日の日記の「大人」の世界）であり、ヴェトナム人が住んでいるのは、歴史の世界なのだ。

歴史といっても、それを暗示するためかれらが使う用語は、私たちの行く先々でだいたい同じであり、つまりかれらは、単一主題の歴史の中にいるのである。こうしたことをはっきり理解したのは、今日訪れた歴史博物館にて参加した、長いガイド付きツアーでのことだった。四千年の歴史のうち、外国の侵略者に二千年以上支配されていた国。最初のヴェトナム人蜂起の成功した例は、紀元四〇年のことで、指導者はチュン姉妹という、二人の女性だった。ジャンヌダルクに千年先立つのですよと、ガイドの女性は付け足したが、それはまるで、大将が女だったというのにどうしてちゃんと驚かないのか、と言っているようだった。だから私は、ヴェトナムのジャンヌダルクは二人なのねと、冗談を返した。すると、彼女はかすかに笑い、「二人の姉妹という伝統は、今でも残っています。今現在の闘いでも、たくさんの女性たちがその伝統に連なるような功績を挙げています」と言った。それは軽口などではなかった。北ヴェトナムにおいてトップクラスの作曲家であるオアンは、この姉妹についての曲を作っているし、ハノイとその近郊にある多くの寺院は、彼女たちを奉っている……。ヴェトナム人が把握する自分たちの歴史とは、本質的に、くりかえし上演されてきたひとつのシナリオによって作られたものだ。個々の歴史的アイデンティティが溶解し、教育的なものに変わっていく。アメリカ人とフランス人(最初にヴェトナムの地を踏んだフランス人は、一七八七年の宣教師たちで、公式な侵略は一八五八年)はイコールであり、かれらは(第二次世界大戦のときの)日本人ともイコールであり、さらには「北部の封建制度擁護者」(中国の侵略があった千年間について言及するとき、ガイドはよくこの表現を使ったが、それは、現在の名目上の同盟国に対する配慮なのだろう)ともイコールである。一〇七五年から七六年にかけての中国による侵略を防いだのは、詩人のリ・トゥオン・キエットであり、かれの詩はヴェトナムの人々を武装蜂起に導いた――ちょうど、ホー・チ・ミンがそうしたように、とガイドは指摘した。彼女によれば、ゲリラ戦の基本的な技術は、「モンゴル人」（これもまた、中国人の婉曲表現か？）による三度の侵略――一二五七年、一二八四から八五年、一二八七から八八年――に対して国を守った、十三世紀の名将たちによって編み出されたのであり、ザップ将軍はその戦術を見事に受け継ぐことで、一九四六年と一九五四年における対フランス軍の戦いで勝利を収め、今またアメリカと戦っているのだという。部屋にある戦場の地形図を見ながら、私たちは、一七八九年の満州族王朝による二十万人の軍隊が侵略してきたとき、それへの抵抗のターニングポイントとなった、驚くべきテト攻勢のことを学んだ。地図とジオラマを使った説明を受けて気がついたのは、それまでの抵抗闘争を終結に導いた、九三八年と一二八八年のバクダン川における水上戦が、ディエンビエンフーの戦いとまぎれもなくパラレルをなしていることだった。（別の夜には、ディエンビエンフーの戦いについて、独自の映像と既存のものを合わせた、一時間ものの映画を観た。ちなみに今日は、この戦いの戦勝記念日だったのだが、ハノイではそれを祝う様子はなかった。）

自分たちの歴史を肯定的に、教師然として解説するヴェトナム人の口調を、私は最初、無邪気だと（「子供っぽい」と同義である）感じた。思い出さねばならないのは、歴史的理解にとって必要なのは、客観性や完全性といった、私がふだんあたりまえだと思っている目的とは、また別の目的であるということ。かれらの歴史は利用するための――つまりは、生き延びるための――歴史であり、そのすべては体感されるものであって、一歩引いたところから知的関心によって保存されるべき対象ではないのだ。過去は、現在という姿をまとって継続し、現在はまた、過去へと逆流するように伸びていく。だから、掲示板や壁に貼られたポスターで目にする、アメリカ人を意味する「海賊的なアメリカの侵略者たち」といったありふれた蔑称にも、恣意性であるとか、（私が感じた）単なる珍妙さであるとかいったものは含まれないのだ。海賊こそは、世界最古の侵略者であり、中国人も、フランス人も、日本人も、そして現在のアメリカ人も、誰もがほかならぬ海賊たちであるのだ。

ユダヤ人と比べてもなお、ヴェトナム人は、恐ろしいほどに集団内部での多様性に欠けており、そのことが苦しみの原因になっているようだ。歴史とは、長きにわたるひとつの苦難で、ヴェトナムにおいてはそれが、強大な他国の手によってもたらされた苦痛の連鎖とされるのである。ガイドも言うように、「中国という超大国のそばに暮らし、かつ完全なるフランスの植民地下に八十年近くも追いやられてなお、ヴェトナム人としての特質」を維持してきたことが、かれらの一番の自慢だ。きっと、犠牲となりつつも、その圧倒的な力の差に抗って生き延びてきた人々だけが、これほどまでに激しく、私的な歴史的関心をもつのだ。そしてこの非常に鮮明な歴史感覚――過去と現在と未来に同時に生きようとする感覚――もまた、ヴェトナムの力の大いなる源となっているにちがいない。

しかし、犠牲を払って生き延びるという決意は、明らかにその独自の美学、その独自の特異性、そして（生き延びることの義務によって無意識的に突き動かされる人々にとって）気が狂うような感覚を負わせる。こうしたヴェトナム人の歴史感覚は、結局のところ歴史が同質性であるという感覚なのだが、それはおのずと、かれらの語る内容――私たちが傾聴すべき、かれらの感じた内容だ――をも同じにしていく。気づかされるのは、西欧社会において、多様性の価値はあまりに強く賞賛されており、かつ、あたりまえのものとみなされていることだ。ヴェトナムにおいてはどうやら、以前におこなわれたこと（あるいは言われたこと）のほうが価値が低いとか、役に立たないとみなされることはない。そうではなく、くりかえすことが価値を生み出すのである。これはポジティヴな道徳のスタイルである。だから、訪れた先々のほとんどの人から聞かされた、簡潔なヴェトナムの歴史というのは、私たちが代表しているとされるアメリカ人に対してなされた、お茶や緑のバナナや友好の表現といったものと同様に、かれらの儀礼の一部をなしているのである、

だが、さらに言うと、ほとんど毎日のように聞かされるかれらの歴史語りというのは、ヴェトナム人の偏愛する、あらゆる情報を歴史的なナラティヴに置き換えるといった行為のひとつの兆候にすぎない。ディスカッションをしたり、この国の現在について質問をしたりするとき、かれらはいつも、とある重要な日付を中心にして説明をおこなう。それはたいがい、一九四五年八月（ヴェトナム革命が成功し、ホー・チ・ミンによる独立がなされた）であったり、一九五四年（フランス植民者たちが追放された）であったり、あるいは一九六五年（かれらが「段階的拡大」と呼ぶ、アメリカによる爆撃の開始年）であり、かれらの話はすべて、これらの年の前後についてなのだ。

かれらのフレームワークは、クロノロジカルである。私のほうは、クロノロジカルかつジオグラフィカルだ。私がめざしているのは、あいかわらず文化横断的な比較であり、その文脈において私は質問をしている。しかし、かれらと私は文脈を共有していないから、私が何か尋ねても、かれらは穏やかな様子で、ただ困惑の表情を浮かべてみせるだけだ。たとえば、私は昨日、フランス式の教育を受けた愛想の良い高等教育大臣、タ・クアン・ビュー教授に会い、一九五四年以前にヴェトナムで採用されていた、フランスの国立高等学校《リセ》におけるカリキュラムと、それに代わっておこなわれるようになったヴェトナム人独自のプログラムの違いを探り当てようとしたのだが、それはなんとも大変な作業だった。かれは質問を聞いてくれるのだが、どうにも要点がつかめないらしく、間があくのだった。かれが言いたいのは、結局のところ、ヴェトナムのシステム（幼稚園と十学年）の特色と、一九五四

年以前はほとんどの種類の学校が存在していなかったの対して、五四年以降、かなりの数の学校が開校したこと（フランスから引き継いだすばらしい医学校は除く。大学レヴェルの機関はほとんどすべて、ゼロから作り上げねばならなかった）であり、そのためにかれは、識字率の向上を示す表を参照しつつ、トレーニングされた教師の数や、高等教育を受ける若者たちの数がどれほど増え、さらには、あの日以来、どれほどの多くの大人たちが、社会人コースを受講しはじめたかということを伝えたいのだった。厚生大臣であるファム・ゴック・サッチとハノイのオフィスで会談したときも、ホアビン省にあるヴィー・バン村で若い医者に会ったときも、かれらの説明は似たようなものだった。かれらはまず、フランス政権下ではほとんどのヴェトナム人がいかなる医療サービスも受けていなかったことを説明してから、今までにどれだけ多くの病院や診療所が建てられ、どれだけ多くの医者が訓練を受けたかを力説し、そして一九五四年から実施されてきた、マラリアの制圧や阿片中毒の事実上排除を目的とするプログラムのことを解説するのだった。けれど、それに対して私たちが、ヴェトナムの医療は完全に西欧式になったのか、あるいは、これは西欧の技術と中国の方法論である薬草学や鍼療法のミックスではないのかと尋ねると、かれらは本当にびっくりした顔をするのだった。かれらにしてみれば、私たちのような生かじりの人間がそうしたことを質問するのは、自分たちの努力の結晶や、切迫さといったものに共感したがっていない証拠であると思えたのだろう。たぶん。いずれにせよ、アンディとボブと私は、ヴェトナム人と同じ歴史観をもつことができないし、そうした歴史の見方というものによって理解力が狭められていることは確かであろう。ヴェトナム人が築こうとしているものが何であるかを見抜くためには、かれらが伝えようとしていることと、自分たちがすでに手にしている知識や物の見方を関連づけなければならない。しかしもちろん、私たちの知っていることというのは、単に、かれらが知らないでいることなのである。そして私たちの質問のほとんどは、ある種の厚かましさなのであり、かれらはそうした厚かましさに対して、信頼できる礼儀正しさと忍耐と、ときには鈍感さをもって答えてくれるのだ。

五月八日

この最初の数日間から判断するに、先行きは明るくなさそうだ。越えることのできない壁がある。ここまでヴェトナム人がエキゾティックであるとは、参ってしまう――かれらを理解することなどできやしないし、私たちのことを理解してもらうのも無理な相談か。いや違う、そんな言い方はリスクヘッジしているだけだ。本当のことを書こう。実のところ、私はかれらを理解できると感じている。(かれら以外のことについては、あのシンプルすぎる用語は理解できない。)しかし私には、かれらの意識が私のそれに含まれている間、あるいはそうなっているかもしれない間、私たちの意識は決して、かれらのそれには含まれていないように思える。かれらは私よりも気高く、英雄的で、気前がよい。対する私は、かれらよりも気に病むことが多い――たぶん、あんなふうに高潔ぶることを妨げる何かがあるのだ。ヴェトナム人を賞賛し、自国のおこないを恥じているにもかかわらず、私はいまだに、自分が「大きな」文化圏から「小さな」文化圏を訪れた人間であるという感覚をもっている。この「大きな」文化が育てたのが、私の意識という生き物《クリーチャー》であり、それは多くの臓器をもち、とめどない文化的商品の供給にも慣れきっていて、そしてアイロニーに冒されている。私は、自分が倫理的な真剣さに欠けているとは思わないけれど、わかりやすく真剣な態度をとることにためらいを覚えてしまうし、かつまた、気晴らしをしたり上の空になったりすることが許されなかったりした場合はもちろんのこと、自己矛盾やパラドクスといったものが許容されないと、自分らしくいることができない。私の意識はかくも欲張りであるがゆえに、すばらしいと思える人々とともにいてもくつろぐことができず、それればかりか――アメリカに対する激しい怒りゆえに――みずからの批判対象に自分自身を強く結びつけてしまう。「アメリカの友人」である、まさに！

もちろん私はヴェトナムに、あるいはヴェトナムのような倫理的な社会に暮らすことはできるかもしれない――大きな何かを失ってしまうことは避けられないが。こうした社会との融合は、きっと世界の人々の生活をおおいに改善するのだろうけれど（それゆえに、そうした社会の到来を私も支持しているのだけれど）、想像するに、それが実現すると、私の側の社会は衰えてしまうだろう。私が暮らしているのは、感性を低下させ、多くの人の善行を阻害する反倫理的な社会であるけれど、驚くほど知的で美学的な喜びを、少数派であっても金銭で手に入れることができる社会でもある。私にとっての喜びを（二重の意味で）享受できない人々にしてみれば、私の意識など、スポイルされ、堕落し、退廃的であるように思えたとしても当然だと思う。だが、私にしてみれば、こうした喜びが途方もないゆたかさをもっていることも、自分がその虜になっていることも否定できない。今日の午後、私はふと、ベルトルッチがその悲しくも美しい映画のモットーとして掲げた、タレーランの言葉を思い出した。「革命以前を生きたことがない人間に、人生の美しさを知ることはできない。」この映画を知っていたアンディに、私は自分がここまで考えてきたことを話したのだが、かれもまた、私と同じような感覚をもっていると告白した。私たちは連れ立って、ホテルから遠く離れたハノイの一角を、まるで学校でもサボるような気分で歩きつつ、サンフランシスコのロックグループや、「ニューヨーク・レヴュー・オブ・ブックス」誌のことを――ノスタルジックに？――語りはじめたのだった。

こうした心的欲求や多様さへの欲望をもっていると、北ヴェトナムの単一なリアリティに、たとえ部分的であれ参入することが許されないのだろうか？　当惑とフラストレーションにまみれた、私のこれまでのヴェトナム人に対する反応から考えるに、それが許されることはないのかもしれないし、あるいはすでに私は拒絶されているのかもしれない。私にできることは、たぶん、かれらとかれらの闘争から適度な距離をとったうえで、民族的な革命心というものに共感することだけである——それも、頭の中に作られた、ラディカルな同情心をもつブルジョワ知識人の観念的な軍隊に志願する、新たな兵士として。それでも、自分が音を上げてしまう前に、こういった感情を正確に読み解いておくべきだろう。私が付き従いたいのは、みずからの頭（心）と生をひとつところに置かなければ、その人間の考え（感情）は欺瞞であるという、古く厳格な掟だ。しかし、欺瞞であるとか偽善であるとかいったことを口にするのは、時期尚早である。仮に、みずからの生を（たとえ想像上であれ）ヴェトナムに置くことができるか否かが試されるのであれば、それは今ではなく、この国のことをもう少しわかってからとなるだろう。

だが、試みの結果、ヴェトナム人に自分を重ね合わせることができなかったとして、それでいったい何が証明されるというのだろう？　私はひょっとすると、このヴェトナム以外で、いわゆる倫理的——あるいは革命的——な社会における、現実的あるいは想像上の束縛といったものを経験したことがなかったのだ。ともすると、私はただ、自分が北ヴェトナムに対して、違和感のようなものを感じていると言いたいだけなのかもしれない。にもかかわらず、私はヴェトナム人が好きだし、かれらに反応しているし、かれらと一緒にいると悪い気がしないどころか、実際のところ幸福な気分になりさえする。だが、そうしたこともすべて、つまるところは、現地の人間を理解したいのに、簡単にはそうさせてもらえないという馬鹿げた不満——本物の子供（私だ）が口にする不平——の現われなのではないか？　言い換えるならば、ヴェトナム人がみずからをはっきりと「見せ」てくれて、かれらが理解できないどころか、実に理解しやすい純粋無垢な存在となってほしいといった願望なのではないだろうか？　というところで、私は振り出しに戻ってしまった。かれらと私を隔てる壁の感覚。かれらを理解できない私、私を理解できないかれら。今はまだ、判断のときではない。（少なくとも、私はそう信じている。）

五月九日

アメリカでは、毎日ヴェトナムのことを思い浮かべてきたのに、ヴェトナムにいる今、ヴェトナムを遠くに感じてしまうのは何と奇妙なことか。しかし、ハノイで目にする物事が、心と精神の傷のごとく私についてまわるヴェトナムのイメージを霞ませてくれないのだとしたら、私の中のヴェトナムは、今という時とも、ここという場所とも、とりたてて関係がないのかもしれない。三月三十一日に到着して以来、私たちは一度も爆撃を受けてはいないのだけれど、ハノイに暮らす人々同様、少なくとも日に一度は、アメリカの偵察機の飛来にあわせて防空壕に避難している。市民が虐殺されたり、村が焼き払われたり、作物が毒にやられたような場所に、私たちは立ち入りを許可されていない。（それは軍事的な安全面のためではない。というのも、初期のアメリカ人訪問者は、爆撃地帯に連れていかれたからだ。今回のことは、私たちの安全を考えてのことだった。現在、アメリカの空爆は、時計回りにおこなわれている。三月三十一日以降、北ヴェトナムの十九度線以南のエリアにおける一日の平均的な爆撃量は、「限定的な爆撃停止」以前のヴェトナム全土における一日の平均量を超えている。）私たちは、美しくも貧困に陥った、清潔なアジアの都市を目にしている。魅力的で威厳ある人々が、荒涼とした物資的貧しさの中に暮らし、体力的にも精神的にも、限界ギリギリの要求がなされている。破壊された地方の町や村を車で訪れたとき、その風景はすでに、過去を描いたごときものになっていた。すなわち、それは完全に受け入れられた環境としてそこにあり、人々はその場所で、勝利をめざし、革命をなすために、活動をつづけているのだった。このように穏やかな状況にあるとは、私は思ってもみなかった。アメリカでヴェトナムを思うとき、人は自然と、破壊と苦しみについてくよくよ考えてしまう。でも、ここヴェトナムで、それは違った。この地は今、平和で、荒々しいほど勤勉な状態にあり、私はしそこなったけれど、これこそが訪問者たちが関係をもつべきヴェトナムであるのだ。かれらには勝ってほしい。けれど、私はかれらの革命を理解していない。

もちろん、私をとりかこむ状況はこんな感じではあるけれど、私はどうにも、自分がガラスの箱に入っているような感じがしてしまう。到着以降、オアンとその仲間が、私たちとの協議のうえで「アクティヴィティ」をお膳立てしてくれたのだが、私たちのこの感覚は、それによって体得されていったのだろう。原則として、私たちは何であれすべてを見たいと思ったし、今起こっていることがまさにそうなのだ――とはいえ、個人的な興味はたちまちに満たされてしまうものである。（ある日の午後、ハノイの中心的な映画スタジオで撮影された映画を鑑賞したが、これは私のリクエストだった。ボブが数学者たちに会いたいと言うと、数学を専門とするハノイ大学の教授六人とのミーティングが用意され、のちほど全員で参加した。）私たちは本当にたくさんのことを見たりやったりしている。午前も午後も、いずれも一度は訪問や会合がおこなわれ、そしてしばしば晩にも予定が入る。けれど、昼食や夕食には一時間半という時間をとり、さらにもっとも気温の高い時間帯である昼食後から三時までは、休憩をとるように言われた。いわば、私たちがいたのは、外国人関係に特化された官僚たちの手の中だったのである。（そう、どんどん私のお気に入りになっていったオアンでさえ、かれらの一人であり、むしろかれこそがスペシャリストだった。）いいだろう、これが避けがたいことだというのはわかっている。他のいったい誰が、私たちの世話を引き受けてくれるというのか。だが、この枠組に閉じ込められてなお、それを超えていくことはできないものだろうか。きっと無理だろう。私の頭をいっぱいにしているのは、この状況下で必要とされる外交儀礼なのだが、そうしたものがあるせいで、私は自分の目にしているものが、この国の姿を教えてくれるまじりっけないサンプルであるとは、どうにも信じられずにいるのだ。どうやら、事前に思っていたようには、この旅は私に、革命的な社会についてなんら有益なことを教えてはくれないようだ——ただそれも、昨日のように、ラディカルな政治を信じる権利が自分にあるのかと疑問を呈するほど動揺させられたことを勘定に入れなければだが。

だがおそらく、アメリカのラディカルがヴェトナム革命から学べるだろうことは、それほど多くないかもしれない。というのも、ヴェトナム人という存在はそれ自体があまりにも異国的だからであり、ことさらそういう視点で比較してみると、キューバ人は私たちによく似ているからこそ、キューバ革命からはかなりのことを学べると思われるのだ。こうしたことはたぶんまちがいなのだろうけれど、ヴェトナムの革命をキューバのそれと比べずにはいられない。なぜなら、私は一九六〇年に三か月間ほどキューバに滞在したことがあり、比較的最近にも、友人たちがキューバを訪れ、その発展ぶりを記事にしてくれたからである。（キューバのことを忘れないかぎり、ヴェトナムのことはわからないままなのかもしれない。だが私のキューバ理解は、心の中でもその地とつながっていると思えるような確たる経験なのであり、それと比較しうるような経験というものを無視することは、私にはできないのだ。）そして私のこうした比較のほとんどすべては、キューバ人への好意となり、ヴェトナム人への好感のもてなさといったものになる――これはすなわち、アメリカのラディカリズムに対する有用性、有益性、そして真似しやすさという観点による比較だ。

たとえば、キューバ革命のポピュリストたちのやり方を見てみよう。私の覚えているキューバ人たちは、気さくで衝動的で、簡単に親しくなれて熱狂的で、さらには何時間でもしゃべる人たちであった。こうしたことは、必ずしも美徳とされるわけではないけれど、成功した揺るぎない革命社会の文脈においては、やはり美徳のように思われる。ヴェトナムではすべてがフォーマルで、調整され、制御され、計画されている。この国に無分別な人間はいないものか。その人の個人的な生活、つまりは、その感情についての話をしてみたい。「フィーリング」によって、我を忘れてみたい。だが実際は、誰もが非常に礼儀正しいだけで、どうにもおもしろみがない。それは、ヴェトナムの文化に性的欲望というものがほとんど見当たらないという印象に重なっていく。これまでの観察してきたことや、今週ハノイで観た三本の映画、さらには、昨日の晩に英訳版で読んだ小説といったものから、私はそうした印象をヴェトナムにもった。（私の質問を受けて、ヒエウははっきりと、ヴェトナムの映画や演劇にはキスシーンがないと言った。街路でも公園でも、もちろんそうした光景は見かけられなかった。カジュアルな感じで互いに触れている人すらも目にすることはなかった。）キューバの例にあるように、たとえ共産圏になっても、その国でピューリタン的な生活スタイルが採用される必要はない。そしてたぶん、ヴェトナム人にとっての性に対する態度や個人的な感情の表現は、古くからあるこの国の文化なのであり、それは革命的なマルクス主義的理想が現われるずっと前にかたちづくられている。

にもかかわらず、かれらは私自身が体現するような、西洋の新たなラディカルさには不満を覚えている。私のような人間にとって、革命とは、政治的かつ経済的な正義を生み出すのみならず、エロティックなものも含めて、あらゆる種類の個人的（と同時に社会的）なエネルギーを解放し、有効化していくものなのである。キューバにおいて革命が意味していたことは、まさにこれなのだ——古いタイプの正統派共産党官僚を中心とした干渉が高まったが、フィデルはそのとき、かれらに意義を唱えた。

かれらの社会的身分や、責任の度合いなどは異なるのだろうけれど、私が垣間見たキューバ人のくだけた平等主義を、このヴェトナムの極度の階級社会と比べないではいられない。奴隷的と呼べるような状態にいる人間はここにはいないし、人々はみずからの居場所を知っている。誰かが誰かを敬っているなと気づいて見ていると、その態度は決まって潔いものであり、その人が他の人よりも重要で大切であるという気持ちや、スズメの涙程度の贅沢だけれど、それをより多く手にして当然だという気持ちが、そこにはっきりと現われているのだった。そういうわけで、三日目になると私たちはとある店に連れていかれ、そこでタイヤサンダルやヴェトナム製のズボンを試着させられた。ヒエウとファンが店主さながらに話すには、ここが外国人（外交官のような来賓）や政府の要人御用達の店であるということだった。こうした施設の存在こそが「反共」であることに、かれらも気づいても良さそうなものだが、と私はそのとき思ったけれど、たぶん実際の私の態度は、自分の「アメリカらしさ」をかれらに見せつけていたのだろう。

他にも困っているのは、トンニャットの食事だ。昼も夜も、美味しい肉料理や魚料理のコースが出るのだが（私たちはヴェトナム料理だけを食べている）、大きなボウルに盛られた料理をひとつ食べ終わると、すぐにウェイトレスが現われて、また別のボウルをテーブルに置いていく。だが一方で、ヴェトナム人の九十九パーセントにとって、夕飯といえば米と豆乳を凝固させたものだけであり、肉か魚は、一月に一度でも食べられればマシなほうなのだ。もちろん私は何も言わなかった。もしも私が、平均的なヴェトナム人の割り当てを超えるほどの量を食べるべきじゃないとでも言ったならば、かれらはきっと訳がわからなくなり、ともすると、それを侮辱とすら感じてしまうだろう。広く知られているとおり、来賓に対しては気前よく、(私たちにそうするように)自己犠牲的な歓待をおこなうことは、東洋の文化の特徴なのだ。みずからの礼儀の感覚に背くことがかれらにできるなどと、私は本当に思っているのか？ 思っていやしないのに、これは悩みのタネだ……。そしてまた、ほんのちょっとの距離でさえ、車に乗せられることにはイライラする。平和委員会が借りている車を二台で、事実、私たちがどこかに行かねばならないときは、ドライヴァー付きのそれ――ヴォルガだ――が、いつでもホテルの前に待っているのである。別の日に訪れた、ハノイの民族解放戦線代表団のオフィスは、ホテルのたった二ブロック先だった。他の目的地にしても、実際に行ってみたら十五ブロックあるいは二十ブロック先だったりした。ボブもアンディも私も、徒歩のほうが気分がいいということで意見を一致させているのに、かれらはなぜ、私たちを歩かせてくれないのだろう？ かれらにはルールがあって、それはゲストにとって一番のもてなしをするというだけのものなのだろうか？ しかし、こうした類の礼儀正しさは、共産主義社会では根絶されるものではないのだろうか。あるいは、車に乗せられるのは、私たちが弱くて退廃的な外国人(西洋人？ アメリカ人？)であり、直射日光にもさらしてはいけないと思われているせいだろうか？ 考えたくはないが、ヴェトナム人にとって、私たちを歩かせるということは、(公式な来賓、セレブ、あるいはその類の人間としての)私たちの品格を下げることを意味するのかもしれない。理由はなんであれ、これについてかれらがゆずることはない。人混みの中を、私たちを乗せた巨大な醜い黒塗りの車が走り過ぎていく。お抱え運転手は、歩行者や自転車に乗っている人に警告すべくクラクションをけたたましく鳴らし、道を退かせる……。もちろん、一番良いのは、かれらが自転車を貸してくれるなり、私たちが自分で自転車を借りることを許可するなりしてくれることなのだ。だが、そうしたことをたびたびオアンにほのめかしてみたけれど、私のリクエストが聞き入れられるはずもなく、交渉の余地もないのは明らかだった。あるいは、それをはっきり切り出したならば、かれらは少なくともおもしろがってくれるだろうか？　それとも単に、私たちを愚かだとか、礼儀知らずだとか、あるいは間抜けなやつらだと思うのだろうか？

私がこの地に関して理解したことといえば、アメリカ人はハノイにあまりに複雑な自己をもちこんでしまうという、ただそれだけなのかもしれない。少なくとも、このアメリカ人はそうなのだ！　私はときどき、（アンディとボブはさておいて）自分という存在がここにいることが、ホストをしてくれているヴェトナム人たちの時間を浪費しているようで、惨めな気持ちになってしまう。オアンはこんなことをしている間に、作曲をしているべきなのだ。ファンはモリエールを再読したり（平和委員会でフルタイムの仕事をする前、かれは文学を教えていた）、田舎に疎開したティーネイジャーの娘を訪れることだってできただろう。ジャーナリストだというヒエウは、おどろおどろしい記事が溢れている北ヴェトナムの新聞に、気の済むまで記事を書くことができたはずだ。書記のような仕事についているらしいトアンだけは、特にすることもなかったかもしれない。かれは三人の後をくっついて、いい歳をした子供のような鈍感な外国人ゲストを楽しませたり、暇にさせないようにしたりしているのだが、かれにとってそれは、事務仕事よりも楽しそうなのである。ここヴェトナムで、私たちの身にいったい何が起こると、かれらは想像しているのだろうか？　私たちが理解しているときと、理解していないときの差を、かれらは把握しているのだろうか？　見るからに洞察力があり、ヨーロッパもいろいろと旅してきているオアンはもちろんのこと、私たちに笑いかけたり、お世辞を言ったり（今日も誰かに、「あなた方の葛藤は相当なものだと思います」と言われた）、説明したりしてくれる人たちは、どうなのだろうか。その差をかれらが知らないとしたら、恐ろしいことだ。かれらは単純に気前が良すぎるし、信じやすいのである。

けれども私は、そうした心優しい騙されやすさに、惹きつけられてもいる。ハノイのどこに行っても、私たちを眺めやり、しばしば口をポカンと開けて見てくるかれらの仕草が好きだ。かれらにとって、私たちを目にすることはうれしい経験なのだと、かれらは私たちを楽しんでいるのだと感じるのだ。道ゆく人は、私たちがアメリカ人であることに気がついているのかと、今日、オアンに尋ねてみた。ほとんどは気づいていない、というのが答えだった。だとしたら、私たちはナニ人と思われているのかと訊くと、たぶんロシア人ですね、というのが答えだった。そして実際、私たちに向かって「同志（トバリッヒ）」と声を上げたり、別のロシア語を浴びせかける人々もいた。けれども大概の人は、私たちに向かっては何も言わない。かれらは穏やかに私たちを見て指をさし、それから近くの人と私たちのことを噂するのだ。ヒエウが言うには、私たちが散歩をしたり、映画を観に行ったりするときによく囁かれているのは——それは素直な驚きによるものだが——なんて背が高いのだろう、ということらしい。

最近の私は、外が暑すぎないかぎりは、どんどん一人で出歩くようになっている——なんとかして、人びとの視線に慣れようとしているのだ。そして、私のアイデンティティの曖昧さを楽しみ、ヴェトナム語をしゃべれないという事実に守られながら、ただかれらのほうを見返して微笑むのだ。私はもはや、最初の頃のように、一人歩きはなんて気持ちいいのだろうと驚くこともないし、たとえホテルから遠く離れたところで道に迷ったときでさえも驚かない。自分が誰なのか説明することもできず、標識を読むことすらできないのだから、別の区画に入ればきっと良からぬ出来事に出くわすはずとわかっているのに、それでも私は、まったく安全な気がしてならないのだ。ハノイには外国人はほとんどいないはずだ——トンニャット地域の数ブロック以外の通りで、ヴェトナム人以外を見かけたことはない。けれども、付き添いもなしに人々のあいだを歩く私は、あたかもハノイをうろつきまわる完璧な権利を有しているかのようで、それがために、道端にしゃがみこみ木製のフルートを売っている老人に至るまでのだれもが、私に理解をしめし、感じよく見て見ぬふりをしてくれているかのようだった。ハノイにおける礼儀正しさと暴力性のなさは、アメリカのいかなる大都市はもちろんのこと、プノンペンやヴィエンチャンと比べても目をみはるものであった。ここの人々は、生き生きとしていて明らかに社交的であり、口喧嘩などはしない。通りが人混みでごった返しているときでさえ、不快な騒音はほとんどないのである。小さいのに、栄養状態が思わしくなさそうな子供や赤ちゃんも目にするが、その泣き声をまだ一度も耳にしていない。

たぶん、私が安全な気になっているのは、ヴェトナム人のことを「本物の人間」として真面目には捉えていないからだろう。私がやってきた国では、「本物の人間」というのは危険で気性が激しい、という無慈悲な見解がふつうである。そういう人間といて、まったく安全であるということはないのだ。けれども私は、そうあってほしくない。いじわるなヴェトナム人や、気難しいヴェトナム人といったものは、できれば遠慮したいと思っているのだ。ところが、ハノイの深くて甘やかな沈黙を愛する私は、その一方で、ヴェトナム人たちが耳障りな音を立てないこと、すなわち、より大きな——大音量である必要はない――感情の広がりを見せてくれないことを寂しくも思っている。
私にとって、たとえば、北ヴェトナムの人々が十分な敵意をもっていないということも欠点のように思える。そうでなければ、かれらが本当にアメリカ好きであるように見えるといった奇妙な事実を、どうやって説明できるだろうか。サッチ博士と話していると、何度も何度も、科学技術におけるアメリカの優位が熱心に称えられる。（その言葉はまさに、この科学技術が生んだ残酷で完全なる武器によって破壊されたヴェトナムの大臣が発したものなのだ。）また、この数日間、ネブラスカ州での予備選であるとか、ハーレムにおけるジョン・リンゼイ市長の影響であるとか、はたまた、アメリカにおける学生のラディカリズムであるとかいったことについて質問を受けてきたが、それに答えながら私は、アメリカの政治に対するかれらの関心の強さと、その精通ぶりはきっと、単に己の敵を知るという功利主義によるものだけでなく、ただただ合衆国に魅了されてしまっているがためではないかと疑うようになった。また、この国の政府の人間と専門職の人々は、ラジオ番組「ヴォイス・オブ・アメリカ（VOA）」を毎回聴いているのだが、かれらがこの戦争の、アメリカ側の見解をおもしろがっているのは確かだろう。たとえば、VOAは今週、サイゴンではいかなる深刻な交戦も起きなかったなどと放送しているのだ。だが、それと同時に、かれらがアメリカの政治的プロセスをとても尊重しつつ、世界の主導的立場にあるがゆえのアメリカの問題にも、少なからず同情を寄せている。ヴェトナムの詩人たちは、「あなた方のウォルト・ホイットマン」や「あなた方のエドガー・アラン・ポー」についての詩を、私たちに読んでくれた。夜、作家協会で、アーサー・ミラーを知っているかと尋ねられたので、私は知っていると答えてから、今見せられたばかりの『セールスマンの死』のヴェトナム語訳をミラー本人に手渡しましょうかと伝えてみると、その人は喜びに顔を赤らめた。「あなた方のノーマン・メイラーについてお話しいただけませんか」と話しかけてきた若い小説家は、メイラーのヴェトナム語訳がまだないことを詫びた。そしてかれらは皆、私がどんな本を書いているのかを知りたがり、合衆国に戻ったら本を送ってくださいね、と約束させるのだった。「私たちは、アメリカ文学にとても興味があります」と誰かが復唱した。現在のハノイでは、小説の翻訳はほとんど出版されていないのだが、今年はその限られた翻訳のひとつが、アメリカ短編小説のアンソロジーであった。収録されているのは、マーク・トウェイン、ジャック・ロンドン、ヘミングウェイ、ドロシー・パーカー、それから、一九三〇年代の東ヨーロッパで好まれた「進歩的」な作家たちだった。そうした面々の中に、ハワード・ファストやアルバート・マルツを配することは、アメリカ人であれば考えないセレクションだと私が述べると、あるヴェトナム人作家は、それは承知のうえです、と断言した。困ったことに、かれらが実際に所有している本はないも同然であり――中心となるハノイ大学の図書館は、空爆を受けていた――、またハノイにおけるアメリカ文学の書籍のほとんどは、モスクワの外国語出版局が選択し、編集したものであった。「私たちとふつうに国交がある社会主義国のどこであろうと、現代アメリカ作家を探し出すことはできませんよ」と、作家は笑いながら付け足した。会話を聞いていた、別の作家がニヤリと笑った。

「社会主義陣営」への帰属が――とりわけ、その文化的な孤立と知的な面での視野の狭さにおいて――不利であることに気づいていないわけではない、といったヴェトナム人がいることは、やはりうれしい。けれど、とりわけかれらがヴェトナムのことを孤立した片田舎の国であると自覚しているときに、そうした気づきが重荷となってしまっていることを考えると、それもまた悲しい。医者も物書きも大学の教員も、私たちが対話した相手は皆、自分たちが乱暴に切り離されているような感じがすると言っている。ある教授は、一九五四年以降に理系学部が発展したことを説明したあとに、「しかし私たちはいまだに、ここ以外の場所で進められている研究の、主な潮流を摑み損ねているのです。私たちは時代遅れな素材を与えられ、それも十分な量ではないのです」と言っていた。フランス軍が撤退した後、かれらの中には進歩に対するプライドが生まれたのだが、それもあって人々は、私たちにもすまなそうな感じで、ヴェトナムがいまだに「後進国」であると折に触れて口にするのである。そして気がついたのは、かれらは私たちのことを、世界最高の「先進国」の人間であると感じており、声に出すか出さないかは別として、そこには合衆国への尊敬の念が込められているのだ。

そうしたときにこそ、私もまた、自分がアメリカからの訪問者であると感じるのだが、その感じ方はかれらとは異なるものだ。それはきっと、私があまりにアメリカ人的であり、すべてにおいて秀でていると自負する国の、大いなる一市民であるがゆえに、弱小国の控えめな（誇りはあるが）自己肯定にはばつの悪い思いをしてしまうのだ。アメリカに対するかれらの関心は心からのものであり、その誠実さは誰の目に明らかなのだから、これに返答しないのは無作法なことであったはずだ。けれども、私にとって、返答は見苦しいことのように思われ、どういうわけだか怖くなってしまうのだった。今の私が気づいているのは、かれらが合衆国とのあいだに結んでいる、予想不能なほど複雑であるのに率直でもあるといった関係が、個人としてのヴェトナム人がボブやアンディや私とのあいだに結んでいるすべての関係を上塗りしているということなのだ。ところが、私にあるのはペーソスぐらいで、それを超える洞察力もなければ、私たちを丸裸にして「本当の」状況を暴くような倫理的な権威もないのだった。こうしたことが、私の政治的な共感の正体なのだから、ひょっとしたら私や私のような立場の人間がこの場所にいるためには、（「アメリカの友人」のような）ステレオタイプな資質が必要なのであり、自己を滅却することも、受け身になることも、あるいは感情的や恩着せがましい態度をとってしまうことも、いずれも避けることはできないのだろう——ちょうどそれは、私自身を含むアメリカ人が、平均的なヴェトナム人よりも六インチほど高いことを目算せずにはいられないのと同じことなのだ。

私の滞在中に書きためていた日記の前半には、これと同じような記述がさらにつづく。そこでは、私たちの訪問や出会いのそれぞれに詳細な註のページが挟まれている。私の日記の、厳密な意味で報告文となっている部分は、事実に基づくインフォメーションや、具体的な記述や会話の要約で満たされていて、まったく錯綜のない深い集中力を感じさせる。しかし、今、部分的にここに書き起こした主観的なエピソードが表現するのは、他の何か——私の反応の未熟さとしみったれた感じを伝えてくれる。

私は別に、北ヴェトナムでリラックスできると期待していたわけでもないし、ヴェトナム人と欧米人はまったく変わることない人間だとわかることを期待していたわけでもない。それでも、私は自分が、これほどまで当惑するとも考えていなかったし、自分の経験を疑うようになるとも思わなかった——さらには、自分の無学さから来る反動を抑えるということもできなかった。この国に対する私の理解には、限界があった。つまり、私にとってのヴェトナムとは、アメリカのもっとも醜い部分——すなわち、「意志」を行動指針とし、暴力に対しては自己正当化を図り、人間の起こした問題に対しては技術的な解決を求めるといった分別のない威信——のターゲットとなることを、みずから選んだ国というのに留まっていたのである。アメリカの意志のスタイルについて、私はその知識を、サウスウェストや、カリフォルニアや、中西部や、ニューイングランドや、最近ではニューヨークといった場所でのさまざまな暮らしから得ると同時に、ここ十年のあいだ、西ヨーロッパにおけるそのインパクトを観察することによっても理解を深めてきた。ただ、私が理解せず、かつまた、そうする手がかりさえつかめなかったのは、ヴェトナム人の意志の本質――スタイル、範囲、ニュアンスであった。ブルターニュ人によれば、真に革命のための葛藤における意志のかたちは、ふたつに分けることができるという。すなわち「革命のための忍耐」と「スローガン」である。しかし、私がこの北ヴェトナムで必死になって見つけようとしていた、民族に特定の性質といったものを把握することなしに、このふたつの意志のかたちに向き合うことはできない。ヴェトナム人との満足のいく接触がなしえなかったために、私とかれらの、どちらの側の限界が露呈したのか。たとえ私が、その問にいかなる結論を出そうとも、この行き詰まった状況に変わりはないだろう。私の日記からの抜き書きを見ると、五日目あたりまでには、私はもはや、自分自身にも、つまりはヴェトナム人に対しても、見切りをつけようとしていたのである。

それから突然に、私の経験は変化しはじめた。滞在のはじめの頃に私が苦しんだ精神的な痙攣はやわらぎはじめ、ヴェトナム人が現実の人間であり、北ヴェトナムも実在する場所であるとの認識をもてるようになったのだ。

その最初の兆候は、人々との会話に苦痛を覚えなくなったことだった。われわれのチーフガイドであるオアンに対してだけでなく――滞在中、私はどのヴェトナム人よりもかれと話をしていた――民兵の少女や、工場の労働者、あるいは学校の教師や医者や村長にも対しても同様だった。かれらとは一時間ほど時をともにしたが、それきり会うことはなかった。かれらの圧縮された言語（思うにそれは、西欧からの訪問者が東洋のどの国に対しても発してしまう「抽象的」で「漠然とした」発話が原因なのだが）にしめつけられ、頭がいっぱいになるようなことは、ほとんどなくなっていた。自分自身の表現の幅が狭められてしまうことにも悩まなくなったし、さらには、ヴェトナム人の話し方の違いにも敏感になった。第一に、言語のプロパガンダ的レヴェル（それは真実を伝えてはいるのだろうが、耳には抑圧的で誤りのように響く）ときわめてシンプルな言語とを区別できるようなった。私はまた、つねにくりかえされる言葉を無視するのではなく、そこにこそ注意を払うことを学んだ。そして、基本的な単語やフレーズが、私の思い込み以上にゆたかであることを発見した。

たとえば、尊敬の概念がそうだった。「私たちはノーマン・モリソンを尊敬しています」というフレーズは、ハノイでも地方でも、訪問者である私たちの歓迎の挨拶でしばしば口にされた。というのも、オアンはかつて、ノーマン・モリソンの末娘であるエミリーを連れてペンタゴンの前で焼身の抗議運動をしており、「エミリーのための歌」という流行歌を作曲したのであった。作家協会では、私たちのために美しい詩（私はそれを、事前に英語とフランス語の翻訳で読んでいた）が詠まれたのだが、そのタイトルは「モリソンの炎」だった。危険なルートを通り、十七度線に物資を運ぶトラックの運転手は、車のサンバイザーにノーマン・モリソンの写真を貼り、その横にはあるのは、おそらくグエン・ヴァン・チョイの写真であった。このサイゴン人の若者は、数年前、マクナマラが南ヴェトナムを訪問中に、かれを暗殺しようとしたかどで処刑されている。訪問者ははじめ、こうしたノーマン・モリソンに対する熱烈な感情に感動すると同時に、不愉快な思いもする。ひとりひとりの感情に偽りなどないのだけれど、スターリン主義や毛沢東主義にありがちな、ハリボテの英雄たちの理想化された伝記は、極端で、感傷的で、暗示的に過ぎる。しかし、ノーマン・モリソンの名前が二十回も引き合いに出されたあとでは（しばしば恥ずかしげに、いつでも愛情を込めて、あらかさまにアメリカ人である私たちにむかって親愛の情と礼節をしめして）、ヴェトナム人のもつ、ノーマン・モリソンに対するきわめて特別な関係がわかるようになってきた。国民の生活や意思は、英雄によって育まれ、そして維持されると、ヴェトナム人たちは信じているのだ。そして、ノーマン・モリソンは、まさに文字どおりの、真の英雄なのだった。（私ははじめ、モリソンの犠牲がアメリカ人の意識に与えたインパクトを、ヴェトナム人が過大評価しているのではと疑ったが、そうではなかった。それが本当に有効であるかどうかという以上に、かれらにとっては、モリソンのおこないの倫理的な成功であるとか、自己超越の完璧さであるとかいったものが重要なのだ。）それゆえ、かれに対する「尊敬の念」を表明したり、かれを「恩人」と呼んだりするときに、かれらは正確を期して、言葉を慎重に選ぶ。かれらにとって不可解なのは、ヴェトナム人にとってこれほど大事なノーマン・モリソンのことを、「アメリカの友人」たる三人の私たちがさほど重要視していないということなのである。

友人と決めつけられたことも、最初は気恥ずかしく、苛立ちの原因となったが、それも今では――これも私の中の目に見える変化のあらわれである――理解できる気がしてきた。当初は、感動して涙ぐんだりすると同時に、友情を無理強いされている気がしたものだが、そのうちそのことを単純にありがたいと思い、かれらに対する反応も、より自然にフレキシブルなものになっていった。ヴェトナム人の二枚舌を疑う理由はまったくなかったし、かれらの態度を世間知らずであるとはねつける理由もなかった。結局のところ、私は友人であるのであって、そのことを知るのが、なぜナイーブでだまされやすさの証と言えるのだろう？　アメリカの犠牲であるというみずからの状況や、敵国の市民というわれわれのアイデンティティを超越できるかれらの能力に驚く代わりに、私は、かれらの歴史のこの瞬間に、ヴェトナム人がアメリカ市民を友人として歓待することがどうしたら可能なのかということを、具体的にイメージしはじめた。やがて、訪問する先々で、ささやかな贈り物や花束が押し付けられたとしても、きまり悪く思わなくなった。だが、滞在中に気になったのは、たとえどんなものでも、自分で支払いを済ませることを許されなかったことだ――それは私の注文した大量の書籍や、ニューヨークの息子に数日おきに無事を伝えるための電報の場合もそうであった。(少なくともこれだけは払うという主張にもかかわらず。) ホストが物質的な気前のよさを示すことに対して反発したり、抑圧的な気分を感じたりするのは、私自身がしみったれているからなのだろう。

だが、ヴェトナム人の好意を喜んで受けいれ、かれらの念の入った礼儀正しさのよき観客になるということだけが、私の中に生じた変化ではなかった。それは理解しがたいことではあったが、ヴェトナム人とさらなる接触をつづけるうちに、私は、かれらの礼儀正しさが「私たちの礼儀正しさ」とはまったく異なることに思い至ったのである。しかもその違いは、過剰さの面ばかりではなかった。欧米では、(多かれ少なかれ) 礼儀を尽くすということは、常に、不誠実さであるとか、高圧的な相手に対するマイルドな非難の抑圧とかいったものの表われである。私たちにとって、礼儀正しさとは、人々が「本当に」そう感じているかどうかにかかわらず、そうするものだと思っている社交的なふるまいなのだ。なにしろ、「本当の」感情などというものが、労働の社会秩序を保証するほど市民的であったり、寛大であったためしはないのである。定義上、礼儀正しさと正直さは絶対にイコールとならない。それは社会的ふるまいが、真正な感情と一致しないことを証明するだけだ。世界の限定的な場所においては、この不一致こそが人間らしさに関する信条とみなされているのだし、それゆえに、私たちはアイロニーを好むのだろう。アイロニーは、真実を指し示す様式として欠かせないものとなっているし、生に関わる真実すべてにとってもそうなのだ。そう、私たちは、自分たちの言動について、本気であると同時に本気ではないのである。当惑してしまうのは、ヴェトナム人は本来的に、アイロニーをもたないということだ。だから、たとえ想像の中でも、アイロニーが不可欠などとは考えもしなくなったと言えたなら、私にとってのヴェトナム人は、突如として判読可能な存在になっただろうし、かれらの言語がこれほどまでに閉鎖的で、単純化されたものには見えなかっただろう。(皮肉な真実を説明するためには、多くの言葉が必要とされる。アイロニーがなければ、言葉は少なくて済むのだ。)

ヴェトナム語は、私たちが慣れ親しんでいるのとは異なった丁寧さの概念によって運用されている。そしてそのことが意味しているのは、正直さと誠実さの意味の変化である。ヴェトナムの正直さとは、一般的な西洋文化のもつ正直さの感覚とはまったく似ていない。西洋文化において、正直さとは、実質的にすべての価値に優先するとみなされるのだが、ヴェトナムにおける正直さと誠実さは、個人の尊厳の働きであると考えられている。誠実であることによって、ヴェトナム人は、個人の尊厳を強化し、高める。私たちのこの社会では、誠実であることはしばしば、個人の尊厳や魅力の放棄を意味するし、あるいは、恥じらいを捨てることを意味する。これは重大な違いだ。私たちの文化は、誠実さの概念を経験的で説明的なものとするから、人がみずからの隠している考えや感情を正確かつ完全に映し出すような言葉を口にすることによって、その人の誠実さを測ろうとする。ヴェトナム人にとっての誠実さは、標準的あるいは規範的な概念となる。私たちの目的は、正しい順序——調和——を、言葉とふるまいと個人の内面的生活(話者によって口にされた真実は、倫理的に中立であり、というよりむしろ、倫理的中立にさせられるか、話者がそのことを率直に認めようとするといった賞賛に値するものとされる、といったことを前提としている）のあいだに作ることにある。その一方で、話者の言葉とふるまいと、その人の社会的なアイデンティティのあいだにも、適切な関係を構築しようとする。ヴェトナムにおいては、誠実さとは、その人の役割に見合うようなふるまいを意味するし、そうでない場合は、倫理的にこうありたいという目的をあらわすための様式とされるのだ。

それゆえに、ボブとアンディと私が、五月十六日の遅い午後にファン・バン・ドンと会話をしたとき、かれの暖かさが、私たちの言う意味での誠実さであったかどうかを推し量ったり、あるいは、首相が、外で待つ車に向かってかれのオフィスを去ろうとしている私たちを「本当に」抱擁したかったかどうかを推測することには、ほとんど何の意味もない。あれは、ヴェトナム人の言う意味での誠実さだったのだ。つまり、かれのふるまいは魅力的であり、適切であり、よきことを意図されたものだった。ヴェトナム人が「本当に」アメリカ人を嫌っているかどうか（ヴェトナム人は否定するけれど）を問うことはまちがっているし、反対に、かれらがなぜアメリカ人を嫌わないのか（かれらはまさにそう主張している）と不思議がることもまちがっている。ヴェトナム文化のひとつの基本的なユニットは、過剰に美しいジェスチャーだ。しかし、ジェスチャーとは、何かを演劇的にまとうことだといったように、私たちの感覚で解釈してはならない。ヴェトナム人のジェスチャーは、キャラクターを外面で表現するパフォーマンスなどではない。ヴェトナム人の主張するあらゆる規範についても、ジェスチャーを用いることで、その行為は成し遂げられ、自己なるものが構成される。ときには、それぞれに固有のジェスチャーによって、包括的な人格というものが再規定される。これまで以上によいおこないをしようとすることで、例外なく、人はみずからを、そうしたふるまいがふつうにおこなわれている新しいレヴェルに引き上げようとする。(ヴェトナムでは、私たちの世界とは異なり、倫理的な野心というのが真実――すなわち、すでに確定済みの現実――なのであり、それは、「典型的」であるとか「首尾一貫」といった私たちの心理学的な基準が理由となる。こうしたコントラストが明るみに出すのは、ヴェトナムのような社会において奨励される政治的なことと倫理的なことのあいだの違いである。私たちがプロパガンダ的、あるいは操作されたものとして却下しがちな言説の多くが、ヴェトナム人にとっては深みをもっているものであり、その深みに対して私たちは無感覚になっている。)

一般的な西欧社会は、ヴェトナムのことを――少なくとも、この国の公式見解では――、倫理的に、心理学的に、きわめて酷使された社会のように見ているという。けれどもこれは、私たちの現在の判断基準が、人間がどれほどの美徳をもちうるかという控えめなものであることが原因となっている。こうした基準では、ヴェトナムはあらゆる局面で侮辱の対象となる。そうした侮辱の一例として記憶しているのは、ハノイの北に位置するホアビン山地への二日間のドライヴの最初の午後、カントリーサイドにあるアメリカ人パイロットの墓に立ち寄ったときのことである。車から降り、草の生い茂る場所を五十ヤードほど歩いていくとき、オアンが私たちに話して聞かせたのは、一年前、武装した農民たちが、そのF-105のパイロットをここに運んだということだった。パイロットは、脱出に失敗し、飛行機とともにここに墜落したのだが、その飛行機の残骸の中に、農民たちがパイロットの遺体を見つけたのだった。空き地に入ると、そこにあるのはシンプルな墓ではなく、チェンバレンの銅像さながらに、飛行機のエンジンや、折れ曲がった翼で飾られたうずたかい小山となっており、献花がなされ、パイロットの名前と死亡の日付が書かれた木の墓標が立てられていた。私は数分、とりつかれたようにそこに立ちすくみ、かれがそもそも埋葬をしようとしたこと自体がまったく理解できないままま、その場所の外観とそれがまだ手入れされつづけているという証に胸を突かれた。後になり、車に同乗していた地方議会の副議長が、そのパイロットは埋められ、しかも「良質の木材でできた棺」の中に入れたので、戦後アメリカの遺族が訪問してその遺体をもちかえることもできるのだと説明してくれたとき、私はもう少しで根をあげそうになった。こうした驚くべきことができるのはなぜなのだろう？　どうしてこの人たちは、自分の妻や両親や子供がこのパイロットやその仲間たちに殺されたというのに（F－105一機に積まれた、ボール爆弾四缶で一キロメートル四方のシェルターに避難していない生き物すべてを殺すことができるのだ）、黙ってシャベルを手にとり、趣味よくかれの墓を飾ることができるのか。かれらは何を感じたのか？　かれの犯した客観的な罪がなんであれ、かれもまたヴェトナム人の死者同様に、命を落とすべきではなかった大切なかけがえのない人間であるということを、かれらは気づいていたというのか。かれらはこのパイロットを嘆くことができたのか？　かれを許せたのか？　でも、こうした疑問を抱くべきではないのだろう。きっと、村人たちは、このパイロットを埋葬することは美しい（かれらはたぶん「人道的」と言うはずだ）行為だと考えたのだ。かれら一人一人の個人的な感情（それが問題になるかぎり）に優先し、それを変質さえするような規範的な行為だと。

訪問者がみずからの言葉によって、こうした超個性的なジェスチャーを信頼することは難しい。人々のふるまいについて、自分の日常的な解釈方法をまったくもちださずにいることは、たしかに難しかった。この二週間をとおして、私はずっと、ヴェトナム人についての心理的な疑問をまとめようとしてきた――そのあいだじゅうずっと、こうした疑問がどれだけ恣意的なもの、すなわち西欧の倫理的な推測にみちたものであるかを考えてきた。仮に、ヴェトナム人にとっての「エゴ」とは何かと問うてみるようなことに意味があるとすれば、それが私たちにはまったくなじみのないかたちで表現されるだろうということには気がついていた。北ヴェトナムの人々は、驚くほどに落ち着いていて、かれらは戦争の他はほとんど何も語らないけれど、かれらの言説は憎しみだけに特徴付けられているわけでもないのだ。たとえかれらがメロドラマのようなコミュニストの言葉でもって告発をおこなうときでさえ、それはうやうやしく、いささか平板な調子に聞こえる。かれらは残虐行為についても、かれらの歴史の精髄についても、寛大とさえ言えるような哀調と、驚きすら帯びながら、それを語るのだ。こうした物事が本当に起こるのだと、かれらの態度は物語るのだ。革命博物館のショーで見せられた写真のように、フランス人は本当に、手錠をされたプランテーション労働者の騒動の原因を取り除いたのだろうか？　かれらがここでしていることに、どうやったらアメリカ人は恥ずかしさを覚えずにいられるのか？　そういった疑問が、ハノイの別の小さな「博物館」を見学しているあいだじゅう、口にされることなしに耳に響いていた。そこには、ここ三年間ほどに北ヴェトナムに来たアメリカ人によって使われたさまざまな殺人兵器が飾られていた。そう、かれらはまったく理解していないのだろう――罪をものすごく大きくしていくことによって力を得ているような文化によって今攻撃されている、恥の上になりたつ文化の中に人が見出したがっているのは、結局のところ、理解の失敗であるということを。

ヴェトナムは恥の上になりたつ文化であるということは、たぶん、その国民の表現の幅に見られる（そして見られない）物事の多くを説明するだろう。そして、私の国は罪の上になりたつ文化をもつのであって、そうしたことからも、かれらのことを理解しがたく感じるのだろう。罪の文化は典型的に知的な疑いや道徳的な絡み合いといった傾向があるし、だから、罪の観点からすれば、恥の上になりたつすべての文化はまさに「未熟」とされてしまうのだ。道徳的な要求との関係は、恥の文化においてはぜんぜん曖昧な感じはしないし、集団的な行動と公の基準があるということは、私たちのために用意したわけではない、そこに内在する正当性なのだ。

ヴェトナム人の一般的な規範の中でも特に目立つものに、礼節——平たく言えば、人々のやりとりのあいだに厳格な道徳のトーンを保とうすること——がある。もしも私がカンボジア人やラオス人の例を目にしてなかったら、こうした関心が単純にアジア人に共通の関心事だと思っていたにちがいない。その他の国民とは違って、ヴェトナム人はより品位と遠慮があり、それはとり澄ました態度にもなりがちだが、服装の面でも上品なのだった。どれだけ気温が高くなろうと、(カンボジアやラオスとはちがって)ヴェトナムではシャツ一枚になったり、あるいはそれを脱ぐといったことがなかった。誰もがこぎれいに、たとえみすぼらしい身なりでも、首から足首まできちんと服を着——男性同様に女性も長ズボンを履いている——、そして清潔であることに重きを置いている。その村落では初めての、ちょうど前日に完成したばかりの、ふたつに仕切られたレンガとセメントの公衆トイレを見せてくれたナ・フォンの人々は、衛生面や利便性といった次元を超えるプライドをもっていた。その新しいトイレは、道徳的な勝利と呼ぶべきものだった。「東海の水すべてをもってしても、敵国が残していった汚れを流し去ることはできない」という諺は、一四一八年に始まり一四二七年にヴェトナム側の勝利で終わった中国との数えきれぬほどの死闘のひとつから生まれたものだ。北ヴェトナムにとって、この三年間のアメリカの攻撃は、これと同様の苦悩であったことは疑うべくもない。ふたたび、もっとも恐ろしいかたちで、かれらの国は汚されてきたのだ。清潔と汚れの道徳的メタファーは、もちろん、どの文化でも見られる、ほとんど普遍的と言ってもいいものだ。にもかかわらず、私はここヴェトナムでは、特にそれが強いように感じた。その強さは、きわだって、ヴェトナム文学においてもっとも有名な、十八世紀の叙事詩『キエウ』に表現されている。(この詩は、学校で詳細に勉強され、ラジオでもしばしば朗読される。実際、ヴェトナム人なら誰でも、この詩の一節を長々とそらんじることができるのだ。)物語の始まりでは、ヒロインのキエウは、若い娘である。若者が彼女を目にし、密かに恋に落ちる。そして辛抱強く求愛するのだが、家の仕事がために、かれは説明する間もなく呼び戻されてしまう。捨てられたと思い込んだ娘は、彼女自身の家族の危機にも直面し、みずからを金持ちの妾《めかけ》として売ることで、借金のために捕まっていた父親を救い出す。売春宿に売られ、尼僧となってそこから抜け出すといった、虐待と不名誉の二十年間のあとで、ようやくキエウは家に戻るのだが、そこで彼女はかつての恋人に再会するのだった。かれは彼女に求婚する。最後の長いシーンは、ふたりの結婚式の夜で、そこで彼女が夫に告げたのは、自分はあなたを心から愛しているし、これまで他の誰とも深い関係になったことはないのだけれど、それでもあなたと初夜を迎えることはできない、ということだった。夫はこれに対して、二人が会うことの叶わなかった、彼女にとっての不幸の日々のことを自分は気にしていない、と言った。しかし、彼女は自分は汚れていると言って聞かなかった。互いを愛しているからこそ、私たちは犠牲を払うべきなのだと、彼女は言うのだった。結局、彼女への敬意と愛情から、夫もまたそれに同意する。この詩は、かれらの結婚生活の調和と喜びを綴って終わりとなる。西欧人の感覚からすれば、こうしたハッピーエンドはまったくハッピーではない。私たちの物語であれば、それから二人はずっと自制しつづけましたと讃えるよりも、愛する人と巡り会えた直後に、結核にかかったキエウがかれの腕の中で死んでしまう結末を考えるだろう。

けれどもヴェトナム人にとって、今日でもなお、この物語の結末は、満足のいく、正しいものであるのだ。私たちがかれらのことを、「閉じている」だとか、秘密主義であるとか、あるいは感情表現が乏しいなどと感じてしまうのは、こうしたことさらに潔癖な国民性にも原因があるのだろう。

いうまでもなく、今日の規範は、『キエウ』の時代と同じではない。とはいうものの、性的な自制は、今でもまだ賞賛に値する。現代のヴェトナムでは、性的な衝動といったことがまったく問題にならない状態で、女性も男性も共に働き、食べ、戦い、そして眠る。すでにヴェトナム人は、西欧人が性的な作法において自分たちと同じような規範をもっていないことを理解している。オアンは、ヴェトナムの夫婦が互いに不信感をもつということはほとんどないし、戦争によって長いこと会えなくてもそれは変わらないと私たちに教えながら、けれども西欧では、結婚における義務というものは「一般的ではない」のですよね、と言うのだった。かれは、初めてヨーロッパを旅したとき――行き先はロシアだった――、パーティの出席者たちが「下品な」ジョークを言い合っているのが、いかに衝撃的だったかを、ひどく自虐的な調子で話した。今はそんなことはありませんがね、とかれは安心させるように言った。そうした問題に対して、私たちとかれらの態度は違うということを、徹底した礼儀正しさでもって、かれらヴェトナム人は結論づけるのだった。それゆえに、アンディ・コプキンドとボブ・グリーンブラットと私が地方を旅するときはいつでも、宿泊先がどれほど原始的で小さかろうとかまわずに、かれらは必ず私たちの部屋（あるいは、部屋とみなされているもの）を分けた。しかし、これらの旅行のひとつで、出発前日のハノイでボブがちょっとした病気になり、そのために看護師が同行したときのこと、私はその若くかわいらしい看護師が、私たちのガイドやドライヴァーたちと部屋を同じくしていたことに気がついた。かれらは皆、男だというのに……。性的な自己修養というものが、ヴェトナムでは当然のことなのだと私は思った。個人がみずからの尊厳を保ち、全体の善のために他人の思うようにみずからを捧げることは、普通に要求されることのひとつの側面にすぎない。ラオスやカンボジアと比べると、かれらの「インド的」あるいは「南部の」雰囲気はヒンズー教と仏教の影響がまざりあったものなのだが、ヴェトナムは、同じく熱帯気候の国でありながら、勤勉と規律と生真面目さといった、寒冷地方の国に特徴的なクラシックな価値観をあわせもつというパラドクスを提示している。こうした「北部」の雰囲気は、疑うべくもなく「北部の封建主義者」たちの遺産である。(思うに、この国の南部では、その雰囲気も弱まっているのではないか。ハノイの人々は、サイゴンの人々のほうが気楽で、感情的で、チャーミングで、そして自分たちよりも不正直で、性的にもだらしがないという――けれどもこれも要するに、北部の人間が南部の人間を評する典型的な言い方なのだけれど。)

つまり、現状を見るかぎり、侵略に遭っている左翼革命社会の準軍事的な風潮によって、ヴェトナム人が自身に課している要求が強化されているのは疑いようもないのだけれど、その一方で、かれらの基本的なかたちは歴史に深く根を張っており、それはとりわけ、ヴェトナム文化に織り込まれた、仏教的というより儒教的なものの中に見ることができるだろう。中国など他の国々では、これらふたつの伝統は、はっきりと相反するものとされる。しかしヴェトナムでは、どうやらそうではないようだ。カソリック教徒も多いけれど、それを除くと、ほとんどのヴェトナム人は仏教徒だ。私たちがよく見かけたのは寺の塔で祈る老人たちの姿であったのだが、家庭内での儀式(各家庭には祭壇があった)もまだおこなわれているし、それ以上に、仏教的価値観を、かなりの程度目にすることができる。だが、たとえ仏教的な精神を主張するものであっても――運命論であれ、知的遊戯であれ、チャリティの重要性を説くのであれ——、ヴェトナムにおいては、それらは儒教の規律が生む風潮ともよく調和しているようなのだ。儒教的な考え方というのは、国家と個人の幸福を、適切で公正な行動規範を発達させせることによって実現するといったものなのだが、ヴェトナム人のふるまいはこうした考え方を反映している。「礼儀・法度《ほうど》は聖人の行為から生ずるのであって、決して人間の本性から必然的に発生するものではない」とは荀子の言葉だが、こうした儒教的考え方もまたそのまま残っているのである。聖人を信頼するという儒教的な考えを知れば、ヴェトナム人の君子であり詩人でもある指導者、ホー・チ・ミンに対して抱く尊敬の念も、すべてではないにせよ、ある程度はわかってくる。まさにヴェトナム人がしばしば力説するように、ホーに対する尊敬は、今日の毛沢東にまつわる感情抜きの崇拝とはまったく異なる。ホーの誕生日というのは、主に、北ヴェトナムの人からの好意、すなわち、ホーに対するかれらの思いやりのようなものを示す、年に一度のチャンスとなる。昨年の誕生記念日に、「われわれはわれわれの指導者を愛しているし、尊敬している」とコメントした月刊誌「政治再教育」は、これにつづけて、「しかし、われわれはかれを神格化しない」と書いた。ありがちな超人化や、英雄化、全知の指導者であるといった扱いとはまったく異なり、私が実際に話を聞いた人々は皆、まるでホーが個人的な知り合いであるといった具合に語り、ホーが実在する人間であると感じているがゆえ、かれらはホーに魅了され、感動しているようなのだ。ホーの慎み深さとはにかみを物語るユーモラスな逸話は、とても多い。いささかエキセントリックではあるにせよ、人々はかれのことをチャーミングだと思っている。かれの逃亡中の困窮状態や、一九三〇年代の中国で経験した獄中生活を思い出し、そしてまたかれの体の弱さを気に病みながら、かれらは感動的な口調でホーのことを話す。ホーおじさん、という意味の「バック・ホー」という言葉は、それのもつジョージ・オーウェルのビッグブラザー的な響きにもかかわらず、なんら特別な称号ではないのである。いかなる年齢のヴェトナム人も、身内ではない年上の人間に対しては、「おじさん」や「おばさん」と呼びかけるのであって、これはふつうの敬称にすぎないのだ。（スウェーデンでも同じような語法があるが、それでもタントやファーブローといった言葉は、子供や若者が見知らぬ大人に対して使うもので、中年の人間が七十歳の相手に対して使ったりはしない。）ホー・チ・ミンに対する感情は、親愛の情や感謝の念といったもので、互いを大家族の一員としてみなすことができるくらいに四面楚歌的な状況の小国に暮らす人々のあいだに生まれる感情の発露にすぎない。まさに、ヴェトナム人が賞賛する美徳というものは——倹約や忠義や自己犠牲や性的な貞節——すべて、かれらの日常的な比喩を使えば、家庭生活の支配下にあるのだ。ここにもまた、儒教的特徴を見ることができるし——仏教の場合は、出家により家族とのつながりを断つことがもっとも尊いおこないとされる——、それが比較的最近の、革命的なイデオロギーの移植と思われがちな、ヴェトナム人の禁欲さや「厳格主義《ピューリタニズム》」とは遠く隔たっていることもわかるだろう。（「マルクス＝レーニン主義的思想」ということで考えてみると、ヴェトナムの共産主義はご都合主義的だし、とにかく凡庸である。）訪問者は、この国の驚くべき規律の大部分を、コミュニズムのイデオロギーの影響と考えがちであるが、それはたぶん逆なのだろう。コミュニストは、そのモラル的要請をおこなうにあたり、ヴェトナム人がはじめからもっている、高次の道徳的な社会的個人的秩序といったものへの敬意を利用したのだ。

しかし、実際は恩寵こそが特に顕著であるべきで、そのためにこうした話をしているにもかかわらず、私の説明だとヴェトナム人は実際以上にまじめくさった人々であるように聞こえてしまうだろう。会話では、ヴェトナム人は穏やかであるし、パブリックな会議であっても、かれらの物言いは簡素で、特に激励調になるわけでもない。アジテーションや哀調といった、私たちのよく知る感情が示されないとき、その感情的な意識を認識することは難しい。かれらはかれらの意識の中でもっとも崇高な時を生きているのであり、四半世紀以上もつづく争いの頂点にいるということに、思いをいたすのだ。かれらはすでに、多大な困難にもかかわらず、フランス軍を打ち負かしてきた。（フランス軍は最初に、ナパーム弾をヴェトナムにもたらした。一九五〇年と一九五四年のあいだ、フランスの戦争のための費用の八十パーセントは、合衆国によって支払われている。）いまや、信じがたいことに、アメリカ人がかれらに与えるいかなる苦しみにも耐え、民族として団結し繁栄することができると、かれらは証明している。その一方で、南部では、解放民族戦線が確実にその支援と領土の支配を拡大しつづけている。しかし、この時代のほとんど高揚した気分は、共感を寄せる観察者によって推論されねばならない――それはヴェトナム人が感情的ではないという理由からではなく、かれらの習慣的な感情の扱い方、すなわち、感情のエネルギーを保存するという文化的な原則によるものなのだ。激しい爆撃がつづく地方では、誰かが死んでも全体の作業を滞らせることなく埋葬ができるからという理由で、農民たちは毎日、棺桶をもって田んぼに農作業に行っているということを聞かされた。避難勧告のあった学校では、子供たちは毎朝、自分たちの身のまわりの寝具を荷造りして、寮にしている小屋から授業を受けに外に出る。そして日中の空襲や小屋が焼き払われたときのために、近くの汚いシェルターの中にその小さな荷物をきちんと積んでいるのだ。そして日暮れには、その荷物をシェルターから取り出し、荷ほどきをし、ふたたび寝る場所を組み立てる……一度ならず、ヴェトナム人の恐るべき現実を観察した私は、長期にわたる苦しみと葛藤という歴史的運命に向き合ってきたユダヤ人の、もっと無駄の多くて、もっと風雅なスタイルというものを思った。殉教者として、ヴェトナム人がユダヤ人に勝るのは、たぶん、都市のブルジョアジーに具現化される文化より、農民型の文化が支配した文化の優位性ということにあろう。ユダヤ人とは違い、ヴェトナム人は、精神面でのタイプ分けが、言葉でははっきりとなされるような高度な段階（つまり、別のタイプについて互いに考えざるをえない状態）には至っていない。残酷な仕打ちを受けてばかりの歴史ではあるけれど、土地に根ざした歴史を有していることもまた、ヴェトナム人には有利に働いている。ヴェトナム人の歴史は、「アイデンティティ」なるものにシンプルに（それはつまり、複雑にということだが）根づいているのではない。かれらの歴史は、人々がアイデンティティの拠りどころとしている土地に根づいているのだ。

苦しみを経験するユダヤ人のマナーは直接的で、感情的で、説得的だ。それは荒涼とした宣言から、アイロニーに彩られた自己侮蔑までといった具合に全域に至り、他者の共感を引くことを意図している。同時に、他者を引きつけることの困難についての嘆きも表明している。ユダヤ人の頑固さの源、すなわち、生き延びることの奇跡的な才能の源は、複雑な悲観主義に身を明けわたしていることにある。きっと、苦しみのあからさまな表明といらユダヤ的（そしてまた「西欧的」）なスタイルのようなものを、私は無意識に、ヴェトナムに来たときに見つけ出そうとしていたのだろう。そう考えると、同じように悲劇的な歴史に対して、ヴェトナム人がまったく異なる経験をしていることを、私が最初、不透明で未熟であると考えてしまった理由が見えてくる。

たとえば、みずからの耐え忍んできた、口にできない苦しみを表現することは極力控えるべきだと、本心からヴェトナム人が考えていることに、私はなかなか気づけなかった。アメリカの残虐行為を説明するときでさえ、アメリカの対ヴェトナム戦争の全体的な恐怖は、北部ではどこでも目撃されないということを、かれは急いで強調するのだった——それもそうしないことは非礼であるかのように。

そしてそのために、人は「南の同胞に起こっていること」を見なくてはならないのだと言うのである。一九六五年二月七日以来の統計によると、殺された一般人の六十パーセントは女性と子供で、死亡あるいは重傷を負った人々の二十パーセントは老人だという。以前は二万人ほどだったという街を見に連れていかれたが、今では八万人ほどの人が、ビルがひとつも建っていないその地に暮らしていた。私たちは、破砕性爆弾の散弾まみれになったり、焼夷弾（ナパームの他に、アメリカ軍は白燐やテルミットやマグネシウムの爆弾をヴェトナムに投下している）で黒焦げになった死体の写真を見た。「段階的拡大」のあわれな被害者たちにも、束の間、面会をしたけれど、二十四歳の女性は、夫と義理の母と子供を一回の空襲で失っており、ハノイの真南に位置するカソリック修道院の爆撃では、年老いた教母と二人の若い尼僧だけが生き残ったという。にもかかわらず、北ヴェトナムのホストは、私たちにさかんに残虐行為を見せつけるのようなことはしないのだった。かれらは、私たちと廃墟をめぐりながら、犠牲者が出なかったときのことを喜んで話してくれる――ホアビンシティの郊外にある百七十台のベッドをもつ新しい病院が破壊されたような類の話だ。（その病院では、一九六七年の最初の空襲のときに退去させられていた。その後、何度か爆撃があり、人々がそこに戻ることはもちろんなかった。）ヴェトナム人が与えたがっている印象とは、そして現に与えた印象とは、平和的で、実行可能な、楽観的な社会という印象だった。それは、ホー・チ・ミンが一九四五年八月の後のスピーチで言った「人生を楽観的にするため」の五箇条であり、すなわち、各人が(1)政治に明るくなり、(2)絵を描けるようになり、(3)音楽を知り、(4)スポーツをたしなみ、(5)少なくともひとつは外国語を知らねばならないのである。それゆえに、ヴェトナム人の楽観主義というときに私が意味しているのは、勝利をめざすかれらの執念深い信念ばかりでなく、社会全体をつらぬく絶え間ない改善の強調といった、理解の枠組として、ヴェトナムでは楽観主義が採用されているということなのである。

まさに、ヴェトナムの際だった側面のひとつとは、ほとんどどんな問題にもポジティヴに向き合うといったものである。高等教育大臣のブー教授は、皮肉抜きでこんなことを言っている。「アメリカ人は私たちに多くのことを教えてくれた。たとえば、教育に必要なものは、美しい建物ではないということ。段階的拡大の始まった一九六五年に見捨てざるをえなかった、ハノイの最新の工芸学校などがそうですね。ジャングルに入り、分権化された学校を建てたとき、教育は向上する。よりよい食べ物やもっとカラフルな衣服を望むのはもちろんですが、この三年間で私たちが学んだのは、そういったものがなくても人は多くことが成しうるということでした。もちろん、それがとても大切であることに変わりはないのですが、なくてはならないものとは思えないのです。」かれが言うには、ハノイの大学を強制的に立ち退かされ、地方に追いやられたことの利点というのは、大学生が自分たちの校舎を自分の手で作り、自分たちの食料を自作しなければならなくなったことであった。（疎開した学校や工場は新しいコミュニティを作り、近隣の村に頼ることなく、必要最低限の経済的水準において自足することを求められた。）こうした試練を通して、「新しい人間」はかたちづくられる。ともかくも、驚くべきことに、ヴェトナム人は、こうした状況が、いかに人格形成に影響を与えるのか、その価値というものを理解しているのだった。爆撃は民族の「スピリット」を高めると、ホー・チ・ミンが発言したとき、その真意は、士気の昂揚以上のことを意味していたのである。戦争は人々の道徳レヴェルに不可逆的な変化をもたらすということが信じられている。たとえば、生活基盤を根こそぎ奪われ、所有財産のすべてを破壊されたた家族（多くの家族は、十世紀は遡れる文化遺産を所有している）は、起こりうる最大の不幸であるとヴェトナムではいつもみなされるのだけれど、今では、それは何万という家族に起きていることであり、人々はすべてを奪われることの優位性を見つけ出しているのだ。すなわち、奪われた人間はより寛大になり、「もの」に執着しなくなったのだ。(これは私が観た映画『ミス・タムの森』のテーマだ。この映画のラストで、空爆のあと、トラックの道を修理するために、歳とった農民が、生涯をかけて育てた二本の大木を切り倒す。) 空爆はまた、たとえば人々の落ち着きやはっきりとした意思の表明、そして行政の才能などを育てるきっかけとなった。村であれ村落であれ、選ばれたチームを通して、爆撃の状況を独自に報告している。ハノイやハイフォンでは、各ストリートから何人かの居住者が代表として選ばれ、詳細な報告をする。私が覚えているのは、私たちがハノイの爆撃された地域を調査したとき、(私たちのホテルから二キロ離れたところにある) クアンタン通りの「調査団」のリーダーからそういった報告を受けたのだ。かれは年配の、教育を受けていない労働者だったのだが、住民たちによって選出されたので、新たに一連の技術を学んでいた。この戦争は人々を賢くし、誰もが基本的に同じ仕事をすることにより知の使い方を民主化し、そうやって国を守り、侵略国を追い返そうとしている。北ヴェトナムのいたるところで、自助と協力が社会的かつ経済的な生活の標準的な姿となっている。これは、開発途上国において社会主義経済が適応される際の常套的な基準のように聞こえるかもしれない。しかし北ヴェトナムは、(植民地主義のルールによって課された) 過剰に特化された経済の標準的なハンディキャップや、識字率の低さや、病気や、先住民たちが文化的に同化することができないといった問題に苦しむ、第三世界の小さな、経済的な後進国のひとつではないのだ。(ヴェトナムには、六十もの「少数民族」が存在する。) この国は、文字どおり深手を負い、毒をもられ、鋼鉄と有毒な化学物質と炎によって破壊された。こうした状況下で、自給自足は十分にはおこなえない——いくら災害時におけるヴェトナム人の自助能力が秀でているといっても、それで十分ではないのだ。

ここの人々は、もっとシンプルに物事をとらえる。創意工夫がなされているかどうかが問題なのだ。人員や武器や資源という点で合衆国の圧倒的な優位や、この国ですでになされてしまった蹂躙の規模は、たしかに「問題」ではある、とヴェトナム人はしばしば言う。だが、かれらの尽きることない「創造的」な献身によって、それらは完全に解決できるものとされる。私たちの訪ねたすべての場所で、北ヴェトナムを支えるために必要な、おびただしい労働がなされている証拠を目にした。労働とは、いわば、この国の表面に対等に分散化しているのである──それはたとえば、ハノイの多くのストリートの歩道の端や、田舎の道路に置いてある、無防備な状態の大きな木箱のように。(「われわれの避難用倉庫です」とオアンは言った。)あるいはまた、爆撃を受けても数分のうちに修理ができるよう鉄道の線路脇の空き地に道具や資材が積まれているように。にもかかわらず、ヴェトナム人として、この国を一歩ずつ、ショベルとハンマーで再建したいと考えるかれらは、同時に、よりエレガントな優先配備の感覚を有してもいる。たとえば、B-52が田んぼにクレーターを作っても、爆撃から数日後には農民たちがそれを埋めてしまうことは普通だ。しかし私たちが目にした二千から三千の爆弾によるクレーターは、時間も労働力もかかりすぎるという理由で埋めることが禁止されたのだが、それらは魚の養殖用の池に転用されたのだった。爆撃された場所や施設を修繕したり、耐久性を改良された新たなものを作るといったいつまでもつづく作業は、いまやかれらの労力の多くを消費しているが、ヴェトナム人はとにかく未来について考えている。終戦後に人々が必要とする洗練された技術のことを考えるがゆえに、ヴェトナムでは、教師や教授や、あるいは二十万人もの大学生や職業学校の学生は動員されない。実際、高等教育のプログラムに入学する学生の数は、一九六五年からどんどん増加している。建築家たちはすでに、戦後に建設されるべき、まったく新しい都市計画を書き上げている。（そこにはハノイも含まれているのだが、北ヴェトナムでは、アメリカ軍が最終的に引き上げる前にこの都市は完全に破壊されていると予想している。）

こうした創意工夫のために、訪問者はともすると、かれらの労働は主に保守的な目的――つまり、この社会が生き延びるための手段――であり、そして第二義としては、革命的なヴィジョンを表明するもの――ラディカルな変化によって曲げられた社会の道具――なのだと結論づけるかもしれない。しかし、これらふたつの目的は、私が思うに、分割できるものではない。北ヴェトナムは戦争によって、とても深く、ラディカルに民主化しているように見える。それは一九五四年から一九六五年にかけておこなわれた社会主義的な経済再編のどれにも増して、そうである。たとえば、ヴェトナム社会における、都市と田舎の強い相互関連といったものを壊した。アメリカの爆撃が始まったとき、百五十万を超える人々が（ちなみに、今も北ヴェトナムの人口の八十パーセントは農民である）、ハノイやハイフォンやその他の小さな都市を捨て、地方に散った。それから何年も、かれらはそこで暮らしつづけている。一九六五年以前には百万人ほどであったハノイの人口は二十万人以下になった。何人かのヴェトナム人から聞いたのだが、こうした移住は、都会の習慣や志向をもった雑多な移民の集団を吸収しなければならなかった農民たちや、ハノイやハイフォンから逃げてきた人々のあいだで、マナーや意識に顕著な変化をおよぼした。村や村落があたりまえのように完全な原始状態であることを、最初は知らなかった都会からの難民も、身体的な質素さを上回る精神的なゆたかさであるとか、田舎暮らしの共同体意識といったものを身に付けようとしているのである。

戦争は、ヴェトナムのささやかな物質的手段を徹底的に破壊し、まったく種類の異なる製品（それは工業から芸術まで含む）の国内処分場を制限してしまうことにより、この社会を民主化した。かくして、あらゆる種類の活動を、同じ水準で――素手によって――おこなうことが、どんどんあたりまえになっていった。田舎に設えられた、疎開用の学校群の、背の低い小ぶりな建物はどれも、土壁に藁葺きの屋根といった、単純な方法で建設されねばならなかった。襲撃にそなえ、子供たちが逃げ出すための何キロにもおよぶ溝は、それぞれの建物から延びて互いにつながっているのだが、それらは赤土から骨おしみせずに掘り出されたものだった。ハノイ全域からすべての村や村落、そしてあらゆる道路脇のあいだや耕作地などにある防空壕は、いずれも近隣の住民が、余った時間に作ったものだ。（一九六五年以来、ヴェトナム人は五万キロ以上の溝を掘り、千七百万人のための二千百万個もの防空壕を作った。）ある夜遅く、北部からハノイへの帰路で、私たちは山の裾野にある粗野な小屋をあてがった分散型の工場を訪れた。数百人の女性と青年が、灯油ランプの灯で機械を操作しており、一ダースほどの男性が、より大きな機械を爆撃から守るため、シェルターを作るために隣の小さな洞窟の壁を、ハンマーだけを使って広げていた。北ヴェトナムのほとんどすべては、最小限の道具で、手動操作されねばならない。もういいかげん、ロシアや中国が送ってくると喧伝している救援物資がどれほどのものかを疑うときだ。それがどれだけ届けられようと、十分ということはない。この国はかわいそうなくらい、殺菌装置やX線装置といった基本的な医療設備が不足しているし、タイプライターや、旋盤や空気ドリルや溶接機械といったものも足りない。自転車やトランジスタラジオは十分にあるが、あらゆる種類の書物や、紙やペン、写真や時計やカメラといったものはほとんどない。最低限必要なものが、実質上存在しないのだ。服もまた、限られている。もしも服を二着と、靴を一束もつことができれば、そのヴェトナム人はラッキーだ。配給される綿の布は、一人当たり一年間に六メートルである。（その綿も、色は限られていて、服の裁断も統一されている。女性には、黒のズボンと白のブラウス。男性には、褐色、灰色、あるいはベージュのズボンと、褐色あるいは白のシャツが支給される。ネクタイはなく、ジャケットも非常に限られた場合だ。）特に身分の高い役人の服でさえ、擦り切れ、薄汚れ、洗いすぎでテカリがある。以前の傀儡政権の皇帝バオ・ダイのいとこで、革命で地所を投げ打つまでは、ヴェトナムでも有数の地主だったサッチ博士は、この二年間新しい服を買っていないと言っていた。餓死には至っていないが、食料もまた不足している。工場労働者は月給として、米を二十四キロもらっているのだが、他の人間は皆、たとえ政府の最高権力者たちであっても、月に十三・五キロしか米を手にできない。

ほとんど何もかもが不足しているから、ヴェトナム人は、使わねばならないものはなんでももって歩かなくてはいけない。ときには、ひとつで何通りも使いこなすべきものを。こうした創意工夫は、伝統的なものでもある。たとえば、ヴェトナム人は竹からおどろくほどいろいろなものを作り出す——家や橋や灌漑施設や足場や物を運ぶ竿や、カップや煙管や家具などだ。しかし、新しい発明はたくさんある。そう、アメリカの飛行機は、かれにとって空を飛ぶ鉱山なのだ。（この資源はいまだに尽きることがない。ハノイの滞在中、ヴェトナム人たちは、三月三十一日以来何度となく飛来している無人の調査機を一ダースほどしとめていた。十九度線以南ではもっと飛行機が手に入るのだが、それは「限定的爆撃中止」以前よりもより激しい空爆が今、そこでなされているからだ。）撃ち落とされた飛行機はいずれも、整然と分解される。タイヤは切り分けられ、みんなが履いているゴムサンダルに作り変えられる。壊れていないエンジンの部品はいずれも、トラックのモーターとして再利用される。機体は剝ぎ取られ、鉄は溶かされて道具や、小さな機械の部品や、外科手術の道具や、ワイヤーや、自転車のスポークスや、櫛や、灰皿や、そしてもちろん、観光客のお土産用の、あの有名な番号付きの指輪になる。飛行機から取られたナットもボルトもネジもすべて利用される。同じことは、アメリカ人が落としていったものにも当てはまる。私が訪れたいくつかの村落では、会合のために村人を呼んだり空襲警報に使われたりする木にぶら下げられたベルは、不発弾のケースだった。タイという村落の病院を見せられたときは、空爆以来、岩穴に移された手術室の保護用の天蓋が、落下傘の帆で代用されていた。

こうした状況にあっては、「人民の戦争」という概念は決してプロパガンダとしてのスローガンではなく、リアルな具体性を帯びてくる。それはちょうど、現代の社会計画者が好んで口にする、脱集権化、といった希望のようだ。人民の戦いとは、この国のすべての健常者が、トータルで自発的で寛大な戦時体制（動員）を意味する。そしてまた、単独でも生き残ることができ、決定権をもち、生産に寄与しつづけられるような、無数の小さな自立したコミュニティにこの国を分割することを意味する。地方レヴェルでは、人々はたとえば、敵機の爆撃の余波として起こったどんな問題も自分たちで解決することを期待される。

すべてを利用するという原則に基づく社会を日々機能させる様子を観察することは、できるかぎり浪費することを基本とする社会から来た人間にとっては驚きだ。罪深い弁証法が、ここでは生きている。すなわち、大いなる浪費社会が排出するのは、みずからの廃棄物であり、雇用不適格とされたプロレタリア階級の徴集兵であり、有毒物質であり、爆弾なのである。その爆弾が落とされるのは、小さくて、実質的に無防備なつましい社会であり、その住民は、幸運にも生き残ることができたならば、その破片を拾い上げ、日用品や防御のための道具を作り上げるのだ。

すべてを利用するという原則は、物だけではなく、考え方にも応用される。そのように把握してみると、私は、ヴェトナム人の言説の知的な平板さに苛立つことを自動的にやめることできた。それぞれの道具がずっと使えるよう作られねばならないように、考え方も同じなのだ。ヴェトナムのリーダーは無駄のない、簡潔な知恵に長けている。何度もくりかえし聞かされたホーの言葉のように、「独立と自由ほど価値あるものはない」のである。何度も何度も耳にして、ようやく私はこの言葉の意味を考えるようになった。そして一度考えはじめると、たしかに、これはとても大事なことを言っているのだった。ヴェトナム人がそうしてきたように、このシンプルな一文によって、人は、しばらくのあいだ精神的な暮らしを営むことができる。ヴェトナム人はホーを思想家ではなく行動する人間とみなしているのであって、かれの言葉は実用的なものなのだ。同様の規範は、ヴェトナム人の闘争のアイコンにも応用されている。ただし、それは視覚的にもイデオロギー的にも曖昧なため少しも目立たないけれど。（もちろん、実用的な原則はどのような文脈でも同じようにうまく機能するというわけではない。ポスターはともかく、ヴェトナムの視覚芸術の水準が決して高くないことからもそれは明らかだろう。絵画のみならず映画や散文やダンスといったものもまた伸び悩んでいるのに対し、ヴェトナムの詩と演劇だけは、芸術として洗練されていると思うけれど。）なんであれ利用するという原則は、北ヴェトナムにはいまだにスターリンの肖像が、政府のオフィスや工場や学校の壁にしばしば掲げられている理由を、部分的であれ説明するだろう。スターリンは伝統的に、マルクス、エンゲルス、レーニン、スターリンというように、銅板写真に写された偶像の一番右に位置するものであって、ヴェトナム人には、こうしたシンボルを議論するほどの暇もなければ、動機もないのだ。

この四人組の取り合わせは、礼儀の表明である。それは主導国への、そして、一九五四年に現在の政府が樹立された際に導入された「社会主義陣営」の名ばかりのトップに対する礼儀だ。北ヴェトナムの人々は、その写真が一九六八年の段階で時代遅れになっていることはちゃんと気がついているし、多くの北ヴェトナム人が教えてくれたように、ソ連の国内外政策についても、その指導者の地位も含めて、かれらは墓場行きであると思っている。（ホー・チ・ミンの写真は、普通の建物では見ることがほとんどないし、かれは数年前、まるで当てつけのように授賞が決まったレーニン賞も辞退している。）しかし、ヴェトナム人が、それも特にハノイのヴェトナム人が、ロシア人について何を考え、個人的に何を表明しようと——自分たちはアメリカ人に協力するだとか、ヴェトナムの戦いを心から支援しているわけではないだとか、純粋なコミュニズムの理想であるとか、世界革命といった理想は捨てたとか、自分は酒におぼれ礼儀知らずになりがちだ、などと表明しようと——、そうしたことでかつてのアイコンが無効化されることはない。少なくとも現時点では、共産圏での統一と連帯という理想に対しては敬意を表わしつづけているのである。

こうしたことがすべて、ヴェトナム人のスタイルなのである。そのスタイルは、この国において、「負荷」であるとか必要以上に物事を複雑にするといったことが、原則的には回避の対象とされていることにも起因しているのだろう。ザップ将軍の卓越な戦術を見れば明らかなとおり、ヴェトナム人には大規模行動を計画する意思が弱いのだ、といった言葉を信じることはできない。しかし、表現したりジェスチャーをするときの単刀直入さと平易さは、依然として規則のレヴェルにとどまっているのであって、それが奥深い技巧性からなされるということはない。私の印象では、文化として、ヴェトナム人は心底、人生はシンプルであると信じているのだろう。かれらの現状からは想像もつかないけれど、かれらはなんと、人生を喜びにみちたものとすら信じているのだ。喜びは、すでにいたるところに潜んでいる。何時間も骨の折れる仕事に従事し、日常的にみずからの死や愛する人の死に直面しながらながらも、かれらは悠然と、自己憐憫の情をまったく抱かない。心神喪失のような実存的な苦しみは、ヴェトナム人にはみられないのだ――それはたぶん、かれらには私たちと同じような「自我」や流動的な罪の意識がないからかもしれない。もちろん、訪問者にとって、これらすべてを額面どおりに受け取ることは難しい。ヴェトナム滞在の最初の頃は、私も、いつもおだやかなヴェトナム人の見た目の「背後」を探ろうとしていた。利己的ではない、儒教的なスタイルの生真面目さは、ヴェトナム文化に根づいており、それは心理学的な分析を得意とする西欧の資本主義社会から来た者たちには、完全に信じることはできないのである。ヴェトナム人をかたちづくる繊細さやかれらの純然たる優雅な身のこなしは、不器用で無骨なアメリカ人をたちまち苛立たせる。ヴェトナム人は、断固とした個人の尊厳をもってふるまうのだが、それは私たちの目に、無垢だとかインチキだといった具合に、疑わしく見えてしまう。また、かれらは際立って正直に、勇気という価値観や、気高く勇敢な人生という理想に身を投じもする。英雄的な努力が信じられない時代に生きている私たちは、驚きを感じるかどうかは別にして、自分たちの社会における人生が、いずれもひからびた平板なものであると、みんな気がついているのだ。しかし、そんな私たちであっても、ヴェトナムに来れば、ロレンスが「英雄的衝動の、淡く一生涯つづく有効性」と呼んだ信念を、すべての人間がもっていることを目の当たりにする。長く苦しい自国解放運動についての「誰もが知る」歴史を、どうしてヴェトナム人たちは、みずからの理想の姿といった「信念」に結びつけられるのか、英雄的な精神はもはや時代遅れであると刷り込まれた教養ある都会のアメリカ人にとって、それは理解しがたいことである。

結局、西欧のポスト工業社会の人間が北ヴェトナムを訪れると、自分はだまされているのではないかといった危機感を抱いてしまうのだ。それは単に、世界のこちら側に生きる思慮深い人間であれば信じることもないような美徳を、ヴェトナム人がもっているからというだけではない。かれらが有しているのは、両立することが信じがたいような多様な美徳である。たとえば、私たちにとって戦争とは、本質的に「人間性を奪うもの」と考えられる。しかし、北ヴェトナムというところは、武装闘争に人々が総動員されるといった軍事社会でありながら、優しさと気持ちを大事にするといった価値観をもつ、きわめて文明的な社会なのである。ヴェトナム人にとっての気持ちの問題について、こんな驚く話をファンから聞いた。一九五四年、ハノイがフランスから解放されたとき、何千人という娼婦たちが集められた。彼女たちの待遇を委ねられた女性同盟は、地方にリハビリテーション施設を作り、数か月間そこで手厚いケアを施した。童話を読み聞かせたり、子供の遊びを教えたり、遊びに誘ったりしたのだ。「そうすることで」とファンは言った。「彼女たちに無垢な気持ちを呼び起こさせ、人間に対する信頼をもう一度育てようとしたのです。おわかりのとおり、彼女たちは人間というものの残虐な側面を見せつけられてきたのです。そうしたことを忘れる唯一の方法は、小さな子供に戻ることなのです。」こうしたケアを終えて初めて、彼女たちは読み書きを習ったり、自立できるように職業訓練を受けたり、結婚の機会を得られるように嫁入り道具を与えられたりする。このようなセラピーを思いつくということからも、かれらがその倫理観において、私たちとは異なる想像力をもっていることは疑いようがない。そして、ヴェトナム人にとっての愛が、私たちのそれとは異質であるように、かれらの憎悪というのもまた、私たちのそれとは異なるのだ。もちろん、ヴェトナム人はある意味でアメリカ人を憎んでいる──しかしそれは、もしもアメリカが同じように圧倒的な軍事力で制裁を受けたときに感じるであろう憎しみとは違ったものだ。北ヴェトナム人は本当に、捕虜となった何百人ものアメリカ人パイロットたちの幸福を願っているし、自分たちよりも多くの食料を与えている。「なにしろ私たちよりも体が大きいのですから」とヴェトナム軍の長官が言う。「それにかれらは私たちよりももっと肉食ですしね」と。北ヴェトナムの人々は、人間のもつ善性を信じているし（「どこの国の人々も善人です」とは一九四五年のホーの言葉だ。かれ曰く、「悪いのはただ政府なのです」）、アメリカ人のような、冷酷無情な敵であっても、不道徳な人間も時間をかければ更生できると信じている。ヴェトナム人が広める断固とした言葉にもかかわらず、こうした気遣いが本物であると確信せずにはいられないのである。

だが、西欧からの訪問者がヴェトナムのような社会にもちこむ軽信性といった一般的な問題を離れて、自分がヴェトナム人に対して深く肯定的な反応をしてしまったとき、そのことについて、人は二重の意味で警戒してしまう。ヴェトナム人の身体的な優雅さはいうまでもなく、道徳的美しさに感化されはじめたとき、人の心にはその思いを愚弄するような内なる声が響き、そんなものはみせかけのセンチメンタリズムだと囁くのである。歴史的にも心理学的にも本当に把握することのできない、ヴェトナムのような土地は、プリミティヴィズムというイデオロギーの一例にすぎず、そうした場所への安っぽい同情に屈することを恐れてしまう感覚は、私にも理解できる。資本主義国の多くの人々の革命政治というのは、旧い保守的な文化批判が新たに偽装したものにすぎない。かれらが批判しようとしているのは、複雑すぎる、偽善的で無気力な都会なのであって、そこでは、物質的に慎み深く暮らすことだとか、脱集権的で自主性を重んじ、それでいて情熱を失わない社会であるとか、そういった理想に基づくゆたかさこそが煙たがられてしまうのだという。十八世紀の哲学者たちは、太平洋の島々やアメリカインディアンたちに、牧歌的な理想を見出してきたし、ドイツのロマン派詩人たちは、そうしたものを古代ギリシアに見出してきた。さらには、二十世紀後半のニューヨークやパリに生きる知識人たちは、第三世界のエキゾティックな革命社会にそれを見出そうとしてきた。もしも私の文章が、はからずも農業革命を理想化する西欧社会の左翼知識人のクリシェを呼び起こすとしたならば、それに対してはこう弁明するしかない。すなわち、クリシェはクリシェであり、真実は真実であり、実体験とは――まさしく――人が命がけで否認する体験のことをいうのだ。最後に言えるのは、まさにこうした自己疑念によって武装した実体験を通して、私は、多くの点で北ヴェトナムを、理想化されるに足る場所だと知ったのである。

もちろん、ヴェトナム（の人や社会）を、批判を覚悟であからさまに褒め称えてはいるけれど、だからといって私は、北ヴェトナムが正しい状態を示すモデルであると言いたいわけではない。このことは、現政府による悪名高い犯罪を思い出せば十分だろう。たとえば、トロツキー派の追放や一九四六年に執行されたその指導者たちの処刑であるとか、一九五六年の農業の強制的な集産化、近年になって高官たちが認めた蛮行と不正であるとか、そういったことである。にもかかわらず、こうした残念な事実について、言葉ばかりに反応し長々と書き連ねるといったことは、外国人として慎むべきであろう。今日の北ヴェトナムでは誰もが少なくともひとつの「組織」（ふつうは複数だ）に属しているということを知るやいなや、共産党員ではない訪問者は、ヴェトナム人は組織化され個人の自由などないと決めてかかってしまいがちだ。ここ二世紀のあいだ、ブルジョワ階級のイデオロギーが支配的になっていく中で、欧米の人間は「没個性化」によって公の組織の一員になることと、個人の人生の自立というもっとも価値ある人間の目的の達成を学んできた。しかしこれは明らかに、ヴェトナムにおいてみられる没個性のきざしとは異なるものだ。ここヴェトナムでは、人々はむしろ、通常の集団状態における互いへの束縛をなくしたときに、人間性を失い、没個性化を経験するのだ。かくしてふたたび、独立した左翼の訪問者は、ヴェトナム人が「党」と口にするたびに顔をしかめることになるだろう。(一九四六年の憲法では、政党グループの複数性が考慮され、社会党や民主党のそれぞれが週刊新聞を発行し、政府に議席を獲得した。しかし、労働党であるラオ・ドンこそは、その中央委員会に百人近くの党員をもつ「党」なのである。この党が国を動かし、選挙では、この党からの候補者が圧倒的な支持を受ける。)だが、複数政党による民主主義を知らない新しく独立した国々が、一党独裁を好むというのは、自動的な不認可以上に差別的な反応を生む。私の会った何人かのヴェトナム人は、一党独裁の危険をもちだしつつもこんなことを主張する。すなわち、労働党が証明した数々の危険にもかかわらず、地域の人間の具体的な要望に応えるために権力をもつのは意味があると。ヴェトナム人にとって、「党」は単純にこの国の有能な指導者を意味する——独立の祖にして党の創始者(一九三〇年)たるホー・チ・ミンから、党学校を卒業したての若い幹部まで。この幹部たちは、爆撃された村に来て住民にシェルターの作り方を教えたり、志願兵たちは、メオ族やムオン族が暮らす高山で生き方や、読み書きを教えたりする。技術者でありながら倫理的にも申し分のない、ほとんど無給の公僕たちによる巨大な組織が、人民のすべての活動を指導しつつ、かれらとともに働き、苦難を分かちあっていくといった「党」のコンセプトが、もちろん、虐待にみちたヴェトナムのシステムを更生することなどないだろう。けれども一方で、現行のシステムが、真に具体的な民主主義の到来により、ほとんどいつも人道的に機能するようになるといった可能性もまた、排除されることはないのだ。

少なくとも、ヴェトナムでは、キューバを含む私の知る他の共産圏のどこよりも、「民主主義」という言葉が頻繁に引き合いに出される。民主主義は、みずからの文化、特に、荒々しく独立心の強い農民階級の慣習に深く根づいていると、ヴェトナム人は言う。(古い諺に「王の法は村の法に従う」というのがある。)サッチ博士がいうには、過去においても、王と官僚といった政治体制は独裁的だったが、その中身は村の伝統に基づく民主的なものだった。こうした談話が客観的な詮索に耐えうるかどうかはさておき、自国が今も昔も民主的だとヴェトナム人が考えているのは興味深い。ヴェトナムは、合衆国のすべてのおこないにもかかわらず、私の知る共産圏の国の中で唯一、合衆国を「偉大なる民主主義」の国として讃えつづけている。(すでに書いてきたように、ヴェトナム人は、マルクス主義思想やその批評的な分析を高度に使いこなしてみせることはしないのだ。)北ヴェトナムにおける公共機関の性質であるとか、個人の利益を促進したり阻害したりする公共機関の役割といったものを評価する際には、現実も神話も、すべてが考察の対象となる。機関の有効期限は、その構造の青写真を見るだけでは判断がつかない。異なった感情のもとで運営されることにより、たとえ同じような構造であっても、その質は異なってくるものなのだ。たとえば、愛が、社会的関係の構成要素に入ってくるとき、人民と単独政党の関係に「没個性化」は必要とされない。私はつい、共産圏の国の政府を、こちら以上に悪いというわけではないけれど、抑圧的で厳格であると考えてしまいがちなのだが、北ヴェトナムでも国家権力は誤って行使されているのではないかといった先入観は、実のところ、現実に即したものではなかった。そうした幻想に対して、私は自分が現地で実際に見たことを示す(あるいは、それによってこれまでの考えを覆す)ことをしなくてはならない。すなわち、北ヴェトナムは純粋に指導者を愛し、讃えているということ。私たちにとってさらに想像しがたいのは、政府は人民を愛しているということ。ファン・バン・ドンが、この四半世紀のあいだにヴェトナム人が耐え忍んできた苦難を語り、そのヒロイズムや礼儀正しさや本質的な無垢といったものを語るとき、その声が帯びる、感動的で親しみのこもった響きを私は思い出す。総理大臣が、自国民の倫理的性格を目に涙を浮かべて讃える姿を、私は人生で初めて目にしたのだが、それによって私は、これまで思い描いていた統治する者とされるものの関係について考えを改め、そして、これまでは普通プロパガンダであるとみなしてきたようなことについても、もっと複雑な反応を覚えるようになった。

というのも、北ヴェトナム人は絶えずプロパガンダを発しつづけているのだが、がっかりしたことに、そのプロパガンダはあまりにおそまつで、鈍感で、説得力に欠けているため、一九五四年以降に築き上げられてきたこの社会の賞賛すべき質というものを、きちんと伝えられていないのだ。ハノイの外国語出版局から刊行された、英語やフランス語による北ヴェトナムについての出版物（教育関係、厚生関係、女性の新しい役割、文学、戦争犯罪など）をひもといてみれば、北ヴェトナムの社会の繊細な特徴について書かれたものは実質的には無に等しいし、むしろその大げさで、甲高く、あまりにも一般化されすぎた文章によって、読み手は決まって誤解することになる。滞在も終わりに近づいた頃、私は何人かの政府の人間に向かって、こうした本や新聞報道を読んだ外国人は、北ヴェトナムの様子を想像することはできないと述べ、かつまた、あなたたちの革命はその言葉によって裏切られているという、私自身のおおまかな印象を説明した。私が話をしたヴェトナム人はそうした問題に気づいていたようだが——同じようなことはすでに別の外国人も口にしていたとかれらは指摘した——その解決法はまったく思いつかないようであった。（ファン・バン・ドンが三年前に、党幹部たちのあいだにはびこる悪しき「レトリックの病」を批判するスピーチをおこなっており、ヴェトナム語の「改良」を訴えていたらしい。しかしかれのなした唯一の具体的なアドバイスは、人民はなるべく政治については語らずに、もっとヴェトナム文学の古典を読まねばならないというものだった。）

北ヴェトナムという場所は、本当に、そんなにも例外的でありうるのだろうか。この問に、私は答えをもたない。けれど、私にわかっているのは、北ヴェトナムはシャングリラなどではないにせよ、真に注目すべき国であるということだ。北ヴェトナム人は人間としても法外だし、激しい闘争や絶望的としか言いようのない危機といった、よく知られた事実では説明できないさまざまな方法で、かれらはふだんから、人間の（最悪ではなく）最善の部分を体現し、仲間意識のもたらす高揚感を促進している。また、それ以上に深い部分で、ヴェトナム人には賞賛すべき点がある。ヴェトナム人は「全体的」な人間なのであり、私たちのように「分裂」していない。こうした人々が、よそ者たちに、大いなる「シンプルさ」という印象を与えることは避けがたい。しかし、ヴェトナム人を裸にしたとしても、私たちがかれらを見下す理由となるようないかなるシンプルさをも、かれらはもちあわせてはいないのだ。

穏やかに愛することや、ためらいなく信じることや、自嘲なしに希望をもつことや、勇敢な行動をとることや、尽きることないエネルギーで困難な仕事をなすことは、いずれも「シンプルである」とは言わない。私たちの社会では、こうしたことが到達可能であるとかすかにでも想像できる人は、たとえ個人的な生活においても少数である。だが、アメリカではあたりまえのパブリックとプライヴェートの区別そのものが、ヴェトナムでは、それほど明確にはなされずにきたのだ。ヴェトナム人は公私をはっきりさせないがゆえに、その革命のスタイルは実利的になり、言葉のうえでもコンセプトのうえでも弱いものとなってしまう。対照的に、プライヴェートとパブリックは絶対に連続しないとする感覚をもつがゆえに、あらゆる革命的なジェスチャーについて、西欧では多くの、とても興味深いトークがなされるのだ★。私たちの社会では、トークというのは、プライヴェートな特性というものの、もっとも複雑に発達した表現である。最高に発達した状態で、トークは諸刃の活動になった。攻撃的であると同時に、相手を懐柔しようとするのだ。それゆえ、トークはしばしば、感情の欠乏や抑圧の証拠となるし、より有機的な人間同士のつながりの代替物として盛んになるのだ。(本当に愛し合っていたり、純粋につながっていたいとき、ひとは口をつぐむものだ。)しかしヴェトナムの文化では、人々は、トークをしても、決定的にひどいことは口にしないし、言葉というあいまいで両義的なものを評価しない——なにしろ、かれらは私たちのように「プライヴェートな自己」という孤独を

★純粋な革命的変化を生じさせるのは、革命的な気分の共有体験である——レトリックも、社会的不正義の発見も、知的分析も、革命それ自体の中で熟考されたどんな行動も、その原因にはならない。そして人は、まさに革命のことを「トーク」することで気をまぎらすことができる。それはひとつには、意識と言語化されたものが一致しないからであり、もうひとつには、実際的な意志の結果によってである。(そういうわけで、この前のフランスにおける革命は失敗したのである。フランスの学生たちは、占拠した大学の経営を立て直す代わりに、トークをしたのだ——それもきわめて優雅に。ストリートでのデモや警察官との衝突といった演出は、実践的というよりも、レトリカルな行為、あるいはシンボリックな行為として考えられたのだが、これもやはり、一種のトークである。)

私たちの社会では、「理想主義的」という表現は「支離滅裂」を意味しがちだし、「好戦的」という表現は、単に「感情的」ということを意味しがちである。社会批判を大声で唱えるような欧米の人間のほとんどは、心から困惑しているし、実際代わりに何を選べばいいのかがわからないのみならず、実際に力を手にする方法も皆目見当がつかない状態なのであり、だからこそ、ラディカルな変化がひょっとしたらもたらされるかもしれないのだ。まさに、西洋の資本主義国における革命は、たいがい、はなから成功することなど考えられていないかのような運動に見えるのだ。多くの人々にとって、それは反社会的な運動であり、統治体に対する個人の自己主張のための行為である。つまりそれは、アウトサイダーたちによる儀式的な運動であって、この国に対する、情熱的なきずなによって一体化された人々のものではないのだ。

経験しないからだ。トークはいまだに、かれらにとっては素朴なメディアであって、まわりの世界とつながる手段としては、愛のような直接的な感情ほど重要視していないのだ。

パブリックとプライヴェートの領域が曖昧だからこそ、ヴェトナム人は、私たちの目にはエキゾティックにしか映らないこの国とのつながりをもつことができるのだ。ヴェトナム人にとって、自国を情熱的に愛することは、あらゆる意味でためらうようなことではない。その愛国的情熱や固有の場所への帰属意識といったものを誇張することもまたできないのだ。多くの人が、自分がどこの出身かについて自発的に話してくれ、そのときかれらが南ヴェトナム出身でもう何年も故郷に戻ることができない場合などは、特別な哀調を込めて語っていた。思い出すのは、オアンが子供時代に、フランス植民地時代に有名なリゾート地であったロングベイで、おじの漁船に乗ったときの話だ。（一九二〇年代後半、ポーレット・ゴダールがそこで祝日を過ごしたとき、子供ながらに感じた興奮のことも、オアンは話してくれた。）しかし、それからしばしその湾の岩層の壮麗さを語っていたオアンだが、その湾が今ではひどい爆撃に遭っているというところで言葉を切り、ほとんどすまなそうな様子でこんなことを言うのだった。「もちろん、そちらのロッキーマウンテンも、とても美しいのでしょうね」と。

だが、こういった自国に対する感情を、アメリカについても抱くことは可能だろうか？　私はしばしば、ヴェトナム人と議論した。かれらが言うには、私のアメリカに対する愛は、かれらのヴェトナムに対する愛と同じであるということだった。自国の対外政策に反対するのも、愛国心ゆえであり、大切なこの国の名誉を、なによりも守りたいと思っているのだ。かれらの言葉にはたしかに真実もある。すなわち、すべてのアメリカ人は——嘆かわしいことに——アメリカは特別だと、あるいはそうあるべきだと信じているのだ。ヴェトナム人が私にあると考えるポジティヴな感情を、私は感じていないと思う。感じているのは憤怒と失望だ。これは愛なんかではない。互いにわかるよう、赤ちゃん言葉にそれを置き換えて（そのやり方も私もいくらかは巧くなっていた）、私は説明した——現時点でアメリカを愛することは難しい、と。なぜなら、アメリカが世界中に暴力を輸出しているからだ。そしてもしヒューマニティの利益が、どんな特定の国民のそれにも優先するのだとしたら、今日、まともなアメリカ人は国際的なことを最優先し、愛国的な気持ちは二番目に来るはずだ。かつて作家協会で、こうしたことを主張したとき（それは初めてのことではなかったので、私の声はいささか哀しそうだったことだろう）、若い詩人が心安らぐような英語で、「私たちは愛国主義者です、ただし幸せな意味での。あなたの愛国心はとても苦しそうだ」と言った。ときどき、かれらは理解しているようにも見えるのだが、そうでないことのほうが多かった。きっとその困難は、私がすでに述べているように、かれら自身がアメリカに好意をもっていることに起因するのだろう。ヴェトナムの人々は、合衆国があらゆる面で世界一偉大な国であることを当然だと思っている。もっともリッチで、技術的には最先端で、文化的にもっとも生き生きとしていて、もっとも力が強く、もっとも自由のある国。かれらのアメリカに対する興味は尽きないばかりか——オアンは幾度となく、自分がどれほど心から、戦争が終わったら合衆国を訪問したいかを口にしていた——純粋に賞賛しているのだ。以前私は、この詩人や小説家がアメリカ文学を渇望していることを書いた。ファン・バン・ドンがうやうやしく「あなた方の独立宣言」と言うように、ホー・チ・ミンは一九四五年九月二日にあったヴェトナムのフランスからの独立を宣言する際に、この宣言から引用をしたのだ。主要な日刊紙「ニャンザン」の編集者であるホアン・トゥンは、合衆国に対するかれの「愛」を口にし、座り込みストライキや討論集会のような創造的な政治的アクトを可能にした「あなたたちの自由の伝統」を讃えてみせた。かれに言わせれば、合衆国は、世界中のどの国とも比べられないほどの善の可能性を捨ててしまっているのである。

もしも、合衆国に対するかれらの見解が嘘くさくみえ、次には無垢で感動的なものに思えたとしても、ヴェトナム人が自国のためにもっている感情は、まったく異質なものであり、危険とすら言える。しかし私の訪問が終わりに近づいて、私はかれらとの気持ちのうえでの距離をあまり感じなくなった。かれらの独自の愛国心の本質的な純粋さをわかることで、そうした感情を必ずしも熱狂的な愛国心とみなす必要はないと思うようになったのだ。(ヴェトナム人が、違いというものにいかに敏感であるかということは、私がハノイで会った人々が、毛沢東への熱狂や文化大革命のような、最近の中国の発展に対する嫌悪をほとんど隠さないことにも明らかである。)もしもヴェトナム人がそのような区別をつけられるのならば、私にだってできるはずだ。もちろん、どうしてヴェトナム人に期待される自分の態度というものが、実際のところこんなにも違っているのかということも十二分にわかっている。第二次世界大戦以来、合衆国における愛国心のレトリックは、反動主義者や田舎者の手のうちにあるのだ。それを独占するために、かれらは、アメリカを愛するという考え方を、偏狭で粗野で自分勝手なものであるかのようにすることに成功した。しかし、だからといって簡単に諦めてはいけない。作家協会の委員長であるダング・タイ・マイが、ボブとアンディと私を歓迎するスピーチで、「あなた方は、純粋なるアメリカ人そのものだ」と言ったとき、私はなぜ、かすかにたじろいでしまったのだろう。愛国の旗をなびかせた在郷軍人会であるとか、アイルランド系の警察官であるとか、ジョージ・ウォレスに一票を投じる小さな町の車のセールスマンとかいう人々が純粋なアメリカ人であって、自分は違うのだと私が感じたのであれば――そうしたことを少しでも感じてしまっただろうか――それこそ臆病で、浅はかで、単純に不誠実なのではないだろうか？　なぜ私（たち）は、私（たち）自身を純粋なるアメリカ人だと考えられないのだろう？　もっと澄んだ目で見るならば――とはいえ個人的な失望が公の不満へと浸出することは防がねばならないが――アメリカ以外の地球上の九十六パーセントの人間のことを気遣い、この惑星の生物学的生態学的な未来を気遣うような知的なアメリカ人こそが、アメリカをもまた愛することができるのだろう。たぶん、アメリカではもはや、曇ってしまった愛国心をふたたび有効化できないかぎり、本気のラディカルな運動に未来はない。北ヴェトナムを後にする日、私がそれをやってみるのもやぶさかではないという考えが頭に浮かんだ。

不運にも、私の立てた誓いは、予想以上に早く、ほとんど直後と言っていいタイミングで試されることとなった。五月十七日の午後、その試練はハノイを発った数時間後に訪れ、そして私は、ただちに敗れ去ったのである。北ヴェトナムを去っていく訪問者に固有の「失望」に対して、出国から数日間分の保険が掛けられればいいのにと、私は思った。北ヴェトナム民主共和党に招かれた人間は、心の準備ができていないだけに、ひどく嫌な思いをひたすら味わうことになるのだ。ハノイを発って三十分後、私が目にしたのは、酒に酔った国際コントロールコミッションのポーランド人メンバーが、飛行機の前方のテーブルに陣取り、卑猥な絵柄のトランプを配っているといった光景だった。ヴィエンチャンの小さな飛行場に、最初の着陸をすると、まわりはエアーアメリカ（ＣＩＡのプライヴェート・エアラインだ）のマークが描かれた飛行機がいっぱいだった。かれらは毎日ここから、パテート・ラーオに掌握されたラオス北部の村にナパームを落とすために飛び立つのだ。それからタクシーが来て、ヴィエンチャンの街へ、アメリカ帝国のみすぼらしい前哨地であるリヴァー・シティＵＳＡ

（とアンディがあだ名をつけた場所）に行った。初老の女性ツーリストやいかれたヒッピー、あるいはアメリカ軍人といった客を相手にしている卑屈で攻撃的なラオスの輪タクのドライヴァーたちが、アメリカのビジネスマンやラオスの役人の運転するキャデラックのあいだを縫うように進んでいく。私たちは、ＧＩのためにポルノ映画をかけている映画館、「アメリカン」なバー、ストリップ小屋、タイムズスクエアからそのままもってきたかのようなペーパーバックとグラビア雑誌の販売店、アメリカ大使館、エール・フランス、ロータリークラブの毎週の例会案内などの前を通りすぎた。ヴィエンチャンの「モダン」なホテルであるラーンサーンのロビーで、「ニューズウィーク」と「タイム」を買った私たちは、この二週間に私たちの世界で何があったのか情報収集した。数分後、ボブとアンディと私は、エアコンの効いたホテルのカクテルラウンジの、濃い赤のプラスティックに覆われたベンチに腰掛け、酒を飲み、ＢＧＭに身を任せながら、他にすることもなく、疑うような顔をしながらも、熱心に雑誌を読んだ。旅の最初からボブと私が喜んで聞いていた、ローンレンジャーとトントをネタにしたアンディのギャグはますます絶好調で、私たちはヒステリックなジョークを飛ばし出した——ただ、今となっては、それらはちっともおもしろいとは思えないのだが。マリファナでも買いに行こうかと（他にすることなんてあるだろうか？）話し合ったが、通りに出れば、またうんざりするだろうということで、それはやめにした。真夜中になる頃には、私たちはあからさまにひどい気分になっていた。四時間後、一睡もできぬまま夜明けを迎え、部屋の窓の外を見ると、のっぺりとした、ほとんど干上がったメコンが見えた。川床は無防備なフロンティアで、向こう側にはアメリカのさらなる重要な植民地たるタイがあり、そこの基地からはちょうど私たちが今立ち去った国を空爆するために軍用機が飛び立っていく……次から次に、北ヴェトナムに向けて。

ＩＣＣのフライトには不測の事態がつきものだから、私たちは実は、ハノイに向かう往路でも、このヴィエンチャンに四日ほど滞在していて、そのときもこのホテルに滞在し、たった今車で通り抜けてきた街並みも、すっかり歩き尽くしていたのだった。だから、前回はぞっとしたような街の汚らしさを、今回まったく同じように感じることはできなかった。けれど、それでももちろん、街は以前のままだったし、私たちはそれを覚えていた。西欧との巧妙な関係とは対照的に、アメリカは東南アジアに自分たちの低級な文化を輸出している。そして世界のこの部分では、アメリカの力は明らかであり、飾り立てられることもなければ、隠されることもない。北ヴェトナムを訪れた少なくとも十日間、「タイム」や「ニューズウィーク」を手に取らないでいたことはとにかくよかったが、ハノイを去った後にヴィエンチャンのような場所に身を置くことは、アメリカ人にとっては心の準備が必要な大きなカルチャーショック――逆転した文化的転位とでも言おうか――であった。

北ヴェトナムで私が受けた、自分がアメリカを愛せるのではないかといった暗示を思い出すにつけ、ぞんざいな態度も、道徳的な態度もとりたくはないと心から思ったし、疎外されたようなかつての態度にも戻りたくはなかった。そしてしばらくのちに、私の怒りのもっとも激しい部分は和らいでいった。そもそも、相手への反応といえば嫌悪感しか示さないような不寛容さがアメリカ人にはあるのだけれど、自国の帝国主義的支配のシンボルに向けてみせるかれらの怒りというのは、単純にそうしたものに根ざしているのではなく、むしろ、現在のような体制と目的をもつアメリカがあまりに強大な権力を有していることに対する絶望によって立つものなのだ。けれども、その考えは正しくないかもしれない。というか、たぶんまちがっている。少なくとも、ヴェトナム人はそう考えていない。かれらの大胆な判断は、今こそ真剣に受け止められてしかるべきなのだ。つまるところ、アメリカの軍事力がもたらす途轍もない残虐さと徹底した軍事行動に、この貧しい小国がもちこたえることができるだろうなどと、一九六五年二月七日の段階で、ヴェトナム人以外のいったい誰が予想しえただろうか？　しかし、かれらは予言していたのだ。三年前、啓蒙された側の世界は、ヴェトナムが合衆国には歯が立たないだろうということを知っているがゆえに、ヴェトナムに同情的であった。そして、反戦を唱える人のスローガンは「ヴェトナムに平和を」であった。三年後、「ヴェトナムに勝利を」が唯一の信用できるスローガンになった。ハノイの人々が言うように、ヴェトナム人は誰からも同情されたくはない。かれらが望んでいるのは結束なのだ。「悲劇」というのは、戦争をつづけるための、ジョンソンの、アメリカ政府の方便だとホアン・トゥンは言う。「戦争終結までには多くの困難がある」とかれは言葉を継いだ。「けれど、私たちは楽観的でありつづける」と。ヴェトナム人にとって、かれらの勝利は「必然的な事実」なのである。

アメリカの侵略に、最終的にヴェトナムが打ち克つという結果を想像することは、決して難しくない。状況は、大部分において、現状よりもずっと改善されるはずだ。すなわち、すべての爆撃の停止、アメリカ軍の南部からの撤退、グエン・ヴァン・チュー／グエン・カオ・キ政権の崩壊、そして民族解放戦線による政府への権力の譲渡は、それはいつの日か、必ずしもすぐにというわけではないけれど（と民族解放戦線の現指導者は言っている）、ハノイの政権とひとつになり、ついにようやく、分割されたこの国は再統合されるだろう。しかしこうした推測も、合衆国にとっての敗北があってのことなのだ。これは、善かれ悪しかれ、私たちの国家の歴史にとってターニングポイントとなる。そうでなければ、実質的に意味するのは無である――単に、軍産体制を野放しにして、さらなる利益を生むような投機をする、悪しき投資家が破産しただけ、ということになるのだから。どちらに進むにせよ、アメリカにおいて事態は推移していくだろうと信じるとき、私は決して楽観的にはなれない。しかしながら、少なくともアメリカにとって希望があるとすれば、ラディカルな変化に心を奪われることを切望するこの国の人間にとって、この一九六八年が最悪の年であるということである。

ヘーゲルの言うように、歴史の問題は意識の問題である。ハノイ滞在中の私の心の旅は、この偉そうな格言の真実を先鋭化させ、具体化させた。北ヴェトナムにおける、一見いささか受け身な歴史教育の経験によって、私は自身の思索の限界に積極的に向き合えたのだと、今の私には確信できる。

ハノイに旅立つ前の私にとって、想像の中でつながりを感じていたヴェトナムは、いざ訪れてみると、現実味を欠いたものであることが明らかとなった。ここ数年、ヴェトナムは私の意識の中で苦難と「弱者」のヒロイズムの典型的なイメージであった。しかしそれは、「強者」のアメリカというイメージ――つまり、アメリカの力、アメリカの残虐さ、アメリカの独善といったものの輪郭――に私が取り憑かれていたからだ。最終的にヴェトナムに存在するものに出会うためには、私はアメリカについて忘れてみるしかなかった。いや、もっと意欲的に、私が自身のアメリカ的感性を引き継いでいる西欧の感性全体の境界線を押し広げたのだ。しかし私は、自分が簡単なアマチュア向きの方法でしか、ヴェトナムの現実に入っていくことはできないと、いつでもわかっていた。そして私が旅から得た本当にシリアスな事柄は、私をスタート地点に連れ戻すのだった。それはつまり、アメリカ人であることの、連帯していないラディカルなアメリカ人であることの、アメリカの作家であることのジレンマである。

というのも、最後にもちろん、アメリカ人はヴェトナムを自分の意識の中に紛れ込ませなければならない。それは衛星さながらに遠い距離で輝き、私たち自身の足元で政治的な地盤を揺らすような地質学的不安の中枢となりうる。しかし、ヴェトナム人の美徳をアメリカ人が直接真似することはなかなかできることではないし、それらしく描写することすら難しい。そして、この国で現在進行系の革命を、アジアの農村社会ではなく、アメリカの条件下で起こさねばならないのだ。ラディカルなアメリカ人は、ヴェトナム戦争を通じて利益を得た。すなわち、不満を高め、システムの中でカモフラージュされた自己矛盾を白日のもとにさらすような、明快な道徳的な論点を獲得することによって利益を得たのである。みずからの理想を裏切っていくアメリカに対して抱く、孤独で私的な幻滅や失望といったものを超えて、ヴェトナムは、アメリカをシステマティックに批評するヒントを差し出してくれる。こうした利用を目論むのであれば、ヴェトナムは理想的な他者となるだろう。しかし、こうしたステータスを与えることは、すでに文化的にまったく異なるものとされているヴェトナムを、さらに合衆国から遠いところに追いやってしまうことにもなるのだ。だから、この仕事は、現地に行こうとする同情的な人間を待っている。そうした努力を払ったにもかかわらず、自分たちがどのような人々を理解しないで済ませようとしているのか、そうしたことを理解させるために。アメリカのラディカルな人間が北ヴェトナムを訪れるとき、すべてのものごとには疑問符がつくようになる——それはもちろん、アメリカ人がいわゆる西欧的特徴をもっていることに加えて、コミュニズムや、革命や、愛国心や、暴力や、言語や、礼儀や、エロスといったものに対して、必然的にアメリカ的な態度をとってしまうことに起因する。いずれにせよ、はっきり言えるのは、北ヴェトナムに行って以来、以前よりも世界は、ずっと大きく見えるようになったということである。

できるかぎり気持ちを落ち着かせて、私はハノイから帰ってきた。ここでの生活は、あそこより醜く、希望にみちているように見える。希望の側面を説明するために、なんでもありといった革命の理想を引き合いに出すのは軽率だろう。だが、私たちの社会を脈打たせるラディカルな変化を、言葉を尽くして切望することの結果を軽んじるのはまちがいだ。私たちは互いにもっと寛大な、もっと人道的な道をとらねばならないということに気がつく人は、増えている。だが、そうした精神的な変化を生み出すには、大きな、発作的とも言える社会的変化が必要だ。ラディカルな変化を知的に準備するために必要なのは、たとえば、アメリカが現在のように世界で覇権を握っていられるような、政治的かつ経済的な力を配置する現実をよりよく理解するといった、明晰かつ真実味のある社会分析だけではない。精神的な地理学と歴史を分析することもまた、同じくらい適切な手段となるだろう。それはたとえば、宗教改革の時代から産業革命、そして現代のポスト工業社会へと、西洋社会において徐々に支配的になってきた人間のタイプをより包括的に見ることである。こうした道筋だけが人間の進化というわけではないということに異議を唱える人はあまりいないだろうが、実際のところ、これ以外にも人間のあり方があると本当に、有機的に信じている欧米人などはほとんどいないし、それがどのような姿をもつかを想像できる欧米人もほとんどいない。結局のところ、欧米人が多かれ少なかれそういうものなのだとすると、かれらにどうやって信じたり想像したりできようか。自分の足をまたぐことは、難しいのである。

にもかかわらず、道は完全に塞がれてしまっているわけでもない。もちろん、ほとんどの人々はかれらの体現する人間像がいかに地域的なものであるかに直接気づくことはないだろうし、それがいかに恣意的で、徹底的に不毛なものであり、早急に交換されねばならないものであるかを理解することもないだろう。そうしたことの代わりにかれらが知っているのは、自分たちが不幸でありかれらの生活は窮屈で、味気なく、苦々しい思いのするものだということである。そうした不満のもつ、社会的かつ政治的、つまりは歴史的な側面を取り除くような、ある種の精神療法的な認識に身をゆだね、不満の質を変化させることができればいいのだが、それができない場合、現代の西洋文化におけるピントのずれた不幸といったものの蔓延が、リアルな知の始まりとなるだろう。それはすなわち、行動と自己超越を同時に導くような知であり、世界のこちら側の地域における新たな人間性をもたらすような知である。

ふつう、人間のタイプにおける変化は（つまり、人間関係の質における変化は）、ゆっくりと進行し、ほとんど知覚できない。だが不幸にも、このように現代史は緊急事態にあるので、私たちは自然の解決を悠長に待っているわけにはいかないのだ。この社会の自滅的な傾向を考えれば、残された時間はあまりない。そして仮に西洋人がみずからを吹き飛ばすことをやめるにせよ、今の状態がつづくかぎり、そのしわ寄せがいくのは残りの世界――それは世界のほとんど、すなわち、私たちのような白人でもなければリッチでもなく、拡張主義者でもない二億人を超える人々だ――であって、事態はすぐに耐えがたいものとなるだろう。だがたぶん、この文化的価値が曖昧にして貶めている、感情やふるまいといったものの能力に、もっと多くの人間が気がつけば、一般的な欧米人に固有の歴史観を作りなおすプロセスを、少しばかり速めることはできるだろう。

新しい感覚に気づかせるような出来事は、いつだって人間のもちうるもっとも重要な経験である。今日、それは緊急対処すべき道義上の義務である。私は運がよかったのだろう。自分の無知、共感する力、そして自分自身に満足しないという習慣が混ざり合い、五月の北ヴェトナムへの旅の終わりまでにこうした経験ができたのだから。（私自身に現われた新しい感覚は、疑いようもなく歴史的感覚としてはとても古いものだったが、個人的には、そうした感覚を経験したことはなかったし、それを名づけるけることも、そうしたものの存在を信じることもこれまではできかなったのだ。）今、ふたたびヴェトナムから遠く離れて、こうした感覚が適切かつ本物のかたちとなって息づくよう、私は試みている。難しい挑戦だ。しかし、必要とされていることは、必死になって「堅持する」ことではないのかもしれない。こうした経験は、それ自体で変化しやすいものなのであり、にもかかわらず、染みついてしまった以上は消すことができない、といった類のものなのだ。

今、七月のパリにいて、私の現状にも、ある程度のアナロジーは見出せる。五月のバリケードをおこなった知人たちと話していて、かれらが自分たちの革命の失敗を受け入れていないことに、私は気づいてしまったからだ。思うに、かれらの中に「リアリズム」が欠けている理由は、かれらがいまだにあの日々に——おびただしい数の、疑り深くシニカルな都会の一般人や、労働者や、学生が、互いにかつてないほどの寛大さと暖かさと自然さでもってふるまった、あのかけがいのない数週間に——、一体感をもちえたという新しい感覚に囚われてしまっているからだろう。バリケードの若きヴェテランたちは、五月以前の普通の状態に戻ることなどないと信じているし、事態が悪化したわけでもないのだから、自分たちのやったことが失敗であるなどとは到底認められないというのも、ある意味で当然なのである。実際、リアリスティックであろうとしているのはかれらのほうなのだ。束の間であれ、この社会が強要する愛や信頼への禁欲的態度から逃れようとする、そうした新しい感覚を謳歌する人間は、もう元には戻らない。かれらの中では、「革命」が始まっており、それはつづいている。だから、北ヴェトナムで私の身に起こったことは、アメリカに戻ってきても終わらず、いまだつづいていることを、私は発見するのである。

（一九六八年六—七月）

解釈者から訪問者へ——ソンタグ・リポートの使用法

波戸岡景太

人と人とを区別する唯一のものは、知性——。

十四歳のスーザン・ソンタグが、日記に書き付けた言葉である★1。一般には「現代アメリカを代表する知識人」として、文壇では「アメリカ文学のダークレディ」といった異名とともに、そしてここ日本においては、とかく「才女」という言葉で紹介されることが多かったソンタグ。彼女は、「《キャンプ》についてのノート」（一九六四年）、『写真論』（一九七七年）、『隠喩としての病い』（一九七八年）といった一連の仕事によって世界的な注目を集めつつ、小説家としても、『火山に恋して』（一

★1——Sontag, Susan. *Reborn: Early Diaries, 1947–1963*. Edited by David Rieff, Kindle ed., Penguin Books, 2012.（邦訳『私は生まれなおしている——日記とノート 1947–1963』木幡和枝訳、河出書房新社、二〇一〇年。）日記の日付は、一九四七年十一月二十三日。「私は信じる」という書き出しにつづけて、「人格神や来世は存在しない」など、当時の彼女の信条らしきものが六つほど並ぶ。冒頭に引用した箇所の原文は、“I believe: [...] That the only difference between human beings is intelligence.”ソンタグの遺した日記は、息子デイヴィッド・リーフによって編纂され、出版された。なお、原書の初版刊行は、二〇〇八年。

九九二年）や『イン・アメリカ』（二〇〇〇年、全米図書賞受賞）などの濃密な作品により読者を魅了した。現実世界の暴力には臆することなく発言し、心揺さぶられたものには惜しみない愛を注ぎ、そして、映画制作や舞台演出にも情熱を傾けた彼女の人生とは、結局のところ、知性という言葉だけではとうてい説明しきれぬものだった。

では、そんな彼女が彼女自身を説明すると、いったいどうなるのか。

ソンタグの日記を、もう一度だけ覗いてみよう。日付は、一九六〇年三月二十日。ソンタグもすでに、二十代の後半である。

意志（The will）。私は意志を独立した能力とみなしてしまうから、真実にうまくコミットメントできない。（意志と悟性が対立するとき）自分の意志が尊重できるかぎりにおいて、私は自分の心《マインド》を否定する。

そしてこのふたつは、とてもしばしば対立するが、それが私の人生の基本姿勢であって、私の原則とするカント哲学なのだ。

私の心が沈黙し、かつまた、ゆっくりであるのも無理からぬこと。私は私の心を信じていないのだから、本当に。

自分が口にしたことと（私は本気じゃないことを言ってしまう――あるいは、自分の感情をきちんと考えることなしに言ってしまう）、自分が感じていることとの、そのあいだの溝を埋めようとするとき、しばしば、この意志という考えが姿をあらわす。

かくして、私はこの結婚生活を意志した。

デイヴィッドの親権を意志した。

アイリーンを意志した。

計画——意志を打ち砕くこと★2。

一九六〇年といえば、最初の単行本となる小説『夢の賜物』（一九六三年）も、第一評論集『反解釈』（一九六六年）も、いずれの刊行もまだ先のことだが、前年にパリ留学から帰国し、正式に夫と別れ、同年秋からはコロンビア大学で教鞭をとることとなるソンタグは、この時点ですでに、知性や感性を超えて突発的に己を突き動かす「独立した能力」、すなわち「意志」こそが、彼女の人生を他人のそれと区別する役割を担ってきたことに気づいている。

★2——前掲書。くりかえされる動詞「意志した」（willed）は、文脈に沿って訳すならば「私は～を切実に望んだ」となる。また、「アイリーン」とは、劇作家マリア・アイリーン・フォルネスのこと。

学生時代を終え、結婚生活にも終止符を打ち、そうして密かに掲げられた「計画——意志を打ち砕くこと」。もちろん、この日記の書き付けが本当に意味するところなど、誰にもわかりはしない。だが、人生の指針となる「意志」なるものの正体を見極め、そのラディカルな状態を言葉によって表現し、文章へと仕立て、そしてそれを唯一無二のスタイルへと昇華させることこそは、当時のソンタグが死に物狂いでその実現を希求した「計画」の内実だったのではないだろうか。そして、今回あらたに翻訳された第二評論集『ラディカルな意志のスタイルズ』（一九六九年）とは、そうした計画の初期の到達点であり、かつまた、以後のソンタグ的思考の発展を見据えたうえでの、報告書《リポート》としても再読されるべきものなのだろう。

●

『ラディカルな意志のスタイルズ』について、できるかぎり大きな見取り図を描いておこう。

本書は全体で、三つのパートに分かれている。収録された八本の論考は、文体や長さにばらつきがあり、初出もさまざまだが、パート毎にゆるやかな共通項をもっている。「意志」とのかかわりでまとめるならば、第Ⅰ部は「言語と意志」、第Ⅱ部は「映像と意志」、第Ⅲ部は「リポートと意志」といった具合になるだろうか。

第Ⅰ部の冒頭を飾る「沈黙の美学」では、上述した日記の言葉を想起させるような、「いわれてしまったことは何ひとつ真ではないのだ」とする、ソンタグの重要な命題が示される。ただし、ここで彼女が批判の対象とするのは、そうした「真ではない」言葉を発信する側の人間（文学者や芸術家）

ではなく、「いわれた何かを真であるとみなす」側の人間、すなわち、提示されたものを解釈しようとする読者や観客の「意志」の方である。

> 〔芸術作品において、〕これらの部品が、この順序で並んでいなくてはならないことの必然性は、けっして説明されない。それはただ与えられる。
> この本質的偶発性（ないしは開かれた性格）を拒絶することが、オーディエンスに対して、作品を解釈することによりその完結性を確認するという意志をかきたてる。（本書四二ページ）

このようにソンタグは、作品の完結性を確認したがるオーディエンスの「意志」（the audience's will）を、「解釈」（interpreting）という行為に連動させるのだが、お気づきのとおり、ここに見て取れるのは、ソンタグの第一評論集『反解釈』との連続性である。関連箇所を、『反解釈』からいくつか引用しておこう。

・解釈することとは、世界を貧困化し、使い尽くすこと——その目的は、「意味」による陰の世界を立ち上げることにある。
・実のところ、今日の芸術はかなりの割合で、解釈からの逃走を動機としているように見受けられる。
・芸術の領域を侵害することなしに、作品に奉仕する批評とは、いったいどのようなものだろうか？★3

解釈をせずに芸術を批評することはできるか。ソンタグの挑戦は、さながら禅問答だ。しかし、そのようにして意味を超える何かを提示せんとする「意志」を得て初めて、ソンタグの言葉は力をもつ。ふたたび「沈黙の美学」に目を移せば、ソンタグのこんな言葉が飛び込んでくる。

アートの力は否定する力にあるという考え方に立つとき、オーディエンスに対するアーティストの矛盾をはらむ戦いの究極の武器は、沈黙にむかって近く、より近く、接近してゆくことだ。

（本書一五ページ）

沈黙を媒介とせざるをえない、現代芸術と観客を取り巻く状況というのは、どうにも穏やかではない。「アーティストにできる最大のことは、オーディエンスと自分自身のこんな状況において、異なった関係性をもたらすことだ」とソンタグは提案するのだけれど、一朝一夕にそのような転換がかなうわけもない。

だからこそ、ふたつめの論考「ポルノグラフィ的想像力」において、ソンタグはみずからの批評をアクロバティックに転換させる。あくまでも言葉の一形式としての「沈黙」の使用にヒントを得た彼女は、たとえばバスター・キートンに代表される「サイレント映画」に、芸術と観客のもうひとつの関係性を見出そうとするのだ。

大部分において、ポルノグラフィにおいて性的対象物としての役割をはたす人物は、コメディの主要な「体液《ヒューモア》」とおなじ素材でできている。〔中略〕悪行《アウトレイジ》のただ中にあって不動の中心の位置を占める主人公という、コメディでおなじみの構造（古典的イメージとしてはバスター・キートン）が、ポルノグラフィでは反復して出てくる。（本書七一ページ）

ドタバタ喜劇のさなかで、顔色ひとつ変えず、いつまでも何も学ばずにいる主人公。ソンタグの発見は、彼らがスクリーンの中で抑制した態度をとればとるほど、最初は覗き見的ポジションにいたはずの観客が、なぜか当事者意識をもって作品に関わりはじめるということだった。そして、そういった作品と観客の不可解な関係は、ポルノグラフィにおいてより直截に実践されているのだという。すなわち、常軌を逸したシチュエーションにおいて、登場人物たちが必要以上に感情を抑制してみせるとき、そこに生じた「齟齬」は、読者から特定の「反応」を引き出すことに成功する。そう、致命的な状況下でのキートンの無表情が観客の爆笑を誘発するように、ポルノグラフィの主人公たちが深みに欠けた表層的なふるまいをくりかえすことで、読者一人ひとりは自分自身の性的反応をそこから引き出すことができるのである。

さて、第I部の最後「みずからに抗って考えること」は、一九一一年にルーマニアに生まれ、二十代半ばからパリで活動した作家エミール・シオランをめぐる文章だが、その議論の背後には始めからずっと、ジョン・ケイジというアメリカの音楽家にして思想家がいることを忘れてはならない。なぜ

★3——Sontag, Susan. *Against Interpretation and Other Essays*. Picador, 1990, pp. 7–12.（邦訳『反解釈』高橋康也他訳、ちくま学芸文庫、一九九六年。）なお、原書の初版刊行は、一九六六年。

なら、ケイジの存在によって、「沈黙の美学」と「みずからに抗って考えること」は、ひとつづきの議論になるからだ。

「沈黙などというものはない。音を立てる何ごとかがつねに起きている」（本書一一八ページ）

これは、「沈黙の美学」に引用されたケイジの言葉だ。第I部の三つの論考は、いわばこうしたケイジの沈黙へのあきらめを確認することで始められ、そしてやはりケイジによる「必要なすべてのものは、時間の中のからっぽな場所であり、その磁石的なやり方でそれに行為させることだ」という言葉によって閉じられる。「みずからに抗って考えること」の結論部分から、ソンタグの意図を明確にしてくれる言葉をいくつか引用してみよう。

・この〔ケイジとの〕比較から見て明らかになってくるのは、シオランがいかに意志とそれが世界を変える力（the *will* and its capacity to transform the world）に没頭していたかだ。

・ケイジを読んでいると、シオランがいかにいまだに歴史化する意識という前提のうちに閉じこめられているかに、気がつくことになる。

・現代文明が受け継いできた苦悩と複雑さをはるかによく投げ捨てることができる〔中略〕ケイジのような思想家に、人はむかう必要がある。（本書一一九、一二〇ページ）

いかがだろうか。『反解釈』以来、解釈というオーディエンス側の「意志」を批判してきたソンタグが、ここにおいては明確に、作家あるいは思想家の側の「意志」をもその射程に入れていることがわかるだろう。身勝手な受け手の意志が「「意味」による陰の世界を立ち上げ」ることに加担していたように、この「模範的なヨーロッパの思想家」の意志もまた、「世界を変える」ことへのこだわりを捨てきれない。

ソンタグにとって、シオランは「キェルケゴール、ニーチェ、ヴィトゲンシュタイン」といった系譜に連なる「もっとも傑出した作家」とされる。それゆえに、彼の特徴的な語調（「すさまじいまでの威厳、執拗さ、時として遊びにみち、しばしば高慢ですらある調子」）によって提示されるその「意志」を白日の下に晒し、それを乗り越えることが、当時の彼女の目標となったのだろう。

●

第Ⅱ部は、映像と意志の関係が中心となる。このパートの最初の論考は「演劇と映画」と題されているが、これを読むにあたっては、できれば無名の批評家カルヴァン・コッフなる人物の「アントニオーニらについての覚えがき」と題された小文に目を通しておきたい。

映画には独自の表現方法や理論があり、このことは、映画というものが本来的に視覚的なものだからというだけでは説明がつかない。映画が見せてくれるのは、新しい言語である。表情やボディランゲージをダイレクトに体験させることで感情を語るといった、そういう話法なのである。なのではあるが、映画と小説のあいだには有用なアナロジーが見出せてしまう――私にとってそれは、映画と演劇のあいだのアナロジーよりも有用だと思われる★4。

この小文は、一九六一年十月二十七日、コロンビア大学の学生新聞「コロンビア・デイリー・スペクテイター」に掲載された。映画の基礎を築いたD・W・グリフィスを、近代小説の始祖たるサミュエル・リチャードソンになぞらえ、カメラの機動性と絶対性を、小説家の筆のそれに重ねてみせるコッフは、「プロットとアイデアを、多かれ少なかれ小説的《ノベリスティック》に展開させる」ことが映画作りの主流である以上、映画とは何かを考えるためには、演劇と映画ではなく、小説と映画のアナロジーを積極的に活用すべきだとの主張を展開してみせた。

それから二十二年。雑誌「ヴァニティ・フェア」の一九八三年九月号には、すでに幾つもの重要な仕事を成し得たスーザン・ソンタグの、「小説から映画へ」と題したエッセーが掲載された。

サイレント時代の初めより、演劇はいつも映画に「される」ものだった。しかし、演劇を映画にしたからといって、カメラが介在するという特徴が——つまり、視覚そのものが動きうるといった映画の真の独自性の進化が促されることはなかった。プロット、キャラクター、ダイアローグといったものを調達するには、小説という、(映画同様に) 時間も空間も自由に飛び越せる語りのアートのほうがよりふさわしかったのである★5。

一読してわかるように、ここに示された小説と映画の関係は、かつてコッフが提示したアナロジーとなんら変わりがない。けれども、こと結論に関していえば、かつてのコッフが熱っぽく語ったような映画の可能性は縮減された。映画はもはや、他の芸術ジャンルを出し抜いたり、包摂したりするものではなくなったのだ。小説になることを志したそれは、そのために映画らしさを犠牲にし、そしてふたたび演劇とのアナロジーに帰着する。

映画と演劇と小説。いずれも固有のメディアでありながら、互いに互いを参照することにより発展をしてきたという事実に、ソンタグは以後もずっとこだわりをもちつづけた。それにひきかえ、あのカルヴァン・コッフなる無名の批評家は、ついには無名のままで表舞台から消えてしまった。いったい、彼はどこにいったのか?

本当のことを言えば、「カルヴァン・コッフ」なる人物は、初めから存在していないも同然であった。それというのも、あれはパリから帰国し、コロンビア大学で講師の職に就いたばかりの頃の、ソンタグ自身のペンネームだったからだ。

一九六六年、コッフ=ソンタグの小文は、「小説と映画――覚書」へとタイトルを変更されて、第一評論集『反解釈』に収録される。これと時を同じくして、ソンタグは、演劇学系の学術誌に演劇と映画をめぐる論考を発表しているのだが、これこそが、いま私たちの手元にある、本書第Ⅱ部の始まり、「演劇と映画」なのだった。

映画は演劇よりも小説に似ていると主張する「小説と映画――覚書」(一九六一、六六年)から、

★4――Koff, Calvin. "Some Notes On Antonioni and Others." *Columbia Daily Spectator: The Supplement*, vol. III, no. 1, 27 Oct. 1961, p. 3.

★5――Sontag, Susan. *Where the Stress Falls*. Penguin Books, 2013.(邦訳『書くこと、ロラン・バルトについて』および『サラエボで、ゴドーを待ちながら』富山太佳夫訳、みすず書房、二〇〇九年、二〇一二年。)なお、原書の初版刊行は、二〇〇九年。

小説の映画化は演劇的演出により完成すると言い放つ「小説から映画へ」（一九八三年）を経て、さらには映画の未来に失望する「映画の一世紀」（一九九五年）に至ってしまうソンタグ。本書が刊行された六〇年代には「シネフィル（映画好き）たちが映画の未来を信じるように」と語っていたソンタグが、九〇年代においては、ついに「ハイパーインダストリアルな映画の時代にあって、シネフィルたちはおよびでない」と吐露することになろうとは、いったい誰が想像し得ただろうか。

だが、こうした批評家の「線的」な変化を一方で意識しつつ、私たちは他方で、そうした「線的」な流れに抗うこともしなければならない。実のところ、ソンタグの映画論において一貫しているのは、そうした抗いの姿勢である。

〔映画や小説が〕線的な動きをすっかり抑圧してしまうことはできない。作品の経験は時間（視聴や読書の時間）内の出来事でありつづけるからだ。しかしこの前進運動は、それと競合する後ろ向きの原理、たとえば持続的な過去参照およびクロスレファレンスというかたちをとるものによって、はっきりと修正されることもありうる。そのような作品は何度も体験しなおすこと、何度も見ることを促す。観客や読者にむかって、理想的には、物語のいくつかの異なった点に同時にいることを求めるのだ。〔中略〕

私自身の見方では、『ペルソナ』の構成はこのような一主題をめぐる変奏という形式から記述するのがいちばんいい。

（本書一六八ページ）

「一主題をめぐる変奏という形式」は、まさしくソンタグ自身の映画（と小説と演劇）論にもあてはまるものだが、論考「ベルイマンの『仮面／ペルソナ』」における彼女の最大の主張とは、この「変奏」が映画において使い尽くされるとき、作品の幕切れは「作り手の意志とはほとんど独立」したものになるということだった★6。

ゆっくりと光が消える。映画が、まるで私たちの目のまえで死んでいくようだ。それはある対象物、モノが死ぬように、使い果たされたと宣言しながら死んでゆく。したがって、作り手の意志とは、ほとんど独立に。（本書一七一ページ）

かくして、解釈という「意志」にとらわれたオーディエンスに対しては「何度も見ること」が推奨され、沈黙を選んだり世界に働きかけようとしたりするアーティストに対しては、果てしのない変奏による「作り手の意志」の切り離しが要求される。このとき、第I部ではエミール・シオランに対してジョン・ケイジが引き合いに出されたように、イングマール・ベルイマンに対しては、フランスの映画監督ジャン＝リュック・ゴダールがその対抗馬に選ばれる。

ベルイマンの偉大な作品『仮面／ペルソナ』は、厳粛で、陶然とするほど意識的な自己消尽の構造をもっているけれど、ゴダールの方法はそれとは大きく異なる。ゴダールのやり方は、もっと軽快で、遊びにみち、しばしばウィットに富み、ときとして生意気だったり、単にばかばかしか

★6――ここでの「意志」は"volition"。"will"を使う能力、という意。

ったりする。才能ある論争家（ベルイマンは違う）がすべてそうであるように、ゴダールは自分を単純化する勇気をもっているのだ。

（本書一八七―一八八ページ）

ソンタグのゴダール論は、やはり『反解釈』から継続しているもののひとつだが、その根幹にあるのは、このヌーヴェルヴァーグを代表する映画監督がくりかえしおこなう、映画作りのために文学それ自体を分解し再構築するといった、そのあまりにラディカルな小説の映画化《アダプテーション》に対するまっすぐな共感である。ソンタグは書く。

文学をシネマに吸収するためには、それを不安定な区分へと解体あるいは破壊しなければならないのだ。そのときゴダールはいかなる本（フィクションでもノンフィクションでも）からも知的な「内容」を部分的に流用し、文化の公共場からは（上品であれ卑俗であれ）対照的な響きをもつ声を借用し、自身の物語の主題と関係する現代的な不安に対しては瞬間的に診断を下す。

（本書一九〇ページ）

アナクロニズムを承知でいえば、ソンタグによるこのゴダール論は、後にカナダの文学研究者リンダ・ハッチオンが『アダプテーションの理論』（二〇〇六年）にて提示した、「アダプテーション」についての定義を十全に理解したうえで書かれたもののようである。

・ひとつあるいは複数の、明らかに他人のものではないとわかる作品を、誰からも認められるかたちで転位させること。
・アプロプリエーション（流用）やサルベージング（再利用）といったことを、創造的、あるいは解釈的に実践すること。
・アダプテーションの対象とされた作品とのあいだに、拡張されたインターテクスチュアルな関係を築くこと★7。

こうしたハッチオンの定義を特徴づけているのは、「アダプテーション」を「プロダクト」としてのみ扱うのではなく、その前後の「プロセス」——すなわち、映画化の制作過程と、映画完成後に広がる参照元の他作品とのインターテクスチュアルな関係——を含めたうえで、それをきわめて有機的な営為として理解している点にあるだろう。

ゴダールを論じるソンタグも、ハッチオンと同様に、そのプロダクトの完成度合いにばかり気をとられるのではなく、むしろゴダールがどれくらい創造的に「アプロプリエーション」（流用）をおこない、かつまた、そうした行為がどれくらいあからさまに（すなわち、「誰からも認められるかたち」で）作品内に開示されているのかに注意を払う。

デュシャン、ヴィトゲンシュタイン、ケイジのような人々の芸術と思想には、ハイ・カルチャー

★7——Hutcheon, Linda. *A Theory of Adaptation*. 2nd ed., Kindle ed., Routledge, 2013.（邦訳『アダプテーションの理論』片渕悦久他訳、晃洋書房、二〇一二年。）

や過去に対する侮蔑があらわだし、少なくともかれらはアイロニーたっぷりの無知や無理解を装いつづけている。一方で、ジョイス、ピカソ、ストラヴィンスキー、そしてゴダールといった人々は、文化に対する飽くなき食欲を誇示してみせる。(ただしかれらが欲しがるのは往々にして、博物館の大切な所蔵品ではなく、文化の残骸なのだが。) 自分たちの芸術に無関係なものなどないと宣言しつつ、かれらは文化の死肉を熱心に漁りつつ進む。

(本書一八五ページ)

ここでのソンタグは、あえてその口汚さを前面に出すことで、みずからの記述が「解釈」に堕してしまうことを回避している。こうしたテクニックも含めて、ソンタグのゴダール論は、そのまま彼女自身の批評的営為の説明ともなるのだろう。事実、本書『ラディカルな意志のスタイルズ』の前半を振り返ってみるだけでも、いったいどれだけの数の固有名詞が、高尚さも低俗さもおかまいなしに議論の対象とされてきたことか。ケイジ的なる「侮蔑」と、ゴダール的なる「欲求」をないまぜにしながら、ソンタグはみずからの文章のスタイルを探し求めているのである。

●

ところで、スーザン・ソンタグの最後の仕事は、二〇〇五年に英訳出版されたアイスランドの小説『極北の秘教』に対する、力のこもった「序文」であった。彼女はそこで、ノーベル賞作家ハルドール・ラクスネスについての全面的な信頼を前景化しつつ、対象となる物語を「旅の物語《ナラティヴ》にして報告書《リポート》である」と定義しなおした。

『極北の秘教』において、読者はあらかじめ準備された、あるいはいまだ準備中の文書を手にするのだが、これが本書を反小説《アンチ・フィクショナル》的な小説としている。その文書は、発見されるよりも、むしろ提出されるものだ。ラクスネスの卓越した筆は、ひとつの「報告書《リポート》」からふたつのアイデアを展開させる。すなわち、読者に差し出されたそのリポートは、テープに録音された会話や速記されたノート記録の抜粋という、まだ書き終わらず、〔提出先の〕主教にも手渡されてもいないリポートの素材《マテリアル》なのであり、それはときに一人称となり、ときにダイアローグの形式をとるのである★8。

リポート、それも未整理の状態のリポートは、線的な物語にはならない。ラクスネスの語りを指して、「まるでメビウスの帯だ」とソンタグはいう。だが、『極北の秘教』もまた小説である以上、しかるべき地点で終わりを迎える——「そのとき読者は圧倒され挑発されるが、ラクスネスの小説がその仕事を全うしたならば、読者はきっと、〔リポートの作成者である〕エンビほどには、〔もと来た道の向こうにある〕本道に戻りたいと思わないのではないか。」

こうしてラクスネスの「旅の物語」は幕切れとなるが、それはあのベルイマンの『ペルソナ』同様に、ソンタグの目には「作り手の意志とはほとんど独立」したものとして映っているようだ。読者は

★8——Sontag, Susan. *At the Same Time*. Kindle ed., Penguin Books, 2013.（邦訳『同じ時のなかで』木幡和枝訳、ＮＴＴ出版、二〇〇九年。）なお、原書の初版刊行は、二〇〇七年。

本道に戻ることを望まず、放り出されたまま、現実世界の線的な時間の流れが及ばない地点に立ちつづけようとする。興味深いことに、ソンタグは、図らずも最後となってしまったこの文章においても、あらためて「バスター・キートン」を例として、きわめて不条理な環境にあっても感情を抑制する主人公こそが、読者の生理的反応を最大限に引き出しうるのだという主張――あの若き日の「ポルノグラフィ的想像力」の変奏だ――をつづけてみせるのだった。

●

その生涯を振り返ってみれば、ソンタグはたしかに、さまざまなアートに対し、最後まで「反解釈」の姿勢を崩すことなく膨大なリポートを記述し、提出してきたといえるだろう。「意志を打ち砕くこと」という、あの日記の書き付けに突き動かされるようにして、本書においてもソンタグは、受け手の側の意志を打ち砕き、作り手の側の意志を無効化する試みをやめなかった。そして手にしたのは、「文化のゴミ箱」を漁る「ゴダール」であり、そのゴミ箱の底に見つけた「ポルノグラフィ」であったのだが、こうした王道ならざる想像力に魅了されたソンタグは、はたして、みずからの「旅」をどのようにリポートしたのだろうか。

第Ⅲ部には、一九六六年に書かれたアメリカをめぐるリポート「アメリカで起こっていること」と、一九六八年に書き上げられ、一足先に雑誌掲載と単行本のかたちで公開されたヴェトナムの戦地リポート「ハノイへの旅」が再録されている。しかし、これらふたつの政治的リポートは、本書『ラディカルな意志のスタイルズ』の評価を不当なほどに引き下げたという。伝記『スーザン・ソンタグ』

（二〇一六年）を参照してみよう。

「アメリカで起こっていること」（一九六六年）と「ハノイへの旅」といった政治的なエッセーを収録したことで、書評には辛辣な言葉が並んだ。書評はソンタグを物書きとしてのみならず、有名人として扱った。ふだんはソンタグに共感をしめしてくれる批評家のジョン・レナードでさえも、「近代資本主義社会」〔「ポルノグラフィ的想像力」でソンタグが使用した表現〕についてのソンタグの前提があまりに軽薄で証拠不十分なものであると「ライフ」誌上で指摘した。〔「アメリカで起こっていること」にあるような〕アメリカは大量虐殺の上に成立しているという彼女の主張を仮に認めるとしても、アメリカがそうした暴力行為を働いた最初の帝国というわけではない。どうして彼女は愚かなマルクス主義者たちの真似をするのか。北ヴェトナムがタイやミャオやモンといった少数民族にしたことはどうなるのだ、と★9。

こうした批判は、きっとソンタグにとっても、十分に想定範囲内のものであったはずだ。その証拠に、『ラディカルな意志のスタイルズ』が総体として取り組むべき「意志」の問題について、「ハノイへの旅」では、以下のようなあきらめの気持ちが綴られている。

★9——Rollyson, Carl and Lisa Paddock, *Susan Sontag: The Making of an Icon.* Revised and Updated ed., Kindle ed., UP of Mississippi, 2016.

アメリカの意志のスタイルについて、私はその知識を、サウスウェストや、カリフォルニアや、中西部や、ニューイングランドや、最近ではニューヨークといった場所でのさまざまな暮らしから得ると同時に、ここ十年のあいだ、西ヨーロッパにおけるそのインパクトを観察することによってても理解を深めてきた。ただ、私が理解せず、かつまた、そうする手がかりさえつかめなかったのは、ヴェトナム人の意志の本質——スタイル、範囲、ニュアンスであった。

（本書二九二ページ）

ヴェトナム人の意志の本質の、その手がかりさえ摑めなかったともらすソンタグ。しかし、こうした弱音は、「日記」という形式だからこそ許されたレトリックであった。

というのも、こういった弱音を吐いていたのも、「抜き書き」のかたちで引用された、みずからの日記の前半部分だけであったとソンタグはつづけているからだ。

私の日記からの抜き書きを見ると、五日目あたりまでには、私はもはや、自分自身にも、つまりはヴェトナム人に対しても、見切りをつけようとしていたのである。

それから突然に、私の経験は変化しはじめた。滞在のはじめの頃に私が苦しんだ精神的な痙攣はやわらぎはじめ、ヴェトナム人が現実の人間であり、北ヴェトナムも実在する場所であるとの認識をもてるようになったのだ。

（本書二九二ページ）

今、ソンタグのこうした段落の切り替えによる語りのギアチェンジを前にして気づかされるのは、まさにこの瞬間に書き上げられつつある「戦地リポート」と、その素材となる「日記」の抜き書きが、あの『極北の秘教』の語りさながらに、表裏がひとつづきとなった「メビウスの帯」のような関係を提示しているということだ。遠い未来でソンタグ自身が書いた「旅の物語《ナラティヴ》にして同時に報告書《リポート》」というラクスネスの語りの、その明らかな「変奏」として、一九六八年の「ハノイへの旅」を読み直してみること。そうした読解行為は、やはりあまりにアナクロニスティックな試みだろうか。だが、アイスランド語で書かれた『極北の秘教』の原書刊行が、じつは一九六八年であったと知らされるとき、私たちはむしろ、ふたつの想像力の同時代的な共鳴に、安堵にも似た喜びを感じてしまうにちがいない。

●

ソンタグの日記に導かれつつ、『ラディカルな意志のスタイルズ』という濃密なリポートを踏破してきた私たちは、こうして最後に、日記とリポートがその境界をなくしていく、その語りの極点へと足を踏み入れることとなった。けれども、ここはもちろん、ソンタグの想像力の果てなどでは決してない。

たとえば、一九七三年に発表された短編小説「中国への旅の計画」において、ソンタグは、みずからのヴェトナム体験を反小説的要素として取り込んでみせる——小説の語り手は、自分はヴェトナムで初めて中国産の商品（ゴム底に「メイド・イン・チャイナ」と書いてあるキャンバス地のスニーカーだ）を買った、と述懐する。このとき、一人称である「わたし」には、物書きとしてのソンタグと、戦地を訪れた有名人としてのソンタグと、そして、これら現実世界に属するソンタグとは本質的に無関係であるはずの小説的存在としてのソンタグが折り重なるようにして詰め込まれ、ここでもやはり、フィクションとノンフィクションは、メビウスの帯のようにつながってしまう。

スーザン・ソンタグは、その批評で、評論で、エッセーで、小説で、映画で、演劇で——すなわち、生涯を通じておこなったあらゆる言語的活動において、彼女自身の意志を使い果たそうとした。その消尽の身振りに、オーディエンスの私たちは圧倒され挑発されるばかりだが、現実問題として、解釈を禁じ手とされた私たちに、ソンタグの遺したリポートを読み尽くすことはできない。ソンタグの遺したリポートは、私たちの知的反応はもちろんのこと、喜怒哀楽という生理的な反応すらも誘発する。ラクスネスの小説——「旅の物語《ナラティヴ》にして報告書《リポート》」——が、最晩年のソンタグをふたたび旅人にしたように、本書『ラディカルな意志のスタイルズ』を再読する私たちもまた、みずからを進んで旅人に変えなくてはならない。

顰《しか》めつらした解釈者の役回りを拒絶し、〈スーザン・ソンタグ〉という懐かしい異郷への訪問者となること。その方法もまた、このソンタグ・リポートに記されている。

＊引用は、本書からのものを除き、すべて既訳等を参考にした引用者による試訳である。

訳者あとがき

秋の灰色の一日、スーザン・ソンタグの墓を訪ねた。モンパルナス墓地。パリではいちばん好きな場所だ。いつものようにベケットの墓石に手をふれた後、そこから遠くないソンタグの墓石へ。誰が置いたのか、一輪の紅い薔薇が黒い御影石の上にあった。しかし作家の墓は、ここにはない。作家とは一冊ずつの本において、その段階でのみずからの墓を打ち立てておくものだろう。すると生をまっとうしてここに眠る、というフィクションを人間社会が合意している彼女は、本書のうちに葬られた彼女のいくつかの可能な転生のひとつの姿だったということになる。

ラディカルな意志のスタイルズ。不滅の書名。おおむね一九六六、七年に発表された長めの評論文は、まだ三十代前半だった彼女の知的・精神的格闘の驚くべき成果だ。それぞれの段階で、おそらく〈アメリカ英語〉という言語が十分に意識していなかったアーティストたちに正面からとりくみ、かれらの魂をその言語に転生させた。それぞれに異なった、それぞれに貫かれたラディカルな意志に感光することが、彼女の課題だった。そしてそれを当時のアメリカの、建国以来現在までつづく国家体制の根幹、つまりは戦争国家としての本質と状況に対する批判とむすびつけることが。

本書はそのように芸術論・アーティスト論からなる前半と国家論といっていい後半に大別される。翻訳は前半を管、後半を波戸岡が担当した。ラディカルな意志は個々に、あらゆる時点で、再発明されなくてはならない。そしてあらゆる発明は、そのための触媒を必要としている。出版後、半世紀が経過しようとしている本書に、新しい生命を祈る。

二〇一八年十一月二十六日、広州

管啓次郎

スーザン・ソンタグ（Susan Sontag）

1933年1月16日、ニューヨークに生まれる。1963年、長編小説 *The Benefactor*（『夢の賜物』）で小説家デビュー。翌年に発表したエッセイ “Notes on ‘Camp’”（「《キャンプ》についてのノート」）によって現代文化の批評家としても注目を集め、1966年に第一評論集 *Against Interpretation*（『反解釈』）を、1969年に本書 *Styles of Radical Will*（『ラディカルな意志のスタイルズ』）を上梓する。1970年代半ばに病を得るも、*On Photography*（『写真論』）や *Illness as Metaphor*（『隠喩としての病い』）といった話題作を発表しつづけ、20世紀を代表する知識人として揺るぎない地位を築く。生涯を通じて、戯曲や映画制作にも力を注いだソンタグは、1993年、サラエヴォにてベケットの『ゴドーを待ちながら』を上演。2000年、最後の長編小説となる *In America*（『イン・アメリカ』）により全米図書賞受賞。今世紀に入り、同時多発テロに対する発言や、エッセイ集 *Regarding the Pain of Others*（『他者の苦痛へのまなざし』）の刊行など、精力的な活動をつづけるも、2004年12月28日、ニューヨークにて息をひきとる。埋葬地は、パリのモンパルナス墓地。2008年より、息子のデイヴィッド・リーフによって編纂された日記の刊行が始まる。

訳者
◎管啓次郎（すが・けいじろう）
1958年生まれ。詩人、比較文学者。明治大学大学院理工学研究科総合芸術系教授。エッセー集として『コロンブスの犬』『狼が連れだって走る月』『トロピカル・ゴシップ』『コヨーテ読書』『オムニフォン〈世界の響き〉の詩学』『ホノルル、ブラジル　熱帯作文集』『本は読めないものだから心配するな』『斜線の旅』（読売文学賞受賞）『ストレンジオグラフィ』。詩集に『*Agend'Ars*』四部作、『*Transit Blues*』など。翻訳として、リオタール『こどもたちに語るポストモダン』、コンデ『生命の樹』、グリッサン『〈関係〉の詩学』、ル・クレジオ『歌の祭り』『ラガ』、マトゥラーナとバレーラ『知恵の樹』、キンケイド『川底に』、ベンダー『燃えるスカートの少女』など。
◎波戸岡景太（はとおか・けいた）
1977年生まれ。アメリカ文学研究者。明治大学大学院理工学研究科総合芸術系教授。批評書として『オープンスペース・アメリカ――荒野から始まる環境表象文化論』『ピンチョンの動物園』『コンテンツ批評に未来はあるか』『ラノベのなかの現代日本――ポップ／ぼっち／ノスタルジア』『ロケットの正午を待っている』『映画原作派のためのアダプテーション入門――フィッツジェラルドからピンチョンまで』。対談集に『動物とは「誰」か？――文学・詩学・社会学との対話』。翻訳として、マウラー『ミラーさんとピンチョンさん』、カーとクマール『総統はヒップスター』がある。

ラディカルな意志のスタイルズ［完全版］

二〇一八年一二月二〇日初版印刷
二〇一八年一二月三〇日初版発行

著者　スーザン・ソンタグ
訳者　管啓次郎＋波戸岡景太
発行者　小野寺優
発行所　株式会社河出書房新社
東京都渋谷区千駄ヶ谷二－三二－二
電話　〇三－三四〇四－一二〇一（営業）
〇三－三四〇四－八六一一（編集）
http://www.kawade.co.jp/
組版　大友哲郎
印刷　株式会社暁印刷
製本　小泉製本株式会社

Printed in Japan
ISBN978-4-309-20762-9

河出書房新社のスーザン・ソンタグの本

私は生まれなおしている　日記とノート 1947-1963
スーザン・ソンタグ＝著　デイヴィッド・リーフ＝編　木幡和枝＝訳
ISBN978-4-309-20554-0

こころは体につられて　上　日記とノート 1964-1980
スーザン・ソンタグ＝著　デイヴィッド・リーフ＝編　木幡和枝＝訳
ISBN978-4-309-20638-7

こころは体につられて　下　日記とノート 1964-1980
スーザン・ソンタグ＝著　デイヴィッド・リーフ＝編　木幡和枝＝訳
ISBN978-4-309-20648-6

スーザン・ソンタグの『ローリング・ストーン』インタヴュー
ジョナサン・コット＝著　木幡和枝＝訳
ISBN978-4-309-20702-5

イン・アメリカ
スーザン・ソンタグ＝著　木幡和枝＝訳
ISBN978-4-309-20705-6